Elisabeth Herrmann

Tant que hurlent les chiens

Traduit de l'allemand par Jörg Stickan et Sacha Zilberfarb

ÉDITIONS
FRANCE
LOISIRS

Titre original : *Das Dorf der Mörder*

Édition du Club France Loisirs,
avec l'autorisation des Éditions Fleuve.

Éditions France Loisirs,
123, boulevard de Grenelle, Paris
www.franceloisirs.com

ISBN : 978-2-298-10407-3

Pour Shirin

«C'est du sang qu'il demande.
Ne dit-on pas : le sang appelle le sang ?
On a vu des pierres bouger, et des arbres parler,
et des augures démasquer par la pie, le freux,
le choucas, l'assassin le moins soupçonnable.
— La nuit, où en est-elle ? »

William Shakespeare
Macbeth

(traduction d'Yves Bonnefoy,
Mercure de France, Paris, 1983)

Aide-moi.

Le chien leva la tête et tendit l'oreille. Personne à part lui ne semblait avoir entendu. La grande bâtisse était plongée dans le silence. Une lune entourée d'un halo laiteux perçait la nuit et jetait des ombres froides sur la terre. Le brouillard avait peu à peu dépassé les berges de la rivière et s'était amassé au fond du vallon. Les arbres émergeaient de la brume comme tronqués, des boules de gui accrochées dans leurs branchages nus.

Le chien reposa la tête sur ses pattes, ferma les yeux et s'endormit. Peut-être poursuivait-il en rêve des balles de couleur ou de jeunes écureuils. Ses pattes tressaillaient, sa queue balayait le sol. Peut-être était-il en train de sauter par-dessus un fossé, ou de fuir un des chats du village… Soudain il tressauta, comme si ses folles gambades l'avaient conduit sans qu'il s'en aperçoive au bord d'un précipice. Il ouvrit les yeux et se redressa. L'appel qui l'avait réveillé était inaudible, sauf pour lui et les autres chiens – mais ceux-là dormaient. Ou bien ils étaient sourds. Ou bien ils ne sentaient pas ce qui accompagnait l'appel. Quelque chose d'ancien, d'aussi vieux que la nuit des temps, d'aussi vieux que les histoires des hommes sur leurs braves et fidèles compagnons.

Aide-moi !

À l'affût, il tourna fébrilement dans la pièce, puis se faufila dans le couloir par l'embrasure de la porte et courut vers l'entrée. Il renifla, dressa l'oreille, gratta les lames du plancher. Un petit geignement s'échappa de sa gorge. Il tenta un bref aboiement. En vain.

Tout le monde dormait. Et pourtant, il savait que quelqu'un chuchotait son nom. Il sentait qu'il se passait quelque chose. Il savait qu'on avait besoin de lui. Un besoin terrible.

C'était encore un tout jeune chien. En années humaines, il était à l'âge où le monde est encore un livre d'images colorées et où tous les êtres sont dignes de la confiance qu'on leur témoigne. Il savait qui l'appelait. La petite fille. Et quelque chose d'autre encore résonnait dans ce muet appel à l'aide. Une seconde voix. Toute petite, frêle, démunie.

Il dressa de nouveau les oreilles et se précipita, alarmé, vers la porte du jardin. Il avait vite compris comment actionner la poignée. Pourtant, cette fois, il dut s'y prendre à plusieurs reprises avant de trouver le bon angle. Il y avait du monde dans la maison, mais tout était éteint. Ils étaient couchés dans leurs lits, sentaient mauvais et dormaient. Peu importait qu'il fasse du bruit ou non. Il se concentrait sur le chuchotement apeuré et les vagissements qu'il entendait, et sur l'étroit sentier qui le conduisait vers la route à travers les hautes herbes gelées.

Il prit le milieu de la rue et partit en flèche, sans quitter son but des yeux. Si on l'avait sifflé, il ne se serait pas retourné. Ce n'était pas l'instinct de chasse, c'était autre chose qui s'était emparé de lui et le faisait courir. La lumière blafarde des réverbères ne lui était d'aucune utilité. Il voyait tout. Mais il ne regardait pas tout. Il ne prêtait pas attention aux volets baissés ni aux petites voitures garées sur le bas-côté. Ni à la lumière jaunâtre des lampadaires, qui rendait le monde plus désolé encore qu'une clémente obscurité. Ni aux maisons grises, ni aux buissons sans feuilles, ni aux plaques de béton fendues, ni aux clôtures plantées de guingois. Il fonçait à travers le village, comme s'il avait une meute de chats feulant à ses trousses. Laissant derrière lui les dernières maisons sombres, il arriva au mur de la ferme à l'orée du village et ralentit alors l'allure. Tout comme il avait entendu la voix l'appeler, il en discernait à présent une seconde, venue du plus profond de lui-même : Danger, chuchotait-elle. Un danger inconnu, angoissant. Il descendit dans le fossé et s'y tapit.

Il connaissait la silhouette qui passait le portail et jetait des regards prudents autour d'elle. Elle tenait un objet à la main. Un seau, qui tirait son épaule vers le bas. Elle s'enroula une écharpe autour du visage. Peut-être pour se dissimuler et tromper son monde. Avec le chien ça ne prenait pas. Il se souvenait de son odeur, il courait souvent à sa rencontre en frétillant de la queue. Mais cette fois, il sentait quelque chose qui le retenait de faire de même. Quelque chose qui, d'un côté, le rendait fou de curiosité et, de l'autre, lui collait une peur bleue. Une odeur qui l'attirait comme un aimant – cette odeur qu'il flairait quand il passait à pas de loup devant les fenêtres du boucher, qu'il flairait quand il trouvait la carcasse déchiquetée d'un oiseau ou les restes écrasés d'un renard sur la départementale déserte. Mais cette silhouette devant lui n'avait pas été abattue, ni chassée ou renversée – elle vivait. Elle se glissait dans le noir loin de la ferme en emportant son fardeau mystérieux, et sentait comme si elle avait plongé dans un bain de sang.

Peur…

Le chuchotement était revenu. La silhouette descendit la route en direction du village. Le chien, d'un bond, se mit à courir dans son dos jusqu'au portail resté entrebâillé. Il était encore trop jeune pour savoir combien le grattement de ses pattes résonnait dans la nuit silencieuse de l'hiver. Il ne vit pas non plus la silhouette sursauter, se retourner, tituber et manquer de perdre l'équilibre. Il entendit qu'elle l'appelait – avec colère, mais tout bas, pour ne réveiller personne. À voix basse, elle n'avait aucune autorité. Le chien continua sa course.

Les deux chiens de la ferme, qui le connaissaient, lui barrèrent le chemin en grognant. Rusé, il fit un crochet et se rua vers les étables. Les vieux guerriers étaient trop lents, et il leur échappa. Ces chiens étaient usés d'avoir été trop souvent battus, et leurs protestations se limitèrent à un grondement mauvais. La porte de la maison était entrouverte. Dans sa hâte, il dérapa sur le carrelage.

Il y avait de la lumière au premier étage. Il grimpa l'escalier au pas de charge et la vit presque trop tard : la femme qui un jour lui avait assené des coups de pied. Elle sortait de la pièce aux carreaux jaunes. Sa voix était méchante. Elle empestait ce liquide que les humains buvaient souvent ensemble avant de devenir bruyants et violents. Il détestait ce liquide et son odeur. Elle cria après lui, mais il lui était déjà passé sous le nez, et elle était trop lente pour le rosser. Elle aussi sentait le sang. Comme l'escalier, comme toute la maison. Elle tenait un balai-brosse à la main. Cette odeur le tourmentait et lui faisait peur.

Les chiens, finalement, s'étaient mis à aboyer. Peut-être qu'eux aussi avaient peur. Peut-être qu'eux aussi sentaient que quelque chose clochait. Leurs aboiements se firent plus bas. Ils reniflaient, flairaient, remontaient la piste. Il les entendit entrer dans la maison. La voix méchante de la femme lui perça les tympans.

Le jeune chien fonça au grenier et s'arrêta, geignant de peur, devant une petite porte. Il glapit, couina, gratta. Il tenta un timide aboiement, mais s'arrêta aussitôt : la femme montait l'escalier d'un pas lourd, le balai-brosse brandi comme une menace. Il opéra un tour complet sur lui-même dans l'espoir de trouver une issue, risqua un jappement ridicule qui ne dissuaderait nullement la femme de lui redonner des coups de pied et se mit à faire des bonds frénétiques devant la porte. Elle se rapprochait.

Enfin la porte s'ouvrit. Il se faufila à l'intérieur, la fillette referma derrière lui. Il était tout pantelant.

— Chut ! Pas de bruit ! chuchota-t-elle.

Les pas s'immobilisèrent dans l'escalier. La femme finit par faire demi-tour et redescendre. La fillette tomba à genoux et enfouit son visage dans le pelage du chien.

— Bruno, murmura-t-elle.

C'était son nom ? Il remua la queue et lécha le visage mouillé de larmes de l'enfant qui tremblait. En bas, les chiens retournaient dans la cour, mécontents et nerveux. C'est alors qu'une chose étrange se produisit, une chose que le jeune chien n'avait encore jamais entendue : tous les chiens du village se mirent à hurler. D'abord les deux de la ferme. Puis les autres. Chaque maison ou presque avait un chien. Et tous, soudain, semblaient se réveiller en même temps.

Le chiot s'extirpa de l'étreinte de la fillette et courut à la fenêtre. Il se dressa de toute sa hauteur. Ses pattes atteignaient tout juste le rebord de la fenêtre. Il ne pouvait pas voir ce qui se passait. Mais il pouvait l'entendre.

Un grand chœur plaintif s'élevait. C'était comme un message propagé à la ronde. Comme un chant ancestral d'épouvante et de peur. Le hurlement se répandait à travers le village comme une traînée de poudre. Quelque chose s'était passé qui n'aurait jamais dû avoir lieu.

Le jeune chien regarda la fillette. Il éprouvait la même peur sans nom que toutes ces créatures dehors qui avaient été réveillées par l'abjection dont le village venait d'être frappé. Il rentra la queue entre les pattes. La fillette retourna dans son lit, un lit étroit sous la mansarde, et se glissa sous la couverture. Le chien la rejoignit, se coucha à côté d'elle et sentit qu'elle tremblait. Elle ne sentait pas le sang, elle sentait le savon. Elle avait de longs cheveux foncés et des mains douces, avec lesquelles elle le gratta derrière les oreilles. C'était censé le rassurer. En réalité, elle se rassurait elle-même.

Les hurlements diminuèrent, puis se turent. Un silence de mort s'abattit sur le village. La chose était accomplie. Quelle qu'elle fût.

Vingt ans plus tard

1

C'était une chaude journée de mai.

Elle était arrivée en annonciatrice de l'été, avec le parfum des églantines et un ciel comme de la glace à la vanille fondue. Sauf qu'après deux heures passées à patrouiller le long de la Frankfurter Allee, Sanela Beara, officier de police, aurait tout donné pour de l'eau fraîche et une arrestation dans la chambre froide d'une fabrique de glace. Elle sortit la bouteille du vide-poches latéral, la porta à sa bouche et s'écria :

— Devant toi !

Sven Rösner, brigadier et *loser* de la semaine – Sanela savait bien comment on appelait les collègues obligés de faire équipe avec elle –, freina subitement. Sanela fut projetée en avant, la ceinture se tendit d'un coup sec, et l'eau gicla de la bouteille.

— Où ça ? demanda Sven, agacé.

Après tout, ni personne en détresse ni cratère ne venait de surgir devant la voiture.

Sanela essuya son visage trempé et considéra les taches sombres qui s'élargissaient sur le chemisier de son uniforme. Elle ne savait jamais très bien si Sven faisait exprès ou s'il était juste bête. Certains collègues provoquaient ce genre de petits incidents simplement pour avoir l'occasion de réunir dans une même phrase

« Sanela » et « mouiller ». Sven était différent. Avec lui, elle penchait plutôt pour la seconde option.

— À droite. Arrêt et stationnement interdits.

Une Toyota de gamme moyenne supérieure était garée à cheval sur la chaussée et la bande latérale. Sven actionna le clignotant en poussant un soupir.

— Il est à la boulangerie, dit-il en désignant d'un mouvement de tête une de ces petites boutiques qui proposaient en vrac journaux, café, petits pains et crumbles secs comme du bois. Il en a pour une seconde.

— Il faut vraiment argumenter chaque fois ?

La voiture de police se rangea sur le bas-côté. Sanela défit sa ceinture, glissa la bouteille d'eau dans la portière, descendit et vérifia que son arme et son appareil de saisie étaient en place.

L'air avait un goût de métal lourd mêlé de carburant, de gaz d'échappement et de particules fines. Un camion passa en trombe, explosant à coup sûr les cinquante à l'heure autorisés. Elle n'avait pas encore rejoint la voiture en infraction qu'elle entendit brailler le talkie-walkie. Faites que l'intervention soit dans le coin, se dit-elle. Et un truc excitant, pour changer. Ce n'était pas les contredanses qui lui vaudraient une note d'évaluation favorable dans son dossier. Pour ça, il faudrait au moins qu'elle sauve des enfants d'une maison en flammes, tienne en respect une bande de casseurs dans le métro, rende à une vieille son sac à main volé, porte-monnaie inclus, calme des bagarres de bistrot, appréhende des maris violents… toutes choses qui vous faisaient grimper à la force du poignet jusqu'aux premiers rangs de ceux qui lorgnaient une formation continue ou une promotion.

Elle vit que Sven était en pleine conversation avec le poste d'intervention. Ça s'annonçait bien. Le gros lot, allez savoir. Plus ce serait gros, mieux ce serait. Elle était à deux doigts de laisser tomber cette contravention et de retourner vers Sven, lorsque le propriétaire du véhicule se précipita hors de la boulangerie, sachet de viennoiseries dans une main, clé de voiture dans l'autre. Un type en costard propre sur lui, avec cet air de « vous pouvez pas me faire ça » sur la figure.

— Désolé, pardon !

Toute l'indignation de l'honnête contribuable tombé dans les griffes avides de l'État était contenue dans ces deux mots. Faire marche arrière maintenant reviendrait à donner un signal très négatif. Elle examina l'éco-vignette, puis fit le tour de la voiture pour vérifier contrôles technique et antipollution.

— Je ne l'ai laissée que deux minutes. Deux minutes ! Où voulez-vous qu'on se gare, ici ? dit l'homme en trottant derrière Sanela, qui entrait déjà le numéro d'immatriculation dans son appareil de saisie et attendait l'impression de la contravention. Ohé, je suis là. Bon Dieu ! Je suis là, devant vous. En plus, je suis pressé. Allez, on ferme les yeux pour cette fois ?

Le charmeur en mode attaque. Il n'avait que quelques années de plus qu'elle, mais il avait fait des études supérieures, occupait un quelconque poste de cadre moyen et avait dû répéter cette œillade faussement candide devant son miroir des nuits entières.

— Arrêt et stationnement interdits. Je peux aussi la mettre à la fourrière, si vous préférez.

— Ouais, ouais, grommela-t-il.

D'un clic, il mit son charme en mode veille et baissa le regard sur elle. Elle faisait un petit mètre soixante. Le médecin de la police lui avait fait cadeau du demi-centimètre qui lui manquait pour atteindre la taille minimum requise, eu égard au fait qu'elle entrait dans les quotas de personnel immigré. Elle se maquillait à peine et rentrait toujours sous sa casquette ses cheveux tortillés en un lâche chignon. Soucieuse de son apparence, elle savait que le chemisier jaune moutarde la rendait encore plus pâle qu'elle ne l'était naturellement. Tout cet uniforme, du reste, était un affront fait aux femmes – et visiblement aussi aux yeux de son interlocuteur.

— Je comprends que vous en soyez réduite à ça...

— Que voulez-vous dire ?

Les blagues salaces, elle les connaissait à présent par cœur. Peut-être que ce type en avait trouvé une inédite.

— Pendant que vous réfléchissez à votre réponse, reprit-elle, montrez-moi votre carte d'identité et les papiers du véhicule, s'il vous plaît.

Elle détacha le talon de paiement. L'homme le prit, froissa le P.-V. en secouant la tête et le laissa tomber aux pieds de Sanela :

— Tout le plaisir sera pour moi.

Il chercha son portefeuille.

Elle lança un rapide coup d'œil à Sven, qui, sa conversation terminée, quittait à son tour la voiture.

— Il faut qu'on y aille ! hurla son collègue pour couvrir le bruit de la circulation. Intervention urgente au parc animalier.

— Une seconde !

Elle examina la carte d'identité de l'homme, lut le nom et l'autorité de délivrance, puis compara les chiffres de la carte grise avec le numéro d'immatriculation, méticuleusement et plutôt deux fois qu'une. Après quoi elle rendit enfin ses papiers à l'homme, qui les remit dans sa poche et se dirigea vers sa voiture.

— Un instant, monsieur Saaler !

— Qu'est-ce qu'il y a encore ? fit l'autre, à bout de patience.

L'appareil de saisie cracha un deuxième avis de contravention.

— Paragraphe 61, deuxième alinéa.

Interdit, l'homme fixa la nouvelle amende.

— Encore vingt-cinq euros ?

Elle pointa du doigt la boule de papier froissé dans le caniveau.

— Abandon de déchets sur la voie publique hors des emplacements désignés à cet effet par l'autorité administrative compétente.

Les lois, ce n'était pas fait pour les chiens. Non, mais.

2

Le pécari, une masse de muscles trapue à large tête et petits yeux sombres, grattait la terre avec ses pattes en poussant une chose devant lui. Il la renifla, la délaissa, puis, se détournant, la piétina en l'enfonçant dans le paillis. La chose était de couleur claire, barbouillée de sang, et avait cinq doigts.

La femme qui avait appelé les secours s'appelait Katharina Spengler. Elle était institutrice et avait perdu le contrôle de son groupe, une douzaine d'enfants de maternelle. Sanela l'avait découverte dans la foule, s'efforçant désespérément de rassembler ses protégés pour les conduire à l'écart.

— Dégagez la voie ! cria Sanela.

Quelques personnes obtempérèrent, les autres continuaient de s'attrouper devant l'enclos. Certains tenaient leur portable à bout de bras et prenaient des photos. Pour qui ? Pour quoi ? Sanela savait que dans quelques secondes ces images partiraient sur la Toile où elles erreraient pour l'éternité.

Elle chopa le portable du premier venu, un jeune type grassouillet au visage pâteux, qui à cette heure aurait dû se trouver à l'école ou sur son lieu d'apprentissage.

— Hé, ça va pas non ? gueula-t-il.

Le jeune portait l'uniforme du prolo type de Berlin-Est : casquette de base-ball, baskets crasseuses et délacées, large jean hip-hop Toile *moon-washed*. À l'Ouest, c'était déjà passé de mode depuis un moment.

— Vous pourrez le récupérer au poste, une fois son contenu vérifié.

— Dis donc, la vioque…

— Dis donc, gamin, rétorqua Sanela. On peut faire autrement si tu préfères. Tes papiers ?

Elle n'eut pas le temps d'ajouter un mot que le type avait disparu dans la foule. Les témoins de la scène firent disparaître leurs appareils et prirent le large à leur tour. Elle considéra indécise le portable dans sa main. Un iPhone dernière génération, sur le marché depuis à peine quelques semaines. Il avait dû le tirer dans le métro à une adolescente effarouchée. Elle aperçut Sven émergeant de la foule.

— Circulez ! Il n'y a rien à voir ! criait-il.

Elle empocha le portable et se tourna vers Katharina Spengler. Une femme grande et robuste, du moins aux yeux de Sanela, que l'institutrice dépassait d'une bonne tête.

— Venez, dit la première. Trouvons-nous un endroit tranquille où discuter en attendant que les collègues arrivent.

Un rapide procès-verbal, un bref coup d'œil à la carte d'identité, et la femme serait libérée. Elle pourrait alors s'occuper de rassembler son troupeau pour le ramener à l'école.

— J'ai tout vu !

Une fillette de cinq ou six ans se frayait un chemin vers elles. Une petite princesse de conte oriental. L'enfant se jeta fougueusement dans les bras de

Katharina Spengler, qui la serra contre elle et lui donna un bref baiser sur le haut du crâne.

— Tu n'as rien vu du tout, Dilshad. Où est Mme Kramer ? Elle se promenait avec l'autre groupe ! Mme Kramer, c'est ma collègue, nous sommes deux accompagnatrices. Peer et Luise sont avec elle ?

— Luise est encore aux cochons.

— Oh, mon Dieu !

— Allez-y, dit Sanela. Je reste auprès des enfants.

Du coin de l'œil, Sanela vit qu'une deuxième équipe de patrouille était arrivée et commençait à sécuriser la zone devant l'enclos. La femme s'éloigna au pas de course, tout en criant les noms des enfants qui manquaient à l'appel. Sanela sentit une petite main trempée de sueur dans la sienne.

Une si belle journée. Dix-sept enfants, deux accompagnatrices. Une sortie au parc animalier par un temps de rêve. Le matin d'abord frais et dégagé, puis assez chaud pour justifier une halte au stand des glaces. La petite bouche rose de Dilshad montrait encore des traces de chocolat. Sanela fut tentée de la lui essuyer avec un mouchoir, puis se rappela qu'elle n'en avait pas sur elle.

— Qu'est-ce que tu as vu ? lui demanda-t-elle.

— Les cochons qui mangeaient la main.

Sanela se tenait avec l'enfant devant la barrière en bois, derrière laquelle serpentait une sorte de douve suffisamment profonde pour empêcher les cochons d'atteindre l'autre rive. Quelques mètres plus loin, à moitié caché par les buissons, un petit pont enjambait le cours d'eau. La foule grégaire des curieux et des badauds ne cessait de grossir. Un attroupement était toujours une promesse de spectacle gratuit. Elle chercha Sven du regard, sans le trouver. La voix de Sven était avalée par les clameurs et les cris autour d'elle.

— C'était qui? demanda la fillette.

— De qui tu parles?

— Du monsieur qu'ils ont mangé.

Sanela baissa les yeux sur la petite créature qu'on lui avait confiée sans crier gare et qui posait des questions hallucinantes.

— Comment sais-tu que c'était un monsieur?

Dilshad haussa ses chétives épaules d'un air incertain.

— Je ne sais pas. On aurait dit. Peut-être que les cochons mangent aussi les enfants?

— Non, non, ils ne mangent pas les enfants. Ni les humains, d'ailleurs. Ce que tu as vu, c'était autre chose. Un jouet.

Le signal «stop» clignota dans sa tête. Tu ne vas pas commencer à manipuler les souvenirs des témoins. Même s'ils vont encore à la maternelle. Elle se baissa un peu et regarda la fillette droit dans les yeux.

— Quelqu'un va venir pour parler avec toi. Tu lui diras exactement ce que tu as vu. D'accord?

— Une main. Et les cochons qui la grignotaient. Et le clown.

— Le clown?

Le mouvement de la foule les repoussait contre la balustrade, et Sanela eut toutes les peines du monde à protéger la fillette. La cohue ne cessait de grossir. La situation lui échappait. Le groupe d'écoliers semblait se rassembler de lui-même de l'autre côté du chemin. Mais que diable faisait la police scientifique? Où étaient les collègues?

— Là-bas, tout au fond ! cria quelqu'un.

Toutes les têtes pivotèrent d'un seul mouvement. Sanela plissa les paupières pour mieux voir. Était-ce un torse ? Une jambe ? Bon Dieu, qu'est-ce que ça pouvait être ? Sang séché sur peau pâle, morceau de chair couvert d'herbe sèche et de paillis collés. Une vague d'effroi souleva les spectateurs. L'envie démangeait Sanela de tirer un coup de semonce.

— Reculez ! rugit-elle.

— J'ai tout vu ! crissa la voix stridente de Dilshad, comme une craie sur un tableau noir. Je sais qui c'était !

Les têtes se retournèrent vers elles. Tout se remit en mouvement. Elle tenta de protéger Dilshad du mieux qu'elle put. Seigneur tout-puissant, pensa-t-elle. Où est passée cette institutrice ? Me laisser seule avec une môme surexcitée. Que font tous ces gens ici ? Qu'est-ce qu'ils crient ? C'est la panique ou quoi ?

— Police ! Laissez passer ! Dégagez la voie !

Pas trop tôt. Sanela ne pouvait pas voir les policiers, mais elle sentit la pression se relâcher. Deux types en uniforme et un soigneur animalier, reconnaissable à ses bottes en caoutchouc vert et son pantalon imperméable, forçaient leur passage à travers la cohue et remontaient peu à peu le peloton. Il y eut de nouveau un peu d'air. Le soigneur ruisselait d'eau. Il venait probablement de passer le bassin des pingouins au Kärcher.

— Allons-y.

Elle décrocha la main de Dilshad de la balustrade.

— J'ai tout vu ! hurlait la fillette. C'était dans la brouette, le cochon l'a renversé et l'a mangé, et le clown…

Pantelante, Sanela atteignit l'allée où s'alignaient les bancs. Lentement, très lentement, la foule se dispersa. Quelques enfants erraient comme des âmes en peine. Quand Dilshad cria leurs noms, ils accoururent dans leur direction.

— C'est Luise ! fit Dilshad en désignant une petite blonde dont la frimousse montrait des traces de larmes. Elle l'a vu, elle aussi !

Derrière Luise apparut Katharina Spengler. Ses cheveux étaient défaits, un bouton manquait à son chemisier. Les deux garçons qui la suivaient s'efforçaient tant bien que mal de cacher leur enthousiasme. Visiblement, la tournure qu'avait prise cette matinée avait considérablement rehaussé l'intérêt d'une visite au parc animalier. Mme Spengler compta et recompta son troupeau, avant de s'affaler sur un banc avec un soupir de soulagement. Luise se rua sur elle, enfouit sa petite tête bouclée dans le giron de l'institutrice et éclata en sanglots.

— Tout le monde est là ? demanda Sanela.

La femme acquiesça tout en caressant affectueusement la tête de l'enfant. Elle avait l'air de vouloir décamper d'une seconde à l'autre.

— Je vous demande de rester encore. Nous avons besoin de votre témoignage, reprit Sanela.

Katharina Spengler se leva et entreprit de rajuster vêtements et sacs à dos de ses petits protégés.

— Vous avez tout ce qu'il vous faut, non ? Je dois ramener les enfants à l'école. Ils ont subi un choc. Et puis toute cette foule…

Dilshad s'assit à côté de sa petite camarade.

— On a tout vu, répéta-t-elle. C'était le clown.

— Sottises, contredit l'institutrice. Tout le monde est prêt ? Lukas ? Où est Lukas ?

— Là-bas, derrière ! crièrent les enfants tous en même temps.

— Tu ne peux pas rester deux secondes avec le groupe ? tempêta l'institutrice en se précipitant vers le garçon, qui était déjà reparti près de la barrière.

Sanela s'approcha du banc et s'assit à côté des deux fillettes.

— Pourquoi penses-tu que c'était le clown ?

— Parce qu'il avait la brouette, et qu'il y avait quelque chose dedans.

— Quoi donc ?

Dilshad la fixa de ses grands yeux écarquillés. Sanela réprima un juron. Ce qu'il lui fallait, c'étaient des psychologues et des interrogateurs compétents, des gens capables de mettre un peu d'ordre dans ce chaos et de recueillir les impressions de ces enfants avant que la mémoire les sème aux quatre vents. Avant qu'une petite îlotière, pour leur éviter de faire des cauchemars, entreprenne de les persuader que tout cela n'était qu'un jeu idiot. Elle sortit un calepin et un stylo de sa poche.

— Qu'est-ce qu'il y avait dans la brouette ?

— Y avait…

Katharina Spengler se campa devant elle et lui décocha un regard qui ne promettait rien de bon.

— Cette petite ne dira rien. Elle est sous le choc. Nous devons rentrer.

— C'est quoi un choc ?

Luise leva la tête. La vue sur l'enclos fut un instant dégagée. Et par là même la vue sur les étranges mottes sanglantes.

— Qui êtes-vous au juste ? siffla l'institutrice.

— Sanela Beara, officier de police. Je suis… (elle hésita un bref instant)… Nous étions dans le coin… Peu importe. Les collègues ne vont pas tarder à arriver.

Luise quitta enfin l'enclos du regard et toisa la fonctionnaire de police avec un mélange de curiosité et d'amusement.

— Sanella ?

— Presque. Tu voudrais venir t'asseoir avec moi quelque part ? Je t'achèterai une glace et tu me raconteras tout. Toi aussi, Dilshad.

— Quoi comme glace ? demandèrent Luise et Dilshad d'une seule voix.

— Une glace Schtroumpf ?

— Une minute… !

Le reste du troupeau était rangé par deux derrière l'institutrice comme des petits soldats de plomb. À voir leur tête, il semblait qu'une glace Schtroumpf ne pouvait pas leur faire de mal.

— … Ces enfants sont sous ma responsabilité. Je ne suis pas d'accord pour que vous leur parliez.

Sanela ignora cette objection parfaitement fondée.

— Dis-moi, Luise, tu as quel âge ?

— Cinq ans et onze mois. Après les grandes vacances, je rentre à l'école des grands.

— Ah, ah. Alors tu es déjà grande. Raconte-moi donc ce que tu as vu.

— Vous avez le droit de faire ça ? intervint de nouveau Katharina Spengler. Je vais ramener ces petites chez elles. Adressez-vous à leurs parents si vous ou vos collègues avez besoin d'autres renseignements.

Voilà qui compliquerait grandement tout interrogatoire ultérieur, si tant est qu'il ait seulement lieu.

Sanela regarda autour d'elle : Sven discutait avec les soigneurs, les collègues de la deuxième voiture repoussaient la foule derrière la barrière.

Aucune trace de la police judiciaire ni de la police scientifique à une lieue à la ronde. Elle se leva.

— Je vous prierai de rester à disposition pour les vérifications d'identité. Que personne ne quitte le secteur. Nous allons installer un point de rassemblement où vous-même, les enfants et tous les autres témoins serez tenus d'attendre.

— Ce n'est pas possible.

Sanela prit une profonde inspiration. Faire jouer une autorité usurpée la mettait mal à l'aise.

— Oh que si, c'est possible.

3

L'officier de police Sanela Beara salua brièvement les deux collègues de la deuxième voiture, qui revenaient d'une intervention sur un accident de la circulation sans gravité survenu dans les environs, et convint avec eux de réquisitionner l'arrière de la cafétéria pour l'interrogatoire des témoins. Tous ceux qui prétendaient avoir vu quelque chose – et ils étaient nombreux – devaient y être emmenés.

Elle commença par installer les deux fillettes à part. Puis elle voulut confisquer deux glaces Schtroumpf dans le congélateur près de la caisse, mais on l'informa que, *primo*, ça n'était pas possible et que, *secundo*, les glaces Schtroumpf étaient toutes vendues. Mais qu'il restait encore des dents de vampire. Goût vanille et framboise, super bon. Sanela paya et rapporta les deux bâtonnets aux fillettes. À côté d'elles, Katharina Spengler, avec un air de soupçon digne des goûteurs de César, les observait dévorant leur butin.

— Allons nous asseoir.

Sanela désigna l'une des tables au fond de la cafétéria. L'institutrice s'exécuta de mauvaise grâce. Les fillettes gigotaient sur le bord de leurs chaises. Elles étaient importantes. Elles étaient au centre. Elles étaient inquiètes. Sanela ôta sa casquette, tira de sa poche son calepin et un stylo-bille et posa l'un et l'autre devant elle. Elle leur demanda à toutes trois leurs noms complets, qui lui furent donnés avec plus ou moins de complaisance.

— Luise, qu'as-tu vu exactement ?

— Le grand cochon, murmura l'enfant. Il mangeait la main.

— Non, contredit Dilshad. Il la mâchouillait et la recrachait. Et les autres jouaient avec une boule.

Un coulis rouge vif gouttait sur ses mains. Il faisait une chaleur accablante.

— C'était une tête, dit Luise en se pourléchant les lèvres pleines de framboise fondue.

— C'est dégoûtant ! intervint l'institutrice. Vous ne pensez pas que vous en avez assez fait ?

Les fillettes continuaient de lécher leur glace, imperturbables. Elles avaient cinq et six ans. L'âge où l'on vous raconte des histoires où des têtes de cheval tranchées parlent et où des méchantes marâtres dansent dans des chaussures en fer brûlantes jusqu'à ce que mort s'ensuive.

— J'ai bientôt fini. (Sanela se tourna vers Luise.) Tu as dit que tu savais ce qui s'était passé. Que tu l'avais vu. Qu'est-ce que tu as vu ?

La fillette ouvrit des yeux ronds.

— Un clown.

— Où était-il ?

— Plus bas, au carrefour, s'ingéra de nouveau Spengler. (Sanela avait bien envie de l'envoyer jouer dehors.) Il vend des friandises et des ballons. Mais il était trop loin de l'enclos.

— Qu'est-ce qu'il a fait, ce clown ? demanda Sanela.

— Il m'est rentré dedans avec sa brouette. Regarde, dit Luise qui baissa sa chaussette et montra une petite rougeur sur son tibia. Ça m'a fait mal ! Il avait pas l'air drôle du tout. Son maquillage avait coulé et il regardait méchamment. Mais il m'a offert un ballon. Et puis il est parti.

— C'était l'autre.

— Non. C'était le méchant. Il m'a fait mal.

L'institutrice sortit un mouchoir en papier et essuya autoritairement la bouche de Luise.

— Tu as eu ce bobo au terrain de jeux.

— Non ! C'était… ici ! se défendit la fillette.

La femme semblait se retenir de lui enfoncer le mouchoir dans la bouche.

— Tu es tombée. Tu te rappelles ?

Sanela se laissa tomber sur une chaise. Ah, les enfants. Dilshad leva le doigt comme à l'école.

— Oui. C'est vrai ce qu'elle dit Mme Spengler. Mais après on est allés voir les cochons, et ils couinaient très fort et ils criaient, et ils se poussaient pour manger.

— Et après il y en a un qui a couru en avant, l'interrompit Luise. Il tenait la main dans sa bouche, puis un autre est arrivé derrière et a voulu la lui piquer.

— Vous êtes contente, maintenant ?

L'institutrice fourra le mouchoir dans sa poche en regardant nerveusement l'entrée de la cafétéria. L'accès était toujours barré, mais visiblement les premiers parents arrivaient et se disputaient avec les collègues devant le ruban de balisage. Les glaces fondaient dans les mains des fillettes, coulant goutte à goutte sur leurs petites robes d'été.

— C'était une vraie main ?

La question était sortie, à peine audible, de la bouche de Dilshad. Elle était blême. Sa bouche rouge framboise semblait brûler au milieu de son visage.

— Je ne sais pas, dit Sanela. C'est ce que nous sommes en train de vérifier. C'était peut-être un accident. Ça peut arriver. En tout cas, vous avez été formidables. Si tout le monde réagissait aussi vite que vous, le monde s'en porterait bien mieux.

— C'est vrai ?

Luise lécha le bâtonnet, le posa sur la table et s'essuya les mains sur sa robe.

— C'est vrai. Tu peux me croire. Combien de fois je me suis énervée de voir que les gens passaient devant quelque chose sans y faire attention ! Ils devraient prendre exemple sur vous.

— Merci, dit Dilshad tout bas.

— Bien, dit Sanela en se levant. Où il est, ton ballon ?

Luise regarda par terre.

— Je l'ai lâché. C'était trop… beuh…

L'institutrice passa son bras autour de la fillette et foudroya Sanela du regard.

— Vous avez terminé ?

— Merci beaucoup.

Sanela tira la casquette de sa ceinture et la vissa sur sa tête.

— Vous avez une super maîtresse, les filles. Elle veille bien sur vous. J'aurais bien aimé en avoir une comme elle. Soyez sages et gentilles avec elle. Au revoir.

— Au revoir, dit la femme, médusée.

4

Sanela quitta la cafétéria. Une fois dehors, elle constata stupéfaite que l'air y était devenu encore moins respirable qu'à l'intérieur. Quelques parents se ruèrent sur elle, mais elle esquiva les questions en signalant que les collègues de la police judiciaire ne devraient plus tarder. Les gens du labo étaient déjà sur place. Un type maigre donnait ordre aux soigneurs de vider l'eau du fossé. L'inspecteur du parc était à côté d'eux, visiblement nerveux. Les soigneurs étaient en train de le mettre au courant de l'affaire. Il tenait un téléphone portable qu'il portait à intervalles réguliers à son oreille pour transmettre en résumé ce qu'il venait d'entendre – à son chef probablement. À un moment, il fit un geste bref au type maigre, qui devait vouloir dire : « Vous pouvez commencer. » Le maigre accusa réception d'un hochement de tête. Des gens en combinaison blanche commencèrent à fouiller le sol centimètre carré par centimètre carré. Sanela s'arrêta devant la barrière. La remarquant, le maigre se dirigea vers elle et leva la main en guise de vague salut.

— Qu'est-ce que vous avez trouvé jusqu'à présent ? demanda-t-elle.

— Une main, une moitié de jambe et quelque chose qui ressemble à…

L’homme, deux têtes de plus qu’elle et les traits tirés de qui avait déjà bu jusqu’à la lie sa coupe de misère et de souffrance, ouvrit le haut de sa fermeture Velcro et s’éventa avec le col. Il avait un visage étroit et sillonné de rides qui descendaient jusqu’au menton. Ses yeux intelligents, dissimulés sous de lourdes paupières plissées, se posèrent un instant sur elle. Peut-être cherchait-il à évaluer ce qu’elle était capable de supporter.

— … Il y a une clinique vétérinaire dans la ferme du parc. Je vais faire porter les caisses là-bas. Le professeur Haussmann est en chemin.

Oh, oh. L’éminence grise de la médecine légale.

— Il vient directement de l’hôpital de la Charité et ne devrait plus tarder, poursuivit l’homme. Il y tenait. Un cas intéressant. On ne voit pas ça tous les jours.

L’homme jeta un regard à l’enclos vide par-dessus son épaule. Le terrain s’élevait depuis la douve en une douce colline. Son centre formait un plateau sur lequel trônait une mangeoire faite de grosses lattes de bois sombre. Sanela crut distinguer dans l’auge des restes de carottes et de granulés.

— Où sont les bestiaux ?

— On les a rassemblés dans la porcherie. Mais ils n’y resteront pas longtemps.

— Ils sont combien ?

— Une douzaine.

Il se tut et l’observa longuement. Jusqu’à ce que Sanela comprenne.

— Bon, je vais informer le vétérinaire, dit-elle. Espérons que les associations de protection des animaux n’auront pas vent de l’affaire.

— Espérons surtout que le directeur arrivera vite. Nous avons besoin de son accord pour la suite des événements.

Elle se tourna en direction de l'inspecteur, qui continuait de parler dans son portable. Elle n'entendait pas ce qu'il disait. Mais le désespoir perçait dans sa voix. Il lançait à tout bout de champ des regards inquiets vers l'enclos.

— Quand Gehring arrive-t-il ? demanda le maigre.

Le chef de la brigade criminelle. Un type jeune, dynamique et arrogant. Tout le monde le connaissait, mais lui ne s'abaissait pas à saluer qui que ce soit.

— Il ne devrait plus tarder, répondit-elle. J'ai immédiatement prévenu le poste de la Sedanstrasse. On verra bien à qui Gehring…

… laisse les os à ronger, faillit-elle dire. Mais elle s'abstint.

— Vous assurez.

— À propos de quoi ?

Il referma la bande Velcro.

— Vous avez la situation en main. Les collègues de la 64e section seront contents de voir que vous les avez délestés de tout ce travail.

— Qu'entendez-vous par là ?

Avait-elle été trop rapide ? Trop entreprenante, trop insubordonnée ? C'était pourtant ce que la hiérarchie exigeait : ne pas se contenter du minimum syndical, savoir prendre des décisions et faire preuve d'initiative.

Il se retourna pour partir.

— Pas plus que ce que j'ai dit. Si c'était un accident, vous avez fait un super boulot.

— Et sinon ?

— Dans ce cas, la P.J. hérite du bébé. Et alors, il aurait mieux valu s'en tenir à des mesures de maintien de l'ordre.

Sanela pensa aux deux fillettes. Un ballon envolé, une éraflure causée par un clown dont l'existence même était sujette à caution : un peu court pour appeler ça un interrogatoire. Mesure de premiers secours, tout au plus. On ne pouvait pas la coincer avec ça.

— Que pouvez-vous me dire ?

— Rien, dit l'homme. Rien pour l'instant.

Mort au parc animalier.

Dépecé par des cochons tueurs brésiliens.

Un cadavre dans la mangeoire.

Le photographe devait avoir ces manchettes à l'esprit chaque fois qu'il pressait le déclencheur de son reflex. La presse arrivait. D'abord une équipe de la chaîne régionale Berlin-Brandebourg. En chemin vers la zone sécurisée, Sanela attrapa au vol quelques bribes de phrases du reporter. Oubliez les bébés tigres. Je tiens là notre sujet d'ouverture. Le directeur arrive, est en route, va dire trois mots. Probablement un accident. Bestiaux agressifs. Personne n'aimerait les croiser dans le noir.

Les journalistes accourus en meute demandaient à parler à un porte-parole de la police, à un chef d'intervention. Un soigneur pointa Sanela. Elle déclina d'un geste.

Les paroles du type du labo l'avaient inquiétée. Surtout, pas d'excès de zèle. Elle devait sécuriser la zone où le cadavre avait été découvert et empêcher les témoins de prendre la tangente. Pas plus. Chaque fois qu'un journaliste lui posait une question sur un ton pressant, elle haussait les épaules. Plutôt crever que de faire une boulette. Elle n'était qu'une simple îlotière, ici pour veiller au grain, rien d'autre. Son collègue Sven sortit de la cafétéria avec un gobelet de Coca à la main.

— Ça roule ?

— Ça roule.

— Les collègues de la Sedanstrasse ne vont pas tarder.

— Pourquoi ça prend tant de temps ?

— Il y a des travaux.

Mais oui. Les feux au carrefour de la Frankfurter Allee. Un chantier sans fin. Elle hocha la tête. Deux autres équipes d'îlotiers étaient désormais là, qui sécurisaient l'enclos tout entier et les chemins d'accès. Le public avait été refoulé un peu plus loin, et le calme revint peu à peu. Un véhicule électrique arriva cahincaha, s'arrêta. Le type maigre du labo chargea une caisse sur la remorque.

— Vous, là ! Mademoiselle !

Il lui fit signe d'approcher.

— Pouvez-vous l'accompagner et garder un œil sur la chose ? J'ai besoin de tout le monde ici. Ça part à la clinique vétérinaire. Elle vient d'être convertie en annexe de la médecine légale.

Il eut un petit rictus. Le professeur Haussmann était donc déjà là et avait décidé de procéder sur place à la première expertise. Les pécaris seraient passés au fil du couteau avant même qu'ils ne comprennent ce qui leur arrive.

— Il y a quoi là-dedans ? demanda-t-elle en pointant la caisse du doigt.

Il baissa la voix.

— La tête.

La ferme constituait la face cachée du parc animalier. Le site, auquel on accédait par une piste mal bétonnée, semblait laissé à l'abandon. Le conducteur indiqua une grande halle qui avait connu des jours meilleurs.

— Dans les années cinquante, c'est là qu'étaient les éléphants.

Il désigna d'un coup de menton les autres bâtiments :

— Entrepôts. Chaufferie. Vestiaires. Silo. Chambres réfrigérées. Cuisine. Grange à foin. Boucherie. Juste à côté, c'est la clinique. Pour les très gros calibres.

Sanela leva des sourcils interrogateurs.

— Les éléphants, par exemple. L'autre jour, il y en a un qui s'est déchiré les ligaments en marchant à reculons.

Il stoppa devant un bâtiment de plain-pied en brique rouge, devant lequel étaient garées une Mercedes noire et une camionnette. Deux policiers en uniforme étaient postés à l'entrée. La moitié des effectifs de garde de Berlin semblait avoir été envoyée au parc animalier. Au moins ça les changeait de l'ordinaire. En général, les scènes de crime n'étaient pas aussi vertes, et avec un peu de chance ils arriveraient à apercevoir les paons qui paradaient sur la piste bétonnée en traînant derrière eux leur plumage chatoyant avec un calme princier. Sanela demanda aux deux flics de décharger la caisse pour la porter à l'intérieur. Elle s'abstint d'en préciser le contenu.

Ouvrant la marche, elle entra dans une grande salle presque vide, au milieu de laquelle se dressait une immense table en acier. L'odeur de sang frais, de gibier et d'urine lui monta aux narines. Un vieux carrelage datant sans doute du temps de la RDA, de petites fenêtres, de grosses canalisations couvertes d'une épaisse couche de poussière et de suie. Les carreaux du sol étaient mouillés, quelqu'un venait sans doute de les passer au jet d'eau. Un employé du parc en tablier de caoutchouc transportait à l'aide d'un palan une chose vers le fond, qui ressemblait à une antilope éviscérée.

Sanela repensa à un papier qu'elle avait lu dans la presse. Les visiteurs d'un zoo avaient vu avec horreur un zèbre mort donné à manger à des lions. Détournant les yeux du trou noir béant au niveau du ventre de l'antilope, elle se concentra sur les instruments que des employés du labo disposaient à côté de la table en acier. Un quinqua en combinaison blanche récitait la liste de ce qu'ils avaient trouvé : une demi-cuisse, une main, quelque chose qui pouvait avoir été une partie du dos.

Elle fit poser la caisse sur la table. L'homme souleva le couvercle et le laissa retomber d'un geste résigné.

— Merci. À présent on a quasiment la moitié.

Sanela déglutit. Ils avaient commencé le service à 6 heures et pris leur pause-déjeuner très tôt. Friedrichsfelde, le quartier du parc, était au fin fond de Berlin-Est, et elle en avait profité pour faire un saut à Köpenick et s'assurer que tout allait bien à la datcha. Son père lui avait ouvert une boîte de raviolis. Les raviolis lui pesaient sur l'estomac comme des pierres. Le vétérinaire avait peut-être du Buscopan sur lui.

— Excusez-moi de vous déranger.

L'homme en combinaison blanche pivota dans sa direction, d'un mouvement si lent qu'il en parut imperceptible.

— Officier de police Sanela Beara. J'étais la première sur les lieux.

— Jochen Haussmann.

Il essaya d'être poli. Tout ce qu'il lui dirait maintenant, il aurait à le répéter un peu plus tard à son chef. Elle s'approcha de la table et contempla les instruments. Les animaux seraient-ils abattus ou seulement opérés ? Pour des chiens de combat, la question ne se posait pas. Mais une douzaine de pécaris ?

— C'est un homme ? demanda-t-elle.

Pure curiosité, rien à voir avec un interrogatoire.

— Je suppose. Chevilles larges et poilues. Entre cinquante et soixante ans, je dirais. Ça ne va pas être une mince affaire.

— Pouvez-vous déjà dire si c'était un accident ?

Haussmann réprima un soupir.

— Je ne suis pas Mme Irma. La main en tout cas a été sectionnée par des crocs. Et les autres parties du corps retrouvées jusqu'ici font état de blessures similaires.

— L'heure du décès ?

— Pour cela, il va falloir patienter encore un peu. J'espère bien que ce n'est pas tout ce qu'il nous reste de la victime.

Il toisa Sanela d'un regard un brin plus bienveillant. Peut-être avait-il aussi un peu pitié. Elle imaginait l'impression qu'elle lui faisait. Une contractuelle sur une scène de crime. Il ne pouvait pas savoir qu'elle avait déjà adressé à l'Unité de service centrale sa candidature pour un poste supérieur et une bourse d'études à la faculté d'économie et de droit. Personne à la Sedanstrasse n'était au courant. Personne sauf le chef de service, qui devait rédiger la note d'évaluation. Tout le monde le savait : ce n'était pas seulement affaire de compétences. Elle ne faisait pas partie des chouchous. Elle était de ceux qui serraient les dents et voulaient continuer de croire que le zèle et l'engagement dans le travail étaient tout ce qui comptait. Et la volonté. Une volonté de fer. Une volonté d'acier.

Le commissaire Gehring avait quitté la Sedanstrasse et serait là d'une seconde à l'autre. Elle sentit les paumes de ses mains devenir moites. Ça n'arrivait pour ainsi dire jamais que le chef de la brigade criminelle se trouve sur une scène de crime en même temps qu'une petite îlotière de son écurie. Elle saisirait cette chance. Coûte que coûte.

— Est-il possible que cela se soit passé cette nuit ? Un ivrogne qui aurait escaladé la barrière et se serait fait attaquer par ces cochons d'Amazonie ?

Haussmann devait être au bas mot titulaire de trois doctorats et de plusieurs chaires honoraires, et la liste de ses publications était aussi longue que le casier judiciaire d'un multirécidiviste. Mais il avait aussi de la patience. De la patience pour une jeune fliquette curieuse, ambitieuse et légèrement trop petite. Et elle lui en était sacrément reconnaissante.

— Pour l'instant, je n'ai pu que jeter un œil. Nous devons attendre de voir ce qu'on trouvera dans l'estomac de ces… Comment s'appellent ces bestiaux ?

— Des pécaris.

— De ces pécaris. Les contours des plaies montrent des ecchymoses ponctuelles. Ces hématomes présents sur les bords des blessures laissent supposer que l'homme vivait encore lorsqu'il a été dépecé.

— Dépecé ? Mais vous venez de dire…

Le regard de Sanela tomba sur les scies à os et les haches suspendues au mur.

— Dévoré, se corrigea-t-il. Désolé. J'avoue honnêtement que je n'avais encore jamais vu ça. J'ai déjà dû disséquer des chiens de combat. Après des agressions d'enfants surtout. Mais des cochons…

Je vais gerber, pensa-t-elle. C'est vraiment ça qui m'attend, si je veux monter en grade ?

— Le vétérinaire sera bientôt là. Les bêtes aussi. Nous y verrons plus clair alors. Tout ce qui a été trouvé jusqu'ici est déjà en route pour le laboratoire. (Haussmann ôta ses gants en caoutchouc.) La digestion est le processus le plus agressif que la nature ait jamais inventé. Elle est à peu près aussi rapide chez l'animal que chez l'homme. Eh bien, ça faisait une paye que je n'étais pas allé au zoo. Il y a du café quelque part ?

Au parc animalier, pensa-t-elle, frondeuse. Ici, on est au parc animalier, pas au zoo. Mais seuls les gens de l'Est savaient ça. Haussmann était du genre à avoir étudié à Heidelberg et à faire la joie de ses amis en leur racontant ce genre d'histoire délirante autour d'un rhum flambé.

— Je vous en fais apporter un, dit-elle.

Il en aurait bien besoin.

— Café pour moi aussi.

Sanela fit volte-face. Un homme d'environ trente-cinq ans, vêtu d'un costume d'été en lin clair, s'était approché sans bruit sur ses semelles de crêpe et tendait la main à Haussmann.

— Professeur Haussmann. Désolé, j'ai fait aussi vite que j'ai pu. Qu'avons-nous là ?

Haussmann étudia le personnage d'un regard impénétrable. Gehring était grand, large d'épaules, athlétique et visiblement si convaincu d'être beau mec que personne n'aurait osé un tant soit peu le contredire. Ses cheveux très courts étaient coupés en brosse, il avait une prédilection pour les tee-shirts et pulls à col rond fins et moulants, qui mettaient en valeur ses épaules et ses biceps, et il affectionnait pour une raison inexplicable les pantalons une taille en dessous. Sa tête étroite donnait l'impression d'avoir été coincée dans une presse juste après sa naissance. Elle conférait à l'ensemble un aspect disproportionné, qu'accentuaient encore son nez fin et sa bouche aux lignes très découpées.

— Voyez par vous-même. Mais je vous préviens. Ce n'est pas joli-joli.

— J'ai l'habitude.

Haussmann l'invita d'un geste de la main. Ces deux-là se connaissaient. Pendant un dixième de seconde, Sanela crut déceler un petit scintillement diabolique dans les yeux de Haussmann. Gehring ouvrit le couvercle avec curiosité pour le faire retomber aussitôt. Poussant un gémissement, il extirpa à grand-peine un Kleenex usagé de la poche de son pantalon légèrement froissé.

— Mon Dieu. Je vais m'en tenir aux photos.

— Ça nous simplifiera la tâche.

— Que pouvez-vous déjà me dire ?

— Ah, Beara…

Il se tourna vers elle sans lui tendre la main. Sanela sursauta. Elle n'aurait jamais pensé qu'il connaissait son nom.

— … Noir, sans sucre, sans lait. Bon boulot. Merci. Vous n'avez pas l'air dans votre assiette, dites donc. Allez aussi vous en chercher un. Et trouvez-nous le directeur du zoo. Le plus vite possible.

— Du parc animalier, dit-elle.

Mais Gehring n'écoutait pas.

Sanela sortit. Le type à la voiture électrique avait pris la tangente. Elle aperçut des bottes de paille et alla s'asseoir sur l'une d'elles avant que ses jambes déclarent forfait.

Lentement, les faits se condensaient dans sa tête. Soudain se dessina sous ses yeux une scène d'horreur inédite. Elle avait balisé des périmètres autour d'accidents, arraché à leurs maris des femmes presque battues à mort, elle avait même une fois sorti son arme pour appréhender un dealer. Elle était préparée à toutes les déjections que vomissait la vie. Elle avait vu des cadavres aux visages sereins et paisibles et la face hideuse de la mort violente. Elle était entrée dans des maisons où l'avaient reçue toutes les déclinaisons du mal : cruauté, négligence, sadisme… Elle avait vingt-six ans et l'impression, certains jours, d'en avoir soixante. Elle voulait rejoindre la criminelle, parce qu'elle ne voulait plus s'en tenir au « comment » mais comprendre le « pourquoi ». Pourtant une sorte de prémonition lui disait que ce qui s'était passé ici pouvait bien être trop gros pour sa petite personne. Un homme s'était fait dévorer, peut-être vivant, par des cochons sauvages.

Mettons que ce soit un accident.

Un ivrogne. Un diabétique en crise. Qui s'effondre dans les fourrés derrière les élans, pour ne se réveiller qu'en pleine nuit. Qui ne retrouve pas la sortie. Se trompe. Se retrouve nez à nez avec ces bestiaux. Des boules de muscles et de méchanceté. Non. Les animaux n'étaient jamais méchants. Mais ils pouvaient devenir furieux. Très furieux.

Qu'est-ce qui pouvait mettre des pourceaux dans une telle rage ?

Elle respira lentement pour desserrer sa gorge. Elle vit devant elle l'entrée de la ferme : des silos, des garages et plusieurs bâtiments qui devaient abriter l'administration. Elle aperçut dans les appentis quelques brouettes et un tracteur. Les baraques derrière les buissons servaient apparemment à entreposer des outils. Tableau trompeur d'une matinée d'été à la ferme, dans lequel seuls les paons détonnaient.

Le site s'étendait sur cent soixante hectares. L'équivalent d'un paquet de terrains de foot, pensa-t-elle. Sans navette, l'aller-retour jusqu'à la cafétéria lui prendrait une bonne demi-heure.

Un camion s'approchait en cahotant, soulevant derrière lui un épais nuage de poussière. Il passa devant Sanela et disparut derrière la clinique. Les pécaris, sans doute.

La vue de nouveau dégagée, Sanela remarqua une femme de l'autre côté de la route.

Elle portait une blouse large et des bottes en caoutchouc, malgré la chaleur. Elle regarda le soleil en clignant des yeux et s'alluma une cigarette. Derrière elle se dressait une sorte d'étable basse au crépi grisâtre. Le contraste entre ombre et lumière était tel que Sanela ne pouvait distinguer ce qu'elle abritait.

Son portable sonna. Sven avait besoin d'aide au barrage. Le directeur du parc avait fini par arriver, avec trois équipes de télévision et quelque vingt photographes et reporters à ses trousses. Un point presse avait eu lieu dans la matinée avec les bébés tigres. La meute était encore dans le parc, et plus moyen de s'en débarrasser. Sanela lui demanda dix minutes, Gehring venait de débarquer et réclamait un café, avec un peu de chance elle en trouverait dans les bureaux de l'administration. Connaissant la réputation du commissaire, Sven accepta sans discuter. Elle se dirigea vers la femme, qui jeta aussitôt sa cigarette et écrasa le mégot.

— Bonjour. Mon nom est Sanela Beara. Où puis-je avoir rapidement un café ?

La femme cligna des yeux. Sanela était à contre-jour.

— À la cafétéria ?

Au pas de course, alors. Sanela s'apprêtait à la remercier et à se mettre en route, quand la femme dit :

— Je dois avoir du café soluble quelque part. Si ça vous va ?

— Bien sûr.

Après tout, Gehring n'avait pas commandé un *latte macchiato*.

— Si vous voulez bien attendre ici un petit peu.

Sa voix douce, chaude et féminine formait un fort contraste avec son corps robuste et sa tenue de travail. Elle avait dans les trente-cinq ans, mais en dépit de cette relative jeunesse et de son visage rond, elle avait un air dur. Petits yeux bleu profond, bouche serrée, inscrivit Sanela dans son bloc-notes intérieur. Type d'Europe centrale, vivant au grand air. Vigoureuse, sans doute habituée aux dures besognes.

La femme disparut dans la baraque. Sanela attendit. Le vrombissement de moteur derrière la clinique s'éteignit. Dans le soudain silence un bruit émergea.

Une sorte de rongement, de grattement, de chuintement, comme si un seul et même organisme vivant fouissait le sol de ses cent mille pattes. Le bruit semblait provenir des buissons derrière la baraque. Un petit réduit y avait été bâti contre le mur de la maison, une espèce de construction d'apparence provisoire, recouverte d'un épais lierre. Ce camouflage paraissait presque voulu, à croire que cette annexe cherchait à se soustraire aux regards indiscrets, à se dissimuler derrière les broussailles et les mauvaises herbes. Cela avait peut-être été une cage autrefois, ce qui expliquerait la façade constituée de vieilles grilles soudées les unes aux autres, que l'on ne découvrait qu'en s'approchant de l'entrée. La porte en fer était à moitié ouverte. Les serrures étaient neuves et de qualité. Un étonnant contraste avec le crépi écaillé de la baraque et la rouille qui rongeait la porte et les grilles. Quel trésor protégeait-on ici ?

Elle poussa la porte entrouverte. Les gonds rouillés grincèrent. À gauche, contre le mur de devant, se dressait une armoire en fer, comme on en voyait dans les vestiaires. À droite, une caisse en acier, grande comme quatre boîtes à chaussures. La caisse et l'armoire étaient reliées par un tuyau. Les grattements faiblirent. Le sifflement continua.

— Entrée interdite.

Sanela se retourna en sursaut. La femme l'avait suivie. Écartant une liane de lierre, elle montra sur la porte une plaque émaillée sur laquelle étaient inscrits ces deux mots.

— À quoi sert cet endroit ?

— Je ne suis pas sûre que vous aimeriez le savoir. Vous feriez mieux de partir. Ce secteur est interdit au public. À moins que vous ne vouliez ouvrir une enquête. C'est le cas ?

— Je devrais ?

Un minuscule silence. Puis la femme dit :

— Les pécaris. C'est à cause d'eux que vous êtes ici, n'est-ce pas ? Il y a du nouveau ?

— Que savez-vous à ce sujet ?

— Ce qui veut bien filtrer jusque dans ce coin reculé. Quelqu'un a dû escalader la barrière pendant la nuit.

— Qui dit ça ?

La femme passa devant elle et entra dans le réduit. Sanela y vit comme un feu vert et lui emboîta le pas. Une sensation d'oppression l'envahit aussitôt. Le bruit venait de la caisse en acier. Il se fit plus faible.

— Les soigneurs ont dit quelque chose de ce genre. L'année dernière, à Leipzig, un homme a escaladé l'enclos des ours polaires et a été tué. La nuit.

— Ce n'est pas surveillé, ici ?

— Bien sûr que si. (La femme évitait son regard.) Tout comme à Leipzig.

Une légère brise fit trembler des feuilles sèches dans les arbres. Sanela s'approcha de la caisse en acier. Le couvercle était fermé par un verrou.

— Qu'est-ce qu'il y a, là-dedans ?

— Des rats.

— Je peux voir ?

— Non.

La femme ouvrit la porte de l'armoire métallique. Elle contenait une bouteille de gaz. Sanela porta la main à sa ceinture. Rien de menaçant en vue, mais autant garder son arme à portée de main.

— Ouvrez la caisse.

— Pas maintenant.

La femme contrôla le robinet.

— Pourquoi ça ?

— Parce qu'ils ne sont pas encore morts.

Sanela sentit ses cheveux se dresser sur sa nuque. Les sangles du holster lui comprimaient la poitrine. Elle avait du mal à respirer. C'était peut-être aussi l'odeur. Le vent avait tourné et portait avec lui un mélange indéfinissable. Fourrage fermenté. Paille humide. Pain. Carottes. Gaz.

— Qu'est-ce que c'est ? demanda-t-elle en faisant un bref signe de tête vers l'extravagante construction.

— La chambre à gaz.

Soudain, l'air lui manqua. Choc ? Stress post-traumatique ? La plupart des gens ignoraient jusqu'où allait leur capacité de résistance, tant que celle-ci n'était pas mise à l'épreuve.

— Vous êtes ici à l'endroit où l'on élève les animaux alimentaires. Vingt litres de CO_2 par minute pendant cinq minutes. Si vous ouvrez avant, vous prolongez leur agonie. Ou leur espoir. Ce qui ne se fait pas non plus.

Ça ne se fait pas. On gaze en y mettant les formes. Bizarre, cette expression. Inquiétante. Monstrueuse. Une chose qui ne se dit pas.

L'éleveuse de rats sourit. Un sourire peu avenant, sans chaleur. Comme une grimace en coin, une torsion de ses lèvres fines où se lisait une sorte d'indulgence amusée.

— Vous pensiez qu'il n'y avait que des herbivores, dans ce parc ?

— Bien sûr que non.

La femme, tout en parlant, vérifia le niveau de gaz et le robinet.

— Nous élevons des souris, des cochons d'Inde, des lapins et aussi des rats. Pour les serpents et les rapaces. Et des poussins pour les dromadaires. Tout le monde pense que les dromadaires ne mangent que du foin. Mais pas du tout. Pour aujourd'hui, j'ai une commande du pavillon Alfred-Brehm. Cinquante souris, âgées de trois semaines. Je fais en sorte de ne pas dépasser.

— Vous livrez aussi les pécaris ?

— Oui. Trente poussins deux fois par semaine. Avec ça, ils ont droit à un mélange de fourrage pour porcs, et parfois aux déchets de la benne à os. Ils aiment avoir quelque chose à croquer.

La femme ferma le robinet de gaz. Le chuintement s'éteignit. Tout était silencieux.

— La benne à os ?

— Nous découpons la viande pour les fauves. Ce qu'ils laissent part dans les conteneurs à ordures. Les soigneurs viennent y chercher ce dont ils ont besoin. Les éboueurs emportent le reste.

Sanela écarta une tige de lierre et regarda dehors à travers les barreaux de la grille. Derrière la clinique commençait la forêt vierge.

— Je ne vois pas de bennes. À l'arrière, vous dites ?

La femme se posta à côté d'elle et hocha la tête.

— Ça fait des années que je dis qu'il faut les mettre ailleurs. Surtout l'été. Quand le vent souffle du mauvais côté, tout rentre dans les appartements. Impossible d'ouvrir les fenêtres.

Les barres HLM de Lichtenberg entouraient le parc comme un gigantesque rempart.

— Voilà, j'ai terminé, dit la femme. Je les sors dans dix minutes. Vous voulez y assister ?

— Merci. Pas besoin.

Sanela suivit la femme jusqu'aux bâtiments administratifs. Les plaques de béton qui couvraient la chaussée s'érodaient lentement, et l'herbe jaillissait des fissures. La femme tourna à gauche et se dirigea vers la porte du baraquement. Comme elle s'apprêtait à entrer, Sanela lui demanda :

— Vous êtes… ?

— Charlotte Rubin. Mais tout le monde m'appelle Charlie. Si vous voulez en savoir plus, adressez-vous au directeur. Administrativement, nous sommes rattachés au zoo des enfants.

— Le zoo… des enfants.

— Oui. Je peux vous faire votre café, maintenant. Si vous en voulez toujours.

5

Sanela pénétra dans le baraquement par un étroit couloir. À sa droite se trouvait la salle des employés. Le tableau était à peu près le même qu'à la clinique vétérinaire : murs grossièrement crépis, peinture écaillée, chape de ciment brut au sol. Sur la table, une toile cirée. L'évier – si l'on pouvait appeler comme ça la grosse cuve en céramique – était fêlé par endroits. La dernière rénovation devait remonter au temps de la RDA. Charlotte Rubin farfouilla sur une étagère où s'entassaient pots de confiture, crayons, boîtes de thé et paquets de biscuits entamés. Elle finit par trouver un bocal de café soluble. Elle dévissa le couvercle et, à l'aide d'une cuillère, gratta l'intérieur pour désagréger la masse compacte. Quelques gros grumeaux se détachèrent.

— Je ne bois que du thé. Mon remplaçant a laissé ça l'année dernière quand j'étais en vacances. Je ne sais pas, on peut offrir à boire une chose pareille ?

À Gehring, sans aucun doute.

— Bien sûr. Désolée de vous donner tout ce mal.

— Pas de problème.

L'éleveuse de rats prit deux mugs sur une étagère et alluma une bouilloire électrique.

— Lait ? Sucre ?

— Noir.

Sanela se tenait dans l'encadrement de la porte.

— Faites le tour si vous voulez.

La salle de gauche était remplie de grandes caisses dans lesquelles des rats grouillaient, par dizaines, par centaines. Du bébé au gros mâle adulte. Sanela s'arrêta devant une caisse pleine de femelles qui venaient d'avoir leurs petits, de minuscules boules roses qui se pressaient contre les mamelles, se grimpant les uns sur les autres, retombant, se tortillant, se faufilant à travers la pelote de leurs congénères. Charlie entra, se posta à côté d'elle, sortit de la caisse une de ces créatures et la posa dans la paume ouverte de sa main. Le petit être se recroquevilla sur lui-même, c'était son seul moyen de défense. Quelque chose en lui évoquait les échographies de fœtus humains.

— Ils ont deux jours. Les yeux sont encore fermés. Et là…

Elle tourna le bébé rat sur le dos et son index caressa le petit ventre d'un geste presque tendre.

— … le foie. Le cœur. Vous le voyez battre ? La peau est encore translucide.

Sanela se pencha avec une quasi-dévotion sur la petite chose rose, qui faisait à peine la moitié de son auriculaire.

— Oui. Et cette tache blanche, qu'est-ce que c'est ?

— Le lait maternel qu'il vient de boire. Tenez. Prenez-le.

Charlie déposa précautionneusement le nouveau-né au creux de sa main. Sanela sentit la chaleur et le gigotement de la bestiole aveugle. Cette tache blanche l'émouvait. Ces petites pattes, cette tête nue et oblongue – on aurait dit un gros ver de terre.

Sanela se pencha en avant. Oubliant un instant leurs tortillements affamés, les rats dressèrent le cou.

— On retire les bébés au bout d'une semaine. À cette taille, ils font un cadeau de mariage idéal pour les géocoucous véloces. Le vivarium préférerait les avoir encore plus tôt.

Sanela fit glisser le rat dans sa caisse, où il disparut dans une mêlée rose de petits corps entortillés.

— Est-ce qu'ils savent?

Charlotte Rubin quitta la pièce, Sanela sur ses talons. Elle tourna à gauche dans le couloir et ouvrit une autre porte. Une odeur aigrelette vint frapper ses narines. Les murs étaient tapissés de cages pleines de souris blanches. Partout des femelles avec des portées de dix à quinze rejetons.

— Est-ce qu'ils savent? répéta Sanela.

L'éleveuse jeta un regard à la première cage. Les souriceaux étaient encore plus petits que les bébés rats. De pauvres vers, nus et aveugles.

— Pas ici.

Charlie ouvrit la cage et en sortit un bébé souris. De nouveau, elle le tint de façon presque tendre dans le creux de sa main.

— Nous ne parlons pas de la mort en leur présence. Les souris n'ouvrent les yeux qu'au bout de dix jours. Et, à la différence des rats, elles nourrissent aussi les portées d'autres mères.

— Vous avez dit que vous faisiez en sorte de ne pas dépasser. Qu'est-ce que vous vouliez dire?

Charlotte Rubin remit la souris à sa place, ferma la cage et retourna dans la salle des employés. Elle sortit de l'étagère un semainier rectangulaire et le posa ouvert sur la toile cirée de la table. Des tableaux remplis de colonnes de chiffres.

— Le livre de production. Les différentes sections y passent commande, et nous notons ce que nous leur livrons. Rapaces, fauverie, chameaux, élevage d'oiseaux… (son index glissa le long de la page). Nous livrons toujours un peu moins. Ça augmente la valeur biologique. Je viens du monde agricole. Nous tuons à la paysanne. Là-bas, dans le parc, on aime tous les animaux. L'année dernière, la mort d'un loup à crinière a été une tragédie. Les bébés tigres sont mignons à croquer. Et rappelez-vous Knut, l'ours blanc, qui a déchaîné les foules. (Sanela aperçut du coin de l'œil une chose qui bougeait. Une souris blanche fila le long du mur et disparut derrière l'évier.) Quand un éléphant meurt, tout le parc est en deuil. Mais le lapin qu'on va découper demain pour le vautour royal, sa vie ne compte-t-elle pas autant ? Pas pour le public. Ici, on est loin de tout. On n'a pas beaucoup de contacts avec les autres sections. Mais au final, on fait exactement ce que font les paysans avec leur bétail. Ou le zoo avec ses zèbres.

— On ne donne pas les zèbres à manger, ici.

— C'est ce que vous croyez.

Sanela repensa à l'antilope éviscérée. Une rumeur tenace disait que certains restaurants ne se fatiguaient pas à importer leurs spécialités exotiques de l'étranger.

La souris sortit de sa cachette, courut à la porte et s'arrêta, toute tremblante. À gauche ! pensa Sanela, et pendant un instant un sentiment de joie irraisonnée l'envahit. À gauche, et c'est gagné, bébé. À gauche, et c'est la liberté. La souris courut à droite. Retour aux salles d'élevage.

— Ils savent ? demanda encore une fois Sanela.

Charlotte Charlie Rubin referma le livre d'un coup sec et le rangea à sa place.

— Seulement dans les dernières minutes.

Sanela traversa le sentier avec deux mugs de café remplis à ras bord. Arrivée de l'autre côté, ils ne l'étaient plus qu'à moitié, et elle avait les mains sacrément ébouillantées. Se retournant une dernière fois, elle aperçut la silhouette de Charlie qui disparaissait derrière le lierre pour sortir sa prochaine livraison de rats gazés de la caisse métallique.

Elle rejoignit la clinique et apporta leurs cafés à Gehring et Haussmann. Les corps de quatre pécaris étaient alignés contre le mur, les soigneurs apportaient le suivant. Les bestiaux respiraient encore, ils étaient seulement endormis. Ils dégageaient une odeur intense à vous faire tourner de l'œil.

Aucun des deux hommes ne remarqua sa présence. Ils parlaient à voix basse avec un troisième qui portait une blouse blanche descendant jusqu'aux pieds. Un des vétérinaires, sans doute. Ils cherchaient des bouts de colonne vertébrale, des fémurs brisés et broyés par des dents aiguisées comme des lames. Le vétérinaire n'y croyait guère. Haussmann se dirigea vers une laie, lui souleva les babines et passa son index ganté le long de ses défenses.

Sanela sortit en décrivant un large cercle autour des pourceaux. Elle n'était pas fâchée de devoir renouer bientôt avec sa mission de maintien de l'ordre. Un terrain sûr.

Le chemin qui menait de la ferme à la partie publique du parc passait derrière la clinique et longeait l'ancien pavillon des éléphants. Il flottait dans l'air une odeur de lisier et de paille, presque suave après tout ce que ses pauvres narines avaient déjà subi au cours de cette journée. Elle s'arrêta.

Trop suave. D'une suavité répugnante. Écœurante. C'était une odeur de charogne.

Les bennes à os. Elle resta immobile, indécise. Sven l'attendait. Elle ne devait plus se permettre ce genre d'initiatives perso. Elle devait revenir sur ses pas et en informer la Sainte Trinité de la PTS, la police technique et scientifique. Non. Elle ferait mieux de se dépêcher pour retourner au périmètre de sécurité refouler les curieux, les enfants pleurnicheurs et les photographes impudents. Non.

Elle devait aller voir.

Les bennes à os, une série de conteneurs en plastique bleus et à couvercles coulissants, s'alignaient contre le mur de brique à l'arrière de la clinique. Elles étaient soigneusement fermées, et pourtant l'odeur devenait de plus en plus forte à mesure qu'elle s'approchait de sa source. Sanela soupesa les risques. Les collègues de la police scientifique avaient du travail jusqu'au cou dans l'enclos et à la clinique. Qui savait ce que les investigations de Gehring allaient encore mettre au jour ? Le parc devrait peut-être être entièrement évacué et passé au peigne fin. Et elle qui arrive comme une fleur en criant : Ohé ! Regardez donc ! Trois conteneurs pleins d'os et de déchets de viande. Vous seriez gentils de farfouiller là-dedans.

Sauf qu'il manquait des bouts du corps. Les restes d'un homme qui avait été victime d'un crime violent ou d'un accident. Si les ventres des pourceaux ne livraient pas ce que Haussmann espérait y trouver, ils chercheraient un meurtrier.

Elle s'immobilisa, croyant avoir vu quelque chose bouger. Soudain des bruits s'élevèrent tout autour d'elle. Le bruissement du vent dans les feuilles sèches. Le trafic sur la quatre-voies. Un craquement, peut-être une branche cassée sous de lourdes semelles. Elle chercha son arme à tâtons et mit la main sur la crosse. Elle se retourna lentement, dos aux conteneurs et au mur de la clinique, en direction de l'ancien pavillon des éléphants. Et tout à coup, elle les vit.

Un groupe de petits bungalows, blottis à l'ombre du pavillon. Ils paraissaient inhabités, tels des abris de fortune ou des baraquements de réfugiés laissés à l'abandon. Quatre maisonnettes de plain-pied, avec des toits pointus et de minuscules fenêtres. L'une d'elles était ouverte. Un rideau pendait au-dehors et flottait doucement au vent.

Sanela baissa le bras et souffla. Son imagination lui avait joué un tour. Les nerfs aussi, sans doute. Ce devait être les logements dont parlait Charlie ; les barres HLM de Lichtenberg étaient beaucoup trop loin. Ces petites maisons se trouvaient dans l'enceinte même du parc, tout à côté des bennes à os. Une fenêtre ouverte : c'était inconcevable, car l'odeur qui flottait dans l'air les enveloppait comme un linceul invisible.

Quelque chose se faufila entre ses jambes. Sanela réprima un cri. Une souris blanche. Celle qui s'était échappée de la baraque ? Lui laissant le bénéfice du doute, elle prit plaisir à se dire que oui. Tu vois, pensa-t-elle. La mort n'est donc pas si certaine.

Un croassement rauque au-dessus d'elle, bientôt rejoint par d'autres, la fit tressaillir. Une nuée de corneilles s'envola d'un des hêtres et décrivit des cercles autour de la clairière entre la clinique et les maisonnettes, à la recherche d'une proie. La souris, dont les chances de survie s'étaient d'un coup réduites à zéro, avait disparu.

Sanela s'avança vers les conteneurs et sortit un mouchoir qu'elle appliqua sous son nez. Elle eut toutes les peines du monde à déplacer le couvercle. Rassemblant ses forces, elle le repoussa mais une ombre tomba sur le mur avant qu'elle ait pu jeter un regard à l'intérieur. Elle ne comprit pas sur l'instant que c'était la silhouette d'une personne qui levait les bras et brandissait quelque chose de lourd. Elle voulut se retourner, trop tard. Son mouvement à peine esquissé fut stoppé net par un terrible coup. Un coup si violent qu'elle n'eut même pas le temps de sentir la douleur.

6

La douleur arriva le lendemain, quand les infirmières commencèrent à rationner les cachets. Sanela avait été emmenée à l'hôpital le plus proche, celui de la Herzbergstrasse à Berlin Friedrichsfelde. Diagnostic : commotion cérébrale, clavicule fêlée, blessure profonde à l'épaule gauche. Un côté du corps était plâtré jusqu'au cou, la tête entourée d'un bandage. Elle ressemblait à la caricature d'un skieur accidenté et n'avait pu se laver le matin qu'avec l'aide de deux infirmières. Son ébauche de mouvement lui avait sauvé la vie. « Autrement l'agresseur vous aurait fendu le crâne », lui avait expliqué un interne passant en coup de vent pour la visite du matin.

Il était environ midi quand on toqua à la porte. Gehring entra. Il commença par tourner autour du pot puis finit par faire apparaître un bouquet de fleurs de derrière son dos en bredouillant quelque chose comme « bon rétablissement » et « tout le service s'est cotisé ». Bien sûr. Histoire qu'elle ne se fasse pas de fausses idées. L'embarras vis-à-vis des collègues féminines moins gradées pouvait parfois prendre des proportions grotesques.

— Asseyez-vous, je vous en prie.

Elle essaya de se redresser, tout en remontant de la main droite sa chemise de nuit jusqu'au cou. Elle pouvait à peine bouger le bras gauche.

Gehring regarda autour de lui, trouva une chaise dans la douche et essuya le siège mouillé avec un mouchoir. L'esprit de Sanela moulinait. Que signifiait cette visite ?

— Vous êtes au courant pour l'arrestation ? demanda-t-il en s'asseyant prudemment sur la chaise près du lit.

— Non.

Ce matin seulement, elle avait pu recommencer à aligner trois idées. Son père était resté auprès d'elle jusqu'à 2 heures du matin. Elle avait fini par le renvoyer chez lui, rendue à moitié folle par ses ronflements.

— Je n'ai pas encore la télévision. Qui a été arrêté ?

Gehring gigotait sur son siège. Visiblement, il n'avait pas réussi à le sécher complètement. Il désigna le papier journal froissé dans lequel il avait enveloppé les fleurs.

— La femme qui vous a mise dans cet état. Une dénommée Charlotte Rubin. Une employée du parc animalier. Elle a dû s'approcher à pas de loup et vous attaquer par-derrière. Tous les journaux en parlent. Il ne restait plus qu'à vous prévenir.

— Charlie ?

Son exclamation stupéfaite arrêta instantanément les gigotements de Gehring, qui fronça les sourcils.

Sanela saisit le bouquet, défit les fleurs du journal et lut les gros titres du canard. Double page. *Le monstre du parc animalier*. Photo de Charlie pixellisée. *L'éleveuse de rats était une meurtrière.* Photo en gros plan de Gehring. *La victime n'a pas encore été identifiée*. L'enclos vide des pécaris entouré de rubalise. *Un homme entre cinquante et soixante ans. Décédé peu après minuit.* Elle essaya de lire davantage que les manchettes au style télégraphique, mais les lettres se brouillèrent devant ses yeux. Charlie, pensa-t-elle. Je m'attendais à tout sauf à elle.

— Belle photo, murmura-t-elle, supposant que ça lui ferait plaisir.

Les efforts de Gehring pour dissimuler son air flatté derrière un sourire modeste lui donnèrent raison.

— Un grand jour pour la police berlinoise. Une arrestation rapide, peu après la découverte du corps, remarqua-t-il.

— L'homme a vraiment été assassiné ?

— Haussmann a trouvé des traces de liens autour des mains, mais rien qui indique qu'il y ait eu résistance. La victime a été shootée avant sa mort. Probablement par injection. Un cocktail de dopamine et de kétamine qui porte la marque d'un professionnel.

— Mon Dieu, murmura-t-elle.

Pour la première fois, quelque chose comme une curiosité professionnelle s'alluma dans le regard de Gehring :

— Vous connaissez ?

— L'une anesthésie, l'autre paralyse. La victime reste pleinement consciente. Il s'est donc vu en train de se faire…

— Oui, s'empressa de dire son chef, comme pour couper court aux images en même temps qu'à la phrase. Je me demande ce qui peut se passer dans le cerveau de quelqu'un qui prémédite et exécute un acte pareil.

— C'était prémédité ?

— On suppose, dit-il d'une voix légèrement irritée.

Elle lui rendit le journal.

— Les vétérinaires, les cliniques et les zoos ont ce genre de produits en quantités industrielles.

— Encore faut-il savoir s'en servir. Surtout quand on n'a pas d'anesthésiste sous la main pour contrôler la respiration. Rubin savait parfaitement ce qu'elle faisait, elle connaissait son affaire. Même sans ses aveux, les indices sont plus qu'accablants. Par ailleurs, vous avez été assommée avec une pelle numérotée. Enregistrée au service d'élevage des animaux alimentaires.

Sanela porta sa main droite à sa tête et palpa son bandage. Elle essaya de se souvenir d'un signe ou d'un pressentiment, de quelque chose qui aurait dû éveiller sa méfiance. Rien. Si ! Il y avait quelque chose. Elle tenta vainement d'attraper et de visualiser une bribe de souvenir. Elle vit le visage dur et anguleux de Charlie devant elle. Une paysanne. Une fille de ferme. Une éleveuse de rats. Bourrue au premier abord, mais franche et sincère, livrant ses sentiments à cœur ouvert. Sauf une fois, une seule, comme si elle avait tiré un rideau. Une pause infinitésimale, un léger voile masquant son incertitude. Réaction à une question. Laquelle ? Le souvenir ne voulait pas lui revenir.

Gehring ignora sa perplexité, si tant est qu'il l'ait remarquée.

— Rubin a essayé de prendre la fuite, mais elle n'est pas allée bien loin. Elle n'a pas dépassé la première station de tramway. Elle s'est laissé arrêter sans opposer de résistance.

— Mais pourquoi m'assommer moi ?

— Vous étiez du côté des conteneurs à ordures. Qu'y faisiez-vous, du reste ?

— Une intuition. Vous avez trouvé quelque chose ?

— Tout ce qui nous manquait. Les pourceaux n'ont avalé que des petites parties du corps. Ils ont rongé les plus grosses, en laissant les os. Je vais trop dans les détails ?

— Non.

— On suppose que ça s'est passé comme ça : la femme a mis l'homme sous sédatif en le laissant pleinement conscient et l'a transporté dans l'enclos à l'aide d'une brouette. Une laie venait de mettre bas. Rubin a pris un petit et lui a ouvert le ventre. Du coup, toute la compagnie a pété les plombs et s'est jetée sur l'homme, qui a assisté à sa propre mort sans pouvoir lever le petit doigt.

La nausée fut si subite et violente que Sanela eut peur de ne pas pouvoir se retenir.

— Au petit matin, elle est allée voir ce qui restait. Elle a ramassé les gros morceaux. La main et la cuisse ont dû échapper à sa vigilance. Ou alors les… Comment s'appellent ces bestiaux, déjà ?

— Pécaris.

— Ou alors les pécaris ne l'ont pas laissée s'approcher. Elle n'avait sans doute pas prévu que les traces mèneraient aussi vite jusqu'à elle. Débarque alors une gardienne de la paix, qui met son nez dans les ordures. Elle panique. Gros stress. Elle nous voit remonter la piste. N'importe qui craquerait. Les services de propreté auraient vidé les poubelles l'après-midi même… C'est moi qui vous ai trouvée. Dans les fourrés derrière la clinique.

— Vous ?

— Votre collègue s'inquiétait de ne pas vous voir arriver au barrage. Et moi, je n'étais pas contre un nuage de lait dans mon café, finalement.

Gehring trouva la blague très drôle. Sanela parvint tout juste à arborer un sourire forcé. Il se leva et alla à la fenêtre. De son lit elle ne pouvait voir que le ciel. Ce qui se passait dans la rue devait être intéressant, car il resta là un moment sans bouger, comme captivé par quelque chose.

— Qui est la victime ?

— Il n'est pas fiché, mais nous pensons qu'il pourrait s'agir d'un homme venant de Wismar. Il devait régler sa note d'hôtel ce matin, mais s'est évaporé dans la nature. Le signalement pourrait coller. Les collègues sont en train de vérifier. Nous n'en sommes qu'au début.

— Et que dit Rubin ?

— Murée dans le silence. (Il croisa les mains dans son dos et se balança imperceptiblement d'avant en arrière.) Nous en sommes encore à établir la chronologie des faits. Nous attendons d'autres résultats du labo. Mais nous sommes à peu près sûrs que tout s'est déroulé comme je viens de vous le dire. Information confidentielle, du reste.

— Mais on a quels indices, en dehors d'une… euh… pelle numérotée ?

Sa blague fit un flop.

— Les bottes de Rubin portaient des traces de terre de l'enclos. Une clé passe-partout dont le vol avait été signalé il y a quelques semaines a été retrouvée chez elle. On a relevé ses empreintes digitales sur la brouette qui a servi à transporter les morceaux du corps. Les analyses ne sont pas encore terminées, mais nous sommes sûrs que la tenue de travail de Rubin est tachée du sang de la victime. Et elle s'y connaît en porcs.

— Elle a grandi dans une ferme.

Gehring cessa de se balancer et se retourna.

— Comment le savez-vous ? Vous la connaissez ?

— J'ai discuté avec elle juste avant.

— Vous avez… Vous êtes devenue complètement folle ? Et à propos de quoi ?

— À propos de son travail. Des animaux. Du fait de tuer. Elle est éleveuse de rats.

Gehring ramassa le journal sur la chaise, le froissa en boule et le jeta dans la poubelle. Il était furieux. Comme ils étaient en privé, il n'avait pas besoin de prendre de pincettes.

— Qu'est-ce qui vous a pris ? Vous avez reçu des ordres ? De quel droit vous êtes-vous permis d'intervenir dans notre enquête ?

— Vous vouliez du café.

— Et alors ?

— C'est elle qui l'a préparé.

Il s'affala sur la chaise. Il se demandait peut-être comment faire pour justifier d'avoir chargé une subordonnée d'une telle tâche.

— Votre arrivée lui a sûrement mis la puce à l'oreille, et elle a pu tranquillement effacer les traces. Quel merdier ! (Il bondit sur ses pieds. Sanela ferma les yeux, le voir fulminer lui faisait mal partout.) Vous devez le signaler dans votre rapport.

— Le café aussi ?

— Bien sûr que non. Sortez quelque chose de votre chapeau. Flair criminalistique ou votre infaillible intuition féminine, je m'en fous. À moins que vous ne teniez à une procédure disciplinaire. À votre encontre, Beara, qu'on se comprenne bien. Je le veux sur mon bureau cet après-midi au plus tard. Compris ?

— Oui.

— J'enverrai quelqu'un prendre votre déposition. Y a-t-il un détail qui pourrait nous faire avancer ?

— Non, dit-elle après un temps. Elle n'avait pas du tout l'air nerveuse. Au contraire. Elle m'a montré son élevage.

— Comme c'est charmant.

Gehring faisait une tête, à croire qu'il allait lui décompter cette journée de ses congés.

— Il y avait quelqu'un dans les baraquements, dit-elle. Dans les maisons derrière la clinique.

— Ces maisons sont vides. Charlotte Rubin est la seule à y habiter. Elles ne sont occupées que temporairement, quand des transports d'animaux ont besoin d'escortes, ou quand une délégation de Mongolie occidentale vient observer le comportement reproductif des couleuvres de Siam.

— Mais j'avais le sentiment…

Gehring se pencha en avant et la fixa du regard. Son visage étroit, avec ses yeux un peu trop rapprochés, demeura impassible.

— En l'occurrence je me contrefous de vos sentiments, agent Beara. Vous comprenez ? Je m'en contrefous. Il nous faut des faits. Pas des pinailleuses sous-payées et dévorées d'ambition qui se croient au-dessus de leurs collègues. Est-ce que je me suis bien fait comprendre ?

Sanela l'observait sans ciller.

— Si vous n'êtes pas capable de maîtriser vos sentiments, vos intuitions, vos impulsions et que sais-je encore, vous n'arriverez même pas à l'examen préliminaire. Sans parler du fait que votre chef est un bon ami à moi. (Il désigna les bandages). Que disent les médecins ?

— Dans quatre semaines, je serai sur pied. Comme avant.

— Espérons que non.

Il se dirigea vers la porte.

— Il m'a demandé ce que je pensais de vous, reprit-il.

— Et donc ?

— Posez-vous la question à vous-même. Demandez-vous si vous entravez l'enquête ou si vous la faites avancer.

— Avancer ?

Il claqua la porte derrière lui, plus fort qu'il n'aurait dû.

Elle attendit d'être sûre qu'il soit parti, puis se leva à grand-peine, atteignit la corbeille et ramassa le journal.

Charlotte Rubin, trente-quatre ans, éleveuse de rats au parc animalier de Friedrichsfelde, soupçonnée d'avoir drogué un homme non encore identifié, avant de le transporter à l'aide d'une brouette dans l'enclos des pécaris. Elle avait déjà comparu devant le juge d'instruction. Les motifs et le déroulement exact des faits étaient inconnus. Ses collègues la décrivaient comme une personne renfermée et solitaire. Pensée émue pour le goret trucidé.

Sanela songea au bébé rat et à Charlie caressant d'un index presque tendre son petit ventre rond, rempli de lait. Elle n'avait pas d'explication, et soupçonnait Charlotte Charlie Rubin de ne pas en avoir non plus. Si celle-ci avait commis ce crime, c'était une femme à deux visages.

— *À moins que vous ne vouliez ouvrir une enquête…*

— *Je devrais ?*

Le souvenir était revenu.

Le premier moment de la rencontre, lorsque l'on évalue l'adversaire. Est-il dangereux ? Découvrira-t-il ce que j'essaie de cacher ? Allons donc. Une petite îlotière naïve qui débarque par hasard pour avoir un café. Menons-la un peu par le bout du nez. Choquons-la en prodiguant un peu de tendresse à des créatures promises à la mort. Racontons-lui un peu comment fonctionne le cycle de la vie dans les coulisses du zoo des enfants. Mettons-lui un bébé rat dans le creux de la main et laissons-la méditer sur « manger et se faire manger ». Faisons joujou avec elle. Comme avec la souris à qui on a offert un semblant de liberté auquel elle ne survivra pas plus de dix minutes. Accordons-lui ce plaisir et son café. Puis achevons-la d'un coup de pelle.

Sanela tituba jusqu'à la salle de bains et put enfin vomir.

7

Au bout de quatre semaines, Sanela put enlever son orthèse d'épaule et recommencer l'entraînement en douceur. Elle voulait reprendre le plus vite possible, car les performances sportives comptaient pour une part dans l'évaluation. Les examens d'aptitude étaient prévus pour l'automne, et elle appréhendait surtout le test de Cooper – faire le maximum de tours de piste en douze minutes. Vu l'état de son épaule, elle n'osait même pas songer au développé couché. C'était mal parti pour elle, mais elle s'était interdit de reporter encore d'un an ses efforts et ses espoirs. Après le service, elle s'entraînait dans le parc de Plänterwald, avec Pink, Cage, The Elephant, The Smashing Pumpkins et les Foo Fighters dans les écouteurs de son MP3.

Après son retour, les collègues ne se bousculèrent pas pour poser des questions. Au fond, seul Sven se réjouissait sincèrement de la revoir. Aux yeux des autres, elle n'était que le roquet qui avait pissé sur la jambe de la mauvaise personne. Quant à Gehring, qui travaillait au troisième étage de la Sedanstrasse dans l'autre aile du bâtiment, elle n'entendit plus parler de lui et ne le revit pas non plus.

Elle s'était renseignée au sujet de l'allusion de Gehring : « Je connais votre chef. » À sa grande frayeur, elle apprit que le chef de service et Gehring avaient suivi ensemble plusieurs séminaires de formation pour cadres et que s'était développée entre eux une sorte d'amitié virile. Un seul mot négatif de la part de Gehring, et elle pouvait faire une croix sur sa promotion. Elle redoubla d'attention pour éviter tout faux pas. Elle saluait aimablement, se proposait la première pour les brigades de nuit, dont personne ne voulait, sous la houlette de chefs d'équipe que tout le monde fuyait. Elle se maquillait avec plus de soin et de discrétion encore que d'habitude, allait chercher le café, lavait la voiture de service et y passait l'aspirateur. Le jour de son retour, elle apporta un gâteau et trois paquets de café. Elle racontait à qui voulait l'entendre que son flair l'avait conduite jusqu'aux bennes à os, mais que c'était à Gehring et à lui seul qu'elle devait d'avoir été retrouvée à temps. Elle savait qu'elle n'en était pas plus appréciée pour autant. Mais elle liait plus souvent conversation avec les collègues et n'était plus aussi agitée quand on lui adressait la parole. Son retour précoce et son rôle dans l'affaire Rubin, quoique minimisé et présenté comme le fruit du hasard, firent bientôt le tour du service. Et lorsqu'un jour, à la cantine, son chef alla jusqu'à échanger avec elle quelques mots dépassant le cadre strictement professionnel, elle eut pour la première fois le sentiment de s'être à peu près tirée de cette mauvaise passe.

Elle se garda bien de remettre en question les conclusions de l'enquête. Autant se passer tout de suite la corde au cou. Mais elle continua de suivre de près l'affaire et ses développements. Si tant est qu'on ait pu parler encore de développements. Les résultats de l'instruction corroboraient tous la thèse de la culpabilité de Rubin. Le dossier semblait clos.

Entre-temps, les médias affamés s'étaient jetés sur d'autres sujets. Charlotte Rubin ne reviendrait sur le devant de la scène qu'à l'automne, quand s'ouvrirait son procès. Le jour, Sanela enchaînait les heures de service, contrôlait les permis de conduire, sanctionnait les excès de vitesse, ramenait le calme dans des bagarres de bistrot et rappelait aux vieilles dames du parc de Treptow qu'elles étaient tenues de ramasser les mines antipersonnel laissées par leurs quadrupèdes ; le soir, pendant que son père captait dans le salon *Hrvatska radiotelevizija* par satellite, elle préparait les examens d'entrée à la faculté d'économie et de droit – département 5, gestion de la police et de la sécurité publique. Elle n'avait pas le bac mais pouvait faire valoir un diplôme professionnel et plusieurs années d'expérience sur le terrain. Elle pensait à Gehring plus souvent qu'il ne fallait. Elle se repassait alors leur conversation dans les moindres détails. Et, chaque fois, ça la rendait furieuse.

En l'occurrence je me contrefous de vos sentiments, agent Beara. Elle savait ce qu'ils pensaient : qu'elle était mue par les sentiments. Peut-être aussi par la solitude. Et par sa petite taille. Les petits faisaient souvent de l'excès de zèle pour se sentir à l'égal des autres. Mais ils se fourraient le doigt dans l'œil. Sanela avait compris très tôt que le mal faisait partie de ce monde et qu'on ne pouvait pas l'éradiquer. C'était une hydre : à chaque tête coupée, il en poussait deux nouvelles. Elle n'avait pas la naïveté de croire que, étant dans la police, elle pouvait attaquer le mal à la racine. Mais elle voulait le comprendre. Enfoui au fond de son âme se trouvait, comme chez tout le monde, un cachot souterrain et obscur. Il restait fermé, et c'était très bien ainsi. Mais il y avait des gens qui arrivaient à ouvrir cette porte. Chez certains, même, elle s'ouvrait à toute volée. D'autres encore bidouillaient longtemps pour trouver le code secret, le code du mal. La mathématique du crime. La géométrie du triangle mobile-culpabilité-dissimulation. Elle savait que soumettre le mal à un examen purement scientifique permettait de le tenir à distance. Ça ne le réduisait pas, mais, au moins, on pouvait le circonscrire.

Elle attendait. Elle attendait le moment où tous, d'un commun accord, auraient fixé leur jugement sur son compte. Gehring n'était pas homme à rétropédaler de sitôt. Elle avait le temps. Mais le porcelet éventré et la tendresse de Charlie pour les jeunes créatures sans défense continuaient à hanter son esprit.

Un soir, fin juillet, après être repassée pour la première fois sous la barre des douze minutes au deux mille mètres, elle prit son courage à deux mains et monta au troisième étage. Depuis la cour intérieure, elle avait vu qu'il y avait encore de la lumière dans le bureau de Gehring. Il était 20 heures tout juste passées. Lorsqu'elle frappa à la porte, elle s'aperçut qu'elle était nerveuse. Elle attendit qu'il dise « entrez » et le trouva derrière son bureau, penché sur le dossier d'une enquête en cours.

— Beara. Quelle surprise.

Le ton de sa voix ne permettait pas de savoir si c'en était une bonne ou une mauvaise. Il referma son dossier.

— Asseyez-vous. Comment allez-vous ?

— Bien, merci.

Elle prit place et jeta un regard circulaire dans la pièce chichement meublée. Un calendrier vieux de deux ans au mur, montrant des chevaux au galop. Des armoires à dossiers suspendus, un ordinateur. Ni photos ni plantes vertes. Un lavabo à côté de la porte. Dire que ça existait encore.

— Quel bon vent vous amène ?

— Je n'ai plus jamais eu de nouvelles. Ma déposition vous a-t-elle été utile ?

Il se cala sur le dossier de sa chaise et pianota du bout des doigts sur le rebord du bureau. Elle remarqua qu'il ne portait pas d'alliance. Pourtant on racontait que le chef de service et lui faisaient régulièrement de la voile ensemble en compagnie de leurs épouses. Elle s'était renseignée en douce. Elle voulait savoir à quel régime il carburait dans la vie. Hormis la façon impossible qu'il avait d'exhiber son corps sculpté, il semblait l'archétype du père de famille CSP +. Pavillon en périphérie financé par les parents ou les beaux-parents, bulletin de vote à droite, plutôt supportable dans son rôle de chef. Usant de son autorité à bon escient. Avec elle, par exemple. En tee-shirt blanc tout simple, la veste en lin nonchalamment jetée sur le dossier de sa chaise, il semblait en l'occurrence plutôt dans un bon jour.

— Du point de vue philosophique, tout à fait, dit-il en haussant les sourcils.

Cet air arrogant qu'il pouvait avoir ! Mais ce n'était pas elle qui le lui ferait remarquer.

— Donc non.

Il sourit. Encore une chose qu'il ne savait pas faire. Beaucoup d'hommes ne savaient pas sourire.

— Ne vous en faites pas. Vous vous êtes très bien tirée d'affaire. Pour le reste, ça suit son cours.

— Charlotte Rubin a fait une autre déposition depuis ?

— Non. Elle ne parle pas.

— Toujours pas ?

— Pas un mot. Le procureur a commandé une expertise. Marquardt, l'avocat de Rubin, le soutient dans cette démarche. Il plaide l'irresponsabilité. Enfance difficile, coups, alcool, scolarité interrompue. Retard mental. La routine.

— Je ne sais pas…

— Les conclusions de l'enquête sont sur le bureau du procureur, la femme est en détention, pour nous le dossier est clos. Elle a avoué. D'une seule phrase, certes, mais ça nous suffit.

Sanela glissa son pouce sous la ceinture de son holster. Quand elle le portait trop longtemps à l'épaule, cette zone lui faisait encore mal.

— Et si je tentais le coup ? Elle m'a parlé, à moi. Elle semblait normale. Intelligente. Un peu bizarre, peut-être, mais sûrement pas folle.

Gehring, prenant appui sur ses doigts, recula sur sa chaise, qui pivota loin du bureau. Il posa sa cheville gauche sur le genou droit, d'un geste qui se voulait décontracté. C'était raté.

— Ce n'est pas une bonne idée. Nous avons des collaborateurs spécialement formés pour mener les interrogatoires avec ce genre d'individus.

Sanela ouvrit la bouche, mais il lui coupa la parole.

— Sans vouloir vous décourager, je ne vois pas ce que ça pourrait donner.

— Ce qui me chiffonne, c'est le respect qu'elle avait pour la vie. Sans distinction. Une souris avait autant de valeur à ses yeux qu'un éléphant. Et elle éventrerait un goret vivant ? Elle m'a parlé de tout. De la vie et de la mort, de café et de gaz. C'est elle qui m'a mise sur la voie des bennes à os. Quelqu'un qui y a fourré la moitié d'un cadavre quelques heures plus tôt ne ferait jamais ça.

— C'est exactement ce que je veux dire. Et c'est précisément la raison pour laquelle je me réjouis que votre déposition n'ait aucun poids dans le procès. Vous êtes de parti pris. Vous ne jugez pas cette affaire sur les faits, mais d'après vos sentiments.

— Je ne connais pas les faits. Mais si je pouvais jeter un œil au dossier…

— Certainement pas.

— Je ne peux tout simplement pas croire que cette personne ait voulu me faire la peau après avoir été si gentille avec moi.

— Vous voyez ?

Il se pencha en avant. Ses yeux bizarrement rapprochés la fixèrent de nouveau d'un regard perçant.

— Cela vous échappe, reprit-il. Vous savez, il y aura toujours des affaires qui dépasseront et feront douter même les professionnels les plus chevronnés. Je n'avais encore jamais vu un cas comme celui-ci. Mais le fait est qu'il s'est produit, et nous devons tous essayer de le comprendre. En commençant par nous dire : cette femme a commis un meurtre bestial. En apparence elle n'a rien d'un monstre, mais elle a agi ainsi. Peut-être ne connaîtrons-nous jamais son mobile. Mais nous devons admettre que ça s'est produit et que nous tenons la coupable.

Sanela se sentait exclue de ce « nous ». Elle en ressentait comme une petite piqûre dans la poitrine. Elle se souvenait de beaucoup d'autres piques comme celle-là. Elles avaient commencé quand elle était arrivée dans ce pays. Un refuge où il ne devait y avoir ni guerre ni Serbes (ce qui, pour le second point, allait se révéler faux). Où aucune mine n'explosait (vrai). Et où des petites filles qui, pendant des années encore, à chaque pétard de nouvel an, se carapataient derrière le canapé déchiré du foyer de réfugiés, seraient accueillies à bras ouverts (le plus gros mensonge, et donc le moins pardonnable, que son père ait jamais essayé de lui faire gober). Pour Sanela, il n'existait à la rigueur de « nous » que dans les pièces étroites et les cuisines communes des préfabriqués de chantier où s'entassaient les réfugiés. Ce « nous » avait pris fin le jour où elle et son père s'étaient vu attribuer un petit appartement à Tempelhof et qu'elle était entrée à l'école.

« Ils vont bien t'aimer. » Mensonge suivant. « Dès que tu parleras leur langue, tu te feras des amis. » « Travaille bien, et ils t'accepteront. » « Ils ne le pensent pas vraiment. » Mensonges, mensonges, mensonges.

— Ne croyez pas que vous soyez élue, dit Gehring.

— Pardon ?

Avait-elle raté un épisode ?

— En votre présence, Charlotte Rubin n'a rien fait d'autre que ce qu'elle faisait d'habitude. Elle parlait, elle était naturelle, et peut-être avait-elle totalement occulté son acte. Jusqu'au moment où nous l'avons dépistée.

— *Je* l'ai dépistée.

— *Nous* l'avons dépistée.

— Puis-je quand même jeter un œil sur le dossier d'instruction ?

— Non.

Sanela se leva. La conversation était terminée. Elle était déjà à la porte, lorsqu'il dit :

— Je vous dois encore un café.

Elle se retourna, interdite.

— La cafétéria est encore ouverte ?

— Je… ne crois pas.

Il se leva à son tour et prit sa veste sur le dossier de la chaise.

— J'en ai pour quelques minutes. Il y a une chaîne de café au coin de la rue. Noir ? Ou crème ?

Sanela ne comprit pas.

— Et ne touchez à rien pendant mon absence, ajouta-t-il en partant.

Sanela était plantée là dans la pièce, à se demander ce que tout ça voulait dire. L'aller-retour au café lui prendrait au moins un quart d'heure. Il ne pensait pas sérieusement qu'elle allait l'attendre tout ce temps après la fin du service ! Et puis, il était marié. À quoi est-ce que ça rimait ?

Son regard tomba sur l'armoire de dossiers. Les classeurs s'alignaient sur l'étagère, rangés par mois et par noms. Elle s'avança lentement, s'arrêta, pencha la tête sur le côté et se massa l'épaule gauche. Mars, avril, mai… Rubin. Charlotte Rubin.

Elle tendit l'oreille. Tout était silencieux. Gehring devait encore être dans la cage d'escalier. Elle sortit le dossier de l'étagère et le feuilleta brièvement. Une bonne centaine de pages. Trop long pour quinze minutes. Pas trop pour l'emporter chez soi et le rapporter le lendemain. Dans la cour, un moteur démarra. Elle alla à la fenêtre et vit le monospace noir de Gehring rouler au pas vers le portail. Jamais il n'aurait pris sa voiture pour faire vingt mètres jusqu'au café du coin. Elle sourit. Le dossier coincé sous son bras droit, elle gagna le couloir, puis piqua un sprint.

8

Le professeur n'était pas là.

Ça arrivait, mais pas un jour comme celui-là.

Un jour très chaud de début août. Il était presque 11 heures. En temps normal, le professeur Brock serait depuis une heure dans son bureau avec une tasse d'Earl Grey, à étudier encore une fois le compte rendu de la dernière séance. Au premier coup de sonnette, il serait allé personnellement à la porte, aurait serré la main à *la femme* et salué aimablement les deux hommes. Les quelques pas jusqu'au vestiaire auraient été consacrés à discuter du temps qu'il faisait, le trajet jusqu'à la salle d'attente à la question de savoir comment elle allait. Et au moment où la femme serait entrée dans le bureau et où le professeur aurait fermé la porte derrière lui en adressant un signe de tête amical à son escorte, Jeremy aurait pu retourner à son travail.

Mais le professeur n'était pas là.

Jeremy Saaler se confondit en excuses tout en se retenant, pris dans un tourbillon d'émotions contradictoires, de claquer la porte au nez du groupe qui se tenait devant lui dans la cage d'escalier. Sa répugnance envers la femme en question était si profonde qu'il en avait quasiment des haut-le-cœur. Mais il fit ce qu'on attendait d'un doctorant en psychologie clinique quand le chef de service était retenu ailleurs. Il la pria d'entrer, se chargea de lui parler de la pluie et du beau temps et demanda poliment comment elle allait. Elle feignit de ne pas avoir entendu sa question. Les deux agents qui l'escortaient les suivirent, mal à l'aise dans leurs costards gris, conscients qu'en laissant l'uniforme au vestiaire ils avaient perdu une bonne part de leur autorité. Ils échangèrent un bref regard, l'un haussa les épaules, l'autre hocha la tête. Le grincement de leurs semelles en caoutchouc sur le parquet en bois de chêne était assourdi par la moquette et les tapis persans. La salle d'attente était meublée comme un salon des années vingt. Murs lambrissés, larges fauteuils, lourds rideaux de velours qui exhalaient encore des effluves de tabac, bien qu'il y eût des années qu'on ne fumait plus ici.

La femme ignora les fauteuils et se dirigea vers la fenêtre. Elle s'assit sur une chaise et regarda dehors les cimes touffues des arbres. Les deux types – Jeremy avait le vague souvenir que le plus grand portait un nom polonais imprononçable, Miesdrosny ou quelque chose comme ça, quant à l'autre, il avait instantanément oublié son nom – s'assirent de façon un peu empruntée ; visiblement ils n'appréciaient pas l'idée d'une pause forcée. Leur rôle était d'amener la femme, de lire le journal et de la reconduire directement au centre pénitencier de Lichtenberg – une opération réglée comme du papier à musique. Tout retard devait s'accompagner d'une excuse en béton : grève des bus, bouchon sur l'autoroute urbaine, travaux sur la ligne de métro. Mais sûrement pas : professeur Gabriel Brock introuvable. Personne ne savait où il était, même pas Chaton, la fidèle secrétaire médicale, qui s'appelait en réalité Mme Katz et que seul Brock se permettait d'affubler de ce petit nom quand il lui demandait de faire des heures supplémentaires. Elle avait pris sa matinée, comme la première fois que cette femme était venue. Elle n'avait aucune envie de rencontrer le « monstre du parc animalier ». Jeremy enviait Chaton. Des jours comme ça, il aurait bien échangé sa place avec elle.

Le type sans nom regarda furtivement sa montre.

— Thé ? Café ? Le professeur Brock ne va pas tarder à arriver.

Espérons-le. Cela faisait une demi-heure que Jeremy essayait de joindre son directeur de thèse sur son portable. En vain. Il avait même composé son numéro privé, réservé aux cas d'extrême urgence. Boîte vocale. Il avait laissé deux messages, bien qu'il sût que le professeur ne manquait jamais un rendez-vous. Encore moins depuis qu'il avait appris à maîtriser peu ou prou son tout nouveau smartphone. Il prévenait toujours en cas de retard. Une légère inquiétude s'insinua en Jeremy. Que faire si le professeur n'arrivait pas ? Renvoyer ces trois-là ?

Miesdrosny demanda un thé ; l'autre, petit, rondouillard, le souffle court, la voix aussi fine que le sous-pull qui le boudinait sous sa veste, un café. La femme, comme la dernière fois, rien. Que voyait-elle ? Des oiseaux libres de voler ? Des gens libres d'aller où bon leur semblait ? Elle était robuste, limite mastoc, et son visage marqué par le labeur avait vieilli avant l'âge. Elle avait trente-quatre ans, mais on lui en donnait facilement quarante-cinq. Comme la fois précédente, elle portait un tailleur-pantalon bleu foncé, bas de gamme et tout froissé. Probablement tout ce que l'État était prêt à payer quand l'uniforme de prisonnier devait être troqué quelques heures durant pour une tenue civile. Ou alors elle n'avait rien d'autre de présentable.

Avant même leur première rencontre, Jeremy avait su qui elle était. Tous les journaux avaient rendu compte de l'affaire. Les plus respectables avec tact, la presse à scandale avec une profusion remarquable de détails sordides et de gros titres comme des lance-pierres : La bête. Le monstre. Le démon. La fille du diable.

Ou bien une femme gravement malade. Une femme aux gestes gauches et raides, troublée par la perspective d'être considérée comme un être humain pendant deux heures. Si elle était ici, c'était parce que le procureur voulait savoir si son acte était celui d'une folle ou d'une personne responsable. Le professeur Brock comptait parmi les experts les plus compétents, son diagnostic pèserait de tout son poids dans la balance. Il avait prévu en tout trois jours de séances. Celui-ci était le deuxième. Après six mois passés à l'Institut de psychiatrie légale dirigé par Brock, Jeremy avait l'insigne honneur de taper les comptes rendus des entretiens. Vu le peu qu'elle disait, ça ne lui donnait pas beaucoup de travail.

Il alla dans la kitchenette et prépara les boissons. Il aimait bien Brock. Et ce cabinet. Il aimait ces pièces sombres et chaleureuses, la poussière sur le dos des livres, l'odeur de cuir et de pipe dans l'air, et celle de térébenthine dans la cire utilisée pour astiquer les bibliothèques et les bureaux. Parfois, il se disait qu'il était né au mauvais siècle. Brock faisait autorité dans le pronostic de la récidive et la recherche sur la schizophrénie. C'était le meilleur. Et pour le père de Jeremy, seul le meilleur était assez bon. Jeremy avait mené ses études de psychologie clinique avec tout juste assez d'ardeur pour décrocher ric-rac son diplôme, et la question de son stage d'internat ne l'avait pas empêché de dormir. Quand il pensait à son avenir, il s'imaginait un joli cabinet lambrissé, un peu comme celui-ci. Éventuellement aussi des patients qu'il aidait à surmonter de profondes crises existentielles. Il n'avait jamais songé au mal. Jusqu'à ce que cette femme débarque et l'apporte avec elle.

Il savait qu'un jeune psychologue devait s'interdire de penser en ces termes. Elle était malade, point. Du moins c'était à espérer. Car alors elle ne serait jamais remise en liberté. On tenterait de la soigner afin qu'un jour, peut-être, elle prenne conscience de la portée de ses actes.

En attendant que l'eau chauffe dans la bouilloire, il jeta un œil par les portes ouvertes à la silhouette près de la fenêtre. Elle avait l'air affaiblie, la détention l'avait apparemment fait maigrir. C'était cette femme qui avait bourré de drogues un homme de quatre-vingt-dix kilos, l'avait traîné au milieu d'une horde de cochons de la forêt sud-américaine et laissé au milieu de ces bêtes enragées, l'abandonnant à son terrible sort. Calmement et le plus naturellement du monde, comme d'autres nourrissaient leurs perruches. Elle ne s'était même pas donné la peine d'effacer les traces. Elle s'était tout juste contentée de ramasser quelques os et de les mettre au rebut. Comme ces gens qui négligent de jeter leurs déchets après un pique-nique. Ça plus l'agression d'une flic lui avaient été fatals.

Elle était restée calme, presque indifférente, quand, peu après, au vu des indices concordants, la police l'avait convaincue du meurtre. Elle garda le silence sur son acte. N'expliqua rien, ne justifia rien, n'ajouta pas la moindre syllabe à sa lapidaire phrase d'aveux, ne fut même pas capable de dire si elle connaissait la victime ou si elle s'en était remise à une sorte de tirage au sort intérieur pour sélectionner ce pauvre homme.

Jeremy connaissait la date de naissance de Charlotte Rubin, il connaissait son parcours scolaire, ses déménagements, les grandes lignes de son existence. Formation en soins animaliers à Dessau, célibataire, pas d'enfants. Elle venait d'un petit village perdu dans le Fläming, au sud de Berlin, n'avait pas le permis de conduire, son casier judiciaire était vierge, elle vivait dans un modeste logement de fonction, passait pour être aimable, réservée et tranquille. Brock disait qu'il n'en était encore qu'au début. Qu'il devait se frayer un chemin vers l'âme de cet être qui avait tout à coup tué sans raison apparente. Telle était sa vocation, et telle devait être un jour la profession de Jeremy.

La bouilloire bourdonna. Il jeta un sachet de thé dans une tasse et une cuillerée de café soluble dans l'autre, y versa l'eau, puis apporta le tout dans la salle d'attente, en équilibre sur un plateau. Les deux messieurs se penchèrent en avant en se raclant la gorge, se servirent en sucre et en lait et remuèrent. Le type sans nom avait un magazine de sudokus avec lui.

— Mais enfin, où est le professeur Brock ? fit la femme.

Jeremy sursauta quand elle se tourna vers lui. Il espérait que personne n'avait remarqué sa réaction. Elle avait des yeux d'un bleu profond, un regard doux.

Chaque fois qu'il le croisait, il se demandait si elle avait dévisagé aussi sa victime de cette manière, cet homme qui, transpirant de peur, avait souffert les dernières minutes de sa vie dans un état de lucidité pleine et entière. Qui avait senti ses os craquer, ses tendons claquer, sa chair se faire déchiqueter, l'haleine fétide des pourceaux sur son visage, la morsure dans son cou, sa nuque, ses épaules. Ses bras traînés au loin, sa main dérivant dans la rigole, son sang sur le sable, son sang partout…

Ces images le hantaient. Les paroles sèches du médecin légiste qui avait examiné les dents et les pattes des bêtes et analysé le contenu de leur estomac. Qui avait disposé les restes du corps comme les pièces d'un puzzle sur sa table en acier et les avait photographiés. Le procès-verbal et la reconstitution des faits témoignaient d'un comportement malade, et Jeremy, en lieu et place de compassion, n'éprouvait que de l'aversion.

Il cherchait les traces de démence dans la vie, dans les yeux et dans le visage de cette femme, et tout ce qu'il trouvait, c'était une normalité à la limite de l'insignifiance.

— Hum…, répondit Jeremy en s'éclaircissant la voix. Il est en chemin. Vous voulez peut-être prendre place dans son bureau ?

— Oui, dit-elle.

Une petite voix basse. Des épaules relevées. Il tenta un sourire et s'écarta pour la laisser passer. Il frissonna en sentant sa manche le frôler par inadvertance.

— Nous devons repartir à 13 heures, dit le dénommé Miesdrosny, ou quel que soit son nom. Donc, s'il n'est pas bientôt là…

— Il arrive, répondit Jeremy. Il sait que vous êtes là.

La femme, que Jeremy n'arrivait tout bonnement pas à appeler Charlotte Rubin, s'assit dans le fauteuil en cuir devant le bureau. Une faible lumière, filtrée par des rideaux en lin clairs, se déversait sur le sombre parquet en chêne. Tous les matins, la femme de ménage faisait la poussière à fond, rangeait les crayons Faber-Castell 2H du plus petit au plus grand, les taillait, remettait le téléphone bien au milieu, vérifiait la position du porte-stylo. Brock détestait le désordre. Un bureau vide était pour lui le signe extérieur d'un professionnalisme achevé. Jeremy songeait au chaos qui régnait dans son propre bureau, à son mémoire portant sur l'estimation des risques par le recours aux outils pronostiques, aux horaires d'ouverture de la bibliothèque universitaire, quand le téléphone de Chaton sonna deux pièces plus loin.

— Ce doit être lui. Si vous voulez bien m'excuser.

Heureux de pouvoir échapper à sa présence, il traversa le couloir et se précipita dans le secrétariat pour décrocher.

— Cabinet du professeur Gabriel Brock, Jeremy Saaler à…

— Ne vous fatiguez pas.

De soulagement, Jeremy faillit lâcher le combiné.

— Professeur ! Où êtes-vous ? Vous aviez rendez-vous avec…

— J'ai eu un accident. (La voix du professeur était claire et calme, malgré son enrouement chronique.) Rien de grave. Un cycliste. Mais je vous laisse imaginer les discussions qui se sont ensuivies. Ça grille la priorité, et ça veut me faire porter le chapeau !

Comportement typiquement infantile doublé d'une négation de sa propre responsabilité.

Brock eut un petit rire. De la guerre des prix entre supermarchés jusqu'au darwinisme expliqué à travers l'exemple du teckel, il pouvait tout exposer en trois mots.

— Enfin, continua-t-il, le plus désagréable dans cette histoire, c'est que mon téléphone a glissé sous le siège avant. Je suppose que c'est vous qui m'avez appelé toutes les deux minutes ?

— C'est… oui… je suis désolé.

— Pourquoi donc ? Je suis en route. Donnez-moi dix minutes. Jeremy, faites-moi le plaisir de ne pas quitter Mme Rubin des yeux. Où est-elle ?

Jeremy s'écarta d'un pas et regarda dans le couloir. La porte de la salle d'attente était ouverte. Le type sans nom remplissait les grilles de son magazine. Miesdrosny avait sorti de sa manche une de ces feuilles de chou qui se répandaient sur le monstre diabolique du parc et en tournait les pages d'une main bruyante et d'un air ennuyé.

— Dans votre bureau.

— Seule ?

— Oui ?

Pris d'un doute, il avait fait sonner sa réponse comme une question.

Le ton du professeur changea, devint clair, précis et pressant.

— Ne la quittez pas des yeux. Elle ne doit pas rester une seconde sans surveillance.

Risque d'évasion. Mon Dieu. Jeremy déglutit. Le cabinet était au premier étage, et les fenêtres n'avaient pas de grillage.

— Pas une seule seconde. Les deux agents sont avec elle ?

— Euh…

— J'arrive tout de suite. Tout de suite. Retournez-y et attendez près d'elle.

Le professeur raccrocha. Jeremy retraversa le couloir et se rua dans la salle d'attente. Par la porte ouverte, il vit que le fauteuil en cuir dans le bureau de Brock était vide. Les deux hommes levèrent des yeux étonnés lorsqu'il passa en trombe devant eux.

Elle n'était plus là. Ce n'était pourtant pas possible.

— Hé ho ?

Jeremy se retourna. Machin-chose Miesdrosny bondit comme un ressort, le type sans nom daigna poser son stylo sur la page ouverte de son cahier de jeux.

— Où est-elle ?

Il courut à la fenêtre – elle était fermée.

— Elle s'est barrée ?

Miesdrosny entra et regarda autour de lui. Il s'approcha à son tour de la fenêtre, souleva les rideaux, alla derrière le bureau, se baissa, inspecta le dessous du plateau et s'arrêta tout à coup. Dans la pièce d'à côté, le type sans nom lâcha son cahier et se leva lentement. Miesdrosny se redressa.

En un mouvement quasi synchrone, tous deux portèrent la main à leur veste et dégainèrent leur arme. Miesdrosny jeta un œil à la porte du bureau, ouverte de telle sorte qu'on pouvait se cacher derrière, debout contre le mur. Le type sans nom entra sans bruit dans la pièce, avec une rapidité et une agilité stupéfiantes, sans même faire grincer les lames du parquet. Miesdrosny leva son arme et visa le montant en bois sombre, le type sans nom saisit la poignée et tira vers lui la porte lentement, très lentement. De sa place près de la fenêtre, Jeremy ne pouvait pas voir ce qu'elle cachait. Les yeux de Miesdrosny s'écarquillèrent. Il laissa tomber son arme et cria : « Merde ! »

L'autre se précipita, claqua la porte derrière lui et pivota sur lui-même, l'arme braquée sur la femme accroupie contre le mur. Un crayon à papier était planté dans son cou, des flots de sang jaillissaient au rythme des pulsations du cœur. Ses yeux vitreux étaient perdus dans le vide. Sous sa veste, son chemisier blanc luisait de rouge. Les paumes de ses mains étaient barbouillées de sang. Elle avait dû s'enfoncer le crayon dans la carotide avec une violence inconcevable.

— Merde ! Merde ! Merde !

Miesdrosny semblait être le seul à avoir le début d'une idée de ce qu'il fallait faire. Se penchant sur la femme, il retira d'un coup sec le crayon de son cou. Ses grosses paluches se collèrent sur la plaie. Sous la pression, la femme glissa et s'effondra par terre.

— Une ambulance !

Le type sans nom chercha son talkie-walkie, puis se rappela que leur mission ne prévoyait pas ces appareils, trouva son portable, composa un numéro et exposa la situation en trois mots.

— Une serviette ! Vous avez une serviette de toilette ? Ou un torchon ? Il faut faire un pansement compressif ! Vite ! Elle va nous claquer entre les doigts !

Jeremy se réveilla de son hébétude. Il fonça dans la kitchenette, retourna le plan de travail à la recherche de torchons et finit par en trouver derrière l'évier.

Il prit la pile entière et revint en courant. Les palpitations de son cœur n'avaient cessé de marteler ses oreilles. Quelque chose en lui signalait le mot « choc ». Mais il n'y prenait pas garde.

— Faites un pansement compressif !

— Un quoi ?

L'agent le fusilla littéralement du regard.

— Pan-se-ment-com-pre-ssif.

— Je ne sais pas faire ça.

— Alors mettez les doigts de votre main droite sur la plaie et appuyez dessus avec la gauche.

— Quoi ?

— Je croyais que vous étiez médecin, bordel ! éructa l'agent.

Ce n'est pas le moment de paniquer, pensa Jeremy.

— Je suis psychologue. L'anatomie ne fait pas partie de ma formation.

— Pourtant ça ferait pas de mal.

Le policier prit la main de Jeremy et la posa sur le cou de la femme, qui râlait faiblement. Un filet de sang s'échappa de la commissure de ses lèvres. Elle avait peut-être touché la trachée. Un goût métallique monta aux narines de Jeremy. Il sentit sous ses doigts une chose moite et gluante et fut pris de nausées.

— Plus fort !

Jeremy accentua la pression. Il s'étonna de sentir combien les muscles étaient durs sous la plaie. La femme gémissait. Elle continuait de perdre son sang. Miesdrosny roula un des torchons en boudin.

— Appuyez fort. Comprimez.

Ils entreprirent d'enrouler le reste des torchons autour de son cou. La femme glissait sans cesse de leurs bras. Son sang maculait le visage de Jeremy, sa chemise, absolument tout.

— Encore, hurla Miesdrosny. Levez sa tête ! Allez !

Jeremy saisit la nuque humide de la femme. Ses yeux étaient à demi fermés. Si elle était consciente, elle semblait ignorer totalement leurs efforts affolés.

— Tenez-la ! hurla Miesdrosny dans son oreille. Fermez la plaie !

Les doigts de Jeremy cherchèrent la source du flot rouge. Ses mains enserrèrent son cou comme s'il voulait l'étrangler. Surtout ne pas craquer, s'encouragea-t-il. Tiens bon. Pour la première fois il réalisa ce que cela signifiait d'avoir quelqu'un qui meurt dans ses bras.

Elle ouvrit les yeux, son regard rencontra celui de Jeremy, et pendant quelques instants il sentit un contact s'établir entre eux. Tu restes avec nous, se dit-il, tu ne te tires pas comme ça. Tu surmonteras cette épreuve. Et tout ce qui s'ensuivra.

Miesdrosny réussit enfin à appliquer le pansement.

Des pas rapides s'approchèrent dans le couloir. Une sacoche fut jetée quelque part.

— Qu'est-ce… ?

Brock se tenait à la porte. Pendant une seconde il parut pétrifié, puis il s'avança et se pencha sur la femme. Il chercha son pouls, le trouva, lui tapota la joue et lui souleva une paupière, qui était agitée de palpitations.

Jeremy et Miesdrosny s'écartèrent. Ils étaient pantelants d'épuisement, maculés de sang de la tête aux pieds. Le type sans nom réapparut, jeta à son collègue un regard inquiet, puis comprit que la femme vivait encore, puisque le professeur lui parlait tout bas.

— L'ambulance est là dans trois minutes, dit-il en regardant Brock.

Celui-ci releva la tête et regarda Jeremy d'un air impassible. Le jeune homme ramassa le crayon et le posa sur un des torchons restants.

— C'est allé tellement vite.

— J'avais dit…

Le professeur n'acheva pas sa phrase. Se dominant, il reposa précautionneusement la tête de la femme sur le sol. Une flaque sombre se répandit sur le tapis.

Il y avait une chose que Jeremy appréciait chez le professeur Brock. Une chose qui n'avait rien à voir avec son savoir et ses compétences. C'était son instinct protecteur. Il veillait sur son troupeau. Et Jeremy, pour l'heure, en faisait encore partie.

Il ne savait pas pour combien de temps. Dès le début, il s'était douté que les conditions qui l'avaient amené chez Brock étaient tout sauf idéales. Sa qualification ne résultait pas de la somme de son savoir et de ses compétences. Elle était le produit pitoyable d'un esprit de coterie, de favoritisme et des terrains de golf où promesse était faite de donner un coup de pouce au rejeton du copain. Ses notes étaient médiocres, son implication dans le travail plutôt limitée, ses sentiments envers les personnes comme cette femme non professionnels au possible. Et pourtant, Brock ne lui remontait pas les bretelles devant les autres. L'estime qu'il vouait au professeur grimpa à proportion de son mépris pour son père, qui l'avait condamné à n'être pour celui-ci qu'une contrainte déplaisante.

Brock se leva et prit le torchon. Le crayon tomba par terre.

— J'avais appelé pour dire que je serais en retard. Je suis désolé. Espérons qu'elle s'en sortira.

Les râles de la femme avaient cessé. Dehors, une sirène hurlait. La situation était si irréelle : il servait du café et du thé, et voilà qu'une seconde plus tard cette femme se plantait un crayon dans le cou. Il s'en était fallu d'un cheveu qu'elle ne meure. Les hurlements de sirène s'intensifièrent. Jeremy vécut les minutes qui suivirent comme sous une cloche de verre. Quand les secouristes eurent attaché le corps inanimé sur une civière, les deux agents les suivirent hors du cabinet et Jeremy alla aux toilettes. Il se regarda dans la glace et se dit pour la première fois qu'il s'était peut-être complètement trompé de voie.

9

Jeremy la revit au bout de deux jours.

Elle portait un solide bandage autour du cou et était d'une pâleur extraordinaire. Mais il faut dire qu'elle avait perdu beaucoup de sang. Son état général permettait une brève visite à la clinique. Brock avait prié Jeremy de s'en charger. Le professeur, l'esprit déjà en route vers la Chine où il devait participer à un congrès de psychiatrie forensique à Chongqing, avait demandé à Jeremy de transmettre de brefs vœux de rétablissement à Charlotte Rubin, et lui avait surtout enjoint de ne pas amener la conversation vers son acte.

C'est ainsi que l'apprenti psychologue se tenait à son chevet, un bouquet de fleurs des champs dans la main, sans trop savoir quoi dire une fois passées les formules d'usage. Couchée dans son lit, indifférente, surveillée par deux agents des services pénitentiaires postés devant la porte, Charlotte Rubin regardait fixement par la fenêtre. Peut-être se disait-elle qu'elle ne le ferait bientôt plus qu'à travers des barreaux.

— Le professeur Brock m'a chargé de vous dire que nous pourrons reprendre dès que votre état le permettra.

Il tournait maladroitement le bouquet dans sa main. Il devrait peut-être demander un vase.

— Elles sont jolies, ces fleurs, dit-elle.

C'était la plus longue phrase qu'il l'ait entendue prononcer jusque-là. Il fut si surpris qu'il faillit sourire. Des fleurs des champs. Elles lui avaient rappelé le jardin de ses grands-parents. Dans la rue, des fermières en vendaient de pleins seaux aux touristes. Il ne pouvait jamais passer devant elles sans leur acheter un bouquet. Après quoi il ne savait jamais quoi en faire. La plupart du temps il les offrait à Chaton. Le compliment de Rubin le surprit et le toucha. Il l'humanisait. Deux univers parallèles avaient fini par trouver leur point d'intersection *a minima*.

— Elles me rappellent toujours mon enfance, dit-il.

— À moi aussi.

Le cœur de Jeremy fit un bond dans sa poitrine. Brock avait essayé pendant des heures de lui arracher un mot sur sa jeunesse. Et voilà que lui, Jeremy, y parvenait grâce à un simple bouquet de fleurs. Il s'en voulait de ne pas avoir pris son Dictaphone.

— Les étés dans le Brandebourg ? demanda-t-il.

— Oui. C'est drôle. Les automnes pluvieux et les longs hivers, on les oublie. Et toutes ces grandes vacances passées sous la flotte. Et puis on voit ces fleurs, et là, le souvenir revient tout de suite. Merci. C'est gentil.

Il se dit qu'elle n'avait pas dû recevoir souvent des fleurs dans sa vie.

— Comment allez-vous ?

Elle eut un vague haussement d'épaules. Si l'on faisait abstraction de ce qu'elle avait fait – et bizarrement Jeremy y était parvenu en la voyant couchée dans ce lit –, elle n'était plus du tout aussi effrayante.

— Vous n'avez rien à vous reprocher, dit-elle. Est arrivé ce qui devait arriver.

Il ne se reprochait rien. À moins que si ? Il n'aurait pas dû la laisser seule. Mais qui pense, en voyant des crayons, qu'on pourrait se les planter dans le cou ?

— Le parquet tient à cette expertise. (Le ton de sa propre voix lui parut trop sévère, et il tenta de l'adoucir.) Votre procès doit commencer dans un peu moins de deux mois. Ce serait bien que nous puissions reprendre bientôt. Les médecins disent que vous pourrez être transférée à l'hôpital de la prison de Plötzensee à la fin de la semaine. Le professeur Brock sera rentré d'un voyage professionnel. Si nous divisons les deux jours prévus et les répartissons sur la semaine, il ne devrait pas y avoir de problème. Nous pourrons alors remettre le rapport à temps.

Comme si elle en avait quelque chose à faire. Elle se remit à regarder par la fenêtre. Jeremy, emberlificoté dans sa mauvaise conscience et le casse-tête de l'agenda de Brock, réprima un soupir. Pourquoi, du reste, la tenir informée ? Ils pouvaient disposer de son emploi du temps à leur guise.

— Il serait bien que vous coopériez un peu.

Elle fit comme si elle n'avait pas entendu. Cette femme ne ressentait-elle vraiment plus rien pour être aussi indifférente à son propre sort ? Il posa les fleurs sur la table de chevet et s'apprêtait à partir, quand quelque chose tomba par terre avec un bruit métallique quasi imperceptible. Il se baissa. C'était une chaînette en argent avec un pendentif.

Jeremy croyait se souvenir qu'il était permis aux détenus provisoires d'avoir ce genre de choses. Le pendentif était une petite médaille représentant une figure féminine avec une roue. Il n'eut pas le temps de se redresser que Charlotte Rubin avait bondi comme un ressort. Elle lui arracha la chaînette des mains.

— Excusez-moi. Je ne voulais pas vous la confisquer.

Rubin pressa le bijou contre son sein. Pour la première fois elle le regarda. C'était le regard d'une personne désemparée, qui ne voulait pas perdre la dernière chose qui lui restait.

— C'est une jolie chaîne, dit-il. Qui est cette femme sur la médaille ?

Elle ouvrit prudemment la main et considéra son trésor.

— Sainte Catherine.

— Ah oui.

Jeremy ne connaissait rien au catholicisme. Il avait reçu une éducation protestante, et son rapport à la religion était plutôt distendu.

— Une sainte protectrice ? Je ne connais que saint Christophe. Et encore, parce qu'il est sur les tableaux de bord de la plupart des taxis. Enfin, n'allez pas croire que je me déplace souvent en taxi. Mais ça m'arrive parfois.

Il n'avait plus qu'à partir. Il avait rempli son devoir. Mais elle avait l'air tellement fragile avec son bandage et sa canule dans le bras, malgré son corps charpenté.

— Qui est-ce qu'elle protège ? demanda-t-il avec une curiosité affable.

Rubin ouvrit le tiroir de la table de chevet et y glissa la chaîne. Puis elle se roula de l'autre côté et lui tourna le dos.

— C'est un des quatorze saints auxiliaires. Elle protège les femmes, les jeunes filles et les bonnes sœurs.

— Vous êtes catholique ?

Aucune réponse.

— Vous aimeriez peut-être parler à un prêtre ?

Elle lui jeta un regard fatigué par-dessus son épaule.

— Est-ce que j'en ai l'air ?

— Je ne sais pas. Honnêtement, je n'ai aucune idée de ce dont vous devriez avoir l'air. Je n'ai pas beaucoup d'expérience. Je suis encore en formation.

Une sorte d'intérêt poli brilla dans ses yeux clairs.

— Je vous donne du fil à retordre, hein ?

Oui. Sans aucun doute. Qu'elle voie si clair dans son dilemme l'inquiétait. La situation se renversait. C'était lui qui aurait dû l'analyser.

— Je ne suis chez le professeur Brock que depuis six mois. (Il s'assit sur la chaise à côté du lit, s'attendant à en être chassé aussi sec.) Je n'ai rien à voir avec cette expertise. Elle est uniquement du ressort de mon chef. Mais j'ai beaucoup à en apprendre.

— Ah oui, et quoi ?

— Comment percevoir un être humain, par exemple. Comment les gens se comportent. Quelles réponses ils donnent. Et lesquelles ils ne donnent pas.

Prudence, pensa-t-il. Terrain glissant. On va éviter. Surtout ne rien révéler. Elle me parle. Merde ! Si Brock était là, il saurait ce que ça signifie. Pourquoi elle ouvre soudain la bouche. Elle veut sûrement me tirer les vers du nez.

En même temps il était submergé d'une joie irrépressible. Elle parle ! Le monstre dévoile sa part humaine. C'est plus que tout ce que Brock a obtenu jusqu'ici, lui qui avait commencé la première séance en l'interrogeant directement sur son acte.

— Et qu'avez-vous appris sur moi jusqu'ici ?

Jeremy sourit d'un air qu'il espérait sympathique et engageant.

— Vous êtes déboussolée. Je peux le comprendre. Vous vous trouvez dans une situation sans posséder aucune expérience qui vous permette de l'appréhender. Chaque geste, chaque phrase peut trahir quelque chose sur vous-même, et vous ne savez pas si ce serait alors à votre avantage ou à vos dépens. Votre coup de tête…

Il s'arrêta et avala sa salive : dans sa tête se rejouait la scène du bureau de Brock. Le cou de Rubin, le sang jaillissant de sa carotide, la panique… Quelque chose clochait dans ce souvenir. Il perdit le fil et la revit gisant par terre, ses mains à lui autour de son cou, comme s'il voulait l'étrangler. C'était le pire de tout : cette poigne qui pouvait indifféremment sauver une vie ou la détruire. Et soudain il sut ce qui ne collait pas.

— Où avez-vous eu cette chaîne ?

L'intérêt de Rubin s'éteignit aussi vite qu'il était venu. Elle regarda par la fenêtre.

— Vous n'en portiez pas.

Elle n'en avait d'ailleurs pas le droit. Ça lui revenait à présent : seuls les vêtements personnels étaient autorisés en détention provisoire. Tout le reste était laissé à la consigne. Il était prêt à jurer que les règles sur les effets personnels s'appliquaient aussi aux quatorze saints auxiliaires.

Mais Rubin était rentrée dans sa coquille.

— Quelqu'un est venu vous voir ? Il est très important que nous le sachions. Madame Rubin ?

Elle ne réagit pas non plus lorsqu'il prit congé d'elle et quitta la chambre. Assis sur une chaise dans le couloir, l'agent de garde lisait un journal à sensation. Les gros titres ne présageaient rien de bon pour les paysans, qui commençaient déjà à grogner contre la sécheresse persistante. Quand Jeremy se posta devant lui, il leva les yeux.

— Tout va bien là-dedans ? fit l'homme.

Il avait la cinquantaine finissante et semblait aussi convivial qu'un vieux canapé. Un flic qui aidait les vieilles dames à traverser la rue et sermonnait gentiment les cyclistes qui grillaient les feux rouges. Jeremy se demanda comment cet homme réagirait à une tentative d'évasion. Il le voyait mal se lancer dans une course-poursuite à travers les couloirs de l'hôpital.

— Oui, merci. Dites-moi, Mme Rubin a-t-elle reçu de la visite ?

L'homme plissa son visage tout fripé.

— À part le médecin et les infirmiers, personne. Sauf un aumônier qui est passé hier. C'est un hôpital catholique.

Bien sûr. Jeremy se rappela la croix dans le hall des admissions. Ça expliquait la chaînette. Ce n'était pas autorisé, mais qui s'en formaliserait ? Charlotte Rubin était peut-être gênée d'avouer qu'elle avait reçu la visite d'un prêtre. Il regarda autour de lui.

— Et votre collègue ? demanda-t-il. Vous n'étiez pas censés être deux ? Tout de même, il s'agit de la détenue la plus célèbre de la ville.

— Aux toilettes, répondit le policier, soudain nettement plus réservé. Vous bilez pas. On garde l'œil ouvert. Avec nous, personne ne passe.

À part les aumôniers, pensa Jeremy. Il voulut encore demander si le prêtre avait été fouillé, mais s'abstint au dernier moment. Pas son boulot. Il dit merci et quitta l'hôpital.

En chemin vers sa voiture, il calcula l'heure qu'il devait être en Chine, tabla sur le début de soirée et composa le numéro de Brock. Comme il s'y attendait, il tomba sur la boîte vocale. Il attendit le signal sonore.

— Professeur Brock, c'est Jeremy…

Il ouvrit la porte de sa Toyota et découvrit une nouvelle contredanse sous ses essuie-glaces. Encore. La chaussée était truffée de nids-de-poule, les transports publics en état de quasi-ruine, mais encaisser des P.-V., ça, ils savaient faire. Où passaient les sommes astronomiques qu'ils rackettaient aux automobilistes ?

— … Je sors de ma visite à Charlotte Rubin. Et figurez-vous… (un sentiment de joie enflait de nouveau dans sa poitrine)… qu'elle me parle.

10

Trois jours plus tard, le professeur Gabriel Brock confia sa valise à Chaton pour qu'elle la monte dans l'appartement à l'étage au-dessus du cabinet, tâche dont la petite femme trapue s'acquitta de bon cœur. Entre-temps, Jeremy Saaler avait entendu lui aussi que le chef était revenu. Le jeune homme courut dans le couloir à sa rencontre et le salua avec un sourire quasi euphorique.

Brock eut du mal à ne pas sourire en retour. Il aimait bien ce garçon. Ça avait pris du temps. Au début, s'il avait donné suite à la candidature de ce jeune psychologue, c'était pour rendre à un vieil ami un service qui ne se refusait pas. Et puis, au fil du temps, il avait fini par le connaître : c'était quelqu'un qui cherchait sa voie et n'avait pas encore compris qu'il avait trouvé sa vocation. Les rapports difficiles entre le père et le fils Saaler n'y étaient sans doute pas pour rien. Le premier était un patriarche autoritaire qui ne tolérait aucune contradiction, le second avait grandi dans la conscience de suivre des chemins tout tracés que, de ce fait, il ne considérait pas comme siens.

Brock avait une prédilection pour ceux qui doutent, s'examinent longuement et ne se laissent pas aveugler par les grades universitaires et les titres de professeur. Il était content de lui avoir donné cette chance. Content pour ce jeune homme et content pour lui-même. C'est à cela qu'il pensa en remarquant la joie mal contenue de Jeremy.

L'appel lui était arrivé alors qu'il se rendait à un déjeuner avec des collègues de Philadelphie, de Vienne et de Sydney. Il n'avait pas compris tout d'abord ce que son jeune collaborateur bredouillait dans l'écouteur.

Elle me parle.

Il ouvrit la porte de son bureau et laissa entrer Jeremy qui évita de regarder l'endroit où Charlotte Rubin avait failli se vider de son sang. Chaton l'avait recouvert d'un affreux tapis. Brock le ferait changer pendant les vacances.

— Asseyez-vous.

Lui-même prit place de l'autre côté du bureau.

— Vous avez fait bon voyage ?

— Oui, merci, fit Brock en se passant les mains sur les yeux. Dans ce sens, le décalage horaire vous tue. Je vais me coucher de bonne heure.

Il attrapa les journaux des derniers jours et survola rapidement les gros titres. Il remarqua que Jeremy s'agitait sur sa chaise.

— Bon, allez-y.

— Je lui ai rendu visite à l'hôpital. Pour voir avec elle si on pouvait reprendre la semaine prochaine. Elle a reçu beaucoup de poches de sang, mais le pire est derrière elle. Nous avons parlé de fleurs des champs. Je lui en avais apporté. Elles lui rappelaient son enfance.

— Intéressant, répondit Brock, qui finit par décrocher un sourire. Que lui rappelaient-elles exactement ?

Quelque chose avait dû se nouer entre ces deux personnes que tout séparait. L'apprenti psychologue et la tueuse démasquée. Qui sauve une seule vie sauve le monde tout entier, lit-on dans le Talmud. Tu deviens responsable pour toujours de ce que tu as apprivoisé, dit Antoine de Saint-Exupéry. Jeremy avait vu s'envoler sa peur de l'approcher dès l'instant où il avait dû lui prêter main-forte. Les préjugés du jeune homme à l'égard de Charlotte Rubin n'avaient pas échappé à Brock. Mais depuis cet incident, il semblait que quelque chose avait changé. Il espérait que Jeremy serait assez fort pour dominer ses sentiments et ne pas tomber à présent dans l'excès inverse.

Son vis-à-vis réfléchit rapidement.

— Les jours d'été. Et le temps. Elle paraissait heureuse en y pensant. Et elle avait aussi une chaînette, qu'un des aumôniers de l'hôpital lui aurait remise. Avec une médaille de sainte Catherine, la patronne des… euh…

Visiblement, Jeremy avait oublié. Brock vint à son secours.

— Des jeunes filles, des vierges, des femmes mariées et de la langue.

— De la langue ?

— Sainte Catherine est invoquée quand on souffre d'une maladie de la langue. Dans tous les sens du terme.

Brock ouvrit la porte de son secrétaire et fit glisser les dossiers suspendus sur leur rail.

— Symbolique, herméneutique et allégorique sont souvent des formes d'expression auxquelles on recourt quand le langage seul ne suffit plus, reprit

Brock. Cela vaut la peine de s'y pencher. Cet aumônier devait vouloir beaucoup de bien à notre patiente.

— Comment ça ?

— Sainte Catherine est peut-être là pour aider Mme Rubin à parler.

Ou l'en empêcher, ajouta-t-il en pensée. Brock chercha un crayon pour noter ces idées, n'en trouva pas, puis comprit que la police les avait emportés. Jeremy lui tendit un stylo-bille.

— Merci.

Brock décrocha le dossier Rubin, qui était rangé tout devant, et l'étala sur le bureau.

— Mme Rubin est-elle encore à l'hôpital ?

— Non. Elle a été retransférée hier au centre pénitencier de Lichtenberg. Le procureur Rütter demande que nous le prévenions à temps si l'expertise a du retard.

— Que disent les médecins ?

— Aucun problème. Nous pouvons reprendre la semaine prochaine.

— Bien.

Brock actionna plusieurs fois le poussoir du stylo-bille. Jeremy y vit une invitation à partir et se leva.

— Monsieur Saaler…

— Oui ?

— Votre aversion envers Mme Rubin semble aujourd'hui un peu passée ?

Jeremy affichait la mine de celui qui se fait prendre en flagrant délit.

— Mon aversion ? Elle est malade, qu'importe qu'elle soit responsable ou non. Quelqu'un qui projette et exécute un tel crime est à mille lieues de ce que j'appellerais une personne normale. Mais je n'ai pas d'aversion. C'est une patiente.

— Nous ne savons pas encore si elle est malade. Nous devons encore nous forger un avis, et nous en sommes encore très loin. Malgré tout j'ai été surpris, et réjoui, de voir que vous avez abandonné votre réserve à son égard. J'aimerais que vous assistiez aussi à la prochaine séance. Vous vous sentez capable de le faire ?

— Oui. Bien sûr.

— Ce serait quand ? À supposer que les médecins donnent leur feu vert.

— Jeudi en huit. Chaton… Mme Katz l'a noté dans le cahier des rendez-vous, avec un point d'interrogation.

— Bien, murmura Brock en se penchant sur le dossier.

Jeremy partit. Brock attendit qu'il eût fermé la porte pour relever les yeux. Puis il prit le téléphone et appela sa secrétaire.

— Essayez de savoir si les aumôniers de l'hôpital catholique ont accès sans restriction aux détenus provisoires.

Chaton lui ayant donné l'assurance que sa demande serait exécutée au plus vite, il s'attaqua à ses notes. Il était encore tellement loin de comprendre Charlotte Rubin ! Il n'en était qu'au début. Trois jours – c'était tout ce dont il disposait pour saisir un être dans sa complexité et rendre un diagnostic sur lui.

Il partit du plus simple : l'acte. Il suivait un déroulement précis, logique. Un acte structuré et planifié – même si c'était dans l'urgence. Rien n'indiquait que Rubin ait agi en psychotique. Les choses ne s'étaient embrouillées que lorsque cette policière avait débarqué pour, à ce qu'il lui semblait, enquêter de son propre chef. Rubin avait alors paniqué et enchaîné les erreurs. Il feuilleta les papiers pour retrouver le rapport de la police judiciaire.

Lutz Gehring, commissaire divisionnaire de la brigade criminelle. Il fallait qu'il soit encore assez vert pour employer un ton pareil. Autoritaire et archi-consciencieux. Consignant tout dans les moindres détails, en ne laissant aucun doute sur le fait que les choses s'étaient passées comme ça, et pas autrement. Il décrivait comment Rubin avait grièvement blessé la jeune femme, une simple îlotière, avant de prendre la fuite.

Brock vit ses présomptions confirmées. D'abord ce meurtre précis, froid, presque inhumain. Et puis, coup de théâtre, elle frappe cette jeune femme et prend la fuite sans même essayer de brouiller les pistes ou de faire disparaître ses empreintes digitales. Elle détale dans l'affolement, pour se faire pincer au premier arrêt de tramway venu.

Cette policière avait dû lui faire perdre complètement les pédales. Brock rechercha la déposition de cette dernière. Sanela Beara. Croate naturalisée allemande.

Dehors un orage s'annonçait. Des nuages sombres s'amoncelaient, obstruant la lumière du soleil. La chaleur était à la limite du supportable. Brock alluma la lampe du bureau pour éviter de sortir ses lunettes. Depuis qu'il avait dû se résoudre, la mort dans l'âme, à en porter, reculer le plus possible le moment de les chausser était devenu pour lui un défi personnel.

Avant de relire une dernière fois les quelques phrases que l'agent de police Beara avait couchées dans son rapport, il laissa ses pensées divaguer jusqu'à ses propres années d'internat, quand il était encore un jeune psychologue idéaliste engagé aux côtés d'avocats et de psychiatres pour empêcher l'expulsion de réfugiés bosniaques traumatisés par la guerre. Le sort de ces personnes qui avaient tant souffert l'avait entraîné dans un maelström de désespoir et d'impuissance dont seule la rencontre avec Mechthild, sa future femme, l'avait sauvé. C'était grâce à elle qu'il avait appris à canaliser son syndrome du sauveur en le convertissant en un travail scientifique fécond.

Thérapie post-traumatique. Sanela et sa famille avaient-elles dû panser des plaies profondes ? Il se surprit à se dire qu'il aurait bien aimé lui demander pourquoi elle avait choisi ce métier. Mais il se rappela à l'ordre. Rien à voir avec l'affaire. Elle s'était trouvée au mauvais endroit au mauvais moment, ça aurait pu tomber sur n'importe qui.

Vraiment ?

Brock avait mis du temps à admettre le rôle joué par le hasard dans la conduite humaine ; il restait encore largement convaincu que la volonté obéissait à des mécanismes dont la personne n'avait souvent pas conscience. Il lut les quelques phrases que l'agent Beara avait mises par écrit. Un allemand parfait, une grammaire impeccable. Celle qui avait rédigé ça avait été une bonne élève. Très bonne, même. Elle était insuffisamment sollicitée dans son métier et en concevrait tôt ou tard de l'insatisfaction. Elle essaierait de faire mieux que les autres.

Il s'aperçut que cette petite îlotière l'intéressait davantage que Charlotte Rubin. Concentrons-nous, pensa-t-il. Retournons à notre meurtrière.

La question n'était donc pas de savoir pourquoi Rubin avait changé de tactique. La question était plutôt de savoir combien de tactiques elle avait à son arc, et ce que cela révélait de sa personnalité. Pour le moment, Brock tâtonnait encore dans le noir, mais dans sa tête une théorie commençait déjà à prendre forme. Trouble dissociatif de l'identité. *Borderline*. Voire personnalité schizotypique. Ce qui expliquerait sainte Catherine.

Brock fit de nouveau cliquer son stylo-bille et se mit à écrire. *Demander si sainte Catherine entre en contact avec R. Hallucinations ? Si oui, depuis quand ?*

Il barra les phrases. Il n'était pas encore prêt à passer à l'étape suivante.

Il demanderait à Jeremy de se charger de cette partie.

11

Henny était de retour.

Après le divorce des parents de Jeremy, une foule de femmes s'étaient intéressées à Jason Saaler. À soixante-cinq ans, avec l'aide discrète de quelques médecins de confiance, il avait réussi à se faire confectionner une apparence de cinquantenaire. Mais à bien y regarder, ce rafraîchissement ne tenait pas la route longtemps. Les taches de vieillesse effacées au laser, le menton ferme et les mèches argentées faisaient certes impression. Sa stature – plus d'un mètre quatre-vingts –, ses épaules larges, sa démarche souple, tout cela semblait au premier regard parfaitement convaincant. Un homme qui, pour n'être plus au midi de la vie, restait tout de même en pleine possession de ses moyens et n'était pas près de déposer les armes avant longtemps. Mais l'âge ne se laissait pas amadouer. Il ripostait aux moments où l'homme était sans défense.

Allongé dans son fauteuil la bouche ouverte, Jason Saaler ronflait, les lunettes encore posées sur son nez aquilin, la main sur le journal, dont quelques pages étaient tombées par terre. Le sommeil avait fait perdre à son corps tout tonus, ses yeux fermés ne jetaient plus leur regard intimidant, sa voix forte ne donnait plus des ordres sur un ton impérieux. Affalé sur lui-même, plus petit, plus menu, ce n'était désormais qu'un homme à l'automne de la vie, qui s'entêtait à mettre en scène sa comédie d'été envers et contre tout.

Jeremy se demandait ce qu'une femme de l'âge de Henny pouvait bien trouver à Jason. Il l'entendait s'affairer dans la cuisine. Elle cherchait des verres à vin. Depuis qu'il avait dû retenir son nom, dans la mesure où elle n'avait pas été remplacée ou complétée par d'autres au bout de quelques semaines, elle lui tapait sur les nerfs.

Sa mère était partie après leur divorce quelques années plus tôt, emportant avec elle les souvenirs que Jeremy avait gardés d'une enfance où le père était présent à sa manière, mais dans les faits quasiment jamais là. Babette Saaler avait donc fait ce que dans les quartiers chic de l'ouest berlinois on appelait « assurer les arrières de son mari ». Mais son rôle principal avait peut-être été de remettre les autres femmes à leur place. Jeremy n'en savait rien. Tout ce dont il se souvenait, c'était que sa mère n'avait pas été heureuse, qu'elle avait tenu son entourage en haleine par ses changements brutaux d'humeur, ses alternances de phases hystériques et de dépression mélancolique, et que lui-même, depuis tout petit, avait vécu dans la peur qu'elle ne mette à exécution les menaces de suicide qu'elle brandissait en tragédienne. Il espérait que le représentant en équipements pour cabinets médicaux avec qui elle avait fini par s'installer quelque part au bord du lac de Constance s'en sortirait mieux pour la rendre enfin un peu heureuse.

— Chardonnay ? pépia Henny dans la cuisine.

Son père émit un petit ronflement agacé. Le reste du journal glissa par terre. Jeremy le ramassa et posa les pages sur la table basse près de la cheminée.

Jason avait remis à neuf la villa après le départ de Babette. Les bouquets de fleurs artificielles, les lourds rideaux de damas, le salon couleur ivoire – tout cela avait fait place à une ambiance plus sévère et plus sobre. À présent, les immenses vitres panoramiques s'ouvraient directement sur le jardin. Un ami architecte, là encore, y avait procédé à des changements radicaux. La clôture était la seule chose que Jeremy reconnaissait encore. Elle enserrait désormais un jardin d'agrément japonais à la rigueur toute monacale.

— Oui, merci.

Jeremy ne voulait pas rester longtemps. Après le divorce de ses parents, il y avait eu une courte période pendant laquelle il avait cru se rapprocher de son père. Ils avaient joué plus souvent au tennis, s'étaient retrouvés quelquefois à déjeuner. Jeremy avait même commencé à prendre des leçons de golf. Il lui arrivait cependant de penser qu'une soirée passée ensemble sans but précis pourrait être tout aussi agréable. Car, pour Jason Saaler, rien n'était gratuit, tout avait un but. Le sport, la culture, la prise de nourriture, absolument tout servait à entretenir des « relations ».

L'une de ces relations était Gabriel Brock. Jason lui avait vanté les mérites de son fils comme d'un cageot de pommes Golden. Du moins Jeremy avait-il eu cette impression. Brock était une sommité. Une éminence grise. Lui au moins ne conduisait que des voitures dont il pouvait encore descendre aisément. Ses étudiants, ses étudiantes surtout, le vénéraient comme un dieu, et néanmoins il était toujours marié à la même femme depuis plus de trente ans. Quand le professeur avait proposé à Jeremy de mener la discussion avec Charlotte Rubin, il s'était retenu d'appeler immédiatement son père. Puis il avait pensé qu'il valait mieux le lui annoncer en tête à tête. Il avait oublié que, même à la maison, il ne le verrait pas seul plus de cinq minutes.

Henny s'appelait en réalité Henriette. Jeremy ne savait pas quel était son métier. Jason l'avait rencontrée à un vernissage dans une galerie. Leur liaison durait déjà depuis plusieurs mois. Elle avait presque trente ans, c'était une jolie femme, sportive, avec une bouche aux traits d'une certaine dureté, dans laquelle Jeremy croyait reconnaître le signe d'une course contre la montre. Il était grand temps pour elle d'accoster enfin au bon port, afin de pouvoir y plier les voiles et attendre quelques années, dans une oisiveté de bon aloi, que le divorce soit devenu suffisamment lucratif.

Elle entra avec deux verres de vin dans la pièce pour laquelle Jeremy ne trouvait plus de nom depuis la rénovation. Avant c'était le salon. Désormais une sorte de salle d'attente de luxe avec cheminée et vue sur la verdure. Le soir, quand l'éclairage tamisé accentuait les rayonnages de livres, elle faisait penser à une bibliothèque moderne comme on en voyait dans les magazines d'architecture d'intérieur en papier glacé. Les verres étaient couverts de buée. Henny portait un petit bikini sous une tunique quasi transparente.

— Jason ?

Elle s'approcha de lui et effleura son front d'un baiser.

Jeremy eut l'impression de voir une infirmière aux petits soins avec son patient. Même s'il y avait longtemps qu'il n'était plus très attaché à son père, cette petite scène lui fit mal.

Jason grogna d'un air renfrogné. Il cligna des paupières, reconnut Henny et l'attira sur ses genoux d'un geste brusque. Elle aimait ça. Elle renversa un peu de vin et gloussa en lui faisant remarquer qu'ils n'étaient pas seuls.

— Ça pour une surprise !

Son père donna une tape à Henny. Elle se leva et courut pieds nus sur la terrasse, où les anciennes dalles de pierre avaient cédé la place au bois de teck, qui emmagasinait la chaleur de cette journée d'été finissante.

Jason se leva à son tour, non sans effort. Jeremy était tenté de lui venir en aide, mais préféra s'abstenir. Son père l'aurait désapprouvé en présence de sa jeune amoureuse.

— Déjà 20 heures, murmura-t-il en regardant sa montre. Nous allons dîner au Rot-Weiss. (Le club de tennis dont Jason, Brock – et désormais visiblement Henny – étaient membres.) Tu viens avec nous ?

— Non, merci. Je suis déjà pris.

Jeremy n'était pas pris. Mais la perspective d'une soirée avec Henny en pièce rapportée le contrariait.

— Comment ça se passe chez Brock ? Bien ?

Son père n'attendit pas la réponse. Il prit une gorgée de vin et observa la jeune femme qui prenait ses aises sur une chaise longue en aluminium.

— Marquardt, enchaîna-t-il, m'a dit que le procès était fixé pour la mi ou fin septembre. Inhabituel pour une affaire comme celle-ci. Qu'en dit Brock ?

Marquardt était un ténor du barreau qui connaissait tous les réseaux et avait endossé sans se faire prier le rôle d'avocat commis d'office. Le procès serait largement médiatisé. Jeremy n'était pas au courant de la date de l'audience. Il haussa vaguement les épaules.

— Vous avancez ?

C'était le moment. Oui, voulait-il répondre. Et c'est grâce à moi que les choses avancent. Elle me parle, du coup Brock a saisi l'occasion pour m'impliquer davantage dans l'expertise. Il m'en croit capable. Personne ne lui en a soufflé l'idée, il a pris cette décision tout seul. J'en suis fier. Et j'aimerais partager ça avec toi.

— Elle est croyante. (Jeremy se posta à côté de son père et regarda le bassin bordé de boules de buis où s'ébattaient les carpes ornementales asiatiques.) Et elle se souvient de son enfance. Elle s'est mise à parler à l'hôpital. Jusqu'ici elle n'avait pas décroché un mot. Je suis allé la voir aujourd'hui. Et elle m'a raconté…

Il se tourna vers son père. Jason Saaler observait Henny qui s'étirait sur la chaise longue en faisant légèrement la moue. Elle devait trouver qu'on la négligeait.

— Parfait, dit-il sans détourner les yeux de la jeune femme. Salue-le de ma part.

— Je n'y manquerai pas.

En sortant, Jeremy se demanda quand ça cesserait enfin. Ce sentiment d'être un minable qui vous prend quand votre propre père ne vous écoute même pas.

12

Au bout de quelques jours, Charlotte Rubin fut de nouveau sur pied, et plus rien n'entrava la poursuite des entretiens. Chaton avait noté le rendez-vous pour le mardi suivant à 9 heures. Jeremy était arrivé une heure à l'avance. Il mit tous les crayons de côté, vérifia les fixations des poignées de portes, contrôla la solidité des vitres et du cordon des rideaux. Il avait l'impression de sécuriser un appartement pour des enfants. Il relut pour la énième fois sa transcription du dernier compte rendu – pas grand-chose, une demi-page. Après quelques brèves réponses sur son état civil et son curriculum vitæ, elle s'était murée dans un silence obstiné et décidée à tourner définitivement le dos au monde à l'aide d'un crayon à papier.

Jeremy sentait la nervosité le gagner. Brock était le calme personnifié. Arrivé peu après 8 h 30, il commença comme tous les matins par boire son thé debout devant le bureau de Chaton, lequel était pourtant déserté comme la fois précédente.

— Bonjour, professeur.

Brock ramassa un trombone qui traînait par terre et le remit avec les autres sur le distributeur magnétique en Bakélite posé à côté du sous-main.

— Bonjour, monsieur Saaler. Avez-vous relu le plan de l'entretien ?

Ils avaient décidé, pour le bon déroulement de la séance, de n'aborder que dans un second temps les faits proprement dits. Le plus dur serait d'amener la femme à parler. De fleurs des champs, de saints patrons, ou de quoi que ce soit d'autre.

— Oui. J'ai apporté quelque chose pour elle. Pensez-vous que ce soit une bonne idée ?

Jeremy sortit un rosaire de la poche de sa veste. Brock leva les sourcils et le lui prit. Il fit glisser pensivement quelques perles en bois entre ses doigts.

— Nous verrons bien quelle sera sa réaction. Je ne suis pas certain que la religion joue un si grand rôle que ça.

Il rendit le rosaire à Jeremy.

— À ce propos, les bonnes sœurs et les prêtres n'ont pas le droit de rendre visite aux détenus sans autorisation préalable. L'agent de la sécurité ne le savait sans doute pas.

— Vous vous êtes renseigné ?

— Il m'intéresse de savoir qui cherche à entrer en contact avec Charlotte Rubin. Jusqu'ici, aucun proche ne s'est manifesté. Ni ami ni collègue. Il semble bien que son environnement social se limite à son lieu de travail.

Jeremy hocha la tête.

— Ses parents sont morts, dit-il. Elle n'a qu'une sœur, qui était à un congrès au moment des faits. Elle n'a pas d'autre famille. Ni amis proches, ni mari, ni petit ami ou fiancé.

— Nous devrions peut-être essayer de contacter sa sœur.

— Pourquoi ? N'est-ce pas inhabituel pour ce genre d'expertise ?

— Dans un cas pareil, non. Je voudrais savoir si elle a déjà fait des tentatives de suicide.

— Vous voulez dire, avant le meurtre au parc animalier ?

Le professeur hocha la tête.

— Suicide élargi ? sonda Jeremy.

— Non. Les faits du parc et sa tentative de suicide sont trop espacés dans le temps. Mais si nous voulons en savoir plus sur elle, et qu'elle refuse de nous aider, un proche parent pourra peut-être le faire.

— Le dossier mentionne que la sœur de Rubin a refusé de témoigner. Elle n'est pas venue la soutenir ni même la voir. C'est pourtant sa seule parente.

— Essayez de prendre contact avec cette femme, dit le professeur.

Le carillon mélodieux de la sonnette les arracha à leur conversation.

— Êtes-vous prêt, monsieur Saaler ?

Jeremy opina du chef. Les paumes de ses mains étaient moites.

Pourtant Charlotte Rubin lui simplifia grandement les choses. Jeremy ne se sentait plus de joie. Elle était encore farouche, peu loquace et sur la réserve, mais elle répondit de bonne grâce à toutes ses questions.

— Depuis combien de temps vivez-vous à Berlin ?

— Vingt ans ? dit-elle en le regardant d'un air qui semblait attendre confirmation de sa part. Non, moins. Dix-neuf. J'ai grandi à la campagne. J'ai toujours voulu travailler avec les animaux.

— Dans ce cas pourquoi venir vous installer à Berlin ?

Question difficile. Elle malaxa ses mains et regarda par terre. Elle cherchait quelque chose qui puisse expliquer une décision, un changement de parcours.

— L'air de la ville ?

De nouveau, sa réponse sonna comme une question. Jeremy sourit et hocha la tête. Il vérifia que l'enregistreur fonctionnait et que les barres de contrôle sur l'écran d'affichage étaient bien au vert. Il nota sur sa feuille : *Pourquoi B. ?*

— Ça a dû vous faire un sacré dépaysement ?

— Oui.

Erreur. Ne jamais poser de questions auxquelles l'interlocuteur pouvait répondre par oui ou par non.

— Qu'est-ce qui vous a le plus marqué ?

— Le silence.

— Vous voulez dire l'absence de calme ?

Elle secoua imperceptiblement la tête.

— Le silence qui régnait dans la barre où j'habitais. C'est pour ça que j'ai été contente que le logement dans le parc animalier se libère il y a quelques années. Là c'était différent. C'était au milieu des arbres, près des animaux. Il y avait de nouveau des bruits. Dans un immeuble aussi, bien sûr, on entend des bruits. On entend l'ascenseur. La circulation dans la rue. Parfois des ivrognes, parfois de la musique. Mais sinon rien. Ça me manquait.

— Quoi exactement ?

— Les vaches. Les oiseaux. Le vent au-dessus des champs. Les orages. Le ruisseau. Les chiens. Non. Pas les chiens.

— Pourquoi pas les chiens ?

Ses mains s'agitèrent, se mirent à lisser le tissu bon marché de son costume. Ce devait être le même que celui qu'elle avait porté la dernière fois. Jeremy se surprit à regarder le col de sa chemise. Pas de sang. Pas de tache. Nouvelle tenue, donc. Difficile de savoir avec ces machins en polyester qui avaient toujours l'air un peu froissés.

Brock lui fit un signe de tête. Assis dans un fauteuil à l'autre bout de la pièce, les yeux fermés, il feignait d'être plongé dans ses propres réflexions. Pourtant aucun mot, aucun geste ne lui échappait.

— Qu'est-ce qu'ils avaient, les chiens ?

— Quand un chien commençait à aboyer, tous les autres s'y mettaient aussi. La nuit, on aurait dit une meute de loups.

Elle but une gorgée d'eau. Jeremy se pencha en avant et posa son stylo pour la mettre en confiance.

— Vous aimez les animaux ?

— Aimer ? Je ne sais pas.

— Quels sont vos animaux préférés au zoo ?

— Au parc animalier ? Les chameaux. Et les gibbons. De vrais petits lutins.

— Et les pécaris ?

Elle ne dit rien. Jeremy pouvait entendre le tic-tac de la pendule sur le bureau de Brock. Il décida de laisser encore un peu de temps à Rubin.

— Quand vous êtes arrivée à Berlin, avez-vous noué rapidement des contacts ?

— Avec qui ?

— Des gens. Des amis, des connaissances, ou alors des collègues.

— J'ai essayé. Mais j'ai du mal. Comme vous le voyez, parler n'est pas mon fort.

Elle discutait ouvertement de son travail et m'a montré les différents domaines de son élevage d'animaux alimentaires. C'était écrit quelque part dans le dossier. Quand Charlotte était dans son élément, elle avait la parole facile.

— Vous vous en sortez très bien.

Hochement de tête encourageant.

— Peut-être aussi qu'on oublie. Il n'y a pas grand monde qui vient sur mon territoire.

Mon territoire, nota Jeremy.

— La plupart des gens me trouvent sans doute un peu spéciale.

— Pourquoi ?

Elle l'observa d'un air étonné. C'était la première fois ce jour-là qu'elle levait les yeux vers lui, et son regard frappa Jeremy comme s'il avait fait un faux pas.

— Vous savez où je travaille, non ?

— À l'élevage d'animaux alimentaires.

— J'élève pour tuer.

— Pour que d'autres animaux puissent vivre.

— Oui. Exactement. Mais les gens n'aiment pas ça. Peut-être parce qu'ils ne comprennent pas ce que je fais avec les petits lapins et les bébés cochons d'Inde. Je les tue. (Son regard tomba sur le stylo de Jeremy.) Oui, oui, vous pouvez le noter tel que je le dis. Si j'étais restée à la ferme ou si je travaillais dans une boucherie, ça dérangerait moins. Mais il faut bien que quelqu'un le fasse.

— Ça ne vous pèse pas ?

— Je fais en sorte que ça ne pèse pas sur les animaux. Leur vie doit être douce et insouciante jusqu'au moment de leur mort. Ce n'est pas moi qui décide. Je n'ai pas droit de vie et de mort. Je produis de la nourriture pour que les animaux dans les enclos aient de quoi manger. Je fais partie d'un cycle, pourquoi ça me pèserait ? C'est même le contraire. Sans moi, le parc ferait triste mine. Pas de fauves. Pas de rapaces. Pas de serpents. Pas de crocodiles. Pourquoi allez-vous au zoo, vous ?

Jeremy sourit.

— À cause de la panthère. À cause de Rilke. « *Elle a tant vu les barreaux qui défilent, / Son œil est vide à force d'être las. / Mille barreaux forment le monde, mille / Barreaux sans rien, semble-t-il, au-delà.* »

— « *Des pas légers l'élastique puissance / Dans le petit espace en mouvement, / C'est dirait-on de la force qui danse / Et cerne au centre un grand vouloir…*[1] »

Elle s'interrompit, feignit de ne plus se souvenir. Sous son œil gauche un nerf tressaillit. Elle se passa les mains sur le visage. Pour chasser son tressaillement peut-être. Ou la façon dont ils s'étaient regardés. Le sauveur et la survivante. Jeremy avait cru un instant plonger dans les yeux d'une femme en train de se noyer. *Contraction motrice*, écrivit-il. *Troubles extrapyramidaux*. Fréquent surtout à l'enfance. Et alors ! Lui aussi avait parfois de tels tressaillements. Sans rapport apparent avec une quelconque activité professionnelle. *Enfance*, nota-t-il. *Sœur*. Brock se racla la gorge.

— Comment connaissez-vous Rilke ? demanda-t-il.

— Je lisais beaucoup quand j'étais petite. (L'explication était adressée à Jeremy, pas à Brock.) Il n'y avait rien d'autre à la campagne. Je trouvais que la panthère m'allait bien. J'ai appris le poème par cœur. La panthère, c'est moi.

---

1. Rainer Maria Rilke, *La Panthère*, traduction de Jean-Luc Moreau (NdT).

Brock hocha la tête. Rien dans son regard ne trahissait ses pensées. Scepticisme, acquiescement, doute, étonnement – il gardait tout pour lui.

— Huit kilos de viande tous les deux jours, poursuivit Rubin qui avait repris le contrôle d'elle-même. Par prédateur. Il faut pouvoir les trouver, ça ne tombe pas du ciel. Vous êtes végétarien ?

— Non, répondit Jeremy, ce qui était vrai.

— Alors.

— Je ne vous ai pas critiquée. Je voulais savoir si cela vous pesait de passer pour quelqu'un de spécial.

— Vous vous rasez le matin, reprit-elle. Je suppose que ça vous est pénible. Mais diriez-vous que ça vous pèse ?

Brock les regarda avec attention. La discussion le fascinait. La femme se dégelait et employait soudainement un tout autre vocabulaire. Elle s'exprimait clairement, sans sentimentalisme ni afféterie. Elle récitait Rilke. Elle avait un esprit vif, qu'elle avait enfoui sous terre pour une raison inconnue et qu'elle n'autorisait qu'à de rares moments à rejaillir au grand jour. Elle avait donc un peu de vanité, tout de même. Ça la rendait plus humaine, presque sympathique. Nouveau léger hochement de tête de Brock. Traduction : « Continuez comme ça. » Jeremy sortit le rosaire de sa poche et le posa sur la table.

— L'homme que vous avez tué…

Peut-être était-ce trop tôt pour aborder le sujet. Mais il sentait qu'il n'arriverait plus longtemps à tourner autour du pot.

— … vous le connaissiez ?

Une ombre passa sur le visage de la femme. Il eut peur un moment qu'elle ne rentre de nouveau dans sa coquille.

— Non, finit-elle par dire.

Elle regarda les perles en bois. Rien sur ses traits ne trahissait ses pensées.

— Pourquoi l'avez-vous tué ?

Silence. L'air semblait se figer, le temps se pétrifier. Elle n'avait jamais répondu à cette question, même après des heures d'interrogatoire. Au bout d'un moment elle décolla les yeux du rosaire.

— Il fallait bien que quelqu'un le fasse.

Charlotte Rubin réclama une pause. Brock ouvrit la porte de la salle d'attente, et les deux gardes entrèrent pour surveiller la prévenue, tandis que Jeremy et le professeur se retiraient dans la kitchenette.

— Excellent travail ! dit Brock à voix basse.

Jeremy faillit exploser de fierté. Ça se passait mieux que prévu. Et mieux qu'avec Brock ! Qui l'aurait cru ?

— Que pensez-vous d'elle ? demanda Jeremy.

Il était naturellement beaucoup trop tôt pour se prononcer. Il n'avait posé la question que pour pouvoir savourer un peu plus longuement son triomphe.

Brock sourit.

— Pour l'instant, elle me paraît surtout être une personne très seule, quasi coupée du monde et qui s'ennuyait à mourir à la campagne. En tout cas, ce n'est pas une panthère, même si elle essaie de s'en convaincre.

— Et le meurtre ?

Brock haussa les épaules.

— Plus il y aura de confiance entre vous, plus vite elle répondra à cette question. Ce n'est pas un bourreau. Elle a un sens très marqué de la justice. Ce que je ne comprends pas encore, c'est le rôle que ce sens a pu jouer dans le choix de la victime. Ou bien elle a vraiment choisi cet homme au hasard…

Brock versa de l'eau dans la bouilloire et appuya sur le bouton.

— Ou bien ?

— Ou bien, à ses yeux, il méritait la mort. Nous avons pour mission de découvrir si ces deux possibilités sont le produit de réflexions logiques suivies d'une action conséquente. Autrement dit : préméditation.

Jeremy jeta un regard dans la salle d'attente. Le type sans nom était près de Rubin, Miesdrosny, debout à la fenêtre, mâchouillait un cure-dent d'un air ennuyé.

— Pour l'instant elle ne m'a pas paru très sournoise.

Brock prit un sachet d'Earl Grey dans l'armoire. Quand Chaton n'était pas là, il révélait d'étonnantes capacités. Il savait même comment préparer un thé.

— C'est trompeur, dit-il.

Jusqu'à l'après-midi, il fut impossible de soutirer à Charlotte Rubin un mot de plus sur son acte. Elle parla de son travail, de ses quelques passe-temps – les dessins d'animaux, les documentaires animaliers, un parrainage pour le refuge de la SPA –, et lorsque Brock prit congé, parce qu'il devait se rendre à Hambourg où il tenait une conférence le soir même, ils savaient tout de la vie insignifiante de Charlotte Rubin, mais rien sur les mobiles du meurtre.

— Ne vous faites pas de souci, dit Brock en enfilant sa veste. Demain je prends la relève.

Jeremy devait tirer une tête de six pieds de long, car le professeur lui tapota l'épaule d'un air reconnaissant.

— Vous avez ouvert la porte, monsieur Saaler. C'est plus que nous n'osions espérer il y a encore quelques jours. Mais il y a trois points importants que je dois approfondir un peu.

Il décrocha son manteau de la patère. Vu le temps, il n'en aurait pas besoin, mais avec lui, en plus de sa serviette, il aurait au moins le sentiment de ne pas voyager les mains vides.

— Quels points ? demanda Jeremy en l'accompagnant à la porte.

— Les chiens. Son départ à Berlin. Et le choix de la victime.

Jeremy hocha la tête. Il aurait remplacé le deuxième point, le départ à Berlin, par Rilke.

— Et le rosaire ? demanda-t-il au professeur.

Brock sourit.

— Eh bien, elle parle. N'est-ce pas ? Votre machin nous aura donc rendu un grand service.

Le professeur quitta le cabinet. Charlotte Rubin arriva escortée de ses deux gardiens.

— À demain, dit-elle.

Jeremy eut une idée. La séance était finie, on pouvait du coup s'aventurer sur un terrain plus privé.

— Votre sœur s'est-elle manifestée ?

Elle boutonna le haut de son chemisier, non sans mal, car un épais sparadrap protégeait sa blessure. Elle devait étouffer dans la rue par cette chaleur.

— Je ne sais pas de qui vous parlez.

— Votre sœur.

Ses yeux bleu profond se figèrent en une mer de glace. Jeremy sentit des frissons lui parcourir le dos.

Charlotte Rubin avait parfois des façons qui vous collaient la frousse. Dans ces moments-là, il la croyait capable de tout.

— Désolée. Je ne vois vraiment pas de qui vous parlez.

Jeremy sentit la sueur le recouvrir. Non pas à cause de la chaleur accumulée entre les murs épais, mais parce que, une fois de plus, il s'avançait sur des sables mouvants.

— Corrigez-moi si je me trompe, dit-il en donnant à sa voix un ton délibérément détaché. Votre dossier mentionne qu'au moment de votre arrestation elle se trouvait à Munich. C'était il y a quelques semaines. Ce n'est pas si loin.

— Oui, oui, Cara, répondit-elle, comme elle aurait parlé d'un chewing-gum écrasé par terre. Non, elle n'est pas venue me voir.

— Vous savez où nous pouvons la joindre ?

— Vous n'avez pas l'intention de lui parler ? Si ?

Elle fit un pas en avant. Debout à la fenêtre, le type sans nom guettait la rue, car la voiture se faisait attendre. Miesdrosny s'éclipsa aux toilettes en faisant un signe d'excuse.

— Le professeur Brock pensait que ce serait peut-être une bonne idée…

— Ce n'est pas une bonne idée, siffla-t-elle.

Le type sans nom se retourna et s'approcha. Un peu trop lentement au goût de Jeremy. L'agenda de Brock était posé sur le sous-main de Chaton. Un épais cahier relié cuir, charmant anachronisme à l'ère des smartphones et des ordinateurs. Jeremy s'en saisit et l'ouvrit d'un geste qu'il voulait anodin. En réalité, c'était son bouclier.

— Cara et moi n'avons rien à faire l'une avec l'autre. Nous ne nous sommes pas vues depuis des années et n'en avons jamais ressenti le besoin. Elle ne sait rien de moi et je ne sais rien d'elle. Je ne veux rien avoir à faire avec elle.

— Elle pourrait peut-être vous aider.

— M'aider ? Moi ? s'écria-t-elle en soufflant avec mépris. Arrêtez de me raconter des histoires. Vous croyez que je ne sais pas pourquoi je suis là ? J'ai le choix entre la perpétuité assortie d'une peine de sûreté et la clinique psychiatrique à vie. Qui pourrait me venir en aide ?

Son attitude changea, devint plus agressive. Le type sans nom posa une main sur le bras de Rubin, tout en cherchant machinalement son arme de l'autre. Jeremy se posta derrière le bureau de Chaton. Son regard tomba sur le pot des crayons et ciseaux. Pitié, pas de nouvel incident, pria-t-il.

— Je ne veux pas que vous lui parliez ! Je vous l'interdis ! Qu'on ne parle de moi à personne !

— Lors de votre procès vous ne pourrez pas éviter qu'on parle de vous.

— Mon procès…

Elle remarqua les ciseaux. Jeremy posa le pot à crayons derrière lui sur l'étagère des dossiers. Rubin souffla d'un air de mépris.

— … Si seulement il a lieu.

— Vous ne pourrez pas l'empêcher. Le juge, le procureur, la presse, le pays tout entier parleront de vous. Alors pourquoi pas quelqu'un qui vous veut peut-être du bien ?

— Cara ?

Elle dégagea d'un mouvement sec la main de son gardien et avança d'un pas. Jeremy entendit un bruit de chasse d'eau. Miesdrosny allait enfin revenir. Comment réagiraient les agents si Rubin lui sautait à la gorge ? Feraient-ils usage de leur arme ?

— Cara ne me veut pas de bien. Elle me méprise, maintenant qu'elle est une grosse tête en blouse blanche. Comme vous, d'ailleurs.

Jeremy ne portait pas de blouse blanche, mais il savait ce qu'elle voulait dire.

Le type sans nom tenta de la raisonner en donnant de la voix :

— Calmez-vous, madame Rubin. La séance est terminée. Nous devons y aller.

L'ignorant, elle leva son index, si vivement que Jeremy tressaillit.

— Je n'ai pas de sœur ! D'accord ? Et je n'en ai pas besoin. Faites votre foutu métier s'il le faut, mais ne cherchez pas à me tendre un traquenard. Personne ne sait rien sur moi. Personne ne connaît la vérité. Personne. Et Cara encore moins que les autres.

— D'accord, d'accord…

Jeremy ouvrit les mains en signe d'excuse, l'air de dire : « Regarde. Je ne suis pas armé et je ne cherche pas à te menacer. » Mais il ne quitta pas les ciseaux des yeux. Quelqu'un qui était capable de dépecer des cadavres et de se planter un crayon dans la carotide n'allait pas reculer devant un petit psychologue. La double perpétuité n'existait pas en Allemagne. Il était mort de peur.

— … Ça sera pris en compte, ajouta-t-il.

— Si jamais j'apprends que de ces séances, qu'on m'oblige à suivre, sort quoi que ce soit qui n'a rien à voir avec l'affaire, si vous allez parler à des gens dans mon dos parce que vous ne savez pas quoi écrire, je vous démolis !

Elle leva le bras. Intentionnellement ou non, sa main renversa le distributeur de trombones, qui roula par terre, déversant son contenu. Jeremy se baissa et entreprit de rassembler les trombones. Reculant d'un pas, Rubin l'observa d'un air soupçonneux.

Les policiers perdaient patience.

— Rubin, cette fois, on y va !

Elle se retourna.

— Je vous en prie, railla-t-elle. Allez-y. Au fond, vous n'attendez que ça, hein ? Que je vous donne une bonne raison de me remettre en place. Pas vrai ?

Elle présenta ses poignets en croix aux deux gardiens. Miesdrosny était en colère pour de bon.

— On peut aussi s'y prendre autrement. Mais ce sera bien moins pépère, vous pouvez me croire.

Ses épaules s'affaissèrent. Elle s'effondra littéralement. Les policiers l'empoignèrent et gagnèrent la sortie. Rubin se retourna une dernière fois vers Jeremy.

— Je suis désolée. Ça ne me ressemble pas. Mais, croyez-moi, je n'ai pas de sœur. Du moins, pas de sœur qui puisse vous aider.

Jeremy hocha la tête. L'escorte franchit la porte, et lorsqu'il entendit l'escalier en bois craquer sous leurs pas, les muscles endoloris de ses épaules se détendirent enfin.

Pouvait-on parler d'incident ? Ou bien cela avait-il été un échange normal, quoiqu'un peu agressif ? Il était tenté d'appeler Brock. Mais, ne voulant pas monter l'épisode en épingle, il s'abstint. Demain. Demain l'occasion se présenterait bien, à un moment ou un autre. Il reposa le pot à crayons et les ciseaux à leur place. Rien ne manquait. Une fois de plus, il avait le sentiment de s'en être tiré de justesse.

13

Le jour suivant, Charlotte Rubin ne décrocha pas un mot. Brock essaya tout : les relances polies, les longues plages de silence… Jeremy était gêné de voir son professeur échouer. Brock finit par lui enjoindre de prendre le relais et reprit sa place dans son fauteuil près de la fenêtre.

Jeremy était nerveux. Il n'avait pas encore fait part de l'échange de la veille. Il se demandait si Rubin s'en servirait contre lui. Mais peut-être avait-elle réfléchi et reconsidérait-elle l'impression négative qu'avait pu produire son emportement.

— Tout va bien ? demanda Jeremy. Vous voulez faire une pause ?

Elle ne réagit pas. Elle regardait de temps à autre la pointe de ses chaussures comme pour s'assurer qu'elles étaient encore là, qu'elle n'était pas en train de se désagréger. Il jeta un œil à sa liste. *Chiens. Départ pour Berlin. Choix de la victime.* Entre parenthèses : *Rilke.*

— Vous voulez me dire quelque chose à propos des chiens ?

— Quels chiens ? demanda-t-elle avec indifférence.

— Vous avez déclaré que, dans votre jeunesse à la campagne, quand un chien commençait à aboyer, tous les autres s'y mettaient. Comme une meute de loups.

— Les loups sont des animaux très sociables.
— Et les chiens?
Elle haussa les épaules. Brock était tout ouïe.
— Les chiens font ce que leurs maîtres leur commandent de faire. Ils se jettent les uns sur les autres. Ils s'attaquent mutuellement. Il y a des combats de chiens, mais il n'y a pas de combats de loups. Pourquoi, croyez-vous?
— Donc, pour vous, ces aboiements n'étaient pas très rassurants.
— Je ne comprends pas votre question.
— Avez-vous des chiens?
— Non. En ville ce n'est pas possible. Les animaux n'ont rien à faire en appartement. Et au zoo et au parc, ils ne sont autorisés que tenus en laisse courte. J'aurais bien aimé en avoir un, mais ce n'était pas possible.
— Quand vous étiez enfant, à la campagne… (Il chercha la biographie de Rubin dans les procès-verbaux.) Vous venez d'un village, Wendisch Bruch. Où est-ce exactement?
— Dans le canton de Teltow-Fläming. À côté de Jüterbog.
Jeremy avait la vague intuition que ce devait être quelque part dans le sud du Brandebourg.
— Mais vous aviez des chiens, là-bas?
— Oui. Akra et Kerl.
— Kerl?
Elle hocha la tête. Jeremy était étonné par ce nom.
— Vos parents, Margot et Henning Rubin, étaient dans l'agriculture.
— À la coopérative agricole «Buschwiesen».
— Ici, je lis pourtant qu'ils avaient une ferme.

— C'était plus tard. Après la chute du Mur. Avant, on se contentait d'y habiter et de cultiver un peu pour notre compte. On avait des poules, des pommes de terre et quelques asperges. Le tout au noir. Ça n'allait guère plus loin. Quand il s'agissait d'obtenir des passe-droits, c'étaient les apparatchiks qui étaient aux premières loges. En RDA comme ailleurs.

— Vous avez dit hier que cela faisait vingt ans que vous étiez à Berlin. Il ressort de mes dossiers qu'à quinze ans vous avez commencé un apprentissage de soigneur animalier à Dessau.

— Oui.

— Or, au bout de trois mois vous avez tout plaqué et êtes partie à Berlin. Pourquoi ?

— Dessau était trop petit pour moi. J'aime mieux vivre dans une vraie ville.

— Ensuite, vous avez travaillé comme aide jardinière à la pépinière Wilhelm, dans le quartier de Johannisthal.

— Oui. Les vivaces. C'était ma spécialité.

— Les vivaces plutôt que les animaux ?

Elle regarda de nouveau ses mains.

— On n'a pas beaucoup de choix quand on n'a ni bac ni brevet.

Elle avait quitté l'école professionnelle après la troisième, sans diplôme en poche. Étrange qu'elle fût si lettrée.

— Tout de même, quinze ans, c'est très jeune pour une grande ville.

Quand elle détourna la tête en direction de la fenêtre, elle remarqua Brock, et son visage se ferma.

Le professeur jugea le moment venu d'intervenir de nouveau dans la conversation. Il se leva et s'approcha du bureau. Rubin croisa les jambes, de sorte que, consciemment ou non, elle tourna le dos à Brock.

— Comment êtes-vous arrivée au service des animaux alimentaires ? demanda-t-il. Avez-vous postulé ?

Elle garda le silence. Au bout d'une éternité, pendant laquelle Jeremy arriva à la certitude qu'elle maintiendrait son boycott envers Brock, elle finit par répondre sur un ton mécanique et guindé.

— Ils ne m'auraient pas gardée à la pépinière. J'ai commencé au parc comme auxiliaire à la distribution de nourriture. Plus tard, j'ai été affectée aux soins animaliers. Mais je n'étais pas très douée pour les relations avec les visiteurs. On a décidé de me transférer à la ferme, côté intendance, loin du public.

— Que voulez-vous dire par « pas très douée » ?

— Je leur faisais comprendre sans équivoque qu'ils n'avaient pas à nourrir les animaux ni à les exciter.

Brock et Jeremy échangèrent un bref regard. L'enregistreur tournait. Le jeune psychologue prenait des notes.

— Ça vous rendait furieuse ?

Rubin acquiesça.

— Quand on respecte un animal, on ne lui donne pas des croissants au chocolat et on ne lui jette pas des pierres.

— Qu'entendez-vous par « sans équivoque » ?

— Renvoi du parc.

Jeremy voulait bien croire que ses façons brutales n'étaient pas vraiment du goût de la direction. C'est alors que lui vint une idée :

— Werner Leyendecker avait-il excité les animaux ?

Elle regarda Jeremy d'un air étonné.

— Werner Leyendecker. Votre victime. L'homme que vous avez assassiné.

Soixante-quatre ans. Deux fois divorcé, deux enfants. Mécanicien outilleur de formation, représentant en machines agricoles après la réunification, puis préretraité. Domicilié à Wismar. Virée touristique à Berlin. Arrivée l'après-midi à la gare centrale, poursuite jusqu'à Alexanderplatz, enregistrement à l'hôtel Park Inn à 5 h 45. Une chambre au onzième étage, vue sur les huit voies de la Mollstrasse. Le soir, spectacle-revue « Songbirds » au FriedrichstadtPalast. Deux verres au bar de l'hôtel. Seul. Le lendemain, achat d'une casquette de marin au KaDeWe[1]. Tour de la ville en bus. Rendez-vous sur Unter den Linden avec une femme rencontrée sur Internet. Helga Grothe, dix ans de moins que lui, commerciale à temps partiel dans les assurances. La femme avait appelé la police sur les conseils pressants d'une amie, après que le triste sort de Leyendecker eut été étalé dans la presse avec un luxe ostentatoire de détails sordides.

Le rendez-vous avait tourné court par manque d'affinités réciproque. Elle s'était rajeunie de quelques années et allégée d'autant de kilos. Lui avait posté un portrait datant d'un temps où l'on collait encore des photos d'identité sur les permis de conduire. Leyendecker, selon elle, semblait attacher peu d'importance à la beauté intérieure.

Jeremy avait vu une photo du mort – prise Dieu merci de son vivant. Leyendecker devait pourtant avoir de la beauté intérieure à revendre, pensa-t-il, s'il voulait compenser ses propres déficits : un mètre

1. Kaufhaus des Westens, grand magasin berlinois (NdT).

soixante-douze, quatre-vingt-huit kilos. Visage épais, sans doute bouffi par l'alcool, regard autoritaire. Menton prognathe avec fossette, joues flasques et légèrement pendantes, cheveux clairsemés, ramenés sur le front avec de la Gomina. Un papy en devenir, sans aucun trait sympathique. Ni ses enfants ni ses ex-épouses ne s'étaient inquiétés de sa disparition. L'hôtel, si.

Dans sa chambre on avait trouvé le ticket d'un cinéma de l'Alexanderplatz. Une facture de carte de crédit faisait état d'un passage dans un club de *lap dance*. Il avait réservé une chambre double, espérant sans doute en tirer profit, mais avait finalement renoncé à faire monter une prostituée. Il n'en avait demandé aucune, se souvenait le portier de nuit. La veille de sa mort, Leyendecker était revenu à l'hôtel peu avant minuit, légèrement ivre. Pas de quoi déranger les autres clients. Il s'était arrêté devant un présentoir où s'alignaient des *flyers* vantant diverses attractions touristiques de Berlin. Plus tard, la police scientifique trouva dans la corbeille à papier des publicités criardes pour le cabinet de figures de cire de Madame Tussauds, un dîner-spectacle coûtant les yeux de la tête, la visite des installations souterraines de Berlin et le musée Kennedy sur la Pariser Platz.

Il n'avait visité aucun de ces lieux. Il était allé au parc animalier. Probablement après le petit déjeuner, mais quand exactement, l'employée qui notait les numéros de chambre au restaurant ne s'en souvenait plus. Le dernier signe de vie de Werner Leyendecker provenait de son téléphone portable, qui avait disparu en même temps que ses vêtements. L'opérateur confirma que le dernier appel avait été passé à 15 h 22 au parc animalier. Il avait aussi téléphoné au service de renseignement des horaires de train.

Jeremy supposait que Leyendecker avait voulu avancer son départ. Son excursion berlinoise n'avait pas été à la hauteur de ses attentes. Visiblement il ne savait plus quoi faire de son temps. Son décès était survenu le lendemain entre 2 et 3 heures du matin. Le crime avait été reconstitué : Rubin avait guetté Leyendecker après son passage à la cafétéria (reçu de paiement pour une bière et un hot-dog, 15 h 14), l'avait suivi jusqu'aux fauves et assommé derrière le pavillon Alfred-Brehm. Elle l'avait laissé dans les fourrés entre les pingouins et les chiens de prairie. À ce moment, il était probablement déjà sous sédatif, incapable de bouger. Il avait été évacué dans l'un de ces véhicules électriques qui servaient à apporter la nourriture et le foin aux différents enclos, et sur lequel les empreintes digitales de Rubin avaient été trouvées au milieu de celles des autres soigneurs. Jusque peu de temps avant sa mort, il était resté, ligoté et paralysé, dans la clinique vétérinaire, un bâtiment de plain-pied en brique rouge des années cinquante situé derrière la ferme.

Au milieu de la nuit, Charlotte Rubin avait transporté l'homme dans l'enclos des pécaris, ce qui, vu la corpulence de celui-ci, relevait de l'exploit. Les bêtes ayant accompli leur épouvantable besogne, elle avait dû revenir vers 4 heures du matin, une bonne heure avant le lever du soleil, pour ramasser les restes de Leyendecker. Était-ce à cause de l'obscurité, était-ce parce que les animaux étaient trop dangereux ? En tout cas, elle n'avait pas totalement réussi. Elle s'était débarrassée des morceaux dans une benne à os qu'elle avait préalablement vidée. Avec des restes nauséabonds de nourriture à moitié décomposée et non consommable, elle avait ensuite recouvert le tronc et la cuisse de Leyendecker, qu'elle avait pris soin de sectionner, probablement pour qu'ils puissent rentrer dans le conteneur. On avait trouvé des traces d'ADN de Leyendecker à peu près partout dans la clinique – et en particulier sur la scie à os.

Jeremy pouvait désormais lire le compte rendu des faits sans être aussitôt pris de nausée. Mais il n'arrivait pas à se figurer complètement leur déroulement. Il préférait ne pas penser à la façon dont cette femme, au petit jour, avait transporté dans sa voiture électrique un cadavre déchiqueté sur les sentiers du parc. Son imagination ne reprenait le fil qu'au moment où Charlotte Rubin avait franchi le seuil de la petite maison derrière la clinique, à moins de cent mètres des restes de la dépouille de sa victime, y avait pris une douche (ADN de Leyendecker dans la salle de bains, traces de sang sur une salopette lavée), puis s'était tranquillement couchée, avant de prendre son service vers 8 heures du matin.

La disparition de Werner Leyendecker fut signalée par l'hôtel Park Inn aux alentours de midi, le client n'ayant pas réglé sa note ni rendu les clés à l'accueil. Un employé était allé dans sa chambre et avait constaté que, si Leyendecker avait disparu, ses bagages eux étaient bien là. Le lit n'avait pas été défait.

Jeremy leva les yeux de ses notes. Rubin continuait de faire comme s'ils parlaient chinois et que l'interprète s'était absenté jusqu'à nouvel ordre.

— Qu'avez-vous ressenti quand vous avez vu Werner Leyendecker pour la première fois ?

Aucune réponse. Jeremy sentit Brock se poster derrière sa chaise, formant dans son dos un mur solide contre quoi s'appuyer.

— Revenons à la question de savoir si vous êtes tombée par hasard sur M. Leyendecker ou si vous l'avez sciemment choisi.

Aucune réaction.

Jeremy sortit du dossier la photo de Leyendecker. Ce n'était qu'une copie, un agrandissement à gros grain, et en même temps le souvenir d'un homme dont Rubin avait détruit l'existence avec une inconcevable cruauté.

Elle saisit le verre d'eau, but, reposa le verre. Regarda ses mains.

— Vous vous souvenez de lui ?

Peut-être que ce silence aussi mettait Brock sur la voie. Pour le professeur, il n'importait pas seulement de savoir comment une chose était dite ou tue. Le langage du corps et la réaction à certaines questions lui en disaient tout autant sur la personne. Jeremy étouffa un soupir. Une chose était sûre, elle se montrait tout sauf coopérative.

— C'est à cause d'hier ? demanda-t-il.

La matinée filait. Ils n'avaient que ces trois jours. En étant très convaincants, on pourrait peut-être en décrocher un quatrième. Brock y travaillait déjà.

— Avons-nous fait quelque chose de travers ?

Silence. Lorsqu'elle croisa les jambes dans l'autre sens, il entendit le frottement de son pantalon chargé d'électricité statique.

— Je vous prie encore une fois de m'excuser. Je n'avais aucunement l'intention de vous énerver en mentionnant votre sœur.

Jeremy sentit derrière son dos, à l'endroit où se tenait Brock, se matérialiser un immense point d'interrogation.

Rubin le regarda. De nouveau c'était comme s'il recevait un léger coup dans la poitrine. Les réactions de cette femme étaient tellement imprévisibles. Par moments il semblait qu'elle allait s'endormir sur sa chaise, et la seconde suivante, son intérêt était mis en éveil. Aucune structure ne se dégageait encore, rien qui permette d'y voir clair. Il leur fallait du temps, beaucoup plus de temps. Une brèche, une prise, quelque chose qui puisse percer ce rempart d'obstination.

— Comme nous vous l'avons expliqué quand nous avons commencé, tout ce dont nous parlons ici sert exclusivement à l'établissement de l'expertise. Vous n'êtes pas soumise à un interrogatoire, rien de ce que vous dites entre ces quatre murs ne pourra être utilisé contre vous à l'audience. Tout ce que nous voulons, c'est comprendre comment vous fonctionnez. Parfois, un regard extérieur peut être utile.

— Je peux partir, s'il vous plaît ?

— Nous n'avons pas terminé.

— Si. Je n'ai plus rien à ajouter. De toute façon, tout est là-dedans. (Elle pointa du doigt les dossiers du procureur.) Écrivez donc ce que vous voulez sur moi. Pour ma part, je veux retourner dans ma cellule. Tout de suite.

Elle se leva. Troublé, Jeremy se redressa à son tour.

— C'est dans votre intérêt, vous savez.

— Jusqu'ici, rien dans ma vie n'a été dans mon intérêt. Alors arrêtez de jouer au bon Samaritain. Et vous aussi !

Brock retroussa les lèvres en un sourire de regret et alla vers la porte pour l'ouvrir. Pourvu qu'il ne soit pas en train d'établir une expertise sur mon propre compte, pensa Jeremy. Ce qui arrive est une pure catastrophe. Je suis un nul.

— Qu'est-ce que je vous ai fait?

— Vous me demandez à moi? À moi?

Rubin avait levé la voix. Une fois de plus, Jeremy eut l'impression qu'une seconde personne en elle reprenait les commandes.

— Je peux partir, maintenant? Ou suis-je retenue ici contre mon gré?

L'escorte apparut.

— Merci, dit-elle, sarcastique. Je veux retourner à la prison.

Rubin sortit avec eux.

Jeremy pressa le bouton « stop » de l'enregistreur et commença à ranger les notes dans le classeur. Il avait mauvaise conscience. Il aurait dû tout de suite dire au professeur, avant même le début de la séance…

— Que s'est-il passé hier?

Brock revenait et il ferma la porte derrière lui. Il était le calme personnifié. Pas la moindre trace de mécontentement ou de déception quant à l'issue de la séance.

— J'ai parlé à Mme Rubin au sujet de sa sœur. Peu après que vous êtes parti, dit Jeremy. Je suis désolé. Ça s'est fait comme ça, et je voulais… Je ne me doutais pas que ça la mettrait dans des états pareils.

— C'est le cas?

— Et comment. Elle nous a interdit de prendre contact avec sa sœur et a failli disjoncter.

Brock croisa les mains derrière son dos d'un air pensif.

— Monsieur Saaler, ce genre de choses doit être décidé avec mon accord, finit-il par dire. Je vois bien vos efforts, votre zèle et votre sincérité. Mais je vois surtout que vous ne gardez pas le recul nécessaire. Au début, Mme Rubin vous inspirait une véritable répulsion.

Jeremy voulut objecter mais Brock, d'un geste de la main, lui coupa la parole avant même qu'il n'ouvre la bouche.

— Vous devez apprendre à contrôler vos sentiments. Qu'ils soient négatifs ou positifs. J'ai pour mission d'établir une expertise. Les questions sur les relations familiales sont d'une importance cruciale, je ne vous aurais jamais laissé les aborder sans ma présence.

Jeremy déglutit et regarda par terre. Il se sentait rappelé à l'ordre comme un gamin.

— Quand vous avez sauvé la vie à Mme Rubin, reprit Brock, votre ressenti à son égard a radicalement viré de bord. La meurtrière, l'auteur d'un crime monstrueux, est devenue un être humain. Tout à coup la vie de Charlotte Rubin a pris à vos yeux une tout autre valeur. Vous ne vous maîtrisez ni dans un sens ni dans l'autre. Vous devez apprendre à le faire.

— Oui, murmura Jeremy.

— Je n'exige pas de votre part que vous ayez moins d'estime pour les gens ni que vous vous montriez excessivement prudent à leur égard. Mais je vous demande – et tenez-vous-en à cette règle – de ne pas aborder des questions d'une telle importance avec un patient sans mon accord. Vous n'êtes pas encore assez expérimenté.

Brock laissa la dernière phrase en suspens. Jeremy aurait bien voulu demander s'il le serait un jour, mais il savait qu'il paraîtrait alors encore plus puéril qu'il ne l'était déjà.

— Vous me retirez de l'affaire ?

Brock prit le dossier sur le bureau avec un gros soupir. Il le feuilleta, survola ici un papier, tira là une feuille, et finit par trouver ce qu'il cherchait : le formulaire d'état civil.

— Bien sûr que non. Mais à l'avenir, travaillez pour moi et non pas contre moi. Cara Spornitz, trente ans. Vétérinaire. Voyez-vous ça. L'amour des bêtes semble réunir ces deux-là, et pourtant il y a plus de dix ans qu'elle n'a pas vu sa sœur. Si j'en crois la déposition de Mme Spornitz.

Jeremy s'empressa de jeter un œil par-dessus l'épaule du professeur.

— Mme Rubin affirme la même chose. Par ailleurs, elle refuse catégoriquement que nous parlions avec sa sœur.

— Mme Rubin, de mon point de vue, n'est pas en mesure d'estimer les conséquences de ses actes.

— Pourtant, à l'entendre, ces deux-là sont comme chien et chat, dit Jeremy.

Le professeur sourit.

— Il semble que le monde animal soit partout dans cette affaire. (Il chaussa ses lunettes et lança le navigateur de recherche sur son portable.) Vous avez déjà fait des recherches Internet sur elle ?

Jeremy secoua la tête. Le professeur saisit les quelques informations dans son ordinateur.

— Il n'y a qu'une seule Cara Spornitz dans toute l'Allemagne. Elle est vétérinaire et a un cabinet à Dessau. Étonnant. Deux sœurs aux goûts professionnels tout à fait similaires.

Jeremy voyait les choses autrement.

— L'une élève des animaux pour les donner en pâture. L'autre a étudié et semble se soucier davantage de maintenir ses patients en vie. L'une fait l'exact contraire de l'autre.

Le professeur passa la main sur son menton.

— Alors je vois plus de parallèles que vous. Prenez contact avec elle. Trouvez-la, où qu'elle se trouve. C'est important.

Jeremy hocha la tête.

— Question.

— Oui ?

— Si elles n'ont aucunes relations, en quoi Cara Spornitz peut-elle vous aider ?

— Mais enfin, il ne s'agit pas de moi, dit Brock, étonné. Il s'agit de la vie de Charlotte Rubin.

14

Quand Jeremy vit Cara Spornitz pour la première fois, elle était couverte de sang et plutôt remontée. La sueur luisait sur son visage en forme de cœur. Devant ses yeux, qui brillaient d'un violet profond, presque artificiel, tombaient quelques mèches brunes échappées de sa chevelure nouée en arrière. Elle voulut les écarter, mais ses mains étant enfoncées jusqu'aux coudes dans des gants de caoutchouc, elle dégagea son front avec le haut de son bras, y laissant une large traînée rouge. Elle portait un vieux tee-shirt sous son tablier, et tout ce que Jeremy put encore distinguer, c'étaient des bottes en caoutchouc, un jean délavé, une silhouette fine, mais nerveuse et sportive et une sacrée dose de colère dans les yeux, qui le fusillaient du regard.

Les mugissements d'une vache provenaient de l'étable.

— Qu'est-ce qu'il y a de si urgent?

Il avait débarqué au beau milieu d'un vêlage compliqué. La femme qui gardait le cabinet jusqu'au retour de sa chef l'avait envoyé dans un minuscule village du côté de Vockerode. Au moment même où il s'était retrouvé face à Cara Spornitz, Jeremy avait oublié jusqu'au nom du bled.

— Vous déboulez toujours comme ça, sans frapper?

— Je suis désolé. Je ne voulais pas vous déranger.

Elle ôta ses gants ensanglantés avec des gestes énergiques et secoua la tête. Jeremy ne tenait pas à lui faire remarquer qu'il avait frappé et appelé. Dans la maison donnant sur la rue, une femme âgée coiffée d'un foulard, lui rappelant qu'en Allemagne non plus l'époque du costume traditionnel et du couvre-chef ne remontait pas si loin, lui avait indiqué l'étable. En chemin, il était passé devant une Volkswagen Passat qui semblait ne tenir que grâce à la croûte de boue recouvrant sa carrosserie. Cara Spornitz se dirigea vers cette voiture et ouvrit la portière côté passager pour en sortir une bouteille d'eau.

Elle but les yeux fermés. Il observa les mouvements des muscles de son cou effilé. Ils étaient presque du même âge, mais elle faisait nettement plus jeune que lui. Son visage lui rappelait une poupée de porcelaine : étrangement pâle, avec un léger rouge aux joues et une petite bouche rose. Mais quand elle baissa la bouteille et le dévisagea de nouveau, cette impression s'évanouit aussitôt. Elle n'avait rien d'une poupée. Elle respirait la santé, et la nature l'avait gratifiée d'un petit nez retroussé, vision adorable que les froncements agacés de ses sourcils annulaient presque complètement.

— Je suis Jeremy Saaler. Ça fait plusieurs jours que j'essaie de vous joindre. Vous n'avez jamais rappelé.

Il avait spécifié dans ses messages que c'était au sujet de sa sœur. N'importe qui d'autre se serait aussitôt manifesté. Pas Cara Spornitz. Elle n'était jamais joignable, toujours, lui disait-on, en déplacement ou en consultation. Elle avait obstinément ignoré ses demandes de rappel. Finalement, Brock et lui étaient convenus qu'il se rendrait sur place pour la trouver. On était alors vendredi après-midi. Pour le jeune psychologue, le week-end s'annonçait joyeux : une partie de golf avec son père et Henny, un samedi ennuyeux à potasser de la littérature spécialisée, une explication depuis longtemps en souffrance et sans cesse réclamée avec son ex, qui l'avait quitté plusieurs mois plus tôt au motif que la vie avec lui était à peu près aussi passionnante qu'avec un réverbère, et s'obstinait pourtant à vouloir discuter sans arrêt de tout ce qu'il n'avait pas fait ou alors fait de travers. Il aurait pu se rendre à sa salle de gym, quelque peu délaissée ces derniers temps, ou se retrouver avec un ancien camarade d'études pour aller au cinéma, puis dans un de ces clubs ou de ces bars branchés pour lesquels il ne se sentait ni assez mondain ni assez riche, et qu'il quittait chaque fois au petit matin complètement cuit, incapable de se souvenir de rien, mais avec le sentiment de n'avoir finalement rien manqué…

Alors pourquoi pas Dessau, pour changer ? Bauhaus, architecture industrielle, une ville au vert. En route vers le cabinet de Cara Spornitz, il avait traversé un gros bourg auquel la guerre et la reconstruction avaient ôté tout cachet : avec la même rue commerçante que partout, les mêmes enseignes, quelques beaux bâtiments anciens, certes, mais tout le reste était aussi insignifiant que n'importe où ailleurs.

Elle jeta la bouteille à moitié vide sur le siège.

— Bon, maintenant vous m'avez trouvée. De quoi s'agit-il ? Laissez-moi deviner. Votre cheval a des coliques.

Jeremy sourit malgré lui. Il portait des Timberland et un pantalon en velours côtelé, une chemise de coton au col ouvert et un blazer en tweed anglais. Inconsciemment, il avait adapté sa tenue à une partie de campagne, façon *gentleman farmer*.

— Non. Je suis ici…

— Votre chien ? Un golden retriever, si vous n'allez pas à la chasse. Qu'est-ce qu'il a qui ne peut pas attendre ?

Elle souffla une mèche qui lui barrait le visage. Sa voix ne trahissait ni refus ni moquerie. Elle était énervée, tout simplement. Elle s'apprêta à claquer la portière.

— Comme je l'ai dit au téléphone, il s'agit d'une affaire de famille…

Sa main retomba. Son regard et son attitude s'altérèrent. Lentement elle dénoua les lanières de son tablier, sans le quitter des yeux.

— … de votre chien ?

— Non. C'est au sujet de Charlotte Rubin. Ce n'est peut-être pas le meilleur endroit pour en parler.

— Vous venez… de Berlin ?

Elle se retourna et examina la ferme et ses environs. L'air était saturé d'une odeur de blé mûr et d'herbe tondue. Elle cherchait peut-être où il avait laissé sa voiture. Il l'avait garée devant la maison sur le bord de la route.

— Oui.

Elle ôta son tablier, le plia soigneusement, puis contourna la voiture et ouvrit le coffre. Elle jeta le vêtement à l'intérieur, s'assit et retira ses bottes en caoutchouc pour enfiler une paire de baskets. Le sang sur ses bras et son front séchait, et les taches sombres sur son tee-shirt ne semblaient pas être de la sueur. Le soleil était déjà bas. Jeremy, qui l'avait suivie comme un petit chien, s'efforçait de ne pas la couvrir de son ombre.

— Comment m'avez-vous trouvée ? demanda-t-elle en serrant ses lacets.

— Sur Internet.

— Ah, oui. La voie royale pour me rencontrer. Qu'est-ce que vous me voulez ?

— C'est le professeur Brock qui m'envoie. Il est chargé d'effectuer une expertise sur votre sœur. Il pense que ce serait peut-être une bonne idée si…

Jeremy s'interrompit. Elle en avait fini avec ses chaussures et se leva. Deux hommes sortaient de l'étable. L'un grand et baraqué, l'autre plus jeune et plus mince, tous deux vêtus d'une combinaison bleue. Ils se ressemblaient. Père et fils, sans aucun doute, se dit Jeremy. Le fils portait une lourde sacoche de médecin. Cara se dirigea vers eux, échangea quelques mots, puis prit congé d'une poignée de main et alla ranger sa sacoche dans la voiture. Il s'écarta pour la laisser accéder au coffre, où traînaient pêle-mêle cartons, chaussures, blouses, outils et divers sacs.

— Nous aimerions beaucoup vous parler, insista-t-il.

Il regarda autour de lui. Les deux hommes retournaient vers l'entrée de la maison où la femme au foulard, dans l'encadrement de la porte, les attendait tout en épiant ce qui se passait près de la voiture. Cara le gratifia d'un sourire poli.

— Je n'ai rien à vous dire au sujet de ma sœur.

— Nous pensons qu'il est important d'en apprendre davantage à son sujet. Il n'est pas facile de discuter avec elle. Tout ce qui a trait à son enfance nous intéresse au plus haut point.

D'un coup, le visage de Cara se figea. Le temps qu'il se demande quel faux pas il venait de commettre, elle était déjà à la portière côté conducteur.

— Je ne peux pas vous aider.

— Mme Rubin nous l'a déjà laissé entendre, mais moi, je crois que si.

— Charlie… (Elle s'adossa à la voiture et croisa les bras.) Ça fait des années que je ne l'ai pas vue. Comment va-t-elle ? Tient-elle le coup ?

— Désolé. Je n'ai rien le droit de vous dire.

Elle gratta la terre sèche du bout de son pied.

— Ah oui, je vois : Je te donne quelque chose, tu me donnes quelque chose ? Je te fais confiance, tu me fais confiance, c'est ça ?

Jeremy savait que le « tu » ne lui était pas adressé personnellement. Et pourtant il le troubla.

— Le professeur Brock pourra certainement vous donner des informations.

— Et vous ?

— Moi ? Je ne peux que vous demander de venir à Berlin le plus vite possible.

— Comme ça ? Sans contrepartie ?

— La semaine dernière, Mme Rubin a fait une tentative de suicide. Je sais que j'enfreins les règles en vous disant ça. Mais vous êtes une proche parente. Personne ne vous en a informée ?

— Non. (Le petit sourire poli s'était effacé de son visage.) Oh, mon Dieu. Encore ?

— Ce n'est pas la première fois, si je comprends bien ?

Cara haussa les épaules d'un air désemparé.

— Elle a quelques années de plus que moi. L'adolescence n'a pas dû être un moment facile pour elle. Moi, je ne m'en rendais pas compte, je n'étais qu'une gamine. Elle a déjà tenté le coup avec des somnifères. Et une fois… Quand déjà ? Je ne sais plus. Quel affolement. Un voisin l'a ramenée à la maison, complètement hagarde. Elle avait essayé de se jeter sous sa voiture. Je n'avais pas l'impression que c'était vraiment sérieux. Quelques jours plus tard, elle était de nouveau à rire et faisait comme si rien ne s'était passé. Où a-t-elle fait sa tentative ? En prison ?

— Dans notre cabinet.

Il s'apprêtait à lui fournir une explication ou une excuse, mais Cara sembla ne pas y attacher la moindre importance. La détresse de sa sœur l'indifférait apparemment. C'était d'autant plus déconcertant qu'elle avait l'air d'une femme tout ce qu'il y a de plus normale, pleine d'intelligence et d'esprit de repartie.

Elle pointa son tee-shirt.

— Si vous permettez, j'ai très envie de prendre une douche et de me changer. À 5 heures j'ai la consultation des animaux de compagnie. D'expérience, je peux vous dire que ce ne sont pas les chats et les perruches qui vous prennent la tête, mais les vieilles peaux qui leur tiennent lieu de maîtresses. Je ne peux pas vous aider. Je suis sincèrement désolée de ce qui s'est passé avec Charlie. Mais nous sommes aussi proches que vous et moi. Je lui rendrai visite dès que je pourrai. Maintenant, il faut que j'y aille. Encore désolée.

Jeremy ne savait pas si elle avait vraiment aussi peu de cœur qu'elle voulait le faire croire ou si elle dissimulait habilement son inquiétude. Très habilement, même, se dit-il lorsqu'il la vit s'asseoir derrière le volant, baisser le pare-soleil et s'examiner en secouant la tête d'un air renfrogné. C'est sa sœur, pensa-t-il. Sa seule proche parente. Cette histoire ne peut pas glisser sur elle sans laisser de traces.

— Dans ce cas, je cours m'acheter une perruche.

Elle leva vers lui des yeux perplexes.

— Comme ça vous me parlerez peut-être, ajouta-t-il.

— Épargnez-vous cette peine, à vous comme à cette pauvre bête.

— À quelle heure se terminent les consultations ?

— Je vous ai déjà dit…

La voiture sentait le cheval, le foin, le lisier et le sang. Et quelque chose de frais, de suave, qui devait venir de ses cheveux en sueur. Étonnant pour une personne qui sortait d'une étable où elle venait de patauger dans le sang.

— Je vous attends. Où ?

Cara soupira et inséra la clé de contact.

— Vous êtes du genre persévérant, hein ?

Il s'appuya des deux mains sur le toit de la voiture et s'attendit à ce qu'elle lui claque la porte au nez. Mais elle n'en fit rien. Elle tendit le bras vers la poignée et s'arrêta en plein élan.

— Vous connaissez Wörlitz ?

— Seulement de nom.

— À 20 heures aux gondoles du parc.

Il tapota le toit, avec un sourire en coin.

— 20 heures.

Aux gondoles. Cara Spornitz n'aurait pas eu une sœur qui venait de trucider quelqu'un, ç'aurait presque eu l'air d'un rendez-vous galant.

15

Les gondoles étaient de larges barques qu'on pouvait louer pour admirer sur l'eau les splendeurs du parc de Wörlitz. Jeremy avait passé le restant de l'après-midi à se promener jusqu'au temple de Vénus, mais à mesure que l'heure de son rendez-vous approchait, il le regrettait amèrement.

Sa chemise était trempée de sueur, ses chaussures couvertes de poussière. Il quitta les jardins peu avant 18 heures et dégota un petit hôtel sur la place du marché. Son envie d'une bonne douche était si irrépressible qu'il entra et prit une chambre. Les tarifs le surprirent agréablement; le petit coup d'œil au restaurant et sur la carte surpassa ses attentes. Le royaume des jardins de Dessau-Wörlitz était inscrit au patrimoine mondial de l'Unesco, il attirait un public international, et ce public avait des exigences auxquelles on comptait bien répondre. Trouver à la dernière minute une chemise propre ne posait ici aucun problème.

Une heure plus tard, douché, rasé de près, costume brossé et chaussures cirées, il se faisait servir une eau minérale bien fraîche, assis sous les arbres de la petite place du marché. Des cyclistes et des promeneurs passaient, des couples entraient, l'établissement se remplissait. Quand le dîner fut servi à la table voisine, le fumet d'un cuissot de chevreuil et d'un rôti de bœuf aigre-doux vint lui chatouiller les narines, et son estomac se manifesta. Mais il se domina. Il devait attendre jusqu'à 20 heures, l'heure habituelle des rendez-vous avec les femmes. Il s'imaginait la conduisant autour du lac en face de l'île de pierre, un volcan artificiel, puis rejoignant avec elle l'une des petites auberges qui faisaient de l'œil au promeneur le long des remparts.

Depuis sa chambre, il avait appelé le professeur et laissé un message sur sa boîte vocale, l'informant qu'il avait pris contact avec Cara Spornitz, que Charlotte Rubin avait déjà commis deux tentatives de suicide dans sa jeunesse et qu'il avait à présent rendez-vous avec la sœur.

Après avoir raccroché, il avait eu l'idée de prendre quelques notes. C'est alors qu'il avait vu le soir doré devant sa fenêtre. Le soleil filtré par les feuillages peignait des motifs chatoyants sur les pavés devant l'hôtel. Il avait entendu le chant des oiseaux et les voix atténuées des humains qui savouraient l'été assis sur la terrasse. Il ne se souvenait pas de quand ça lui était arrivé pour la dernière fois.

Il avait rangé son carnet de notes dans la serviette puis était descendu. Pendant qu'il buvait son eau, laissant le temps s'écouler dans une oisiveté complète jusqu'aux retrouvailles avec Cara, il était parfaitement heureux.

D'abord il faillit ne pas la reconnaître.

Elle portait une robe jaune soleil serrée jusqu'aux hanches puis s'ouvrant en corolle pour virevolter autour des genoux, avec des sandales plates qui lui donnait une démarche légère. Elle sauta dans la gondole d'un pied agile. Sa grossière tenue de travail avait dissimulé son corps. La robe le mettait en valeur. Un décolleté attira le regard de Jeremy sur ses clavicules et la naissance de ses seins. Une fois lavés et séchés, ses cheveux étaient plus clairs, étincelants de reflets blond foncé légèrement plus décolorés aux pointes. Elle avait discipliné sa chevelure en un chignon bas qui soulignait la délicatesse de son visage. Brisant à dessein ses airs gracieux de poupée de porcelaine, elle avait, afin de se durcir, surligné ses sourcils d'un trait sombre et maquillé ses lèvres d'un rouge mat et profond. Cet artifice lui allait à ravir. Sur son passage les hommes se retournaient plutôt deux fois qu'une.

Jeremy avait loué la barque pour une heure. Il n'était pas possible de la réserver plus longtemps, lui avait-on dit, car le jour commencerait alors à tomber, et toutes les gondoles devaient être amarrées au ponton avant la nuit. Il prit les rames, elle s'assit en face de lui et rajusta sa robe autour de ses cuisses. Il faisait encore bon, mais plus vraiment chaud. Une petite brise apportait le parfum des fleurs et de la rosée du soir.

Ils se turent un moment. Des canards nagèrent autour de la barque puis changèrent de cap, dépités que personne ne leur donne à manger. La lumière du soleil couchant dansait sur la surface de l'eau. Il observait le roulis des vagues qui, partant de la barque, s'évanouissait peu à peu sur le lac. Le cuir qui retenait les rames grinçait. Une gondole vint dans leur direction. Une famille avec deux enfants dont le babillage joyeux les accompagna quelque temps, jusqu'à ce que le château apparaisse sur la rive.

— C'est tellement beau, dit-elle enfin. Et pourtant tout cela est né de la main de l'homme.

— L'un n'exclut pas l'autre.

— C'est vrai.

Elle fit glisser ses doigts dans l'eau. Ses mouvements rappelaient à Jeremy ceux d'une danseuse classique : fluides, élégants, comme en apesanteur. Rien ne laissait deviner la vétérinaire en bottes de caoutchouc éclaboussées de boue. Celle-ci avait disparu. Il contempla son visage, y cherchant une ressemblance avec sa sœur. Leurs yeux et leurs cheveux étaient presque de la même couleur, et peut-être aussi la forme de leur visage - rond et large - était-elle identique. S'il était sculpteur, Charlie constituerait pour lui une grossière ébauche en bois, dont Cara serait l'achèvement en marbre.

— Je ne corresponds pas tout à fait à vos attentes, n'est-ce pas ? dit-elle en observant les nénuphars qui semblaient comme suspendus au-dessus de l'eau.

Il lui sourit et s'aperçut qu'il était de nouveau en sueur. Ramer vous donnait un air tellement rustre en présence d'une femme si aérienne.

— Au contraire, dit-il. Vous les avez amplement dépassées. C'est très joli ce que vous portez.

— Ah, la robe. C'est vieux… Je l'avais à la mairie.

Le cœur de Jeremy se glaça. Elle était mariée. Bien sûr. Pourquoi sinon porterait-elle un autre nom de famille ?

— Pour le divorce, une salopette a dû faire l'affaire. Je sortais d'un abattage domestique, et je n'avais plus le temps d'enfiler une tenue convenable.

Son cœur se dégela. La vitesse à laquelle il passait du solide au liquide, jointe à l'effort physique inhabituel, faillirent le faire suffoquer.

— Dans mon métier, la nature perd vite son caractère romantique, reprit-elle. Mais des soirs comme celui-ci…

Jeremy était incapable de détacher ses yeux d'elle. Il y avait longtemps qu'il n'avait pas rencontré une femme aussi fascinante. Peu importait qu'elle sente le lisier ou les roses.

— … je serais presque tentée d'y croire.

Elle lui décocha un petit sourire.

— À quoi ? demanda-t-il.

Il se sentit tout idiot, comme pris la main dans le sac.

— Au romantisme. On n'a pas beaucoup de place dans la vie pour le romantisme. Mais peut-être en va-t-il autrement pour vous ?

— Non.

— Qu'est-ce que vous faites exactement ?

— Je viens d'obtenir mon diplôme de psychologue et je fais mon stage de spécialisation auprès du professeur Brock.

— Pourquoi ?

— Je ne comprends pas.

— Pourquoi la psychologie ?

Parce que c'est ce que voulait mon père ? Il ravala cette réponse et répondit :

— Je veux comprendre les gens. Y compris ceux qui me donnent du fil à retordre.

Il consulta son for intérieur et constata qu'il avait dit vrai, que c'était la bonne réponse. Et cette réponse le mettait en joie, l'exaltait, le transformait. L'allégeait, oui, l'allégeait. C'était comme si l'ombre de son père venait de quitter la barque.

— Charlie vous donne du fil à retordre ?

— Plutôt.

— C'est ce que je pensais. Sinon vous ne seriez pas ici. Qu'est-ce que vous attendez de moi au juste ?

— Le professeur Brock pense que vous pourriez l'éclairer sur l'enfance de Mme Rubin.

— Je vous l'ai expliqué, je ne peux pas. Il y a trop d'écart entre nous deux. Quand j'ai commencé à avoir les idées claires, elle avait déjà quitté la maison. Elle a commencé au zoo de Dessau, avant d'entrer en apprentissage à Berlin. On ne l'a plus jamais revue. Elle a coupé tous les ponts.

— Et vous ? Qu'êtes-vous devenue ?

Le regard de Cara s'assombrit.

— Je me suis sentie trahie. Ma mère est morte prématurément, et mon père buvait comme un trou. Je n'avais qu'une envie, c'était de me tirer, et je comprenais très bien que Charlie l'ait fait. Mais j'ai eu le sentiment malgré tout qu'elle m'avait laissée tomber.

— Vous aviez quel âge ?

— J'étais encore presque une gamine. Mon père est mort quelques années après d'une cirrhose. Je crois que pendant tout ce temps nous n'avons pas échangé deux phrases. Je tenais la maison et après l'école je m'occupais du peu de bétail qu'on avait le droit de posséder avant la chute du Mur. Quand il est mort, je n'avais pas seize ans, et à ce moment-là j'ai quitté la ferme. Je n'y suis jamais retournée. Ce doit être une ruine, aujourd'hui. Charlie en a hérité, mais c'était le pire cadeau qu'on pouvait lui faire. Après je suis partie à Waren, au bord du lac Müritz, où j'ai suivi une formation de palefrenière. Et c'est là que j'ai rencontré Jörg.

Elle eut un sourire hésitant. Jeremy se dit que Jörg devait être l'homme qui avait eu la primeur de sa robe.

— Jörg était la meilleure chose qui puisse m'arriver. Je n'étais rien. Je ne pouvais pas aligner trois mots sans bafouiller. Je me débrouillais mieux avec les animaux qu'avec les humains. Il m'a soutenue, poussée à m'engager sur cette voie et à en faire mon métier. Je n'avais pas le bac, juste le brevet. Mais j'ai terminé ma formation avec succès. Quatre ans plus tard, j'ai été admise à la fac pour faire mes études, à l'essai d'abord.

— Et ensuite ?

— Je suis partie à Leipzig, lui est resté à Waren. Il m'avait aiguillée. Il était plus vieux que moi. Beaucoup plus vieux. À Leipzig, je me suis sentie jeune pour la première fois de ma vie. Il m'a laissée partir tout en sachant qu'il me perdrait. Il devait sacrément m'aimer.

— Et vous ?

— Il était un peu comme le père que je n'avais jamais eu. Au divorce on pleurait tous les deux. Il restera toujours dans mon cœur. Mais pas dans ma vie.

Jeremy hocha la tête. Le destin de cet homme sage le touchait. En même temps il était presque heureux que ce chapitre de la vie de Cara soit clos. Il avait bien envie de lui demander si un autre homme partageait sa vie, si elle donnait leur chance à des types plus jeunes, mais s'abstint, de peur de passer pour prétentieux ou ridicule. L'écouter tout en sentant ses propres muscles se tendre à chaque coup de rame lui procurait un plaisir infini. Et surtout, il pouvait dévorer du regard cet elfe à la petite bouche rouge sang, si attirante. Je la veux ! Cette pensée fusa dans sa tête et son corps. Il sentit une décharge d'adrénaline et de désir le traverser.

— Et maintenant je suis vétérinaire. Moi, la petite asociale de Wendisch Bruch.

Elle sourit, comme si ce tour de force à la fois l'étonnait et lui donnait un sentiment de triomphe.

— Votre sœur élève des rats.

— Oui, j'ai lu ça dans le journal. Nous avons fait notre chemin chacune de notre côté et pourtant nous avons des métiers semblables. Enfin, peut-être pas si semblables. Ce n'est pas un jugement moral de ma part. Son boulot est important, tout comme le mien. Mais ce que les journalistes ont fait d'elle, c'est proprement dégueulasse. Charlie n'est pas un monstre. Elle n'a pas tué cet homme.

— Elle a été convaincue des faits et a tout avoué.

Cara secoua la tête.

— Alors, c'est qu'on lui a extorqué des aveux, ou qu'on lui a fait autre chose. Non, je ne peux pas le croire. Les journaux ont dit qu'elle avait scié le type en morceaux. Elle n'en est absolument pas capable. Même moi j'ai du mal. Oh, mon Dieu. (Elle mit la main devant sa bouche rouge sang.) On pourrait croire que… Dans les abattages, je dois parfois mettre la main à la pâte. Avez-vous déjà dépecé un cochon sans tronçonneuse ? C'est un travail de force.

Jeremy était bien en peine d'imaginer en cet instant tout ce que cette femme délicate était capable d'endurer dans son boulot.

— Charlotte Rubin a avoué. Et le procureur a réuni toutes les preuves. Deux raisons d'affirmer que votre sœur a bien tué cet homme. Mais nous ignorons pourquoi. Elle garde le silence sur ce point. Et l'on n'a trouvé aucun lien avec la victime. Comme si elle avait pioché quelqu'un au hasard dans la foule des visiteurs. Nous devons déterminer si Charlotte Rubin est une personne malade ou saine d'esprit.

— Si elle est saine d'esprit, elle sera relâchée au bout de quinze ans pour bonne conduite.

— Pas nécessairement. Mais c'est possible.

— Et si vous concluez qu'elle est malade, alors elle croupira en hôpital psychiatrique jusqu'à la fin de ses jours. Exact ?

Jeremy se retourna. L'île de pierre apparut. Un îlot artificiel en granit gris sur lequel se dressait une villa aux murs rouges.

— Elle n'est pas malade.

La voix de Cara sonnait comme une supplication, comme si les conclusions dépendaient de lui, Jeremy.

— Alors aidez-nous. Et aidez votre sœur. Venez à Berlin, et parlez au professeur Brock.

— Je le ferais si je voyais le début d'une chance de pouvoir être utile. Qu'est-ce qu'elle dit ? Elle veut me voir ?

Jeremy entreprit de virer de bord, compliquant la manœuvre à souhait pour ne pas avoir à répondre à Cara.

— Je vois, fit-elle.

Sa large robe avait des poches. D'une d'elles, elle tira un mouchoir et se tamponna les yeux. Il ne voyait pas si elle luttait contre les larmes, mais ses yeux scintillaient d'humidité.

— Alors pourquoi irais-je ? demanda-t-elle.

Jeremy fit demi-tour. Il ne voulait pas revenir trop tard à l'embarcadère et mettre le loueur dans l'embarras. Le retour se passa en silence. Cara contemplait tantôt son mouchoir, tantôt les dernières hirondelles qui frôlaient la surface de l'eau à la recherche de friandises vespérales. Lorsqu'ils atteignirent le ponton, l'homme était là et les attendait.

Jeremy tendit la main à Cara pour l'aider à descendre. La barque tangua, elle perdit l'équilibre et se cramponna un instant à lui, avant de rejoindre la terre ferme d'un saut de cabri.

Arrivée en haut du talus, elle attendit le temps qu'il paie la location. Il percevait tout avec une acuité extrême. Le moindre geste, le moindre mot échangé avec l'homme. L'écoulement des secondes, des minutes. Le temps qui filait, le rapprochant du moment de la séparation. Il aurait voulu que ce soir d'été dure indéfiniment. Il finit par dire au revoir au loueur.

— Où allons-nous ? fit-elle.

Il saisit sa main, qu'elle ne dégagea pas. Quelques derniers promeneurs passèrent, tandis que le crépuscule s'abaissait sur le lac. Ils prirent un chemin étroit franchissant des ponts fantaisistes et longeant des statues mystérieuses dressées dans le parc du château. Les sous-bois et les arbustes en fleurs étaient comme une invitation aux jeunes couples amoureux désireux d'échapper aux regards indiscrets. Elle marchait devant, sa main toujours dans la sienne, lien mouvant, tantôt étroit, tantôt plus lâche. Elle s'arrêta devant une dame en pierre au regard dur et regarda prudemment autour d'elle.

— Personne ?

— Je ne vois personne.

Il se demandait ce qu'elle avait en tête, lorsqu'elle se dressa tout à coup sur la pointe des pieds et appliqua un baiser sur la bouche en pierre. Long, intense, les yeux fermés. Puis elle recula et considéra son œuvre d'un air satisfait.

La dame sévère avait les lèvres rouge sombre. Jeremy sourit malgré lui. C'était bien plus joli que son gris assommant.

— Vous n'embrassez que les pierres ? osa-t-il.

Elle se tourna vers lui. Ses yeux semblaient s'être encore assombris. Son visage s'approcha. Il vit ses lèvres s'entrouvrir, et se pencha vers elle pour y poser les siennes.

— Oui, chuchota-t-elle. À quelques rares exceptions près.

Ils firent l'amour dans sa chambre d'hôtel. Ce n'est qu'ensuite qu'ils virent que la fenêtre était restée grande ouverte. La moitié de la rue avait dû profiter de ses cris étouffés à elle et de ses rugissements de triomphe à lui, lorsque, expulsés hors du temps, ils avaient atteint le septième ciel ensemble. Il l'embrassa, se leva, sentit l'air frais sur son corps nu et ferma les battants.

— Je crois bien qu'on a diverti toute la place, dit-il.

Cara s'enroula dans les draps, prise d'un fou rire. Tout était beau, tout était joyeux. Une première fois comme il ne pouvait y en avoir de plus naturelle, de plus tendre, de plus passionnée. Nulle trace d'inhibition, nulle coquetterie affectée. Presque trop beau pour être vrai.

— Demain les couverts vont leur tomber des mains quand tu vas arriver dans la salle du petit déjeuner, gloussa-t-elle. Les dîners-spectacles sont rares par ici.

Jeremy tira les rideaux. Il sortit une petite bouteille de champagne du minibar et l'ouvrit. Puis il remplit les deux verres à eau de la chambre.

Elle but par petites gorgées avides, en renversant un peu. Un filet coula de son cou jusqu'à l'oreiller. Jeremy le lui lécha sur la peau.

— Mmm, ronronna-t-elle. Viens.

Elle l'attira contre elle, il sentit son corps svelte et voulut la posséder une fois de plus, tout de suite. Cara sourit d'un air content et malicieux.

— Laisse-moi d'abord finir mon verre !

Il roula sur le côté et regarda le plafond. Depuis quand ne s'était-il pas senti aussi comblé ?

— Ça va ? demanda-t-il.

— Ça ne se voit pas ?

Elle se pencha sur son visage et l'embrassa. Sa bouche sentait le champagne et l'amour.

— Et toi, ça va ? Tu dois te dire que c'est tellement rare, des hommes potables qui s'égarent dans un coin si paumé, qu'on saute dessus dès que l'occasion se présente.

Il eut un petit rire.

— Alors je vais venir plus souvent.

— Ose ! Pour qu'une autre te mette le grappin dessus ?

Elle attrapa le verre de Jeremy posé sur la table de nuit et le siffla à moitié. Le drap glissa, découvrant ses petits seins ronds. Il aimait qu'elle le laisse profiter un peu de sa nudité, plutôt que de se ruer sous la douche et de se rhabiller aussitôt.

— J'ai faim, dit-il. On descend manger un morceau ?

Elle vida le reste du verre, le reposa et s'essuya les lèvres du revers de la main, à la manière d'un cow-boy.

— Je préfère pas. Quelqu'un pourrait me reconnaître, et raconter partout que je criais *oui ! oui ! oui !* comme lors de mes vêlages.

Elle renversa la tête et s'esclaffa.

— Enfin… je veux dire… pas les miens, ceux de la vache qui met bas…

Jeremy ne put s'empêcher de rire à son tour. Cara avait des attitudes que seuls pouvaient comprendre ceux qui avaient grandi à la campagne, où le sexe et l'insémination faisaient partie du cycle naturel de la vie au même titre que les champs de colza en fleur. Mais elle lui plaisait. Il sentait encore ses petits mordillements dans son cou et la poigne ferme de ses mains s'agrippant à ses hanches pour commander le rythme de leurs ébats. Il la voulait de nouveau et tira les draps loin d'elle. Les yeux de Cara coururent sur lui de haut en bas et elle sourit en voyant l'ampleur de son désir.

— Mets-toi sur le dos, fit-elle simplement en posant son verre.

Plus tard, beaucoup plus tard, ils commandèrent au room service deux sandwichs club dont Cara engloutit les deux tiers avec grand appétit avant de s'attaquer aux frites de Jeremy. Le tout arrosé de canettes de bière.

— Alors, tu viens à Berlin ? demanda-t-il en lui reprenant la fin de son sandwich.

— Je ne sais pas encore. Tout dépend de ce que tu as encore à offrir. Je ne suis pas loin de succomber à ton art de la persuasion.

Elle trempa ses frites dans le ketchup de l'assiette de Jeremy.

— Alors on continue, dit-il comme en passant.

Elle prit la serviette et s'essuya les doigts.

— Comment ça, on continue ?

— On poursuit ce qu'on a commencé et dont, j'espère, on n'est pas près de voir le bout.

Il se pencha et voulut embrasser son ventre, mais Cara s'écarta.

— Jeremy, dit-elle.

Il comprit ce qui allait suivre. Il le savait, car tout avait été trop beau, trop léger, trop facile pour être vrai. Les femmes avaient d'autres critères que les hommes. Pour elles, il fallait commencer par les doutes, pas par le bonheur. Les histoires étaient tenues d'être compliquées, ou elles n'avaient aucune valeur.

— … C'était vraiment bien avec toi. Et ne crois pas que ça m'arrive tous les jours. Mais ce n'est pas une bonne idée qu'on continue.

— Pourquoi pas ?

— Tu es psychologue. Attends, ne m'interromps pas, ajouta-t-elle comme il ouvrait la bouche pour objecter. Tu es ici parce que tu veux découvrir quelque chose sur ma sœur.

— Mais pas en couchant avec toi, tout de même !

— Aujourd'hui peut-être pas. Mais après ? Le passé de Charlie est aussi mon passé. Tôt ou tard, tu relieras son histoire à la nôtre. Et ça, je ne le veux pas. Ce qui s'est déroulé ici nous est tombé dessus. Ça nous a pris au dépourvu tous les deux. Restons-en là.

—Je sais très bien faire la part entre ce qui est professionnel et ce qui est personnel.

Elle se leva et s'habilla directement, sans passer par la douche. Jeremy posa par terre son assiette avec le reste de frites. Il n'avait plus d'appétit.

—Je n'ai pas eu cette impression…, fit-elle sèchement.

Cara enfila sa robe, toujours aussi belle, comme celle qui la portait. Ses cheveux défaits tombaient en désordre sur ses épaules. Le rouge à lèvres avait disparu, et son visage était un peu rougi comme après une longue promenade. Elle semblait d'une jeunesse à fendre le cœur, et Jeremy ne savait pas comment convaincre cette apparition surnaturelle d'enlever cette fichue robe et de se recoucher près de lui.

— … J'avais au contraire l'impression que tu savais très bien allier l'utile à l'agréable.

— Mais c'est faux…, protesta-t-il faiblement.

Quelle mouche l'avait piquée ? Qu'avait-il fait de travers ?

— … Toi aussi, tu veux que j'aide ta sœur.

— En t'envoyant en l'air avec moi ?

Elle fouilla dans les poches de sa robe, trouva son rouge à lèvres et alla dans la salle de bains. Jeremy se leva. Soudain elle était revenue, la pudeur, la gêne. Avant de la suivre, il enfila son pantalon.

Elle se maquillait. Il se posta derrière elle.

— Tu n'es pas sérieuse.

— Quelle importance elle a pour toi ? dit-elle en le dévisageant dans le miroir.

— Charlie ?

— Oui.

— C'est une personne qui a besoin d'aide. Une patiente du professeur Brock.

— Comment a-t-elle tenté de se tuer ?

— Elle s'est planté un crayon dans la carotide.

— Et comment se fait-il qu'elle ne soit pas morte ?

Il s'avança près d'elle, fit couler l'eau dans le lavabo et se lava les mains.

— Qui lui a sauvé la vie ?

— Moi, répondit-il en passant ses mains mouillées sur son visage.

D'une rotation elle rentra le bâtonnet de rouge à lèvres dans le tube, puis replaça le capuchon.

— Ça lui ressemble.

Elle retourna dans la chambre. Jeremy, décontenancé par sa dernière remarque, se sécha le visage d'un coup de serviette. Il la suivit, incapable de comprendre ce qui avait pu produire chez elle un tel changement. Elles se ressemblent tellement, pensa-t-il. Une femme, deux visages.

— Qu'est-ce que tu veux dire ?

Cara s'accroupit pour fermer ses sandales et leva les yeux vers lui.

— Elle trouve toujours quelqu'un pour lui sauver la vie.

— Tu n'as pas l'air de prendre au sérieux ses tentatives de suicide. Pourtant c'était moins une.

— Comme chaque fois, dit-elle en se relevant. Et maintenant ? Maintenant c'est à moi de payer les pots cassés, une fois de plus.

— Une fois de plus ?

— Chaque fois c'est moi qui l'ai trouvée. Et chaque fois c'était moins une, comme avec toi. C'est ça, le pire. On prie Dieu, on promet les choses les plus insensées pour qu'elle s'en sorte. On ne mange plus, on ne dort plus, on veille à son chevet, on chiale comme une Madeleine. Et c'est là qu'elle ouvre les yeux en disant qu'elle n'arrive pas à dormir avec tout ce boucan.

Elle voulut rejoindre la porte, mais Jeremy lui barra le passage.

— Je peux comprendre que tu l'aies mauvaise.

— Ah oui ?

Il sentait qu'elle avait toutes les peines du monde à contenir sa fureur. La fureur, et quelque chose d'autre encore, enfoui depuis tout ce temps au plus profond d'elle-même. Une blessure.

— … Tu ne comprends rien du tout. Tu es le psy le plus naze que j'aie jamais rencontré.

— Alors aide-moi à m'améliorer.

— Pff.

Elle voulut le contourner, mais il se mit en travers de son chemin, ce qui eut le don d'accroître sa fureur.

— Je ne veux plus être mêlée à cette histoire. Charlie est morte pour moi, pigé ? Elle est morte ! Elle n'existe plus. Elle a foutu le camp, elle m'a laissée tomber. Qu'elle se démerde toute seule.

— Nous avons une dernière séance avec elle la semaine prochaine. Mercredi.

— Je peux partir, maintenant ?

Il fit un pas de côté.

— Il ne reste plus qu'un seul jour. Huit heures supplémentaires que Brock a obtenues du parquet en faisant des pieds et des mains. C'est notre dernière chance, si nous voulons faire quelque chose pour aider ta sœur. Parle avec Brock. Si tu ne le fais pas pour elle, fais-le au moins pour toi.

— Pour moi ? Qu'est-ce que c'est que ces conneries ?

— Tu ne te pardonneras jamais de l'avoir laissée tomber à ton tour.

Elle était déjà presque à la porte, quand elle se ravisa et rebroussa chemin. Reste, pensa Jeremy, je t'en prie, reste. Ne pars pas.

— Tu parles comme si tu me connaissais, dit-elle. Mais tu te trompes. Merci pour la petite partie de plaisir. Au cas où tu serais tenté d'en tirer des conclusions, dis-toi bien qu'il n'y a rien. Je n'existe pas. Charlie n'existe pas. Nous ne sommes rien d'autre que ce que ta petite tête veut bien s'imaginer.

— Et moi ? Qui suis-je dans ta petite tête ?

Ses paupières palpitèrent un bref instant, presque imperceptiblement, puis elle reprit le contrôle d'elle-même.

— Un type parmi d'autres.

C'était comme si elle avait renversé un seau de glace dans son ventre ouvert. Elle partit. Son odeur flottait encore dans la pièce bien après qu'il eut éteint la lumière et se fut mis au lit, se tournant et retournant sans trouver le sommeil.

16

Pour Lutz Gehring, commissaire divisionnaire de la brigade criminelle de la Sedanstrasse, les possibilités d'une vie sociale épanouie étaient assez réduites. Les grandes institutions étaient à l'Ouest. Le club de tennis Rot-Weiss, les amis de la Nationalgalerie, le club de golf de Wannsee, les clubs d'aviron historiques – pour quelqu'un qui habitait au fin fond de Köpenick, c'était quasiment le bout du monde.

À Mitte, quartier central de l'Est, il y avait certes l'association sportive du Gendarmenmarkt. Le Staatsoper. À la rigueur les théâtres, la Volksbühne et le Berliner Ensemble. Divers clubs pour lesquels, du haut de ses trente-cinq ans, il se sentait trop vieux. Il avait déjà vu l'intérieur du Berghain à l'occasion d'une descente, et constaté avec surprise que ce sombre bunker de tous les désirs et de tous les excès disposait d'un salon fumeur. C'était l'endroit où l'on fumait le moins.

C'est ainsi que, faute de mieux, il s'était replié sur l'hippodrome de Hoppegarten. Au début pour montrer les chevaux à Lea et Lukas, et parce que lui et Susanne aimaient bien faire un tour au paddock pour admirer les pur-sang avant de miser deux euros au guichet des paris, après quoi toute la famille fixait des yeux fébriles la ligne d'arrivée. Plus tard parce qu'il pouvait y rencontrer dans les loges le porte-parole du parti pour lequel il votait, et parce que Susanne et les enfants n'avaient pas franchement besoin de lui pour s'amuser. Plus tard encore, quand les enfants furent grands et que Susanne eut exécuté sa menace de le quitter s'il n'exigeait pas enfin d'obtenir des horaires compatibles avec la vie de famille, aux rares heures de liberté qu'il s'accordait en dehors du sport, du boulot et de la formation continue, il allait se changer les idées à Hoppegarten. Il continuait d'éplucher le journal hippique, d'aller au paddock, d'observer les jockeys et leurs chevaux nerveux, et de miser ses deux euros, indifférent au fait de perdre ou gagner.

Il s'installait toujours dans la tribune principale. Les chefs de la police, les porte-parole de parti, les patrons des syndicats policiers se succédaient, il en connaissait encore quelques-uns, mais plus beaucoup. Ses visites allèrent en se raréfiant. Il eut une promotion, le travail et les responsabilités s'accrurent, et Hoppegarten ne fut bientôt plus qu'un souvenir sentimental, qu'il ne ressortait que rarement, comme une vieille coupe ternie.

Mais il y avait des jours, comme celui-ci, où l'été prodiguait ses charmes à profusion. Où les blés commençaient à mûrir aux abords de Mahlsdorf, les tilleuls exhalaient leur parfum envoûtant et où les rires d'enfants et les rugissements des moteurs trafiqués le tiraient de son sommeil. Un dimanche de juillet, une sortie à la campagne : Hoppegarten.

— Mauvais cheval.

Gehring sursauta. Quelqu'un s'était planté dans son dos, tandis qu'il faisait la queue aux guichets, et regardait son journal, sur lequel il avait entouré Bad

Boy Blue. Il se retourna et dut se pencher car la femme était assez petite.

— Bonjour, dit-elle en arborant un large sourire.

Sanela Beara. Ce petit roquet ne respectait donc même pas la trêve dominicale ? Il se rappelait encore très bien comment elle avait mis son grain de sel dans l'enquête sur l'affaire du parc animalier. Il lui avait même permis de jeter un œil dans le dossier d'instruction, plus par pitié que par quelque autre élan d'ordre inavouable. Depuis, elle avait tenté de lui parler à plusieurs reprises, et s'était heurtée chaque fois à une fin de non-recevoir.

— Qu'est-ce que vous faites ici ? demanda-t-il sans répondre à son salut.

— Paris hippiques. J'ai regardé Bad Boy Blue, c'est un tocard. Misez sur Solanum. Il en a.

Il avait aussi lorgné sur Solanum. Mais il aurait préféré se pendre plutôt que d'accepter le tuyau de Beara.

— Vous vous y connaissez ?

— Non.

Sans uniforme, elle était différente, moins crispée. Était-ce l'été qui voulait ça ? Elle était vêtue d'un tee-shirt blanc avec la célèbre langue pendante et les mots *Forty Licks*, d'un jean retroussé au-dessus des chevilles, et de ballerines. Elle avait noué ses cheveux bruns en une queue-de-cheval haute qui accentuait encore la délicatesse de ses traits et la finesse de son cou. Elle portait des perles d'oreilles, qui conféraient à son visage une expression de pureté et d'innocence, un peu à la Audrey Hepburn. Cette comparaison le déconcerta. À peine un mètre soixante. Il ne tenait pas à savoir comment elle s'y était prise pour contourner les critères d'admission aux services de police.

— J'observe, c'est tout. Comme vous.

Agacé, il plia son journal et avança dans la queue.

— Si vous croyez que vous pouvez me coincer ici pour me parler de votre avancement, vous faites fausse route. Vous n'êtes pas là par hasard, n'est-ce pas ? Comment avez-vous su que je venais ici ?

— Le vieux calendrier de Hoppegarten dans votre bureau. Il n'y a qu'une seule course en juillet, le Grand Prix des banques régionales. Quand on laisse ce mois accroché au mur pendant deux ans, c'est qu'il y a une raison. Vous avez remporté le jackpot, ce jour-là ?

C'était le dernier jour qu'ils avaient passé en famille. Nom d'un chien, il était temps qu'il jette ce truc à la poubelle.

— Non, grogna-t-il. Pourquoi êtes-vous ici ? Pour votre note d'avancement ? Désolé. Vous n'obtiendrez rien de moi. Adressez-vous à votre chef.

— J'aime bien les chevaux. Si je ne les respectais pas autant, il y a longtemps que je serais à la police montée. Mais puisque vous abordez le sujet…

— Je n'ai rien abordé du tout.

— Bon, bon. D'accord. Pardon. Je ne voulais pas être importune.

— Dans ce cas ne le soyez pas.

Il avança dans la file et sortit son porte-monnaie de sa poche.

— C'est bien imprudent.

— Quoi ?

— De porter de l'argent sur soi. Vous savez. Les pickpockets.

Il réprima un soupir exaspéré. Il avait bien envie de l'envoyer balader, mais c'était impossible, ils étaient coincés dans cette queue. Et puis, en dehors du service, la hiérarchie ne valait plus. Quoique.

— Je voulais vous remercier encore pour l'autre fois..., reprit-elle, de m'avoir... enfin, d'avoir voulu aller me chercher un café.

— Pas de quoi, dit-il en pensant exactement le contraire.

— Mais je ne l'ai toujours pas eu.

— Madame Beara. M'avez-vous suivi jusqu'à Hoppegarten pour me rappeler que je vous dois un café ?

Elle ne répondit pas. Les gens derrière eux râlaient, il avait oublié d'avancer.

Plus que deux personnes devant lui, et il serait enfin débarrassé de cette petite madame-je-sais-tout.

— Les clowns, dit-elle. Il y a quelque chose qui cloche avec les clowns.

— Je ne vois pas de clowns. C'est un champ de courses ici, pas un cirque pour enfants.

— Au parc animalier. L'affaire des pécaris. Un clown a été vu à deux endroits différents quasiment au même moment.

Bon. Elle s'entêtait, pas moyen d'y couper. Il mobilisa ses derniers restes de patience.

— Croyez-moi, j'ai vérifié les moindres détails de l'enquête. Il n'y avait pas deux clowns. L'homme en question a été interrogé, mais avec ses ballons et son orgue de barbarie il était trop loin de l'enclos pour avoir remarqué quoi que ce soit. S'il a été entendu, c'est uniquement parce que l'endroit où il se tenait servait de point de repère pour certains témoins.

J'imagine que le schéma n'a pas échappé à vos yeux de lynx.

— Non. Mais il y avait un second clown.

C'était au tour de Gehring. Il glissa son ticket de tiercé au type du guichet, paya deux euros et s'écarta. Le moment propice pour fausser compagnie à Beara et prendre le large. Si elle l'avait bouclée.

— Il n'apparaît qu'une seule fois, dans les témoignages des enfants. Solanum, oui.

Elle posa cinquante euros sur le guichet et, à la stupéfaction de Gehring, reprit son ticket sans récupérer de monnaie.

— Cinquante euros ? Solanum est un outsider.

— C'est pour ça qu'il les mérite.

Elle empocha le ticket et le suivit, loin des files d'attente, des groupes bruyants, des familles, des gens attroupés devant les stands de boissons. Il n'y avait pas moyen de s'en débarrasser.

— Les clowns, reprit-elle.

Gehring l'interrompit.

— Il n'y a aucun témoignage qui mentionne un deuxième clown.

— C'est vrai. Parce que personne n'a entendu les enfants.

— Les enfants ?

— Le premier appel d'urgence a été lancé par une institutrice. Elle faisait une sortie au parc avec ses élèves. J'ai parlé à deux des gamins.

Il eut envie de l'empoigner aux épaules et de la secouer devant tout le monde.

— Vous avez fait quoi ? Pourquoi ne l'avez-vous mentionné nulle part ?

— Parce que j'avais assez d'emmerdements comme ça, je suppose. Parce que pour tout le monde deux plus deux font quatre. Et parce que le résultat tombait toujours sur Charlotte Rubin. Parce qu'à chaque fois que j'ai essayé de vous joindre vous étiez aux abonnés absents. J'ai épluché les dossiers, j'ai comparé les heures et les dépositions des témoins. Je suis retournée voir la configuration des lieux. Une fillette a failli être renversée par un clown. À gauche de l'enclos, là où l'on traverse les buissons pour aller aux mangeoires. Il y a un petit sentier tout à fait praticable avec une brouette. La personne a dû en utiliser une. Et mettre un costume de clown pour passer inaperçue.

Il secoua la tête, muet de colère. De nouveaux éléments après la clôture d'une enquête, c'était bien la dernière chose dont ils avaient besoin.

— Que voulez-vous me dire au juste ?

— Je souhaiterais… Enfin, je…

Elle avala sa salive. Tiens, tiens. Elle se dégonfle, tout à coup. Elle se lance dans des spéculations sauvages, et rien derrière pour les étayer ? Il se rappelait certaines conférences de presse, du côté de Platz der Luftbrücke, sur l'état d'avancement des enquêtes. Du biscuit à donner aux journalistes pour qu'ils en nourrissent l'opinion publique affamée. Presque chaque fois, les questions purement factuelles s'accompagnaient de suggestions ignares sur la direction qu'il fallait donner à l'enquête.

— Vous souhaiteriez, si je vous comprends bien, lancer une recherche sur un clown ?

— Oui, du moins sur l'autre clown qui était sur les lieux.

— Sur la base du témoignage de deux enfants ? Quel âge ?

— Cinq ans, répondit Beara. Ou six.

Les premiers doutes devaient à cette seconde lui traverser l'esprit.

— Avez-vous la moindre idée de la difficulté, de l'extraordinaire difficulté qu'il y a à interroger un enfant ? Et savez-vous quelle importance le tribunal accorde en général à ce genre de témoignages ajoutés une fois que l'enquête est close ?

— J'imagine bien, mais il n'empêche qu'on devrait creuser cette piste, non ?

Les haut-parleurs invitèrent le public à prendre place dans les tribunes pour la course suivante.

— Non, lança-t-il, et il la planta là.

Mais elle le suivit. En quelle langue fallait-il lui parler ? Son excès de zèle lui avait déjà fait frôler la procédure disciplinaire. Il n'avait pas envie de lui rappeler que c'était lui qui avait calmé le jeu et glissé la déposition en retard de Beara sous les autres, sans faire de commentaires. À cet instant, il regrettait de ne pas avoir été plus dur.

— J'ai de sérieux doutes sur le déroulé des faits, insista-t-elle. Je vous l'ai déjà dit et je n'en démords pas. Il faut reparler aux enfants et réinterroger les employés du parc. Peut-être qu'un simple appel pourrait suffire ?

— Et puis ?

Il s'arrêta net. Elle faillit lui rentrer dedans.

— … Il a donné quoi, cet appel ? Allez, ne me prenez pas pour un imbécile. Ça fait longtemps que vous l'avez passé.

Elle baissa les yeux au sol.

— Un seul clown travaille au parc.

— Je n'y crois pas. Je n'y crois pas !

Des gens se retournèrent et les observèrent avec une curiosité non dissimulée. Il prit Beara par le bras et l'attira à l'écart de la foule, vers un stand de boissons moins pris d'assaut que les autres. Il comprit pourquoi, quand la jeune femme derrière le bar leur demanda quel champagne ils désiraient boire.

— Aucun ! aboya-t-il.

Lui rabattant le caquet avant même qu'elle n'ose répondre, il commanda une bouteille d'eau.

— Donc, vous avez appelé ? De votre propre chef ? Sans protéger vos arrières ni vous assurer l'appui de qui que ce soit ?

— Et de qui ? répliqua-t-elle. Je n'ai l'appui de personne ! Je vous ai écrit des mails, je vous ai même attendu une fois.

Il s'en souvenait. Il s'en était fallu de peu qu'il ne passe par la sortie de derrière. Il avait réussi à l'éviter en se lançant avec une collègue dans une discussion qu'il avait poursuivie jusqu'à sa voiture. Quant aux mails dont l'expéditeur était Sanela Beara, il les avait systématiquement expédiés dans la corbeille sans les ouvrir, persuadé qu'ils avaient trait à sa note d'avancement. Et sur ce point il était d'une intransigeance absolue.

— Vous êtes mal barrée. Je ne sais pas combien de temps je vais encore pouvoir – et vouloir – couvrir vos petites initiatives personnelles.

Il prit le verre et la bouteille d'eau, qui coûtait aussi cher que du champagne, et lui passa l'un et l'autre. Elle versa la moitié de l'eau dans le verre et lui rendit la bouteille.

— J'ai prétendu que c'était pour un anniversaire, dit-elle. Et que j'avais besoin de deux clowns, car nous étions nombreux. On m'a répondu que je devais en apporter un de mon côté car ils n'employaient qu'un seul clown. J'ai affirmé en avoir vu deux récemment, rien à faire. Un seul clown est employé par le parc ; si vous voulez un clown supplémentaire, à vous de vous débrouiller.

Gehring sentit son eau glacée lui brûler l'estomac.

— Je résume, poursuivit-elle. Un clown avec une brouette ou quelque chose du genre a bel et bien été derrière l'enclos des pécaris, à un endroit où il n'avait rigoureusement rien à faire, puisque dans sa hâte il est rentré dans une petite fille avant de détaler à toute vitesse. Qui était-ce ?

Gehring déposa la bouteille vide. Il entendit au loin les cris des spectateurs encourageant leur favori. Le martèlement des sabots sur la piste se rapprocha, devint plus fort. La chevauchée sauvage fonçait à toute allure, à moins de cinquante mètres. C'était sa course, et il était en train de la rater, à cause d'une naine qui s'était mis en tête de lui pourrir son dimanche.

— Admettons que ce clown ait été vraiment là, dit-il en prenant une profonde inspiration. Qui vous dit qu'il ne faisait pas partie d'une fête d'anniversaire et qu'il était allé pisser ?

Le regard qu'elle lui jeta était sans équivoque.

— Seconde hypothèse, reprit-il, et je vois bien que c'est la vôtre : notre coupable revient sur les lieux du crime déguisé en clown pour effacer les dernières traces. Complètement dingue, mais dans le genre on en a vu d'autres. Toujours est-il que Charlotte Rubin est encore dans la course.

— Non. Le clown était maquillé. Son maquillage avait coulé et il – ou elle, nous ne savons pas si c'était un homme ou une femme – n'avait rien de rigolo. Il a fichu la frousse aux gosses. J'ai rencontré Charlotte Rubin juste après. Elle n'avait pas la moindre trace de maquillage sur le visage. Elle était occupée à tout autre chose. Une chose qu'on ne peut pas interrompre comme ça.

— Quelle chose ?

— Elle gazait une cinquantaine de rats.

La voix criarde crachée par les haut-parleurs redoublait d'enthousiasme. Les chevaux devaient approcher de la ligne d'arrivée.

— Charlotte Rubin était avec ses rats. Le clown du côté des pécaris. Impossible que ce soit elle.

Gehring pressentait où elle voulait en venir. Et il savait qu'il ferait tout ce qui était en son pouvoir pour l'empêcher.

— Deux complices, dit-il.

Beara rayonnait.

— Exactement.

— Laissez tomber.

Tonnerre de joie, d'applaudissements et de cris. La voix gronda dans les haut-parleurs : « Le gagnant est Solanum ! »

Il en resta comme deux ronds de flan.

— Il était à… quarante-deux contre un. Ce qui fait…

— Deux mille cent. Exact.

— Vous venez de…

— Eh oui, fit-elle en fourrant les mains dans les poches de son jean, sans une once d'embarras. Il y a des jours avec et des jours sans. Ne jamais sous-estimer les outsiders.

Il la considéra longuement et finit par hocher la tête.

— Vous commenceriez par où ? À supposer que quelqu'un de mon service soit assez fou pour vous le demander.

— À Wendisch Bruch.

Il haussa les sourcils d'un air amusé et vaguement intrigué.

— Un village du côté de Jüterbog, poursuivit-elle. C'est là que Charlotte Rubin a grandi.

Elle lança un regard prudent autour d'elle et se rapprocha de lui.

— Rubin n'avait pas d'amis. Elle vivait plutôt à l'écart. Mais elle connaissait ce clown. Et si vous voulez mon avis, quand il y va de questions de vie ou de mort, il n'y a plus que la famille.

Il se pencha vers son oreille, si près qu'il pouvait sentir son parfum. Ou son gel douche. On eût dit une coupe de glace pêche et noix de coco.

— Sa sœur ? Elle aurait fait un aller-retour éclair Munich-Berlin le temps de commettre un meurtre ?

— Pourquoi pas ? Quelqu'un a-t-il vérifié son alibi ?

Seigneur, arme-moi de patience, pensa-t-il.

— Qu'est-ce que vous croyez, madame Beara ? Que ce n'est pas prévu dans nos enquêtes ?

— Alors ce doit être quelqu'un d'autre.

Gehring sortit de sa poche son ticket de tiercé et le déchira lentement en petits bouts qu'il jeta dans le cendrier.

— Où voulez-vous en venir au juste ?

— Je ne sais pas. Je veux aller à Wendisch Bruch. Nous y trouverons peut-être un clown.

— Nous ?

Elle serra les lèvres. Il devinait ce qui se passait en elle. Elle était ambitieuse et seule. Il avait parlé d'elle à son supérieur. Elle pouvait devenir une commissaire géniale, ou se planter en beauté si elle n'apprenait pas à se refréner. Le chef de service était exactement du même avis. Ses chances étaient à cinquante-cinquante.

— Comprenons-*nous* bien, dit-il en commandant une deuxième eau minérale. Votre engagement est très louable, mais il n'est étayé ni par votre formation professionnelle ni par les maigres faits que vous m'avez donnés. Vous êtes sur un terrain glissant, et vous auriez tout intérêt à le quitter au plus vite.

Il faillit ajouter qu'elle pouvait s'estimer heureuse d'être venue le voir, lui, plutôt que son chef, qui lui aurait remonté les bretelles et aurait *illico* réduit ses chances d'avancement à zéro.

Elle donna un coup de pied rageur et dépité dans le gravier.

— Madame Beara ! Qu'est-ce vous croyez ? Vous n'avez aucune, je dis bien aucune compétence en matière d'enquêtes criminelles !

— Interrogez au moins les enfants.

Il soupira. La jeune vendeuse posa une petite bouteille sur le bar, Gehring chercha sa petite monnaie. C'était la ruine, ici. Et Beara qui venait d'empocher deux mille cent euros, d'un claquement de doigts. Les outsiders. Que disait à leur sujet le règlement intérieur de la police ?

— Interrogez les enfants avant que l'avocat de Rubin le fasse, glissa-t-elle entre ses dents, en détournant les yeux.

Il faillit lâcher la bouteille.

— Quoi ?

Le visage de Beara se tordit en un sourire désolé, qui sonnait aussi faux que la préoccupation qu'elle mettait dans sa voix.

— Moi, je ne suis qu'une petite îlotière qui a eu la chance de pouvoir jeter un coup d'œil dans les dossiers. Mais les avocats de Rubin, eux, n'ont rien d'autre à faire de leur journée que de se battre pour leur cliente. S'ils apprennent qu'un deuxième clown…

— Il n'y avait pas de deuxième clown !

Il reposa violemment la bouteille sur le comptoir et glissa un billet de vingt euros dans la main de la jeune femme, qui s'éloigna à l'autre bout du stand pour servir les clients affluant des tribunes.

— … ou que les témoignages des enfants n'ont pas été enregistrés…

Plus jamais il ne partagerait son eau avec cette femme. Il but directement à la bouteille, la reposa et respira un grand coup.

— C'est une menace ?

— Non ! (Cette fois la peur de Beara n'était plus feinte.) Vous m'avez mal comprise. Marquardt et son équipe sont connus pour faire exploser leurs bombes en plein procès. Que se passera-t-il s'ils sont les premiers à parler aux enfants ? Que se passera-t-il s'ils arrivent à convaincre le procureur qu'une autre personne était dans le coup ? Que Rubin n'était peut-être qu'une complice ? Et que la police a omis d'enquêter dans cette direction ?

Gehring s'apprêtait à rétorquer qu'il n'y avait pas lieu de craindre une chose pareille tant que Beara tiendrait son impertinente petite langue. Il se ravisa heureusement, comprenant à temps qu'il était sur le point d'exiger d'une fonctionnaire de police qu'elle taise des faits dont elle avait connaissance. C'était indéfendable. Soit, mais la conduite de Beara l'était tout autant.

— Très bien. Je prends vos doutes au sérieux, comme je le ferais pour n'importe quel citoyen. Je vais envoyer quelqu'un voir ces enfants. Et selon le résultat, j'en informerai ou non le procureur. Satisfaite ?

Il était évident qu'elle ne l'était pas.

— Je vous prierai de ne plus vous mêler de cette affaire. Cette fois c'est moi qui vous préviens : vous allez trop loin. Chacun son métier, les vaches seront bien gardées. Préparez-vous à votre audition et à vos examens blancs. Redoublez de politesse quand vous saluez le chef de service. Restez en retrait. Vous m'avez compris ? Ah, et une chose encore.

— Oui ? fit-elle d'un ton sec.

— Ne dites à personne que vous jouez aux courses. Et encore moins que vous gagnez le gros lot.

Il passa sa monnaie par pertes et profits.

Le lendemain matin, un lundi affichant dès les premières heures un implacable ciel bleu et une chaleur estivale insolente, Gehring appela le professeur Haussmann et convint avec sa secrétaire d'un rendez-vous téléphonique entre 16 h 15 et 16 h 30.

Son moral, déjà dans les chaussettes après le week-end qu'il venait de passer, n'en fut pas remonté.

Comment réagiraient ses collègues s'il se contentait lui aussi de rendez-vous téléphoniques ? De toute façon il n'avait même pas de secrétaire.

Une demi-heure avant l'heure dite, il relut pour la énième fois le rapport d'autopsie de Haussmann. Arrivé au passage sur la fracture à la base du crâne, responsable du fait que Leyendecker avait inhalé son propre sang, il le feuilleta jusqu'aux analyses des traces de sang : gouttes et éclaboussures sur la mangeoire, coulures sur la brouette de Rubin, le paillis de l'enclos collé aux semelles de ses bottes, dont un minuscule échantillon avait révélé une trace de l'ADN de Leyendecker. À quoi s'ajoutaient celles sur les vêtements et dans la salle de bains. Avec les aveux de Rubin, c'était sur ces dernières que se fondait l'accusation. Le crime presque parfait. Le sale boulot, c'était les pécaris qui s'en étaient chargés.

Guaïfénésine. Cette substance avait été retrouvée dans le sang de Leyendecker, en quantité deux fois et demie plus élevée que la dose habituellement administrée aux chevaux. Un relaxant musculaire que la médecine vétérinaire associait à la xylazine et à la kétamine pour anesthésier des bêtes : la *triple perf*. Administrée seule et dans cette quantité, elle paralysait complètement la victime pendant au moins une demi-heure. Une triple ou quadruple dose aurait entraîné une paralysie des voies respiratoires et donc la mort. C'était l'œuvre de quelqu'un qui connaissait son affaire.

Il continua de feuilleter, arriva aux photos. Le logement de Rubin derrière la ferme. Cette maisonnette semblait comme un petit coin de paradis niché au milieu des broussailles, des monceaux de terre et des montagnes de gravats, qui dataient sans doute de la guerre. Le fin fond du parc, oublié de tous. Elle avait été construite dans les années soixante. Cuisine, salle de bains, séjour et chambre. Canapé, téléviseur, bibliothèque, tableaux aux murs. Des animaux du zoo, peints par Rubin elle-même.

Les témoignages de ses collègues : peu de contacts, visites rarissimes. Son curriculum vitæ ! une soigneuse animalière recevait-elle une formation en pharmacologie ? Elle déclarait avoir pris la guaïfénésine dans l'armoire du vétérinaire. Elle aurait volé le passe pour pouvoir entrer.

Le téléphone sonna. La secrétaire de Haussmann le mit en relation avec son chef. Celui-ci était de belle humeur, avait déjà trois autopsies derrière lui et pas beaucoup de temps.

— C'est au sujet de Werner Leyendecker, dit Gehring. Le mort du parc animalier.

— Je vois, oui…

Haussmann lui sembla distant. Un fonctionnaire de la crime appelant pour une affaire déjà close, c'était synonyme de supplément de travail.

— … L'une des dissections humaines les plus extraordinaires qu'il m'ait été donné de pratiquer. Encore que le mot soit peu approprié en la circonstance – après tout, nous avons dû commencer par rassembler les restes.

Gehring avait aussi sauté la partie du rapport d'autopsie consacrée aux morceaux à moitié digérés dans les estomacs des pécaris.

— … En septembre prochain je présenterai le cas à mes étudiants. Mon cadeau de bienvenue. Ça séparera le bon grain de l'ivraie d'entrée de jeu. Il y a du nouveau? Pour autant que je sache, le procès est prévu pour septembre. Cinq jours d'audience. Ça me semble peu.

Gehring n'en savait rien. Les flics n'étaient pas informés, à moins qu'ils ne soient appelés à la barre des témoins. Évidemment, un type comme Haussmann connaissait le président du tribunal de grande instance. Les gros bonnets entre eux. Dans des moments pareils, Gehring se sentait horriblement loin de la partie du monde où les choses se passaient : Berlin-Ouest.

— Charlotte Rubin a avoué, l'instruction est close. Ce qui m'intéresse en l'espèce, c'est l'ADN du tueur. On n'en a pas trouvé sur le cadavre, n'est-ce pas ?

— Non. C'est écrit dans mon rapport, vous savez. Malheureusement, nous n'avions pas de vêtements de la victime à notre disposition.

Le point faible. Il y avait toujours un point faible. Dans ce cas précis, c'étaient les habits disparus de Leyendecker. Un pantalon, une chemise claire à manches courtes, d'après les souvenirs du personnel du petit déjeuner de son hôtel, plus un gilet de laine au cas où. La casquette de Leyendecker avait aussi disparu. Gehring supposait que Rubin s'était débarrassée de ses affaires la nuit même.

— Et si deux personnes avaient pris part au meurtre ? Y aurait-il des éléments allant dans ce sens ?

— Vous voulez dire, à cause des efforts physiques qu'il a fallu déployer ? Elle avait une brouette.

— Et pour découper le tronc ? Aurait-elle pu se faire aider ?

Haussmann garda le silence.

— C'est juste une idée, dit Gehring.

Il savait que ces derniers mots le grillaient définitivement auprès de Haussmann. On n'appelait pas l'un des meilleurs médecins légistes d'Allemagne pour « juste une idée ».

— Je l'ai déjà dit à cette jeune femme, vous savez.

Gehring sentit les poils se hérisser sur sa nuque. Il refusait de croire ce qu'il venait d'entendre. Il répéta lentement, mot après mot :

— Une… jeune… femme ?

— La petite îlotière qui était sur les lieux du crime. Une personne vive et intelligente. Croate. Ce n'est pas elle qui a trouvé les bennes à os ?

— Si, répondit Gehring entre ses dents. Que voulait-elle ?

— Allons, allons, ne vous en faites pas. Les vieux croulants ne sont pas moins sensibles que les autres au fait que des jolies femmes leur donnent rendez-vous le soir, fût-ce pour parler de choses professionnelles.

Haussmann parlait d'un ton plutôt amusé et bienveillant. Gehring préférait ne pas savoir comment Beara s'y était prise.

— Elle n'est pas habilitée pour ça.

— Voyons, ce à quoi elle et moi occupons notre temps libre ne regarde personne, n'est-ce pas ? Elle prend un intérêt tout personnel à cette affaire. La meurtrière a failli lui fendre le crâne. Je crois bien qu'elle a encore des problèmes à l'épaule.

Il ne s'en était pas aperçu à Hoppegarten. La moindre des choses eût été de le lui demander.

— Que lui avez-vous dit ?

— Traîner un homme d'un tel poids dans un enclos pour ensuite ramasser ses morceaux n'arrive certes pas tous les jours. Il n'a pas été complètement dépecé. Les pécaris s'en sont d'abord pris à ses extrémités. La tête a été sectionnée, sans doute parce que le cou est la partie anatomiquement la plus fragile du corps humain. Leyendecker s'est vidé de son sang une fois que les bêtes lui ont déchiré la gorge. Il avait déjà perdu ses mains et une jambe. Le tronc pesait presque cinquante kilos. Le rapporter, puis lui couper la cuisse…

Gehring l'interrompit, Haussmann commençait à énumérer les détails qu'il avait, non sans raison, sautés en lisant le rapport.

— Peut-elle l'avoir fait seule ? Oui ou non ?

— Mme Rubin est une femme robuste. Je pense que oui. Nous n'avons trouvé aucun ADN étranger sur le cadavre. Elle portait donc des gants. S'ils étaient plusieurs, alors ils étaient très précautionneux. Mais enfin, tout est dans mon rapport. Pourquoi ne le lisez-vous pas ?

— Parce que Mme Beara a aussi essayé d'avoir une conversation avec moi en dehors du service.

— Oh, oh. Laissez-moi deviner : un barolo au Pauly Saal ?

Le Pauly Saal, dans l'ancienne école juive de filles, était le tout nouveau lieu branché de Berlin. Gehring n'y avait encore jamais mis les pieds. Il apprenait l'existence de ce genre d'endroits uniquement en ouvrant le journal.

— Non. Nous n'en sommes pas à ce point d'intimité.

— Nous non plus, monsieur Gehring, répondit Haussmann en riant. C'était une blague. J'y étais la semaine dernière. « Classe », comme on dit. Autre chose que je puisse faire pour vous ?

Gehring repensa à l'examen médico-légal.

— Les légistes n'ont pas trouvé d'empreintes digitales sur le cadavre…

Gehring avait le rapport sous les yeux. On avait trouvé sur Leyendecker des fibres du linge de lit de l'hôtel, ainsi que de ses propres vêtements disparus. Aucune trace étrangère. Il en perdait son latin.

— … mais nous pistons bien entendu aussi tout indice susceptible de remettre en cause le fait que Charlotte Rubin ait agi seule.

— Nous n'y étions pas. Pour ma part, je dois m'en tenir aux faits. Rien, de mon point de vue, ne permet de déterminer si une ou deux personnes ont traîné cet homme dans l'enclos puis ramassé ses restes. C'est d'ailleurs ce que j'ai dit à votre collaboratrice.

— Ce n'est pas ma collaboratrice.

— Vous devriez peut-être redemander aux types du labo. Je suis sûr qu'ils en seront ravis. Bonne journée.

La conversation terminée, Gehring se plongea encore une fois dans le rapport de ses collègues. L'enclos des pécaris, le chemin jusqu'à la ferme, l'élevage d'animaux alimentaires, les bennes à os, l'appartement de Rubin – tout avait été passé au peigne fin. Rien n'indiquait que Rubin ait eu un acolyte.

Mais eux non plus n'avaient pas cherché spécialement dans cette direction.

Gehring se renversa dans son fauteuil avec un soupir et jeta un œil à sa montre. Il connaissait les collègues de la police scientifique – le Centre d'expertise forensique auprès de la direction de la police judiciaire, comme on disait à présent. L'enquêteur en chef du commissariat en charge du dossier était un homme aussi aimable que pointilleux, sûrement pas loin de la retraite, mais toujours au top de ses compétences. Gehring se demanda s'il devait lui parler de la petite enquête personnelle de Beara, et finit par reporter la décision à plus tard. Il n'avait aucun doute dans cette affaire. Tout au plus un léger titillement.

17

Sanela régla son café et remarqua que le congélateur avait refait le plein de glaces Schtroumpf. Gobelet à la main, elle sortit et feignit de se promener sans but précis à travers la vaste étendue du parc. Arrivée devant l'enclos des pécaris, elle s'arrêta et contempla les pourceaux, qui, fuyant la chaleur de midi, somnolaient à l'ombre de leur appentis. Se trompait-elle, ou la compagnie était-elle réduite de moitié ? Dans son souvenir, au moins une douzaine de ces bestiaux avaient été transportés à la clinique. À présent, elle en dénombrait tout juste six.

Qui savait ce que Haussmann leur avait fait pour accéder au contenu de leurs estomacs ! Ils avaient l'air mignons. Comme un croisement de sanglier et de tapir. Tête étroite, groin allongé, pelage dru allant du gris-brun jusqu'au noir. Le danger venait des canines : plus courtes que chez les autres suidés, ce n'étaient pas des défenses, mais elles tranchaient comme des poignards.

Espèce parcourant de longs chemins à travers la forêt, lut-elle sur la plaque. Espèce capable de mettre jaguars et pumas en déroute. Espèce capable de tuer un homme, si elle se sent menacée. Espèce qui ne mange que quand elle a faim.

Qu'avait pu faire Leyendecker pour s'attirer une telle haine? Pour être victime d'un tel crime? Simple hasard, vraiment? Elle poursuivit sa flânerie en direction du pavillon Alfred-Brehm, croisant les loups, les hippopotames, les zèbres et les éléphants. Elle distingua enfin la silhouette aérienne de la serre tropicale, qui abritait les oiseaux et les plantes exotiques. Derrière le bâtiment, la végétation devenait plus touffue, buissons et arbres proliféraient de façon anarchique, formant un rempart naturel contre lequel venaient buter les promeneurs. Ici s'arrêtait l'espace accessible aux visiteurs. Un étroit sentier, barré d'une chaîne rouge et blanche, conduisait à la ferme.

Sanela se souvint de ce fameux jour où elle avait fait le trajet dans la voiture électrique d'un employé du parc, la tête de Leyendecker dans une caisse. Au-delà de la chaîne commençait la zone interdite au public. Elle jeta un bref regard à la ronde. Personne ne l'avait suivie. À sa gauche, les pingouins, les guépards et les chiens de prairie. C'était derrière, à l'abri des regards, que Charlotte Rubin, à en croire ses déclarations, avait planqué Leyendecker, après l'avoir attaché, bâillonné et drogué, le laissant là pendant plus de douze heures en attendant la tombée de la nuit.

Elle enjamba la chaîne et prit à gauche vers les buissons. La police scientifique avait passé tout l'endroit au peigne fin. Sanela n'était pas sûre de savoir ce qu'elle était venue chercher. Ce qu'elle voulait avant tout, c'était se faire une impression. La description sèche des faits dans le dossier d'instruction de Charlotte Rubin dessinait comme une carte topographique. Il ne suffisait pas de l'étudier. Pour connaître le terrain, il fallait y mettre les pieds.

Elle suivit un sentier en terre battue à peine visible au milieu de la végétation. Les cytises, les lauriers-cerises et un fouillis de jeunes arbres compliquaient sa progression. Au bout de vingt mètres elle atteignit l'endroit. Des branches brisées. Un gant du labo, probablement perdu lors de l'empaquetage. Elle s'agenouilla et passa la main sur le sol meuble du sous-bois. Son épaule lui faisait toujours mal. Elle s'était bien gardée d'en parler au médecin du travail.

L'endroit idéal pour qui voulait planquer un corps. De loin elle entendait les bruits du parc – rires, éclats de voix, cris des singes, rugissement d'un fauve. L'heure du repas.

Au-dessus d'elle, les oiseaux gazouillaient dans les cimes des arbres. Sanela se souvenait de la chaleur de ce jour de mai, qui devait être le dernier de Leyendecker. Coup d'envoi d'une longue série de jours plus beaux et plus chauds encore, débouchant sur une longue période de canicule qui accablait depuis la ville entière. Ç'avait été comme un réveil, après le sommeil de l'hiver. Une promesse d'été. Et à présent que l'été était bien là, tout le monde s'en plaignait.

Elle se redressa et écarta quelques branches de laurier. L'arrière du pavillon Alfred-Brehm apparut dans son champ de vision. Quand bien même Leyendecker eût gémi et appelé, personne ne l'aurait entendu. Cette cachette confortait la thèse selon laquelle le meurtrier ou la meurtrière connaissait le terrain – et pas seulement sur le plan.

Elle retourna sur le chemin interdit et s'y enfonça. Des baraques grises et basses étaient tapies au cœur du bois. Les enclos, autour d'elles, étaient vides. Élevage ou quarantaine, supposa Sanela. Les animaux avaient fui la chaleur pour la fraîcheur des cahutes. Elle savait que, droit devant elle, un peu plus loin, se trouvait la ferme, flanquée à sa droite de l'animalerie alimentaire. Un paon vint à sa rencontre d'un pas fier. Elle entendit le bruit d'une voiture, s'enfonça dans les buissons et attendit qu'elle passe. Elle ne voulait pas qu'on la voie. Surtout pas d'ennuis.

Sans être inquiétée, elle parvint à la ferme. La clinique vétérinaire lui faisait face. Elle se cacha derrière un vieil érable et attendit d'être certaine que personne ne quittait l'administration ou ne franchissait le portail de la ferme. Elle traversa la place d'un pas furtif et atteignit les bennes à os. La puanteur lui parut insupportable.

Revenir à cet endroit lui donnait des papillons dans le ventre. Quelqu'un l'avait assommée de toutes ses forces dans le but de la tuer. Si Rubin était vraiment l'unique auteur du crime – ce dont Sanela doutait de plus en plus –, que s'était-il passé dans le court laps de temps où Sanela l'avait laissée seule ? Qu'est-ce qui avait bien pu déclencher une telle rage chez cette femme ? Et si ce n'était pas Charlotte Rubin, qui l'avait frappée ?

Sanela sortit une feuille photocopiée de sa poche, la déplia et compara le site qu'elle avait sous les yeux avec le dessin représenté. Elle se tenait face au nord. Elle sentait dans son dos la chaleur rassurante du mur de brique. Devant elle, cachées par des arbres et des buissons grossièrement taillés, se dressaient les baraques d'habitation. Cinq de ces petites maisons figuraient sur le plan. La première, devant, était celle de Rubin. Elle ferma les yeux et prit une profonde inspiration. La situation était sous contrôle : Rubin était derrière les barreaux, et son complice, si elle en avait un, s'était fait la malle depuis longtemps. Il n'y avait aucune raison d'être nerveuse. Le tout était de ne pas se faire pincer.

Les doutes reprirent le dessus. Sa candidature à la faculté, le refus limite agressif de Gehring… même Haussmann, si charmant quand il avait reconnu la femme qui lui avait apporté la tête de Leyendecker, lui avait instamment conseillé de ne plus se mêler de cette affaire. Autant de bonnes raisons pour qu'elle la boucle et oublie le cas Rubin. Alors, pourquoi était-elle là, dans ce parc, à côté des bennes à os, décidée à pénétrer dans la maison de Rubin ?

Parce que quelque chose cloche dans cette histoire, se répondit-elle pour se donner du courage. De deux choses l'une : ou je suis une bonne policière, ou j'écoute sagement ce que les autres me disent de faire pour ne pas les déranger dans leur train-train.

Rubin jouait le jeu. Éleveuse de rats ou meurtrière – elle acceptait le rôle que la vie lui avait assigné. Sanela se souvenait d'un matin, dans son enfance, où pour survivre elle avait fait la même chose.

Tu n'as rien vu. Compris ? Sinon tu es morte.

Le moment était peut-être venu d'effacer ce matin.

Depuis que la maisonnette de Rubin avait été mise sous scellés par la police scientifique, personne n'y avait remis les pieds. Sanela arracha le ruban adhésif et fendit le cachet de cire avec le panneton dentelé de sa clé de voiture. Elle repoussa le pêne dans la serrure à l'aide de sa carte de crédit. Rubin n'avait pas peur des cambrioleurs. Il n'y avait probablement pas de quoi. Le système de surveillance et les hauts murs autour du site dissuadaient les intrus. Et si d'aventure quelqu'un escaladait les murs ou se planquait dans le parc en attendant la nuit, c'était pour voler des animaux rares et précieux. Dans les baraques il n'y avait rien à prendre.

Elle pénétra dans un étroit couloir, qui donnait à droite sur la salle de bains et la cuisine, à gauche sur une petite chambre et le salon. À première vue, un logement propret, mais équipé chichement. Rubin n'était pas très portée sur la déco. Des rideaux blancs pendaient aux fenêtres, des prêts-à-poser sans doute, car ils s'arrêtaient à mi-hauteur du radiateur. Sur la table basse étaient posés quelques journaux et un livre de poche ouvert, un roman de Jane Austen. Un buffet en noyer accueillait d'autres livres, des verres et quelques CD. Musique classique. Rilke. Hesse. Hustvedt. Coelho. Tiens, tiens. Romantique et lettrée. Elle n'aurait jamais cru ça de Charlie. Sanela balaya la pièce du regard et découvrit une minichaîne hi-fi près du canapé. Elle actionna le tiroir à CD. *The Celtic Viol*, Jordi Savall. Musique médiévale irlandaise. Cette femme cachait bien son jeu.

Un téléviseur à tube cathodique, deux fauteuils en similicuir, un tapis en lirette sur du vieux lino censé imiter un parquet en bois. Le sol brillait, même les vitres étaient encore propres. Rubin semblait affectionner son petit royaume. Des aquarelles étaient accrochées aux murs. Zèbres, antilopes, éléphants. Elles étaient jolies et dénotaient un réel talent. Sanela vit que chaque tableau était signé des initiales CR. Sous le léger désordre laissé par le passage du labo, une chose paraissait claire : Charlie avait essayé de se créer un petit monde à soi, dissimulé aux regards des autres.

La salle de bains aurait pu être inscrite aux monuments historiques. Des toilettes ancestrales, mais d'une propreté impeccable, avec un cordon pour la chasse d'eau. Des carreaux jaunes aux murs, une baignoire d'au moins un siècle rayée de partout. Une légère odeur d'agrume et de désinfectant flottait dans l'air. Sur le lavabo était posé un verre à dents ; dans l'armoire à glace, Rubin rangeait ses deux ou trois produits de beauté et quelques médicaments accessibles en vente libre.

Dans la chambre, le lit simple était défait, la penderie à moitié ouverte. Manifestement Charlie vivait seule. Ses vêtements étaient sobres et fonctionnels, comme Sanela s'en assura d'un rapide coup d'œil. Un réveil trônait sur la table de nuit. Il était réglé sur 4 h 15. Elle s'était levée peu avant l'aube pour débarrasser l'enclos des restes de Leyendecker, avant d'arriver à son poste à 8 heures tapantes comme si de rien n'était.

Le clown était revenu dans la matinée. Pourquoi ? Les vêtements du mort n'avaient pas été retrouvés. Son porte-monnaie, son portable et sa montre, s'il en portait une, avaient également disparu. Sanela les supposait quelque part dans la douve du côté des ours polaires ou dans l'enclos des éléphants. S'il y avait un deuxième homme ou une deuxième femme dans le coup, il ou elle avait forcément passé la nuit dans cette maison avec Rubin.

Elle retourna dans le salon et inspecta le canapé. Elle passa la main dans les plis de la garniture, l'enleva, vérifia dessous, souleva les coussins, sans rien trouver. Même procédure avec les fauteuils, même résultat. Elle rejeta le dernier coussin à sa place en maugréant. Il devait bien y avoir une trace quelque part. Deux personnes tuent, puis, leur acte accompli, s'assoient dans le salon et restent éveillées une bonne partie de la nuit. Rubin retourne peut-être se coucher. À 4 h 15 le réveil la tire du sommeil, si tant est qu'elle ait dormi. Les tueurs se lèvent et vont à l'enclos, l'un tient les pécaris à distance, pendant que l'autre recueille les restes. Ils jettent le tout dans la benne. Ils ont oublié la main et la tête, à moins qu'ils ne les aient pas trouvées, ou que les pourceaux les aient empêchés d'approcher. Ils perdent quelque chose en chemin et savent qu'un des deux devra y retourner plus tard. Ça s'était passé comme ça ? Était-ce la vérité ? Faisait-elle fausse route ? Ces deux-là ne s'étaient pas rendus à cet endroit pour se conter fleurette. Une équipe apparemment bien rodée. On ne tuait pas de cette manière sur un coup de tête. Il fallait faire disparaître le corps, empêcher qu'il soit découvert. Peut-être n'en étaient-ils pas à leur coup d'essai. Connaissait-on d'autres cas mystérieux où des personnes s'étaient évanouies dans la nature ? Ou avaient été victimes d'un abattage quasi rituel ? Les meurtriers impulsifs tuaient avec les armes qui leur tombaient sous la main. Pas avec des médicaments, des brouettes et des costumes de clown. Sanela fourra les mains dans ses poches et pivota lentement sur elle-même en examinant les lieux. Elle avait le sentiment d'être la spectatrice d'une pièce de théâtre rayée de l'affiche après plusieurs représentations et tout à coup reprise pour un soir. Mais Charlie n'y jouait pas le rôle principal. Quelqu'un d'autre l'avait endossé. Quelqu'un qui était à la fois metteur en scène et comédien.

Sanela alla dans la cuisine et ouvrit le réfrigérateur. Un saucisson sans âge, un morceau de beurre, deux pots de yaourt et une odeur de moisi qui devait venir de la brique de lait. Elle referma la porte et avisa la cafetière électrique. Un dépôt noir couvrait le fond en verre. Le filtre était à moitié plein, son contenu sec et durci. La surface lisse de la mouture et les bords bruns du filtre en papier lui apprirent que ce café était le dernier que Rubin avait bu chez elle. Elle prit la cafetière et huma pensivement le fond séché.

Son portable sonna. L'indicatif du service s'afficha sur l'écran.

— Oui ?

— Où êtes-vous, bon Dieu ?

Il était urgent que Gehring abandonne son ton de petit caporal.

— Dans mon lit, répondit-elle. J'étais patraque ce matin. Un peu trop fait la fête.

— Je voulais vous annoncer qu'après mûre réflexion j'ai décidé d'envoyer une collègue parler aux enfants. Rencontre purement informelle, entendons-nous bien. Dans ces conditions, il serait important que vous puissiez briefer Mme Schwab.

Schwab. Formidable. Mettre Schwab sur une enquête, c'était comme vouloir cueillir des pâquerettes avec une moissonneuse-batteuse.

— Qu'est-ce que vous voulez que je lui dise ? fit-elle en replaçant prudemment la cafetière sous le filtre.

Gehring eut un gémissement d'impatience.

— Eh bien, par exemple, à quels enfants vous avez parlé et quels résultats a donnés cet interrogatoire.

— Ce n'était pas un interrogatoire. C'était une mesure de premiers secours. Les petites étaient sous le choc. Quelqu'un devait s'occuper d'elles avant l'arrivée des parents.

— Et il se trouve que c'était vous ?

— Je suis toujours là où le Seigneur me met.

Elle ouvrit un placard au-dessus de l'évier. Riz, farine, sucre, thé, pâtes. Elle entendit Gehring soupirer de nouveau.

— Quand reprenez-vous ?

— Demain. Les fillettes s'appelaient Dilshad et Luise. C'est l'institutrice du groupe qui a appelé les secours.

— O.K. Je transmettrai.

— Ce sont elles qui ont vu le deuxième clown. Il a offert un ballon à Luise.

— Un ballon, répéta consciencieusement Gehring, comme s'il notait tout dans les moindres détails. Autre chose ?

Sanela ouvrit la porte du placard sous l'évier. Le couvercle de la poubelle se releva automatiquement. Elle vit des restes de pain rassis, une brique de lait comprimée et des sachets de thé séchés.

— Je… Laissez-moi réfléchir…, dit-elle.

Elle baissa son téléphone portable et ouvrit un tiroir à couverts. Elle prit une fourchette et entreprit de repêcher un sachet de thé.

— … Je crois que j'ai trouvé quelque chose.

— Beara… Où êtes-vous ?

— Eh bien, pour être tout à fait honnête… au parc animalier, dans la maisonnette de Charlotte Rubin.

Silence. Pas très bon signe. Elle déposa précautionneusement le sachet de thé sur le plan de travail.

— Qu’est-ce que vous fichez là ? tonna la voix de Gehring tout près de son oreille.

— Un psy dirait que j’affronte mon traumatisme. Je voulais retourner sur les lieux où j’ai été assommée. C’est important pour moi, m’a dit mon médecin.

— Quel médecin ?

— Mon médecin. Il était d’avis que je devais revenir sur les lieux. Alors j’y suis.

— Pitié, ne me dites pas que vous êtes entrée par effraction.

— Écoutez, je…

— Non ! Maintenant, c’est vous qui m’écoutez ! Ça ne va pas se passer comme ça ! Vous comprenez quand je parle ? Ça suffit ! Jusqu’ici j’ai bien voulu écouter vos élucubrations, mais maintenant c’est terminé. Quittez immédiatement ce parc. Avez-vous une idée du tort que vous êtes en train de causer à vous-même, à vos collègues et à toute l’enquête ?

— Vous buvez du café, n’est-ce pas ?

— Arrêtez avec ça, vous n’êtes plus drôle du tout !

— Charlotte Rubin, elle, boit du thé. Seulement du thé. Elle a du café chez elle, mais c’est pour les invités.

— Et alors ? hurla Gehring.

— La nuit où Leyendecker est mort, elle s’est fait du thé. Et elle a préparé du café pour un invité. Il reste encore la mouture dans le filtre. Il faut absolument que vous rappeliez le labo. Une deuxième personne était dans cette maison. On trouvera peut-être des empreintes sur la cafetière ou sur un mug.

— Je rêve.

— Son visiteur a dû dormir sur le canapé. Ils ont passé au moins quelques heures ici tous les deux. Ce n'est pas un couple. Rubin a dormi seule, si tant est qu'elle ait fermé l'œil.

— Sortez de là.

— Cette deuxième personne a aidé Charlotte Rubin, si ce n'est plus. J'irais même jusqu'à dire que cette deuxième personne était l'instigatrice du meurtre. J'ai parlé avec Charlotte Rubin, vous vous rappelez ?

— Quittez immédiatement cette maison !

— Elle voulait protéger quelqu'un. Quelqu'un qui lui était très proche. Cette femme ne recevait jamais de visite. Mais la nuit du meurtre, justement, elle n'était pas seule.

Silence.

— Allô ?

Gehring avait raccroché. Sanela rempocha son portable et sortit de la maison. Elle décida de prendre par la ferme, plutôt que de retraverser tout le parc. Passant devant l'animalerie alimentaire, elle fut tentée d'y jeter un œil, histoire de voir qui avait repris le boulot de Rubin. Mais elle s'abstint. Elle avait déjà causé assez de dégâts comme ça.

Et c'était une bonne chose après tout, car Gehring n'avait désormais d'autre choix que de passer à l'action. Il ne pouvait pas ignorer son appel. Le labo trouverait des preuves du fait que Rubin n'avait pas été seule la nuit du crime. Qui protégeait-elle ? Pour qui payait-elle ? Pour qui était-elle prête à passer en procès, à subir une expertise, à écoper d'au moins quinze ans ferme ?

Sanela Beara décida d'être patraque un jour de plus.

18

Gabriel Brock avait été informé du déroulement de la mission de Saaler. Du moins en connaissait-il la version officielle. Il avait sa petite idée sur la version non officielle : ces deux-là avaient fricoté ensemble, et ça ne s'était pas très bien terminé. Saaler, évidemment, s'en voulait ; mais tant que Brock ne connaissait pas les détails, il ne pouvait pas l'aider non plus.

Une chose en tout cas était claire : Cara Spornitz refusait toute collaboration. Son aversion pour Charlie semblait profonde, insurmontable. Mais contrairement à elle, Brock était convaincu que les tentatives de suicide de Charlie avaient été sérieuses.

Il l'avait pressenti et redouté. Charlotte Rubin était dans une impasse. Elle était dans l'obligation de justifier son acte, et était prête à tout pour l'éviter, fût-ce, au pire des cas, en se réduisant elle-même au silence.

Brock ne pensait pas non plus qu'elle avait choisi sa victime au hasard, et il en était venu à l'idée qu'il devait exister un lien entre Rubin et Leyendecker. Cela ne signifiait pas forcément qu'ils se connaissaient. Il suffisait que Leyendecker ait enclenché quelque chose, un processus dont l'aboutissement avait été sa mort cruelle.

Brock avait consacré beaucoup de temps à l'étude du dossier de la victime. L'homme était divorcé et avait deux enfants qui traînaient leurs guêtres quelque part en Allemagne de l'Ouest et n'avaient pas été particulièrement affectés par sa disparition. Bien sûr ils avaient été choqués par les circonstances de sa mort, mais de leurs propres dires leurs relations avec le père n'étaient pas des plus étroites. Ses ex-épouses avaient depuis longtemps refait leur vie, probablement plus réjouissante que tout ce qu'elles avaient vécu auprès de lui. Une ou deux fois par an, Leyendecker partait à l'aventure dans la grande ville, sans toutefois y mettre beaucoup de cœur. Replongeant dans les dernières quarante-huit heures de la vie de cet homme, Brock se fit la promesse de se jeter du haut d'un volcan des îles Éoliennes plutôt que d'essayer d'extorquer à l'existence ces pâles semblants d'attraits, dont on ne pouvait même pas dire que Leyendecker s'était mis en quatre pour les goûter.

Il n'est même pas allé voir les prostituées, se dit-il. Leyendecker avait-il reconnu un peu tard que les aventures ne s'achètent pas ? S'en était-il lassé ? Brock prit conscience que dans cette vie pitoyable, qui suintait l'ennui à plein nez, il devait y avoir un point, un petit détail peut-être, qui avait mis Rubin hors d'elle au point de vouloir le rayer du paysage.

Werner Leyendecker, soixante-quatre ans. Né à Schönewerda, en Saxe. École professionnelle. Armée nationale populaire de RDA. Mobilisé à Berlin pour défendre le mur de protection antifasciste et œuvrer à l'instauration de la paix mondiale. Plus tard, ouvrier outilleur qualifié, puis représentant de commerce. Sans emploi depuis le milieu des années quatre-vingt-dix, préretraité.

Homme sans histoire, casier judiciaire vierge. La P. J. avait rassemblé tout ce qu'elle avait pu trouver sur son compte. Leyendecker vivait reclus, comme beaucoup d'hommes seuls et d'un âge avancé, qui avaient toujours laissé à leur femme le soin d'entretenir les relations sociales. Les voisins le connaissaient à peine, mais ce n'était pas de leur fait. Leyendecker refusait de réceptionner des paquets pour eux. Il était souvent à sa fenêtre pour observer le va-et-vient de la rue, mais il saluait rarement.

Filtré par plusieurs portes, le carillon parvint jusqu'aux oreilles de Brock. Il regarda la pendule de son bureau. Bientôt 9 heures.

On toqua. Saaler passa la tête par l'embrasure de la porte.

— Ils sont arrivés.

— Merci. Une seconde.

Il rangea les dossiers dans leur classeur. Il n'avait pas le droit à l'erreur. Plus cette fois.

Jeremy attendait dans le couloir. Il s'étonnait d'entendre les pas d'une seule personne dans l'escalier. Des pas alertes, sportifs, dansants. Elle n'avait pas encore atteint le dernier palier qu'il savait déjà qui c'était. Il s'était attendu à tout sauf à elle.

— Salut Jeremy.

Cara Spornitz était tout de blanc vêtue. Jean blanc, chemisier blanc, mocassins blancs. Et pourtant elle n'avait pas l'air d'une infirmière, ce qui était probablement dû au fait que ses vêtements lui allaient comme une seconde peau. Sa taille était fine, presque frêle, son jean était retroussé au-dessus de ses chevilles délicatement bronzées. Elle avait un sourire enchanteur, et le parfum qui l'entourait transforma tout à coup la cage d'escalier en une prairie en fleurs. Clarté, pureté, séduction : accord parfait auquel Jeremy succomba sur-le-champ.

— Cara ?

Elle courut à sa rencontre et effleura sa joue d'un baiser.

— Je suis… euh… un peu chamboulé, balbutia-t-il.

Son cœur bondissait de joie et d'excitation. Elle s'était ravisée, elle était venue. Pour sa sœur, bien sûr. Mais peut-être aussi…

— Je suis désolée. Je me suis comportée comme une idiote. Ça ne me ressemble pas.

— T'inquiète, répondit-il.

Sa présence imprévue le paralysait et lui brouillait les idées. Il en oublia un moment les mots qu'elle lui avait lancés avant de le laisser en plan.

Elle jeta un œil derrière lui en direction du cabinet.

— Elle est déjà là ?

Après la joie inattendue, retour brutal sur terre.

— Non. Elle devrait arriver d'un moment à l'autre. Écoute, ça ne va pas marcher.

— Quoi ?

— Je ne sais pas si c'est possible. Tu dois d'abord déposer une demande d'autorisation de visite au centre de détention préventive.

— On ne s'est pas vues depuis si longtemps. Et il faudrait que je lui rende visite en prison ? Quand tu m'as dit à quelle date était fixée votre prochaine séance, j'ai cru comprendre que c'était une sorte d'invitation.

Jeremy se sentait écrasé par les bourdes qu'il ne cessait d'accumuler. Il entendit le parquet du couloir grincer sous les pas de Brock et vit le visage de Cara s'illuminer à la vue du professeur. Comment Brock réagirait-il en la voyant ? Succombait-il facilement aux charmes des jeunes femmes ? Il n'avait jamais eu l'occasion de le savoir.

— Bonjour. Je suis Cara Spornitz, la sœur de Charlotte Rubin.

Le professeur haussa des sourcils interrogateurs. Cara lui tendit une main embarrassée. Il s'en fallait de peu qu'elle ne lui fasse la révérence.

— Enchanté, murmura Brock.

— Je tombe mal, sans doute ? Je suis désolée. Jeremy… M. Saaler m'a dit que votre dernière séance avec Charlie était aujourd'hui. Je ne voulais pas la revoir en prison, vous comprenez ?

Elle jeta un regard désemparé à Jeremy et posa même une main sur son bras. Il suait sang et eau, car elle donnait l'impression qu'ils avaient tous les deux minutieusement préparé cette intrusion.

— Votre sœur va bientôt arriver, c'est exact. Mais le moment est mal choisi. J'aurais souhaité vous parler avant, bien entendu. Pourquoi ne revenez-vous pas demain ?

— J'aimerais voir Charlie, dit-elle. Dans un environnement normal, pas en prison.

— Je ne sais pas si un cabinet psychiatrique relève de ce qu'on appelle un environnement normal. Du reste, le regroupement familial n'est pas vraiment de notre ressort.

— Professeur, s'il vous plaît ! J'ai pris un remplaçant pour pouvoir venir ici depuis Dessau. Elle et moi n'avons eu aucun contact pendant des années. Et voilà que la police débarque et m'annonce que Charlie est soupçonnée d'assassinat. Pour moi aussi c'est un choc. Qu'importe ce qui s'est réellement passé, je veux être là pour elle.

— Avez-vous fait une demande de droit de visite auprès du juge des libertés ?

— Pas encore…

Elle baissa les yeux. Peut-être venait-elle de prendre conscience que ce n'était pas un jeu. Qu'il y avait des règles à respecter, le prévenu fût-il sa propre sœur.

— Je suis parfois trop impulsive, désolée, mais ne pourriez-vous pas faire une exception ?

— Non. Je regrette.

— Ma sœur est accusée de meurtre. Elle doit être dans un état épouvantable. Jeremy… M. Saaler m'a dit qu'il était important que je parle avec elle. Je me tiendrai entièrement à votre disposition et répondrai à toutes vos questions. Mais accordez-nous juste dix minutes. Vous pourrez aussi être là…

Brock leva la main en signe d'objection. À l'évidence Cara ignorait que sa sœur ne devait pas rester une seule seconde sans surveillance. Le court moment où, par la négligence de Jeremy, cela s'était produit avait failli tourner à la catastrophe.

— Je vous en prie. Charlotte est un être humain.

— Il y a des règlements, madame Spornitz.

— Et des exceptions, professeur. Je suis consciente de ce que je vous demande. Mais je peux aussi l'attendre en bas, devant la porte, la guetter dans la rue. Serait-ce mieux ? Je ne crois pas. M. Saaler était d'avis que ce pouvait être important pour vous de voir comment Charlie réagirait en me voyant. N'est-ce pas ?

Brock devait entrevoir à cet instant précis comment cette femme avait mené Jeremy par le bout du nez, et se dire qu'il fallait à tout prix éviter une rencontre devant la porte de l'immeuble. Il soupira et libéra le passage.

— Merci !

Tandis que Cara entrait et balayait le vestibule du regard, d'un geste du menton il signifia à Jeremy d'approcher.

— Que ceci reste entre nous. Vous m'avez compris ?

— *Yes, sir*.

Un sourire frémit au coin des lèvres de Brock, si furtif qu'il avait déjà disparu quand Jeremy le remarqua.

— Enregistreur ? demanda Brock.

— Je vais le chercher.

Jeremy s'élança dans le couloir, passa devant Cara et rejoignit son bureau. Lorsqu'il ouvrit le tiroir il s'aperçut que ses mains tremblaient légèrement. Ils s'apprêtaient, tous autant qu'ils étaient, à quitter le sol ferme de la légalité.

Le carillon de la porte retentit de nouveau. Il tressaillit. On amenait Charlie. Jeremy se saisit de l'appareil, l'alluma, le glissa dans la poche de son costume et revint en toute hâte pour ne pas manquer ce grand moment.

Brock était toujours dans la cage d'escalier. Jeremy entendit sa voix s'adressant à la femme d'un ton apaisant. Il ne comprit pas ce que le professeur disait. Son cœur battait à tout rompre. Pas à cause de Cara, se persuada-t-il, non, à cause du gros lot de tous les psychologues : la confrontation de deux figures clés.

Cara, dans le vestibule, tendait l'oreille. Elle se tenait comme une accusée attendant la sentence. Elle devait être dans un état de tension extrême. Jeremy s'approcha d'elle, s'attendant à se faire envoyer sur les roses, mais elle le laissa faire. Elle ne réagit pas non plus lorsqu'il passa doucement le bras autour de son épaule. Elle fixait la porte que Brock avait à moitié tirée derrière lui, comme si elle attendait le verdict de la cour.

La porte s'ouvrit à toute volée. Le type sans nom tenta sans succès de barrer le chemin à Charlotte Rubin. Elle le poussa sur le côté. Son visage massif était révulsé de colère.

— Je n'y crois pas. Qu'est-ce que tu fiches ici ?

Jeremy sentit Cara se raidir.

— Qu'est-ce que tu me veux ?

Brock réapparut. Il ne quittait pas Charlie des yeux. Miesdrosny se posta près d'elle.

— Charlie, chuchota Cara.

Elle se racla la gorge puis répéta :

— Charlie.

— Ça vire à la thérapie familiale ou quoi ? Vous avez mis des caméras cachées ? Je me plaindrai de vous, professeur Brock. Je veux repartir. Je ne suis pas à l'école maternelle.

— Charlie…

— Toi, ne me parle pas ! Tu n'as rien à faire là ! siffla Rubin.

Et, se tournant vers le professeur :

— J'ai encore des droits ou faut-il que je subisse tout et n'importe quoi sans broncher ? Je ne veux ni la voir ni lui parler !

Cara voulut s'avancer vers sa sœur, mais Jeremy la retint.

— Ce n'est pas toi, ça, dit-elle en dégageant sa main avec humeur. Je suis venue de Dessau exprès pour toi.

— Alors, fais-moi plaisir et retournes-y. On peut y aller ? demanda Rubin à ses deux escortes, qui regardèrent Brock d'un air perplexe.

Le professeur s'interposa entre les deux sœurs.

— Un peu de calme, voulez-vous ? Madame Rubin, je peux vous proposer de retarder la séance de quelques minutes, afin que vous parliez brièvement avec votre sœur. Sa venue nous a surpris autant que vous.

— Je ne veux pas lui parler ! Personne ne m'écoute ou quoi ?

— Charlie !

Cara se jeta sur sa grande et robuste sœur et l'étreignit dans ses bras. Celle-ci se laissa faire un bref instant, puis la repoussa comme si c'était un agresseur. Cara chancela, Jeremy se précipita pour la soutenir. Les deux policiers regardaient nerveusement la scène. Brock attendait sans broncher.

— Tire-toi ! T'as pas encore pigé ? Je ne veux rien avoir à faire avec toi.

— Mais pourquoi ? fit Cara, pleurant presque. Tu n'as plus que moi au monde. Je suis ta seule famille.

— Ma famille. Oh, oui. Tu sais quoi, ma petite Cara chérie ? C'est exactement le contraire. Je suis *ta* seule famille. Ne fais pas comme si tu ne savais pas ce que je veux dire. Tu m'as supportée assez longtemps pour le savoir. Rentre chez toi, va retrouver tes bestiaux et arrête de jouer les héroïnes. Les héros n'ont rien à faire ici.

Cara pressa son poing contre sa bouche. Elle semblait prête à craquer mais elle se ressaisit une fois de plus.

— Tu l'as fait ?

Charlie jeta un regard à la ronde. Tous les yeux étaient braqués sur elle. Jeremy sentit l'enregistreur dans sa poche. Comment le professeur jugerait-il cette scène ?

— Oui.

— Dis-moi que ce n'est pas vrai. Ne recommence pas à mentir. Tu as toujours menti !

— Pourquoi est-ce que je mentirais ? Pourquoi sommes-nous tous ici ? Ils essaient de savoir si je suis maboule ou pas. Et tu veux que je te dise ? Je me suis rarement sentie aussi normale que maintenant !

Cara chercha Jeremy des yeux. Il lui fit un signe de tête quasi imperceptible, telle une discrète incitation à poursuivre. Charlie évoquait pour la première fois son crime. Peut-être était-ce un tournant.

— Pourquoi tu ne leur parles pas ? Que s'est-il passé ?

— Ça ne te regarde pas. Et puis, tout le monde veut ma peau.

— Mais non, au contraire ! M. Saaler est venu me voir exprès pour en savoir un peu plus sur toi.

— Et alors ? fit Charlie avec une douceur menaçante. Il en sait plus ?

— Je vais tout faire pour t'aider. Tout, tu comprends ? Ils veulent savoir ce qu'il y a dans ta tête. Je n'en sais rien. Mais tu n'es pas une meurtrière.

Charlie abandonna un instant son attitude agressive. Elle baissa la voix. Ses épaules s'affaissèrent sous la veste mal coupée de son tailleur-pantalon. Elle désigna autour d'elle les quatre hommes qui les observaient de tous leurs yeux.

— Tu n'es pas de taille, ils sont trop forts pour toi. Ça ne tourne pas rond dans ma tête. Tu sais ce qui me déçoit le plus ? Je pensais que nous étions plus fortes. Mais nous avons été vaincues.

— Je ne sais pas trop, intervint le type sans nom, mais je crois qu'on ne devrait pas…

S'il avait pu, Jeremy l'aurait anesthésié sur place.

— Bouclez-la, le rembarra Rubin.

L'agent tressauta.

— Tout va bien, dit Brock à l'intention de l'agent. Cela fait partie de la séance.

— Ah oui ? aboya Charlie, qui avait retrouvé tout son mordant. C'est la télé-réalité, maintenant ? Rentre chez toi, Cara. Tu ne peux plus m'aider. C'est fichu.

— Je ne le permettrai pas !

— Tu n'y arriveras pas. Il faut que tu l'admettes.

— Non !

Cara se mit à pleurer et voulut se ruer sur Charlie, mais Brock la retint.

— Calmez-vous ! cria-t-il.

Jeremy jeta un regard vers les deux gardes. Quasi sur le pied de guerre, ils observaient la scène avec une mine sombre.

— Je suis ta sœur.

— Je n'ai plus aucune sœur.

Rubin se tourna vers Brock :

— On commence, oui ou non ?

Le professeur s'adressa aux deux agents :

— Vous pouvez nous laisser, à présent.

— Je ne crois pas, non, grogna Miesdrosny en remontant son ceinturon d'un air qui en disait long sur ce qu'il pensait de tout ce cirque.

Cara avança vers Charlie. En un éclair, le type sans nom fut près d'elle et la repoussa à sa place.

— Je dois vous demander de partir. Les contacts avec la prévenue sont interdits. Allez-vous-en tout de suite, je veux bien fermer les yeux et mettre cette rencontre familiale sur le compte du hasard. Mais un conseil : ne poussez pas notre patience à bout.

Cara acquiesça le cœur lourd. Elle fit mine de se diriger vers la porte, mais au dernier moment elle pivota sur ses talons, courut vers Charlie et sauta à son cou. Miesdrosny se précipita pour l'arracher à sa sœur, qui tentait désespérément de se libérer, et finit par séparer les deux femmes.

— Charlie, sanglota Cara.

— Laisse-le. Il ne fait que son devoir. Il faut bien qu'il le fasse, non ? Qu'il continue.

— Comment ça ? (Cara regarda autour d'elle, décontenancée.) Tu veux que je reste là à regarder sans rien faire ?

— On n'a jamais eu la main. Ils ont toujours fait de nous ce qu'ils voulaient.

— Mais on s'est défendues ! On s'est toujours défendues ! Tu ne peux pas abandonner comme ça, Charlie. Charlie !

Charlie se dégagea avec fureur de la main du policier. Le pansement se défit sur son cou, et la blessure se rouvrit, maculant de sang le col de son chemisier. Elle recolla le pansement sur sa peau. Ses doigts étaient tachés de sang.

— Pauvre Cara, dit Charlie en balayant les lieux du regard, comme si elle se tenait sur une scène de théâtre. « *Puisque je suis si loin dans ce flot de sang / Que, si je renonçais à y patauger davantage, / M'en retirer, ce serait aussi dur qu'avancer encore*[1]. »

Personne ne dit un mot. Jeremy retenait son souffle. Un frisson glacé lui parcourait le dos. Charlotte Rubin avait tué. Et Cara se découvrait une sœur qu'elle ne connaissait pas.

Miesdrosny s'interposa entre les deux sœurs. Jeremy eut le sentiment fugace qu'une grande scène de tragédie venait de se dérouler sous ses yeux.

— Charlie !

Cara criait comme si on lui arrachait le cœur. Le type sans nom la saisit et l'expédia sans ménagement dans la cage d'escalier.

— Charlie ! Non ! Ce n'était pas elle ! Qu'allez-vous faire d'elle ? Ce n'était pas… elle !

— Lâchez-la ! s'exclama Jeremy en leur emboîtant le pas, mais le fonctionnaire ne s'en laissa pas conter. Attends en bas ! lui cria-t-il.

Il revint sur ses pas et vit Rubin chanceler vers un fauteuil puis s'y laisser tomber.

— Je vais chercher du sparadrap, dit-il.

Le professeur hocha la tête et s'occupa de la blessée. Quand Jeremy revint, le type sans nom était de retour.

— Nous devons le signaler, menaça le type sans nom d'un air sombre.

---

1. William Shakespeare, *Macbeth*, traduction d'Yves Bonnefoy, Mercure de France, Paris, 1983 (NdT).

— Signaler quoi ? fit Brock sans lever les yeux de la blessée. Ceci est un cabinet, pas une prison. Chacun peut entrer ici comme il veut.

— Mais enfin ! Ce n'était pas un hasard. Comment cette femme pouvait-elle savoir que nous venions avec elle aujourd'hui ?

D'une main accusatrice, il désigna Rubin qui, prostrée dans son fauteuil, fixait le vide d'un regard vitreux.

— La presse a crié sur tous les toits que j'étais l'expert chargé de Mme Rubin. Et de toute façon je souhaitais parler à Mme Spornitz.

Rubin leva la tête.

— C'est inutile. Je veux partir. C'est possible ? Ou suis-je retenue ici contre ma volonté ?

— Non, dit Brock avec douceur. Bien sûr que non. Mais, je vous en prie, vous devez aussi nous comprendre. Il est de notre devoir d'essayer de cerner votre personnalité.

Rubin serra les lèvres. Sa mine en disait long sur ce qu'elle pensait des méthodes auxquelles recourait Brock pour faire ses expertises.

— Revenons sur les chiens de Wendisch Bruch.

Tous étaient silencieux. Jeremy prit conscience qu'il était en train de vivre un des moments clés de cette histoire.

— Que vous ont fait les chiens ?

— Je ne veux pas, chuchota Rubin. Arrêtez.

Elle se pencha en avant et enfouit son visage dans ses mains. Ses épaules se mirent à trembler. Le sol se dérobait sous les pieds de cette grande et robuste femme.

— Quand ils aboyaient, il se passait quelque chose qui vous faisait peur. Très peur. Qu'est-ce que c'était ?

— Non. S'il vous plaît.

— C'était lié à vous ? À la maison où vous viviez ? À votre famille ? À votre passage à l'acte ?

— Non !

Rubin se leva d'un bond, si soudainement que tous tressautèrent dans la pièce. Elle repoussa le professeur.

— Vous pouvez me poser la question des milliers de fois. Je n'en sais rien ! Laissez-moi sortir ! Je veux partir d'ici !

— Calmez-vous, calmez-vous.

Brock fit un geste de la main en direction des deux policiers, qui semblaient brûler d'envie de se jeter sur leur détenue :

— Tout va bien. Voyez-vous, madame Rubin, c'est pour cela que nous souhaitons parler à une personne susceptible de se souvenir.

— Pas Cara ! Elle était beaucoup trop petite.

— Trop petite pour quoi ?

Rubin se passa les mains dans les cheveux. Elle était comme une bête aux abois, qui ne voyait aucune issue.

— Elle ne sait rien. Laissez-moi partir.

— Y a-t-il quelqu'un à Wendisch Bruch qui pourrait peut-être nous aider ?

— Non. Personne !

Une lueur brilla dans ses yeux.

— Vraiment ?

— Il n'y a plus personne. Je veux partir. Je peux ? Oui ? Bien. Ramenez-moi, demanda-t-elle aux deux policiers.

Ils la prirent entre eux deux et gagnèrent la sortie.

Jeremy jeta la boîte de pansements sur le bureau de Chaton. Il avait le sentiment d'avoir échappé *in extremis* à une catastrophe.

— Elle va refaire une tentative, murmura-t-il.

Brock hocha la tête, perdu dans ses pensées.

— J'appelle de ce pas l'établissement pénitentiaire. Il faut la garder à l'œil. Je suis très inquiet.

Jeremy aurait bien demandé à Brock pourquoi il avait malmené Rubin ainsi. Avait-il voulu la provoquer ? Pourquoi insistait-il autant sur cette histoire de chiens ? Pour Jeremy, elle n'avait aucun rapport avec l'expertise en cours. Tout le monde connaissait cette réaction en chaîne, quand les clébards d'un village s'excitaient mutuellement. Elle avait dit ça comme ça, pour décrire l'espèce de désert où elle avait grandi. D'autres points semblaient bien plus importants aux yeux de Jeremy. Le rapport à ses parents, à ses camarades de classe, à ses collègues de travail. Les ruptures dans sa biographie. Rilke. Et Shakespeare. Qu'avait-elle cité ? *Macbeth ?*

— Pourquoi les chiens ? finit-il par demander.

Brock referma pensivement la porte du cabinet et revint vers Jeremy, les mains croisées dans le dos.

— Sa première association. Elle avait peur d'eux.

— J'aurais eu peur moi aussi.

Brock esquissa un vague sourire.

— Si vous vous retrouvez nez à nez avec eux en pleine nuit, certainement. Mais plus encore, si vous associez ces aboiements à quelque chose de désagréable ou d'effrayant. Montessori, Darwin, Rogers, je n'ai pas besoin de vous renvoyer à vos lectures de première année, je suppose. À moins que ?

— Non.

Brock tendit la main.

— L'appareil ?

— Ah, oui, c'est vrai. (Jeremy le lui donna.) Puis-je descendre rapidement lui dire au revoir ?

— À Mme Rubin ? demanda Brock, interloqué.

Il s'aperçut de sa méprise :

— Je comprends. Monsieur Saaler, me permettez-vous de vous poser une question personnelle ?

— Oui ?

— Mme Spornitz et vous avez-vous eu une relation ?

— Oui.

Il était inutile de mentir. Jeremy se disait parfois que Brock était capable de voir la vie des autres comme si c'était un film, y compris les scènes qu'on aurait volontiers coupées.

— C'est arrivé comme ça. Je peux faire la part des choses, souligna-t-il.

— Tiens, tiens. Intéressant. Dans ce cas, faites-le à l'avenir. Et si vous confiez encore une fois des informations confidentielles à des personnes extérieures – et je compte dans le lot Mme Spornitz, aussi touché que vous ayez pu être par sa réaction –, ce sera la fin de notre collaboration.

— Je vous promets…

— Je ne veux pas de promesses, monsieur Saaler. Je veux que vous entendiez raison. Savez-vous au juste comment votre père s'est mis en quatre pour que vous travailliez chez moi ?

Manquait plus que ça. Oui, pensa Jeremy. Je le sais. Il ne rate pas une occasion de me le jeter à la figure.

— Alors, ne gâchez pas cette chance. Si ma mise en garde vous paraît présomptueuse, demandez donc à

Chaton combien de candidatures atterrissent chaque mois sur son bureau. Je vous ai pris parce que j'étais convaincu que vous feriez des merveilles dans votre métier et non pas pour faire une fleur à votre père, au cas où vous me le reprocheriez en secret. Vous n'êtes pas ici *par* son entremise, mais *malgré elle*.

— Cela ne se reproduira plus.

— Je vous demanderai de mettre entre parenthèses vos intérêts personnels jusqu'à ce que j'aie terminé l'expertise. Vous seriez même avisé d'attendre la fin du procès. Acceptez-le ou quittez-nous.

— J'accepte.

— Bien. Alors allez dire au revoir à cette jeune femme.

— Vous ne vouliez pas lui parler ?

— Si, absolument.

Brock se dirigea vers son bureau.

— Appelez Chaton et dites-lui que Rubin est partie. Demandez-lui de prendre rendez-vous avec Mme Spornitz. Dans les plus brefs délais. Demain matin serait le mieux. Reste-t-elle en ville ?

— Je ne sais pas, répondit Jeremy, stupéfait. Mais je peux lui demander.

Jeremy devança le professeur et lui ouvrit la porte de son bureau. Ignorant ce geste obséquieux, ce dernier s'arrêta, perdu dans ses pensées.

— Vous maîtrisez la situation ?

— Je pense. Puis-je vous poser une dernière question ?

— Bien sûr.

Le professeur alla à son bureau et en sortit le magnétophone. Il semblait impatient d'écouter l'enregistrement.

— Cette rencontre familiale a-t-elle donné quelque chose ?

— Bonne question, dit Brock en pianotant d'un air presque réjoui sur les boutons de son petit appareil numérique. Elle était très instructive. J'ai rarement entendu proférer autant de mensonges que pendant ces trois minutes.

— Ah bon ?

Le professeur empocha l'enregistreur, chercha ses crayons et, voyant que Chaton n'en avait pas encore apporté de nouveaux, prit un stylo-bille dans le tiroir.

— Je vais à présent commencer à rédiger l'expertise.

— Et donc ? À quelle conclusion êtes-vous arrivé ?

— Charlotte Rubin est aussi normale que vous et moi.

19

Jeremy trouva Cara sur le banc d'un arrêt de bus, à quelque vingt mètres du cabinet. Elle frottait fébrilement une tache du sang de Charlie sur son chemisier. Lorsqu'elle vit le jeune psychiatre s'approcher, elle se pencha en avant et enfouit son visage dans ses mains.

— J'ai tout fait foirer, dit-elle. Absolument tout fait foirer.

Jeremy s'assit à côté d'elle.

— Personne ne pouvait le prévoir.

— Si ! s'écria-t-elle en le dévisageant d'un air furieux. Moi ! J'aurais dû me douter de la façon dont Charlie réagirait. Elle est accusée de ce meurtre délirant, elle reste des mois en taule, et moi je débarque comme une fleur en croyant que tout va s'arranger. Rien ne va s'arranger ! C'est l'horreur !

— Je n'aurais jamais dû te parler de ce rendez-vous. Brock a failli me virer.

— Oh, pardon, mais j'ai du mal à compatir. Moi, j'ai personne pour me virer. Parfois ça me ferait pas de mal. Cara Spornitz, tu es virée. Faut dire, tout le monde en aurait bien envie. Qu'ils soient honnêtes. Comme sœur : virée. Comme épouse : virée. Comme… (elle baissa la tête)… plan cul : virée.

— Qu’est-ce que tu racontes ? Tu sais très bien que ce n’est pas ça. On a chaviré. J’ai débarqué avec mes gros sabots, et les événements nous ont dépassés.

— On peut aussi voir les choses comme ça, dit-elle en détournant le regard. Je suis désolée pour ce que je t’ai dit l’autre fois. Sincèrement. Ça a été si soudain. Le premier choc avec Charlie, le deuxième avec…

— … moi ? dit-il en souriant. Un choc ?

— Tu sais, ce n’est pas tous les jours qu’un jeune et beau diplômé s’égare dans nos contrées.

Jeremy ne fut pas insensible à ces mots. Les sautes d’humeur de Cara avaient beau chaque fois le prendre au dépourvu, il restait malgré tout en elle un fond de sympathie à son égard. Il lui aurait bien retourné le compliment, or il ne voulait pas jouer avec le feu mais plutôt le laisser doucement s’éteindre. L’exhortation du professeur résonnait encore à ses oreilles. De l’autre côté de la rue, au premier étage de l’immeuble du XIXe siècle, les rideaux semblaient remuer dans le bureau de Brock. Les observait-il ?

Elle ramena ses cheveux derrière ses oreilles. Un geste d’embarras.

— O.K. Si tu veux vraiment savoir : c’était bien avec toi. Très bien. C’est toujours bon signe quand j’ai faim après.

— Vu comme tu es mince, tu ne dois pas souvent t’envoyer en l’air.

Elle rejeta la tête en arrière avec un petit rire.

— Tu restes combien de temps ?

— Pourquoi ça t’intéresse ? demanda-t-elle en minaudant.

— Le professeur Brock voudrait te parler. À tête reposée.

— Mmmh. Je m'en doutais. Tu crois qu'il le faut ?

— Si tu veux aider Charlie…

— De toute façon les jeux sont faits. Il m'aurait foutue immédiatement dehors s'il avait eu encore le moindre doute. Charlie est jugée responsable de ses actes. Pas vrai ?

Jeremy ne savait pas si un simple hochement de tête valait comme une violation du secret médical. Dans le doute, il s'abstint.

— Elle va passer au moins quinze ans à l'ombre, et rien ne pourra l'aider. Je ne suis pas ici parce que j'en pince pour toi, Jeremy.

Il serra les lèvres et baissa les yeux à terre. Chewing-gums écrasés, mégots, taches gluantes.

— Je suis ici parce que je veux me battre pour Charlie. Tu comprends ? Ma grande sœur est innocente. Je ne permettrai pas qu'elle aille en taule à la place de quelqu'un d'autre. Et par ailleurs, je t'aime bien.

Elle lui donna une petite bourrade dans les côtes. Jeremy ne réagit pas.

— Peu importe la conclusion du professeur Brock. Ça ne compte pas, ni pour elle ni pour moi, compléta-t-elle.

— Je n'ai pas eu le sentiment que vous aviez beaucoup de choses à vous dire.

— On donne cette impression. En vrai on est comme ça, répondit-elle en collant ses deux index l'un contre l'autre.

— Qu'est-ce que tu entends par te battre pour Charlie ?

— À ton avis ?

Elle brandit son poing sous le nez de Jeremy, si vivement qu'il recula d'un coup. Elle éclata de rire.

— C'était une blague.

— Une blague ? Cara, il n'y a rien de drôle. Ta sœur est accusée d'un crime très grave. Je comprends que tu veuilles croire en son innocence, mais les indices disent clairement autre chose.

— Ils mentent ! Des indices. Quels indices ?

— As-tu contacté l'avocat de Charlie ?

— Non. Pourquoi le ferais-je ?

— Parce que, si tant est que ta sœur soit d'accord, il pourrait te permettre de consulter le dossier. Tu devrais aussi parler à la police. Si tu veux en savoir un peu plus que ce qu'on dit dans les journaux, tu dois procéder de manière plus méthodique.

Elle laissa échapper un grognement songeur.

— Charlie a avoué, reprit-il. Je suis désolé. Vraiment. Par ailleurs, elle ne s'est pas montrée spécialement coopérative avec nous.

— À savoir ?

— Elle ne parle pas de ce qu'elle a fait.

— Parce que ce n'est pas elle !

— Elle a tenté de se suicider.

Cara soupira.

— Merci, je sais. Ça m'énerve !

Il l'observa, interloqué. Ce va-et-vient incessant de l'abattement à l'euphorie l'avait déjà frappé. Mais l'insensibilité avec laquelle elle abordait ce drame le déroutait. À Dessau, il y avait vu du désarroi. Il n'avait pas voulu admettre qu'une part du caractère de Cara lui échappait.

— Elle ne se suicidera pas, poursuivit-elle. Elle était sans doute dans un mauvais jour et voulait vite rentrer chez elle.

— Elle a été conduite au service de soins intensifs. Elle a perdu beaucoup de sang. Mais elle était aussi protégée par une sainte patronne.

Cara lui lança un regard étonné.

— Sainte Catherine, expliqua-t-il. Quelqu'un lui a apporté une chaînette avec un médaillon.

Cara écarquilla les yeux.

— Qui ça ?

— Un aumônier.

— Tu es sûr ?

— Je n'y étais pas. Qu'est-ce qui te chiffonne ?

Cara se détourna comme pour guetter l'arrivée du bus. Elle serra les lèvres.

— Qu'est-ce qui se passe ?

Elle se leva.

— Rien. Un souvenir d'enfance. Un hasard. Nous avons toutes les deux reçu un médaillon comme ça pour notre communion. C'était avant que nous emménagions à Wendisch Bruch. Ces bidules sont distribués comme des bonbons un jour de carnaval. C'est lui ?

Un bus arriva et s'arrêta. Le chauffeur ouvrit la porte, Jeremy secoua la tête, le bus reprit sa route. Les rideaux dans le bureau de Brock ne remuaient plus. Jeremy se leva à son tour.

— Il faut que je remonte. Tu restes encore ?

— Ici ? fit-elle en regardant autour d'elle avec un sourire amusé. Si tu m'apportes quelques journaux pour ce soir en guise de couverture…

— Je veux dire, à Berlin.

— Je dois réfléchir. Je peux aller chez toi ?

— Ce n'est pas possible, s'empressa-t-il de répondre. J'ai promis à Brock de ne plus te voir en privé.

— Euh… pardon ?

— Notre relation doit s'en tenir au plan professionnel.

— Notre relation ?

Cara avait le talent désarçonnant de lui faire dire ce qu'il n'avait pas dit, et il ne savait pas comment réagir.

— Et naturellement, tu fais ce que te dit ton professeur. Je comprends.

Il s'étonnait qu'elle n'ait pas de sac à main. Les vétérinaires de campagne finissaient peut-être un jour ou l'autre par renoncer à ce petit luxe.

— Je vais te trouver un hôtel.

— Je ne veux pas aller à l'hôtel ! Je ne connais personne ici. À part toi.

Elle extirpa sa clé de voiture de la poche de son jean moulant.

— Et si moi j'ai envie de te parler ? Voire plus si affinités ? (Elle se rapprocha. Son regard d'un bleu profond était comme des rets dans lesquels Jeremy se prit.) Il n'est pas obligé de l'apprendre.

— Ce n'est pas possible, répondit Jeremy, se souvenant juste à temps que c'était tout son avenir professionnel qui était en jeu. Je te fais une proposition. Je te conduis dans un hôtel et ce soir je t'invite à dîner. Et nous parlerons de tout.

— De tout ? demanda-t-elle tout bas.

Il la prit dans ses bras, se fichant de ce que Brock pouvait bien penser. Si le professeur ne le croyait pas capable de garder la tête froide, tant pis pour lui. Elle leva la tête et voulut l'embrasser, mais Jeremy évita sa bouche et effleura simplement sa tempe des lèvres. Il sentit le corps de la jeune femme, tendu comme un arc, prêt à détaler.

— Eh, chuchota-t-il. Détends-toi. Ce n'est facile pour aucun de nous deux. Tu n'es pas toute seule.

— Oui, docteur. Puis-je demander jusqu'où va votre sollicitude ?

Il embrassa doucement sa tempe.

— Jusque-là, et pas plus loin.

— Et merde ! fit-elle en se dégageant d'un geste brusque. Très bien. Voyons-nous ce soir. Et nous parlerons. De tout ?

— De tout. Sauf de Charlie.

20

Quelqu'un avait percuté le panneau d'entrée du village et essayé de le redresser.

— Wendisch Bruch, murmura Sanela en arrêtant la voiture sur le bas-côté.

Son GPS voulait la guider jusqu'au milieu du patelin, mais pour se repérer dans cet amas d'à peine trois douzaines de maisons et de fermes elle n'en avait plus besoin.

Il faisait une chaleur à crever. Au loin, sur une hauteur, un tracteur crachait dans l'air un nuage de poussière jaune. La récolte arrivait à maturité. Charlotte Rubin serait condamnée pour meurtre bien avant qu'elle soit moissonnée.

Sanela descendit de voiture. Son tee-shirt lui collait au corps. Elle souleva l'ourlet et s'éventa, espérant gagner un peu de fraîcheur, tout en essayant d'enregistrer la topographie des lieux. À gauche, en bordure du village, s'étendait une sorte de grosse ferme solitaire. Le corps principal était une maison délabrée couverte d'un crépi gris, flanquée de longs baraquements plus récents. Élevage de bétail, se dit Sanela, j'espère que l'aération fonctionne. Les mauvaises herbes proliféraient dans les fissures de la cour bétonnée. Les fenêtres étaient obstruées par la crasse. Nulle âme qui vive. Le silence pesait sur l'endroit, et

Sanela comprit en additionnant tous ces signes de déshérence que la ferme avait dû être abandonnée depuis longtemps.

À droite, un étroit sentier conduisait dans les champs. Au-delà du panneau bancal la poignée de maisons s'alignaient le long de la rue. Garée devant ou dans le village, la voiture immatriculée à Berlin ne passerait de toute façon pas inaperçue. Sanela remonta donc et s'engagea lentement dans la grand-rue, en se demandant si cet endroit valait vraiment la peine qu'elle encoure tous ces risques. Si Gehring apprenait où elle était, il lui arracherait les yeux.

D'un autre côté, elle pouvait employer son temps libre comme elle l'entendait. D'accord, parler de temps libre était un peu exagéré, puisqu'elle s'était mise en arrêt maladie à cause de ses douleurs à l'épaule. Ce qui n'était même pas un mensonge : sa gêne persistait. Elle avait sans doute forcé sur la rééducation. Sa mauvaise conscience s'apaisa à l'idée que cette journée – peu importait à quoi elle l'employait – favoriserait son rétablissement. Ne disait-on pas que l'air de la campagne était bon pour à peu près tout ?

Le village semblait désert. Quelques-unes des maisons avaient l'air abandonnées. Clôtures affaissées, haies non taillées, entrées embroussaillées. Au carrefour qui marquait le centre du village il y avait eu des commerces, longtemps auparavant. Sur les murs gris, dont le crépi se décollait par plaques entières, s'étalaient de grandes lettres délavées qui autrefois avaient formé les mots « boulangerie » et « boucherie ». Il y avait même eu une auberge. Sanela déchiffra « Les Tilleuls ». Elle aurait pourtant juré que les vieux arbres devant la façade étaient des châtaigniers.

Elle s'arrêta et coupa le moteur. Sa première mission consisterait à retrouver les survivants de la catastrophe silencieuse qui s'était abattue sur ces lieux. Quelque chose s'était passé à Wendisch Bruch. Peut-être était-ce dû à cette évolution démographique dont tout le monde parlait – pas de travail pour les jeunes, exode, désertification des campagnes. C'était l'un de ces villages sans charme qu'il fallait beaucoup aimer pour supporter d'y rester. Dans le rétroviseur elle aperçut à cinquante mètres une vieille femme qui traversait la rue avec une canne. Elle s'arrêta au milieu de la chaussée et porta la main en visière devant ses yeux pour scruter la voiture de Sanela. Avant même que celle-ci ne décide de lui parler, elle reprit sa marche traînante.

Tant pis, se dit la jeune femme. Elle sortit de son véhicule avec un soupir et se dirigea vers la porte fermée de l'auberge. Elle frappa, en vain.

— Ohé ? Il y a quelqu'un ?

Elle se retourna. La vieille s'était volatilisée. Le silence qui recouvrait le village avait quelque chose d'inquiétant. Elle recula de quelques pas et leva les yeux sur la façade. La bâtisse avait dû être belle autrefois. Elle était construite dans le style années trente et ressemblait à une maison de vacances, avec ses volets en bois et son joli toit en pente descendant très bas. Sur le côté gauche du terrain avait jadis été aménagé un café en terrasse. Les cimes touffues des arbres y dispensaient encore leur ombre, mais les mauvaises herbes grignotaient le gravier, et quelques chaises de jardin rouillées étaient rangées contre le mur de la maison. Sanela, sans attendre qu'on vienne lui ouvrir, entra dans la propriété et fit le tour de la maison. À l'arrière, entre une remise plus récente et une pataugeoire en plastique bon marché délavé par le soleil, du linge pendait à une corde. Une ombre bougeait entre les draps blancs.

— Bonjour. Excusez-moi de vous déranger…

Le chien, une bête grande comme un veau, se rua sur Sanela sans prévenir. Il bondit autour d'elle en aboyant et en montrant les crocs. Les sons acharnés provenant de sa gorge semblaient prouver qu'il attendait cette occasion depuis longtemps. Il devait être très vieux, avec ses babines grises, ses yeux jaunes… et, malheureusement, sa denture au grand complet.

— Tout doux, bredouilla-t-elle. Tout doux.

Elle avait évité de croiser son regard, pour ne pas le rendre plus agressif, mais l'animal ne voulait pas se calmer. Sanela se jura de quitter Wendisch Bruch sur-le-champ si elle sortait vivante de cette situation.

— Hé ho ? Il y a quelqu'un ? appela-t-elle d'une voix tremblante.

Le chien au pelage tacheté de gris-brun devait être un croisement de labrador et de dogue. Il y avait un autre chien quelque part de l'autre côté de la rue, que cette sale bête avait alerté. Elle l'entendit pousser des aboiements rageurs. D'autres chiens se réveillèrent. Tout le village semblait s'animer et n'être habité que de quadrupèdes.

— Couché, Bruno !

Le drap fut tiré sur le côté. Une femme replète d'une soixantaine d'années s'avança vers l'intruse d'un air fâché, avec un mélange de méfiance et de curiosité. Elle portait une blouse tablier en coton délavé. Son visage rond était rougi par la chaleur, mais pas bronzé. Elle devait sans doute rester chez elle toute la journée. Sa coiffure donnait à penser qu'elle se coupait les cheveux elle-même. Ils étaient clairsemés, châtain clair, parcourus de mèches grises, et la sueur les collait contre son front et ses tempes. Elle se donnait toutes les peines du monde pour avoir l'air revêche et désagréable, et pourtant, dans une vie antérieure, elle avait dû être plutôt mignonne et même, au vu de la curiosité qui étincelait dans ses petits yeux, une personne hospitalière.

Bruno cessa instantanément d'aboyer et se métamorphosa sous les yeux de Sanela en un doux agneau, qui se mit à renifler ses chaussures. Elle tenta de reprendre son souffle.

— Qu'est-ce que vous voulez? demanda la femme.

— Ma voiture… je crains que le système de refroidissement n'ait rendu l'âme. Y a-t-il un garage dans le coin?

La femme secoua la tête.

— Non. Plus depuis longtemps.

— Je vais devoir appeler un dépanneur. Il y en a un ici?

— Plus depuis longtemps.

Sanela eut un sourire compréhensif.

— Je vois. C'est un peu loin de tout, ici, n'est-ce pas?

Pour toute réponse, la femme croisa les bras sur son opulente poitrine. À l'évidence, elle n'aurait pas été fâchée que la discussion s'arrête là. Bruno se redressait de toute sa taille, prêt à se retransformer en bête féroce sur ordre de sa maîtresse.

— Qu'est-ce qu'il fait chaud. Vous auriez quelque chose à boire ?

— Plus depuis longtemps.

La femme tourna les talons et voulut retourner à son linge.

— Je vous paierai, bien sûr, dit vivement Sanela en avançant d'un pas, mais le grondement étouffé de Bruno la dissuada d'aller plus loin. Je suis désolée de vous déranger. Mais c'est une urgence. Vous étiez une auberge dans le temps. Enfin, je veux dire, c'était quelque chose dans le genre ici.

— Plus depuis longtemps.

— D'accord, répliqua Sanela quelque peu agacée. Mais j'en ai au moins pour deux heures d'attente avant que le dépanneur arrive. D'ici là je serai morte.

— N'exagérons rien.

— Un verre d'eau ? S'il vous plaît. Je vous aiderai pour le linge.

La femme secoua la tête d'un air exaspéré et se dirigea d'une démarche étrangement chaloupée vers l'entrée de derrière.

— Venez, lança-t-elle à Sanela par-dessus son épaule.

Bruno continuait de lui barrer le chemin.

— Tu as entendu ? siffla Sanela. Laisse-moi passer.

Bruno baissa la tête et s'en retourna au petit trot vers le linge.

L'intérieur de la maison était sombre, frais et humide. Un petit couloir aux tommettes usées menait à la cuisine, qui n'avait jamais dû être refaite depuis la fermeture de l'auberge. La pièce était chichement meublée de sobres placards bleu pastel et d'une grande table couverte d'une toile cirée maculée de taches, autour de laquelle semblait se concentrer la vie morose de la maison. La femme poussa sur le côté paire de lunettes, pommes de terre, prospectus d'hypermarchés et de jardinerie ainsi qu'un imposant tas de factures, et offrit une chaise à Sanela.

— Merci, dit celle-ci en s'asseyant. Vous vivez seule ici ?

— En quoi ça vous concerne ?

L'ancienne aubergiste sortit un verre du placard et fit couler l'eau sans quitter Sanela des yeux.

— Le village m'a l'air désert.

— Il le sera bientôt. Nous ne sommes plus que huit.

La femme posa le verre sur la table.

— Il n'y a plus que huit habitants ?

— Oui.

— C'est sinistre.

Toujours tourner sept fois sa langue dans sa bouche avant de parler, pensa Sanela en voyant que le visage de la femme s'était refermé à ces mots.

— Pour faire les courses, je veux dire. Comment se fait-il qu'il ne reste que si peu de monde ?

— Jetez un œil autour de vous. Qui aurait envie de venir dans ce coin perdu ?

— Moi.

— Parce que votre voiture vous a lâchée. De temps en temps passent des cyclistes épuisés qui ont mal lu leur carte. Pour le reste, c'est un de ces villages qui dans quelques années auront disparu de la surface de la terre.

— Mais ça n'a pas toujours été comme ça. Votre auberge avait des clients. Il y avait un boulanger, un boucher.

— Une épicerie, une école élémentaire, une coopérative agricole, plusieurs fermes, et quand vous quittez Wendisch Bruch, vous passez devant l'église en pierre des champs. Mais notre dernier pasteur a pris sa retraite il y a quelques années. Et personne ne se déplacera pour moins de dix ouailles. Même si c'est pas exactement ce que j'ai lu dans la Bible.

— Qu'est-ce qui a pu causer un tel exode?

L'hôtesse malgré elle alla à la fenêtre et regarda le jardin. Une brise légère gonflait les draps comme des voiles.

— Pas d'enfants.

— Oh, dommage…

Bien qu'elle bût à toutes petites gorgées, Sanela avait déjà fini la moitié de son eau et se demanda combien de temps encore elle arriverait à retarder le moment d'être rejetée dans cette fournaise et ce désert de solitude, devant lequel même Dieu avait capitulé.

— Dommage pour cette belle maison. Elle me plaît.

— Vous voulez l'acheter?

— Vous la céderiez?

La femme se retourna et se traîna mollement vers la table. Elle s'assit en poussant un petit gémissement.

— Sur-le-champ. Mais plus personne ne s'installe ici. L'année dernière ils ont même fermé la ligne de bus.

— Vous n'avez pas de voiture?

— Plus depuis longtemps.

Une nuée de jeunes mouches dansaient sous la lampe de la cuisine. Le silence s'étira. Sanela vida son verre, se leva et s'approcha de l'évier.

— Je peux?

La femme hocha la tête.

— Au fait, je m'appelle Sanela Beara.

Comme chaque fois qu'elle disait son nom, elle s'attendit à une réaction. Mais son vis-à-vis se contenta de hausser les épaules.

— Ma mère m'a baptisée Walburga. On ne peut pas lutter contre ça.

— Bien vrai.

— Et avec ça j'ai épousé un Wahl. Erich Wahl. Avec un h…

Elle soupira. Walburga Wahl. *Wal* comme la baleine. Ça ne valait guère mieux que Sanela.

— … Mais est-ce qu'on se soucie de ces choses-là quand on est jeune et amoureux ?

Sanela remplit son verre d'eau et resta adossée à l'évier.

— Qu'est-il devenu ?

— Il est… parti. (Walburga Wahl cligna des paupières et se passa la main sur les yeux.) Ça fait longtemps, presque vingt ans. J'ai essayé de continuer toute seule. Mais arrivé à un certain point ce n'était plus possible. Il faut savoir s'arrêter.

— Je suis désolée.

— Il n'y a pas de raison, jeune fille. Ce n'est pas votre problème. Vous ne vouliez pas appeler le dépanneur ?

— Oh, si.

Sanela fouilla dans son sac, sortit son portable et alla dans le couloir. Elle expliqua par le menu à un interlocuteur imaginaire à quel endroit elle et sa vieille Volkswagen Jetta avaient échoué et quelle était à son avis la nature du problème. Quand elle fut d'avis que Walburga Wahl en avait assez entendu, elle revint.

— C'est bien ce que je craignais. Il leur faut au moins deux heures. Cela vous dérangerait beaucoup si j'attendais ici ?

— Pas du tout. (Elle s'était ressaisie et souriait, même.) J'ai l'impression d'avoir de nouveau des clients.

Elle avait visiblement trouvé le ton qu'il fallait. La solitude devait être terrible dans cette maison vide et ce village désert. Sanela se félicitait d'avoir eu cette idée de panne de voiture. Elle donnait à Walburga l'occasion d'accueillir quelqu'un sans craindre de ne plus pouvoir s'en débarrasser.

Elles décrochèrent le linge et le plièrent ensemble. Après quoi elles s'assirent dans le jardin et burent un sirop de sureau, et Walburga proclama la fin du jour de lessive. Le reste pouvait attendre, car « on a des clients ! ».

Walburga arborait un sourire si mutin que Sanela renifla le contenu de son verre : sirop et eau, rien d'autre. Apparemment sa seule venue suffisait à rendre les gens d'ici enjoués. Quand les deux heures furent écoulées, Sanela fit encore une fois semblant de téléphoner et pimenta le refus du service de dépannage d'un carambolage sur l'A13 en direction de Dresde.

— Où donc ? demanda Walburga, dont la curiosité était éveillée.

Sanela n'en avait aucune idée. Son hôtesse se donna elle-même la réponse :

— En direction de la République tchèque, sûrement. Ça cartonne toujours, là-bas.

Sanela prit le broc et se resservit.

— Eh bien, je n'ai plus qu'à camper dans ma voiture. Il n'y a rien ici à perte de vue. Ce n'était pas comme ça que j'avais imaginé mes vacances.

— Vous êtes en vacances ? Ici ?

— Oui. J'ai eu beaucoup de stress ces derniers temps. Et pour Majorque, je n'avais pas les moyens. Je me suis rabattue sur le vélo et la marche.

Activités classées dernières dans le palmarès des loisirs de Sanela.

— À huit kilomètres d'ici, à Jüterbog, vous trouverez quelque chose. Ils louent aussi des vélos, je crois.

— Dans ce cas je vais appeler un taxi. Il y a un taxi dans le coin ?

— Plus depuis longtemps.

Sanela n'appela personne. Elle attendit. Il fallut un peu moins de deux minutes pour que Walburga brise le silence et prononce la phrase salvatrice :

— Vous n'avez qu'à dormir ici.

— Ici ? Mais c'est possible ?

— C'était un hôtel-restaurant dans le temps. Nous arriverons bien à vous trouver une chambre. Si ça ne vous dérange pas de m'aider à faire le lit ? Je ne suis plus aussi alerte qu'avant.

— Bien sûr que non. Et je paierai, évidemment.

— Allons, allons. Pas de ça.

— Alors laissez-moi au moins préparer quelque chose à dîner. Vous voulez bien ?

La réponse fut un grognement peu convaincu. Sanela promena son regard sur le bout de terrain, la corde à linge et la prairie envahie de hautes herbes qui donnait sur des haies sèches de mûres. Les champs devaient s'étendre au-delà. Bruno s'était couché aux pieds de Walburga et bavait sur les vieilles tennis qu'elle avait aux pieds.

— Quand je suis arrivée, j'ai vu un tracteur. Les champs sont encore cultivés.

— Dans le village voisin, oui. Ici, plus depuis longtemps. Ça vaut pas le coup. Bruxelles paie pour qu'ils jettent leur lait et transforment le colza en essence. C'est une honte, si vous voulez mon avis.

Sanela n'avait rien demandé, mais elle donna raison à Walburga.

— Il y a de la ciboulette là-bas, dit-elle tout à coup. Elle est déjà en fleur ! C'est magnifique. Il y avait un potager avant ?

— Il y avait tout ce qu'il faut.

Sanela bondit sur ses pieds et courut jusqu'au potager abandonné. Des boules de fleurs violettes coiffant des tiges d'un vert intense cherchaient à s'imposer au milieu d'autres plantes robustes qui avaient réussi à se maintenir sans la main ordonnatrice d'un jardinier : rhubarbe, courgettes, salade montée en graine, groseilles à maquereau encore vertes.

— De la bourrache ! s'exclama-t-elle. Et de l'aneth !

Elle continua à travers les chardons et les ronces et s'arrêta au bout du jardin en poussant un cri de ravissement :

— Et des pommiers !

Un vieux verger s'étendait au pied d'une colline doucement ondulée. Les troncs tordus et noueux émergeaient des hautes herbes et rappelaient à Sanela les arbres fruitiers de son enfance : cerisiers, pêchers, abricotiers… Les étés avaient été une fête. Parfois elle croyait encore sentir leur parfum. Quand son collègue Sven ouvrait dans la voiture un sachet de fraises Tagada, les arômes artificiels lui montaient aux narines, entêtants, envahissants, trop puissants pour être vrais. Et pourtant, autrefois, les fraises avaient eu cette odeur quand sa mère préparait de la confiture et de la compote. Sanela n'avait jamais compris pourquoi dans les supermarchés les fruits avaient cette odeur aigre et ce goût de laine de bois, alors que les bonbons, eux, sentaient comme les fraises de son enfance, qu'il fallait manger tout de suite après les avoir cueillies, avant qu'elles fondent dans la main et se transforment en une bouillie sucrée rouge sang.

Au bout de la prairie, quelques pruniers. Personne ne récoltait leurs fruits, qui tombaient sitôt mûrs. Un véritable festin pour les guêpes et les oiseaux. Sanela cueillit une pleine poignée de prunes grosses comme des œufs et mûres à point, puis gravit la colline. Arrivée au sommet, elle s'assit dans l'herbe et mordit dans un fruit. Il était chaud, sucré, et gorgé de soleil. Elle demanderait à en emporter. Dans d'autres villages, les gens déposaient des paniers de fruits et de légumes devant leur porte, et chacun pouvait se servir à sa guise, moyennant une petite obole dans la « caisse de l'amitié ». À Wendisch Bruch, les prunes pourrissaient sur les arbres. Trop peu de passage, probablement.

Elle leva la main en visière et chercha le tracteur du regard. Le nuage de poussière jaune était retombé, la machine avait disparu. Les champs s'alignaient côte à côte comme d'immenses serviettes éponges étendues. Lin, colza, maïs, blé. Au beau milieu, telles des îles, des petits bosquets se dressaient vers le ciel. C'était une belle campagne. Douce, aux couleurs discrètes, rien de spectaculaire comme les Alpes ou la mer du Nord, mais qui vous mettait du baume à l'âme. Un peu isolée peut-être, mais n'était-ce pas exactement ce que les citadins recherchaient ? Alors, qu'est-ce qui clochait à Wendisch Bruch ?

De son promontoire, Sanela pouvait embrasser le village du regard. L'état de certains toits laissait supposer que les maisons avaient été abandonnées par leurs propriétaires. Huit personnes vivaient encore au village. Sanela compta les habitations. Il y en avait plus de trente. Dans laquelle Charlotte Rubin avait-elle grandi ? Dans la petite, là-bas, aux murs recouverts de lierre ? Dans l'une des trois bâtisses plus récentes à la sortie du village ? Dans la ferme ? Une grande ferme isolée. Le plus laid de tous les bâtiments de Wendisch Bruch.

Elle serra le dernier noyau de prune entre le pouce et l'index et visa une corneille chapardeuse pour qui le verger de Walburga devait être le paradis. Elle manqua sa cible.

Sur le chemin du retour, elle prit autant de prunes qu'elle pouvait en porter. Son hôtesse avait quitté le jardin et pris son poste dans la cuisine, un tablier noué autour de ses larges hanches. Une grande casserole d'eau était posée sur le gaz. Les pommes de terre étaient dans l'évier. Sanela y ajouta les prunes et les rinça.

— Pour notre dessert, dit-elle. Des brioches aux prunes à la croate. Vous avez des œufs, de la farine et de la levure ?

Walburga indiqua une petite porte à côté du four. C'était le garde-manger. Sanela y trouva tout ce dont elle avait besoin. Quelques minutes plus tard elle avait concocté la pâte et jetait dans une poêle en fonte les prunes dénoyautées avec un peu de sucre pour les caraméliser. Les fenêtres et les portes étaient ouvertes, l'air tiède du dehors pénétrait à l'intérieur, balayant peu à peu le froid du sombre rez-de-chaussée. Walburga avait remonté de la cave un demi-lapin congelé.

— On chasse, dans le coin ?

Sanela s'attendait à une réponse du genre « plus depuis longtemps », mais Walburga, qui venait de décongeler le lapin au micro-ondes et le faisait à présent rissoler dans une cocotte avec les pommes de terre et les herbes du jardin, se contenta de grommeler : « Bien sûr. »

Sanela remua la poêle pour empêcher que le sucre et les prunes n'attachent.

— Ça ne doit pas être facile de vivre ici quand il y a de moins en moins de gens. Comment ça se passe ?

Walburga interrompit son opération et alla au réfrigérateur. Elle en sortit une bouteille de vin blanc ouverte, remplit deux verres à eau et en tendit un à son invitée surprise.

— On boit pour s'égayer.

— Et ça marche ?

Sanela trempa ses lèvres. Un vin de table léger, frais, le compagnon parfait pour glisser de la chaleur du jour à la douceur du soir.

— Plus depuis longtemps.

Le disque rayé de Walburga commençait à lui taper sur le système.

— Quand j'étais assise en haut de la colline, l'idée m'est venue que ce sont des familles qui d'habitude peuplent les villages. Je peux comprendre que les jeunes s'en aillent – mais les vieux ?

— Comme vous voyez, ils sont restés.

— Vous n'êtes pas vieille. Cinquante ans tout au plus ? hasarda Sanela, dont le mensonge éhonté fut récompensé par un petit sourire gêné.

— Rajoutez-en dix.

— Vraiment ? Eh bien, si tout le monde ici a aussi belle allure que vous, j'emménage direct.

Walburga sortit un plateau du réfrigérateur en secouant la tête.

— À votre place je ne m'infligerais pas ça. Dans quelques années vous vous retrouverez toute seule. Il n'y a pas d'hommes, ici. Et jeune comme vous êtes, vous ne songez pas à fonder une famille pour le moment, n'est-ce pas ?

— Pas le temps.

— Vous faites quoi ?

— Je travaille à Berlin dans un restaurant croate tenu par un ami. En salle, parfois aussi en cuisine.

— Mmmh, fit Walburga en lorgnant avec méfiance la boule de pâte qui reposait dans un plat sur la table et ne semblait pas décidée à lever. Vous avez mis de la levure ?

— Zut, j'ai oublié.

Sanela retira les prunes caramélisées du feu. Une éclaboussure violette atteignit son tee-shirt.

— Il faut laver tout de suite, sinon ça ne partira plus.

Sanela eut un sourire embarrassé.

— Je n'ai pas pris de change.

Au moment même où elle prononçait ces mots, elle se retint de se mordre la langue. Qui partait en vacances à la campagne sans prendre de bagages ? Mais Walburga ne semblait pas avoir relevé sa bourde. Elle sortit, et revint un peu plus tard avec un maillot de corps distendu qu'elle tendit à Sanela.

— Donnez-moi ça, que je le mette au sale, dit-elle en pointant le tee-shirt où s'étalait la langue de *Forty Licks* des Stones.

— Merci.

Sanela se changea sur place, en tournant le dos à son hôtesse. Pas d'excès de pudeur, se dit-elle. Walburga emporta le tee-shirt et revint aussitôt. Sanela avait l'impression d'être dans un sac. Mais le tricot sentait le propre, l'assouplissant et le séchage en plein air. Elle se saisit d'un des tabliers suspendus au clou sur la porte et le noua autour de sa taille.

Walburga retourna dans le garde-manger et en ressortit avec un sachet de levure.

— Ça devrait faire l'affaire.

— Merci.

Tandis que Sanela incorporait la levure, Walburga surveillait le lapin qui mijotait.

— J'ai vu un truc à la télé l'autre jour, dit Sanela l'air de rien, tout en formant des petites boules de pâte régulières. Au sujet d'une femme qui venait de la région. Des reporters sont venus dans le coin, j'imagine ?

Elle avait pris le parti d'aborder le sujet tout en douceur et de voir comment Walburga réagirait. Celle-ci feignit de n'avoir rien entendu.

— En arrivant ici, je me suis dit, tu connais ce village… avant de réaliser que je n'avais jamais mis les pieds ici. Ça devait être ce reportage télé. J'ai cru d'abord que c'était une émission sur le tourisme vert, et puis… ils se sont mis à parler de cette tueuse du parc animalier de Berlin. Charlotte Rubin. Vous la connaissiez ?

— C'est pour ça que vous êtes venue ? fit Walburga en remettant la cocotte dans le four. Si oui, la porte est là.

— Non ! Bien sûr que non ! Mais l'affaire a fait la une des médias pendant des semaines, et tout le monde était, je crois, un peu choqué. Je trouverais bizarre d'être ici et de ne pas en parler.

— Vous êtes de la presse ?

Sanela porta la main sur la petite croix en or qu'elle gardait toujours autour du cou en dehors des heures de service.

— Je vous jure sur la Sainte Vierge que je ne suis pas journaliste.

— Catholique ?

— Oui.

— Alors vous ne parlez pas en l'air.

— Aussi vrai que je me tiens devant vous.

Faites qu'elle ne me demande pas si je suis de la police, pensa-t-elle. Ou j'aurai des petits comptes à rendre au bon Dieu.

— Bon, bon. On devient méfiant, vous savez. Quand ils débarquent dans votre jardin avec leurs caméras, sans même vous demander l'autorisation… Oui, quelques-uns sont venus. Mais ils ont vite foutu le camp, quand ils ont compris qu'ils ne trouveraient rien ici.

— En tout cas, ça a dû faire un sacré remue-ménage. Je veux dire, si ça s'était passé dans mon village…

— Il ne s'est rien passé ici.

— Oui, bien sûr. Mais elle venait d'ici, non ?

— Si on veut. Les Rubin sont arrivés après. Ils n'ont jamais vraiment fait partie de Wendisch Bruch. C'était très différent ici, dans le temps. Un coin pour les gros bonnets des coopératives agricoles, des permanents du Parti. Pas nous, hein, s'empressa-t-elle de préciser. Nous, on tient Les Tilleuls depuis des générations. Même si du temps de la RDA l'auberge était devenue une entreprise d'État et avait été rebaptisée « Les Landes ». Mais après la chute du Mur, tout est allé à vau-l'eau dans le coin, et des gens comme les Rubin ont échoué ici. Ils vivaient en dehors du village, dans la ferme, vous l'avez peut-être vue quand vous êtes arrivée.

— Au niveau du panneau défoncé ?

— Oui. Nous avions peu de contacts avec eux, et eux ne cherchaient jamais à en avoir avec nous.

Pas évident dans un si petit village, où il doit être quasi impossible de s'éviter, pensa Sanela.

— Ceci explique peut-être cela, fit-elle. Ce n'est pas facile pour les marginaux.

Elle se mit à aplatir les boules et à les farcir de prunes caramélisées, tandis que Walburga beurrait un moule à manqué.

— Nous n'y étions pour rien. Notre vie municipale fonctionnait franchement bien. Il y avait même un bowling dans la maison communale. Croyez-moi, dans un trou pareil, on ne fait pas la fine bouche. Tous ceux que le sort envoie ici sont accueillis à bras ouverts. Un nouveau venu doit se donner sacrément du mal pour ne pas s'intégrer au village. Mais ces gens avaient quelque chose de bizarre, ils fuyaient les contacts. Avec moi et les autres femmes, en tout cas.

Tiens, tiens, tout n'était donc pas si rose que ça.

— Et avec les hommes ?

Walburga prit une gorgée de vin.

— Il y avait des bruits qui couraient. Mais moi je ne m'en occupais pas. Ici c'est tout l'un ou tout l'autre : soit vous jouez le jeu pour tout, soit vous restez en dehors. La première option me fatiguait trop.

— Donc vous êtes une sorte de marginale, vous aussi.

— Non. Plus maintenant. À moins de dix habitants, ça devient difficile.

Sanela sourit intérieurement. L'humour de Walburga lui plaisait. Bruno entra dans la cuisine. Sa maîtresse lui déposa une gamelle d'eau dont il lapa la moitié, répandant le reste sur le sol et mouillant le pantalon de Sanela au passage.

— Je vais faire votre chambre.

Sanela disposa la dernière brioche aux prunes dans le moule et se lava les mains.

— Je vais vous aider.

— Laissez, finalement. Comme j'ai dit : j'ai l'impression d'avoir de nouveau des clients.

Tant mieux, pensa-t-elle, en enlevant son tablier. Elle retourna dans le jardin à présent baigné d'ombre. La chaleur était un peu tombée. Bruno trottinait derrière elle. Peut-être se réjouissait-il lui aussi de cette visite imprévue. Il ne devait pas avoir grand-chose à faire ici. Elle s'assit sur le vieux banc en bois collé au mur de la maison, et le molosse s'affala par terre à ses pieds en laissant échapper un énorme soupir.

Elle entendait Walburga s'affairer à l'intérieur. Elle fut tentée un bref instant d'appeler Gehring. Mais pour lui dire quoi ? Avait-il au moins pris au sérieux son idée qu'une seconde personne pouvait être impliquée dans le meurtre de Leyendecker ? Elle avait franchi une ligne jaune en pénétrant dans la maison de Rubin. Et en avait franchi une autre en débarquant à Wendisch Bruch, ce petit village du Fläming qui aurait bientôt sombré corps et biens sans que personne verse la moindre larme.

Elle entendit une cloche sonner au loin. 18 heures. Le son ne venait probablement pas de l'église du village, mais il donna une idée à Sanela.

— Dis-moi, Bruno ? Ça te tente, une petite promenade ?

L'église en pierre des champs était un petit édifice modeste d'une rigueur toute protestante. À l'intérieur, six rangées de bancs flanquaient l'allée centrale, au bout de laquelle se dressait un autel en pierre pas même orné d'une nappe. Ni chaire, ni orgue, ni galerie. Un grand crucifix pour toute décoration. Le sol était carrelé de vieilles dalles de pierre usées, dont certaines bougeaient sous les pas.

Les halètements de Bruno à la porte résonnaient entre les hauts murs nus. Sanela se signa, s'agenouilla devant les marches de l'autel et chuchota en croate un rapide Notre-Père. À peine eut-elle fini qu'elle vit une ombre obscurcir l'entrée. Quelqu'un devait avoir eu la même idée. Elle se leva, secoua la poussière de son pantalon et se retourna.

Une vieille femme se tenait à la porte, appuyée sur une canne. Sanela se demanda si c'était celle qu'elle avait vue dans son rétroviseur. Ses chances étaient à sept contre un.

— Bonsoir, dit-elle d'un air qui se voulait tout à la fois poli, pieux et aimable.

La femme lui fit un signe de tête et la toisa de pied en cap. Le tricot de Walburga était beaucoup trop grand, une bretelle glissait sans cesse de son épaule. Sous le regard inquisiteur de l'autre, Sanela se sentait comme une touriste indécente dont la tenue jurait avec la dignité des lieux.

— Je venais voir si tout allait bien.

Sa voix était comme du papier de verre frotté sur du bois : râpeuse, sèche et rauque.

La femme s'avança prudemment jusqu'au banc du fond. Sanela s'élança pour l'aider, mais elle l'arrêta d'un geste bourru et s'assit. Le vieux bois gémit sous son poids. Il avait perdu l'habitude.

— Je suis en visite chez Mme Wahl, dit Sanela. Vous avez probablement vu ma voiture.

— De Berlin, pas vrai ? Ça fait une sacrée trotte jusqu'ici. Je ne savais pas que Walburga connaissait des gens de la capitale.

— Oui, répondit lentement Sanela, à court d'explications valables. Je ne veux pas vous déranger.

— Vous êtes étrangère ? Ce n'était pas une prière allemande.

— C'était le Notre-Père. Il existe dans toutes les langues du monde.

La femme plissa les yeux avec méfiance. Sanela lui donnait au moins quatre-vingts ans. Une de ces vieilles chouettes fanées, durcies par le labeur et les privations, qui n'avaient rien d'autre à faire de leur journée que d'observer leurs voisins. Ses cheveux blancs comme neige étaient noués dans sa nuque en un chignon serré. La canne et ses mains déformées signalaient qu'elle souffrait d'arthrose.

— Qu'est-ce que vous faites ici ?

— Je prie, répondit Sanela. Bonne soirée.

Sanela se dirigea vers la porte. À sa vue, Bruno bondit sur ses pattes, haletant et frétillant de la queue.

— Vous êtes ici à cause de Charlotte.

Sanela s'arrêta.

— Vous la connaissiez ?

— Tout le monde connaissait le clan.

Les traits durs de la femme se verrouillèrent un peu plus. Malgré tout, Sanela sentait qu'elle avait envie qu'on la fasse parler. Mais comment s'y prendre ? Elle revint lentement vers le banc.

— Wendisch Bruch a fait les gros titres, dit-elle. Le village du monstre. C'est violent de devoir vivre avec ça.

— Elle est sous les verrous. Une bonne chose de faite.

— Vous croyez que c'est elle qui a fait le coup ?

— Pardi, murmura la femme en plissant ses petits yeux clairs et vitreux. En tout cas, elle en est capable.

Sanela s'assit. Contre toute attente, la vieille ne protesta pas.

— J'ai lu que Charlotte Rubin avait quitté Wendisch Bruch quand elle était toute jeune fille. À quinze ou seize ans, je crois. Comment, si jeune, peut-on déjà laisser autant de terre brûlée derrière soi ?

La vieille haussa ses maigres épaules.

— C'est dans la famille. Un ramassis d'alcooliques, de traînées et de cas sociaux. Chaque fois que je la voyais, je me disais : mauvaise graine. Mais les hommes la reluquaient. À douze ans, elle en paraissait vingt.

Dans la bouche de cette femme, cela sonnait comme un crime.

— Et plus tard ? Elle a eu un petit ami ?

Erreur. Toujours tourner sa langue sept fois dans sa bouche avant de parler. Un peu trop curieuse pour une étrangère. Mais la femme ne tiqua pas.

— Non. Et personne n'aurait osé l'avouer. Personne ne voulait fricoter avec ces gens. Du moins aucun de nous.

— Par *nous*, vous voulez dire…

— Les gens convenables.

Adolescente, Charlotte Rubin ne pouvait pas avoir été jolie. Ou alors ce trou avait des critères de beauté bien à lui. Elle faisait une tête de plus que la plupart des femmes, et ses façons étaient pataudes et tout sauf féminines. Qu'est-ce qui, en elle, avait bien pu faire tourner la tête aux hommes *convenables* de Wendisch Bruch ?

— Elle n'est pas très jolie.

— Aucune du clan ne l'était. La petite, peut-être. La petite dernière. Elle était différente. Elle a soigné le vieux jusqu'à sa mort, mais après elle s'est tirée comme les autres. Pourquoi qu'elle serait restée, faut dire ? La ferme était ruinée, le vieux avait tout claqué dans la gnôle. Le ver était dans le fruit. Chez tous autant qu'ils étaient. Même chez la petite. Comment qu'elle vous regardait des fois…

La femme eut un frisson.

— Et personne n'a voulu reprendre la ferme ?

— La ferme avait coulé.

Bruno ne tenait plus en place et jappait d'impatience. Sanela regarda sa montre : déjà presque 19 heures. Grand temps de rentrer avant que Walburga commence à s'inquiéter.

— Franchement, ça m'étonne. En chemin, j'ai traversé un certain nombre de villages, et aucun n'avait l'air abandonné comme celui-ci. Mme Wahl m'a dit qu'il n'y avait pas d'enfants ici. À quoi ça tient ?

La femme saisit sa canne de la main gauche et de l'autre, tremblante, agrippa le dossier du banc. Sanela bondit pour l'aider. Elle sentit les os sous la mince étoffe de coton et eut peur que sa poigne ne lui casse quelque chose. La vieille fut enfin debout, toute chancelante, mais bien résolue à s'en aller toute seule.

— Pourquoi n'y a-t-il pas d'enfants ici ? insista Sanela.

Un rire morne et bref lui répondit. D'un pas traînant, la vieille gagna la porte et fut accueillie au-dehors par Bruno, qui la renifla doucement, comme s'il savait qu'un frétillement de queue un peu trop vif pouvait la renverser. Sanela la suivit. Après la fraîcheur de l'église, la chaleur extérieure lui parut lourde et humide.

— Parce qu'il n'y a pas d'hommes, dit la vieille en s'éloignant sans un salut.

— Pourquoi n'y a-t-il pas d'hommes à Wendisch Bruch ?

Walburga, qui s'apprêtait à reprendre une brioche, s'immobilisa en plein geste. Elles étaient assises à la table de la cuisine, les assiettes sales empilées sur le côté, et venaient de s'attaquer au dessert de Sanela.

— Qui dit ça ? Dieu que c'est bon.

— Une vieille femme. Je l'ai rencontrée dans l'église.

— Maigre comme une badine ?

Sanela, qui venait de fourrer la fin de sa première brioche dans sa bouche, acquiesça de la tête. Elles n'étaient pas aussi fines et sucrées qu'à la maison. La faute aux ingrédients et au four étranger, sans doute. Mais elles étaient bonnes. Ces brioches étaient la seule recette qui lui rappelait le pays de son enfance. Elle en faisait depuis qu'elle avait l'âge de penser, et pouvait les préparer les yeux fermés.

— C'était Esther. La vie ne lui a pas fait de cadeaux. Son mari était le boulanger du village.

C'était tout sauf une explication.

— Il était… ouais… disons qu'il était plus tendre avec ses miches de pain qu'avec sa femme.

— Et donc ? Elle a fini par le pousser dans son four ?

Walburga la dévisagea d'un drôle d'air.

— Non. Pas exactement. Il… C'est une histoire terrible. Ça remonte à loin, et personne n'aime parler de ça.

Sanela sentit son cœur galoper. Elle tamponna du bout de l'index le sucre resté dans son assiette en prenant l'air le plus indifférent possible.

— Quelle histoire terrible ?

— Elle a… Je ne sais pas si je peux vous raconter ça.

Allez accouche, s'impatienta intérieurement Sanela. Tu ne peux pas t'arrêter au milieu, quand le suspense est à son comble.

— Qu'est-ce qu'elle a fait, Esther ?

Sanela repoussa son assiette, se rapprocha de Walburga et baissa la voix, comme si les sept dernières autres femmes du village écoutaient à la porte.

— Qu'est-ce qui lui est arrivé, à son mari ?

La prudence de Sanela était contagieuse. Walburga jeta un œil anxieux vers le jardin noyé dans l'obscurité.

— On l'a retrouvé dans le bac.

— Vous voulez dire… l'auge à bestiaux ?

— Non, le pétrin. Avant, les pétrins étaient en bois, maintenant ils sont en inox. On y prépare la pâte, elle lève pendant la nuit, et le matin on forme les pains et on les enfourne.

Walburga reposa sa brioche sur la table. Elle avait du sucre sur le visage, mais Sanela ne jugea pas utile de le lui faire remarquer.

— Je ne comprends pas bien. Qu'est-ce qui s'est passé au juste avec le mari d'Esther ?

— Il est tombé dans le pétrin et il s'est étouffé. Il était peut-être soûl, il voulait vérifier sa pâte, et puis voilà. Personne ne sait. Personne n'était là.

— Comment peut-on mourir étouffé dans un pétrin ?

— J'en sais rien. Il y a des façons de mourir dont on entend parler seulement à mots couverts. Le médecin a dit qu'il était mort étouffé. La police est venue, a fait son enquête, et a conclu elle aussi à l'accident. Faut dire, la cuve est tellement grande. (Elle leva la main pour suggérer un bon mètre de hauteur.) Et elle était remplie à moitié de pâte. Il était tombé dedans, tête la première.

— Doux Jésus.

Sanela vida son verre. Cette histoire lui donnait soif.

— Ça, on peut le dire.

— Et Esther ?

— Elle a porté le deuil pendant un an et repris sa vie d'avant.

— C'était quand ?

— Mon Dieu, que je réfléchisse. Au début des années quatre-vingt-dix ? Elle a repris un temps la boulangerie, mais ça ne marchait plus comme avant. Pas étonnant. Qui voudrait acheter son pain là où le boulanger… Bref. On se prenait à imaginer tout ce qui pouvait encore être tombé dedans. Elle s'est acheté un nouveau pétrin, mais ça n'a rien changé. Au bout de deux ans elle a renoncé, et depuis elle passe toutes ses journées assise à sa fenêtre.

Sanela se leva et prit son verre, que Walburga venait de remplir de nouveau. Elle alla à la fenêtre, se pencha au-dehors et prit une profonde inspiration. Les femmes de Wendisch Bruch étaient des personnages bien étranges.

— Et les autres ? demanda-t-elle en se retournant.

Walburga s'était levée à son tour et posait les assiettes dans l'évier.

— Les autres hommes ? Où sont-ils partis ?

Tout en prenant une grosse gorgée, elle se dit qu'elle devait faire attention à ne pas trop boire.

— Je crois que vous en avez assez appris pour aujourd'hui. Si je vous en dis plus, vous passerez une mauvaise nuit. Vous ne voulez pas voir votre chambre ?

Devinant qu'elle ne pourrait plus rien tirer de Walburga pour ce soir, Sanela accepta la proposition. La chambre se trouvait au premier. Elle était petite et sentait l'antimite et l'assouplissant.

Deux lits aux matelas affaissés, une armoire dont les portes grinçaient atrocement, un lavabo. Sur le lit fraîchement fait étaient pliées deux serviettes et une chemise de nuit en coton délavée à motif fleuri. Walburga laissa Sanela seule, après s'être excusée plusieurs fois de ne pas mieux la recevoir : « Mais que voulez-vous, ça fait des années que je n'ai pas eu de clients. »

Elle s'assit sur le lit, qui s'enfonça sous son poids. Un vrai trampoline. Elle attendit que les pas de son hôtesse se soient éloignés pour sortir son portable de son sac. L'envie d'appeler Gehring la démangeait. Mais c'était inutile, elle savait qu'à cette heure elle ne tomberait que sur le répondeur du bureau.

Qu'avait-elle à fournir ? Rien. Un village où ne vivaient plus que des femmes ? Ce n'était peut-être qu'un hasard. Mais elle devait découvrir pourquoi il en était ainsi. Si tous les maris avaient cassé leur pipe d'une si étrange façon, c'était au moins un début. Elle s'allongea sur le lit et ferma les yeux. La douleur à son épaule s'était réveillée. Elle était morte de fatigue. Elle voulut encore se relever pour prendre ses antalgiques, mais n'en eut pas la force. Elle s'endormit comme une masse.

21

Le regard de Jeremy tomba sur la montre de Cara. Il était presque 22 heures, et ils avaient réussi à éviter le sujet tabou. Elle avait raconté tout un tas d'anecdotes amusantes sur son cabinet vétérinaire, et il avait déroulé son C.V. au grand complet, tout en passant sous silence ses problèmes avec son père. La soirée aurait pu être merveilleuse. Le sentiment de bonheur persista jusqu'à ce qu'il demande l'addition. Vint alors le moment qu'ils avaient tant redouté.

Ils observèrent en silence l'animation qui régnait dans la rue Simon-Dach. Ce coin branché de Friedrichshain avait semblé à Jeremy moins éculé que le Kurfürstendamm ou la Schönhauser Allee. Les terrasses étaient noires de monde. Une foule compacte se pressait sur les trottoirs, accompagnée, malgré l'heure tardive, d'un nombre non négligeable de poussettes, sans doute plus encore que dans le quartier bobo de Prenzlauer Berg.

— Je suis content que tu parles avec Brock, lança Jeremy l'air de rien, tout en rempochant sa monnaie dont il avait soustrait un généreux pourboire.

— Nous n'avions pas dit qu'on ne parlerait pas de Charlie ?

Il sourit.

— T'inquiète. Je voulais juste te dire que nous te sommes très reconnaissants.

— Mmmh. La reconnaissance… n'est pas vraiment ce que j'attends de toi.

— Ah oui ? sonda-t-il. Et tu attends quoi ?

Il sentait s'éveiller en lui l'envie de jouer avec le feu.

Elle tripota innocemment le bouton de son chemisier, d'une façon qui trahissait à l'observateur attentif ce qu'elle avait en tête à cet instant. Et Jeremy se considérait comme un observateur très attentif.

— Par exemple de prendre encore un verre dans un bar, histoire de profiter de la capitale ?

— Il est tard.

Chaton avait fixé le rendez-vous à 8 h 30. Jeremy ne voulait en aucun cas prêter le flanc à la moindre critique de la part du professeur Brock.

— Tu es majeur et vacciné. Et moi aussi, du reste.

Elle voulut se lever, mais Jeremy la retint.

— Cara, nous avions un accord.

— Pas un mot sur Charlie. Je sais.

— Ce n'est pas possible. Pas maintenant.

— Quoi ? fit-elle en lui lançant un regard étonné. Tu as peur que je t'emballe ?

— Oui.

Sa franchise la désarma. Elle se laissa retomber sur sa chaise, et un petit couple qui déjà s'avançait plein d'espoir vers leur table changea de cap avec dépit. L'homme portait sur son dos un nourrisson endormi.

— Je m'en doutais. C'est mauvais signe quand j'ai faim avant d'avoir conclu. Ai-je au moins droit à un dessert ?

Jeremy lui tendit la carte avec un sourire. En toutes autres circonstances, il n'aurait rien eu, mais alors rien du tout contre le fait de jouer les prolongations de ce premier rendez-vous. Pour être honnête, il les aurait même appelées de ses vœux. Encore fallait-il qu'elle peaufine ses manières de dire au revoir. Il avait encore à l'oreille les mots odieux qu'elle lui avait lancés à Wörlitz. Pure mesure de protection, ça ne faisait aucun doute. Mais la manière dont les gens réagissent au stress ou à la déception en disait long sur eux. Cara se comportait comme une enfant gâtée. Pourtant elle avait passé son enfance dans une ferme, enfoncée dans la boue jusqu'au cou ; elle avait grandi dans un environnement familial qui devait avoir laissé peu de place à l'égocentrisme.

Elle baissa légèrement la carte et feignit de le regarder à la dérobée.

— Cafard ou colique ?

— En dessert ? fit-il, médusé.

Elle referma la carte d'un coup sec et la posa sur la table.

— En dessert je prends un fondant au chocolat avec une boule vanille. Je me demandais seulement ce qui se passait dans ta petite tête pendant que tu me regardais avec cet air bizarre.

— Rien, mentit-il. Je veux dire, je pensais à demain matin et à la façon dont Brock va s'y prendre. Désolé. Cette affaire m'occupe plus qu'elle ne devrait.

— Tu as des frères et sœurs, toi ?

— Non. Mais la copine de mon père a mon âge. Et vu comme elle me tape sur les nerfs, elle pourrait faire une sœur parfaite.

Un serveur débordé, probablement étudiant dans une vie parallèle, se força un passage jusqu'à leur table. Cara commanda son dessert et Jeremy deux cafés. Les façades semblaient avoir emmagasiné toute la chaleur du jour et la diffusaient à présent comme de gigantesques poêles de faïence dans les rues étroites.

Le couple cherchait toujours une place. Le nourrisson se réveilla.

— À quel genre de questions dois-je m'attendre, demain ?

— Je suppose que le professeur Brock voudra en savoir plus sur votre enfance dans ce village. Ta sœur n'a pas dit grand-chose à ce sujet.

— Je ne sais pas si je pourrai être d'une grande utilité. J'avais onze ans quand elle est partie. Je n'ai pratiquement aucun souvenir d'avant. Beaucoup de gadoue, beaucoup de pluie. J'avais souvent froid. Ça chauffait mal, l'hiver.

Jeremy posa sa main dans la main de Cara, qui, à sa grande satisfaction, ne la retira pas.

— Pas maintenant. Demain.

Le bébé se mit à râler. Le père tenta de le calmer en faisant des petits mouvements chaloupés, sans grand succès. Cara serra la main de Jeremy.

— O.K. Il faut que tu saches que Charlie et moi, on s'aime vraiment.

— Même si vous ne vous êtes plus vues ces dernières années ?

— Elle vit sa vie, moi la mienne.

Le bébé se mit à pleurer. Cara se retourna d'un air exaspéré. Personne, à part elle, ne semblait incommodé par les manifestations de colère de l'enfant, noyées dans la musique et l'animation bruyante des tables autour d'eux.

— Vous n'habitez qu'à une petite centaine de kilomètres l'une de l'autre. Comment se fait-il que vous vous soyez perdues de vue ?

— Ça arrive, Jeremy, ça arrive. (La pression de sa main devenait plus forte à mesure que s'intensifiaient les pleurs de l'enfant.) Quand est-ce que tu as vu ta mère pour la dernière fois ? lança-t-elle.

— À Noël.

— Par devoir ou parce que tu en avais envie ?

— Première réponse, pour être honnête.

— Tu vois ? Charlie et moi…

Elle s'interrompit et regarda d'un air inquiet vers le père, qui détachait son enfant du porte-bébé au beau milieu des gens, manquant de peu d'envoyer valser les plats d'une table de quatre. Tout le monde éclata de rire et voulut l'aider à passer le bébé hurlant à la pauvre maman, qui voyait sa soirée prendre un tour ni prévu ni souhaité.

Les deux cafés atterrirent devant eux, à moitié renversés. Cara lâcha la main de Jeremy et saisit le sucrier.

— Qu'est-ce que je voulais dire ? Ah, oui. Charlie et moi, on n'est pas très famille.

Elle touilla son café. Ses mouvements étaient devenus fébriles, elle faillit renverser sa tasse.

La mère prit son bébé dans les bras et entreprit de le consoler, mais c'était sans espoir. L'enfant s'égosillait de rage. Cara se raidit. D'un geste affecté elle porta la tasse à sa bouche, quand soudain l'enfant, poussant un cri furieux, se tortilla de toutes ses forces pour échapper aux bras de sa mère. Cara reposa la tasse d'un coup sec.

— Ça suffit maintenant ! cria-t-elle à la mère estomaquée. Allez-vous-en avec votre bébé !

Toutes les têtes se tournèrent dans leur direction. Les conversations autour d'eux cessèrent soudainement. Dans sa rage, l'enfant atteignait des hauteurs à percer les tympans à cent mètres à la ronde.

Cara bondit de sa chaise et se boucha les oreilles.

— C'est insupportable ! Virez-moi ce gamin ! Vous m'entendez ou vous êtes déjà sourde ?

Des commentaires indignés fusèrent, visant non pas la mère, mais bien évidemment Cara. Jeremy calcula l'addition en vitesse et jeta un billet de dix euros sur la table.

— Vous n'avez qu'à partir, vous ! lui rétorqua la mère en serrant contre son sein le nourrisson rouge tomate dont rien ne semblait vouloir calmer les hurlements hystériques. C'est à cause de gens comme vous qu'on n'ose plus allaiter en public !

— Faites-le taire ! Faites-le taire ! criait Cara.

Jeremy bondit à son tour et lui saisit le bras. Ils se faufilèrent parmi les étroites rangées de tables sous une pluie d'insultes et gagnèrent le trottoir. Se retournant pour vérifier qu'ils n'avaient rien oublié, il vit la femme assise sur la chaise de Cara, le tee-shirt relevé. Avec l'avidité propre aux seuls nourrissons, le petit braillard chercha l'énorme téton brun et s'y arrima.

Silence.

Les épaules de Cara s'affaissèrent. Elle avait les larmes aux yeux. Jeremy l'entraîna jusqu'à sa voiture, garée deux rues plus loin. Elle se tint fermement au toit, peu disposée à monter. Il remarqua qu'elle tremblait.

— Hé !

Il s'approcha d'elle, voulut la prendre amicalement dans ses bras. Mais elle le repoussa.

— Laisse-moi.

— Tu pètes toujours les plombs en présence d'un bébé qui pleure ?

Elle passa les paumes de ses mains sur ses yeux et hocha la tête.

— C'est pour ça que j'ai toujours des bouchons d'oreilles sur moi. Le pire, c'est dans le train. Et dans l'avion, quand ils ont mal aux tympans. Mais je n'aime pas les porter quand je sors au restaurant.

Elle se retourna en souriant timidement. Elle tremblait toujours.

— Je ne supporte pas. Certaines personnes se mettent dans tous leurs états quand on fait crisser une craie sur un tableau. Moi, c'est quand les bébés pleurent. J'ai une réaction allergique.

Jeremy ne savait pas quoi répondre à cet étrange aveu. Jamais il n'avait rencontré quelqu'un qui excluait avec autant de véhémence la possibilité même d'avoir un enfant. *A fortiori* pour une telle raison.

— Une allergie aux bébés ?

Elle haussa les épaules avec embarras.

— Ce doit être une pathologie toute nouvelle, hein ? C'est peut-être de ça que je devrais parler avec ton professeur. J'aime bien les enfants. Vraiment. Je n'ai rien contre le fait qu'ils courent dans tous les sens en beuglant et en tapant sur des boîtes de conserve. Et les bébés c'est mignon à croquer quand ça gazouille ou quand ça dort. Mais quand ils pleurent, j'ai juste envie de me boucher les oreilles et de m'enfuir à toutes jambes. Je te déçois ?

Jeremy lui ouvrit la portière.

— Non. Moi aussi j'ai trouvé ça pénible. Les gens n'osent plus protester contre ce genre de nuisances. Mais tu n'aurais peut-être pas dû lui crier dessus.

— Elle était déjà sourde comme un pot. Tu n'as pas remarqué ?

Elle se faufila devant lui en gloussant et s'assit sur le siège. Jeremy claqua la porte derrière elle. La bonne humeur de Cara était de retour. Elle gisait à terre, et l'instant suivant, elle affichait une gaieté contagieuse. Comme si le monde était une piste de cirque et la vie un orchestre passant du mineur au majeur à chaque mesure. Cara était comme un clown. Elle lui lança un sourire malicieux à travers la vitre, mais il voyait que son cœur pleurait encore.

Au milieu de la nuit, Sanela fut réveillée par les détonations d'un moteur qui lui rappela sa vieille Jetta. Sa bouche était toute sèche. Elle parvint tout juste à s'extraire du lit, tituber jusqu'au lavabo et boire quelques gorgées à même le robinet. La voiture s'éloigna. Sanela chercha la porte à tâtons et voulut l'ouvrir, mais elle était fermée à clé. Elle retomba sur le lit, et à peine eut-elle commencé à se demander comment elle avait fait pour s'enfermer elle-même qu'elle s'était déjà rendormie.

22

Chaton avait préparé du café et, dans un accès inhabituel de générosité, sorti une boîte d'assortiment de biscuits. Sous son regard désapprobateur, Jeremy se rua sur les gaufrettes au chocolat, ses préférées. Il fit fondre la première sur sa langue en attendant avec une tasse de café l'arrivée de Cara à l'accueil.

Il ne lui avait pas proposé de passer la prendre et elle ne le lui avait pas non plus demandé. La veille au soir, en rentrant chez lui après l'avoir déposée devant une petite pension de la Fasanenstrasse où ils s'étaient dit au revoir de façon amicale mais sans tendresse, la crise subite de Cara lui avait trotté dans la tête. Arrivé à la maison, il avait trouvé son père encore éveillé lisant devant la cheminée de la bibliothèque – une manière d'occuper ses soirées qui barbait Henny, laquelle avait donné rendez-vous à quelques copines dans un bar à drague autour de la place Roseneck. Contrairement à son habitude, il n'était pas passé en coup de vent devant son père avec un bref salut, mais s'était affalé en face de lui dans le canapé Chesterfield.

Jason Saaler baissa son édition des essais de Francis Bacon, puis, une fois certain que Jeremy souhaitait avoir une conversation, la posa sur la pile où elle rejoignit Alain Badiou, Platon, Donald Davidson et Richard Rorty. Des lectures que le père recommandait de temps à autre à son fils, mais dont celui-ci se désintéressait au profit d'une littérature qu'un fin connaisseur en philosophie ne pouvait que dédaigner d'un maigre sourire: Safranski et Sloterdijk, les philosophes de salon à la mode, ceux-là mêmes qui avaient adapté leur pensée au format des plateaux de la télévision publique. Du moins à en croire Jason Saaler.

— Je te dérange?

Le père ôta ses lunettes. La pénombre charitable de la bibliothèque, les reflets de lumière sur les dos des livres, le verre de whisky à peine touché sur la table basse, tout cela créait le décor parfait pour un portrait du père de Jeremy, tel qu'il aimait se le représenter pendant le peu de temps libre dont il disposait. Si seulement il n'y avait pas ces rides profondes ni cette fatigue dans ses yeux, qu'il ne s'autorisait que lorsque Henny n'était pas dans les parages…

— Non. Comment ça avance avec Gabriel?

— Bien, répondit Jeremy, qui n'avait pas l'intention de mettre son père au courant des diverses bourdes qu'il avait commises. Je voulais te demander: as-tu déjà entendu parler d'une phobie de bébés, et, si oui, sais-tu ce qui peut provoquer un tel phénomène?

— Tu veux dire la peur d'une grossesse?

Jason Saaler saisit son verre et but une petite gorgée. D'un signe de la tête il désigna le bar copieusement fourni. Jeremy déclina d'un geste de la main.

— Non. Des bébés. Plus précisément des cris de bébé.

Le père de Jeremy sourit, comme soulagé. Peut-être avait-il craint que son fils ne se confie à propos d'une grossesse non désirée.

— Oh que oui. Je crois qu'il n'y a personne qui puisse les supporter à la longue. La mère exceptée. Pourquoi me demandes-tu cela ? Y aurait-il des nouveautés dans ta vie dont tu ne m'aurais pas parlé jusqu'ici ?

Jeremy secoua brièvement la tête.

— Il s'agit d'une amie. Ce soir, j'ai vu pour la première fois quelqu'un perdre les pédales à cause d'un bébé qui braille.

— Il est regrettable que nos propres souvenirs ne remontent pas plus loin, autrement tu saurais qu'il fut un temps où ta voix faisait éclater les verres Lalique dans la vitrine de ton arrière-grand-mère.

Jeremy sourit malgré lui. C'était quelque chose qui ne lui était pas arrivé depuis longtemps en présence de son père. Combien rares étaient les réactions naturelles dans cette maison ! Le rire, la colère, l'impatience, le besoin de se confier – est-ce que cela avait seulement existé un jour ? Ou bien Jeremy l'avait-il oublié aussi ?

— J'étais si pénible ?

— Le diable en personne. Pendant des mois, je n'ai pas osé rentrer avant 10 heures du soir. Certes, ç'a été très profitable à ma carrière, mais si j'avais cru échapper ainsi à tes accès de colère, je m'étais bien trompé.

— J'ignorais cette histoire.

— C'est ta mère surtout qui s'est occupée de toi. Je me suis beaucoup reposé sur elle. Mais revenons à nos moutons. Une phobie des cris de bébé ? Non. Comment se manifeste-t-elle ?

— Malaise, nervosité, tremblements, panique.

— De plus en plus de gens deviennent fous à cause du bruit. N'y a-t-il pas eu ce cas d'un type qui a abattu le jardinier de son voisin parce qu'il tondait la pelouse en dehors des heures autorisées ?

— Possible, dit Jeremy, remarquant qu'il prenait plaisir à bavarder avec son père. Mais en l'occurrence, il s'agit d'une réaction très sélective. Il y a eu du bruit toute la soirée, des rires, des éclats de voix, des coups de klaxon, de la musique – aucun problème. Jusqu'au moment où le bébé s'est mis à brailler.

— Qui est cette jeune femme ?

La sœur d'une tueuse sadique quasi condamnée ?

— Une amie.

— Du sérieux ? Désir d'enfant à l'horizon ?

— De son côté à elle, sûrement pas.

Jason posa son bras sur l'accoudoir du canapé. Il réfléchit.

— A-t-elle des frères et sœurs ? finit-il par demander.

— Une sœur. Mais après ce qui s'est passé ce soir, je me demande si je compte aller plus loin avec elle.

— N'y accorde pas trop d'importance, répondit Jason à la grande surprise de Jeremy qui s'était attendu à le voir rejeter tout ce qui déviait de la norme sociale, réelle ou supposée. Elle avait peut-être ses règles. Ou la migraine. Elle a des enfants ?

— Non, répondit Jeremy, surpris.

L'idée ne lui avait pas effleuré l'esprit.

— En es-tu certain ? Après tout, elle n'est, pour l'heure, qu'une vague amie. Au début d'une relation, on ne souhaite pas forcément dévoiler toute son histoire familiale.

— Si elle avait des enfants, elle ne se comporterait pas de façon aussi bizarre.

Son père le regarda un long moment.

— Peut-être qu'elle les a perdus.

Jeremy mit quelques secondes à saisir ce que son père venait de dire.

— Non, dit-il en se levant. Non, je n'y crois pas. Tu penses à l'adoption ou à un accouchement sous X, c'est ça ? Franchement, je ne peux pas imaginer une chose pareille.

— Jeremy, dois-je encore une fois te rappeler que le passé d'une personne ne se lit pas sur sa figure ?

— Exclu.

— Elle a peut-être avorté, et c'est pour ça qu'elle ne supporte pas de voir des bébés. Elle s'est montrée agressive ?

— Pas qu'un peu. Elle a engueulé la mère.

— Sympathique, quelque part.

— J'ai cru qu'elle allait avoir une attaque. Tout son corps tremblait, et si je ne m'étais pas interposé, elle aurait peut-être fini par se jeter sur cette femme. Et par la même occasion sur le père, qui ricanait comme un imbécile dans ses sandales de randonnée.

— Ne dis pas de mal de la randonnée, mon cher. Quoi qu'il en soit, tel que tu me présentes cet incident, elle semble avoir un vrai problème avec les bébés qui pleurent. Mais dans notre monde actuel, où tout le monde court après la satisfaction maximale de ses désirs individuels, un tel comportement n'a finalement rien d'anormal. Ne te tracasse pas. Ce doit être une personne hors du commun, qui sort des sentiers battus. Tu ne m'avais encore jamais parlé de tes petites copines.

Jeremy ravala son agacement.

— Ce n'est pas ma petite copine. Une vague amie. Rien de plus.

— Invite-la quand même un jour à la maison.

— Pour que tu puisses faire son analyse ?

— Pour qu'on fasse au moins semblant, de temps en temps, d'être une famille.

— Monsieur Saaler ? Ça va ?

Chaton lui tendit une soucoupe pour qu'il puisse y déposer son larcin chocolaté. La moitié du nappage avait déjà fondu dans sa main. Il se hâta vers le lavabo pour faire disparaître la petite catastrophe. C'est alors qu'il entendit le carillon.

Cara était à l'heure. Pourvu que les idées farfelues que son père lui avait mises dans la tête cessent de le tourmenter. Adoption. Accouchement sous X. Avortement. Tout, en lui, répugnait à se pencher sur ces suppositions. Il salua Cara en faisant de son mieux pour cacher ses sombres pensées.

Elle était de nouveau tout en blanc. Avait-elle lavé et repassé ses vêtements pendant la nuit, ou bien stockait-elle toujours une panoplie de pantalons et de chemisiers d'une propreté clinique dans le coffre de sa voiture ? Elle avait l'air si rayonnante, si pure et innocente que même Chaton, qui d'habitude accordait sa sympathie de façon franchement inique et imprévisible, lui rendit son sourire.

— Suis-je en avance ? Ou en retard ?

Cara, légèrement haletante et la coiffure à peine défaite, regarda sa montre.

— Pile à l'heure. Monsieur le professeur vous attend, répondit Chaton en refourguant à Jeremy la boîte de biscuits pour qu'il l'emporte dans le bureau de Brock.

— Je t'accompagne.

Chaton eut à peine le temps de hausser ses épais sourcils – Jeremy, tutoyer un visiteur ? la chose était inédite – que le téléphone sonnait. Elle décrocha en débitant les formules d'usage, et Jeremy était sur le point de sortir avec Cara dans le couloir lorsqu'elle leva la main d'un geste leur signifiant d'attendre encore un instant.

— Oui il est là. Une seconde, je vous le passe.

Elle pianota le numéro du poste de Brock, puis raccrocha.

— Madame Spornitz, je vous prierai de bien vouloir vous installer quelques minutes dans la salle d'attente.

Cara interrogea du regard Jeremy, qui, n'en sachant pas plus, se contenta de hocher la tête. Il l'accompagna dans le couloir, lui ouvrit la porte et lui passa la boîte de gaufrettes, qu'elle tint à bonne distance de son chemisier blanc.

— Je reviens de suite. Ne te fais pas de souci. Tout se passera bien.

Il lui sourit pour la rassurer. Plus tard, quand il se rappela ces derniers mots, ils lui apparurent comme le mauvais présage d'un enchaînement prévisible d'événements qui ne pouvaient que finir en catastrophe.

Il retourna auprès de Chaton qui, la mine soucieuse, s'était mise à disposer en formes géométriques les biscuits restants sur une assiette.

— Le bureau du procureur, dit-elle à voix basse. Pour l'affaire Rubin.

L'appel n'avait pas duré plus de trois minutes, mais elles avaient semblé à Jeremy une éternité. Enfin il entendit la porte du bureau du professeur s'ouvrir et celui-ci saluer brièvement Cara.

— Monsieur Saaler ?

Brock sortit dans le couloir. À l'expression sérieuse du professeur, Jeremy vit qu'il s'était passé quelque chose. Le temps qu'il rejoigne le bureau et ferme la porte derrière lui afin que Cara n'entende pas, il comprit ce que c'était.

— Charlotte Rubin est morte, dit tout bas le professeur. Elle s'est suicidée cette nuit dans sa cellule.

23

Il faisait sombre. Seuls les oiseaux étaient réveillés. Ils chantaient avec tant de force et d'entrain que sur le coup Sanela ne sut plus où elle se trouvait. L'air qu'elle respirait était humide, frais et revigorant. Elle était couchée sur ce lit antédiluvien comme dans un hamac. Péniblement, elle réussit à écarter la lourde couverture et à se mettre debout.

Avait-elle la gueule de bois ? Ses jambes refusaient de lui obéir. Elle avança à tâtons le long du mur jusqu'à la fenêtre et ouvrit les rideaux. Aveuglée, elle plissa les yeux. Le soleil brillait. Pas depuis longtemps. Ce devait encore être le petit matin. Dans le silence dominical – les oreilles citadines ressentaient probablement ainsi l'absence de bruits de moteur et de métros aériens – planaient le bourdonnement d'une abeille et le bruissement du vent dans les feuilles des arbres. Les douces collines et les champs du Fläming s'étendaient devant elle à perte de vue. La brume matinale se déchirait au-dessus des vallons. À cet instant une harde de chevreuils sortirent du bois pour s'aventurer, hésitants, dans les prés qui conduisaient derrière Wendisch Bruch jusqu'à l'orée des champs de maïs et de colza. Innocence et beauté, pensa Sanela. Rien ne nous touche plus que la vue d'un bout de paradis avant la chute. Elle apercevait les pommiers.

Si elle se penchait assez loin par la fenêtre, elle verrait sûrement aussi l'église sur sa droite. Quelle heure pouvait-il être ?

Elle se traîna au lavabo, fit couler de l'eau glacée dans le creux de ses mains et s'aspergea le visage. À moitié aveuglée, elle attrapa une serviette et se sécha. À cet instant seulement, elle regarda la chambre autour d'elle.

Elle avait dormi tout habillée. Au moins avait-elle réussi à ôter ses chaussures, qu'elle retrouva près du lit, jetées là ou balancées directement de ses pieds – avec la meilleure volonté du monde, elle était incapable de se rappeler comment elle était arrivée dans cette chambre. En se rechaussant, elle se sentit comme une nonagénaire : doigts tremblants, articulations douloureuses, tout lui était pénible. Que diable lui arrivait-il ?

Une petite musique retentit quelque part dans la maison. *Grane Smo Na Vjetru*. Un son jazzy, cool, aux basses groovy. La voix rauque de Darko Rundek. Sa sonnerie de portable. Elle chercha fébrilement son sac à main. Elle souleva la couverture, se jeta à plat ventre pour regarder sous le lit, ne fit que soulever quelques moutons de poussière. Elle se releva en s'appuyant sur le lit, soudain prise de vertiges, et se précipita à la porte. Quelle idiote ! Elle avait dû le laisser en bas. Elle secoua la poignée de toutes ses forces jusqu'à ce que le battant déformé de la porte s'ouvre à toute volée pour claquer contre le mur. Elle dévala l'escalier à toutes jambes.

La cuisine était déserte. Sur la table étaient posés un pot de confiture et un panier contenant trois petits pains. Sous le panier, un papier : *Bon appétit*.

Son sac était resté à côté de l'évier. Elle se jeta dessus et attrapa son portable *in extremis* avant le déclenchement du répondeur. Gehring. Merde. Elle se passa la main dans les cheveux d'un geste affolé. Elle n'avait aucune envie de prendre l'appel, mais le fit comme par réflexe.

— Oui ?

— Beara ?

Inutile de nier.

— Oui ?

— Vous êtes en arrêt maladie, je sais. Mais je tenais à vous informer que... Vous allez bien ?

— Ça pourrait aller mieux.

Pour appuyer son propos, elle toussota brièvement dans le combiné.

— Ah... Écoutez : Mme Rubin s'est suicidée cette nuit en prison.

Elle crut à une blague. Elle avait mal entendu.

— Comment ? Que dites-vous ?

— Je suis désolé.

Sanela s'affala sur la première chaise venue. Les rouages n'arrivaient pas encore à s'enclencher dans son cerveau. Rubin... morte ?

— Charlotte Rubin a mis fin à ses jours. Comme cette affaire vous tenait à cœur, je voulais vous en informer personnellement.

Elle se frotta les yeux, comme si cela pouvait dérouiller son esprit.

— Je suis désolé, répéta-t-il à voix basse.

— En préventive ? Comment a-t-elle fait ?

— Avec un trombone de bureau. Les collègues de Reinickendorf enquêtent. Elle a dû le faucher discrètement chez l'expert psy.

— Un trombone ?

Elle l'avait peut-être déplié puis avalé. Mais alors il aurait causé une hémorragie interne, et on aurait dû la trouver à temps.

— Je ne fais que vous répéter ce que m'a dit le bureau du procureur. Il s'agirait d'un trombone assez grand, du genre qu'on utilise pour maintenir les grosses liasses de papier. Les pointes sont très tranchantes, et c'est avec ça qu'elle s'est déchiré l'artère fémorale. Tout est allé très vite.

— Mon Dieu.

Il se tut. Sanela découvrit une Thermos à côté du frigo. Elle se leva.

— Monsieur Gehring, c'est… Je veux dire, merci de me raconter tout ça, je sais que vous n'êtes pas obligé. (Pas de réponse.) Mais je sais aussi ce que vous avez l'intention de faire, et c'est une erreur. (Elle souleva la cafetière, qui était pleine.) Vous voulez clore l'affaire Rubin. La suspecte est morte, le procès annulé. Et dans quelques semaines, tout le monde aura oublié jusqu'au nom de cette femme. J'ai raison ?

— Je suis votre supérieur hiérarchique. Ne l'oubliez pas.

— C'est pourquoi – pardonnez-moi – je veux vous empêcher de commettre une erreur.

Elle ne savait pas comment interpréter l'expiration bruyante de Gehring. Était-ce de la rage ou de l'amusement ?

— Qu'en est-il du deuxième tueur ? La scientifique a-t-elle trouvé quelque chose dans la maison de Rubin ?

Elle se versa du café dans un gros mug en céramique qui faisait la réclame d'une grande surface de bricolage à Jüterbog. Puis elle ouvrit le frigo en quête de lait et trouva une brique entamée.

— Non. La police scientifique n'intervient que dans les affaires d'une réelle importance.

Elle claqua la porte du frigo avec rage.

— Mais c'en est une ! Puisque je vous dis que…

— Madame Beara ! Je ne vous laisserai pas me dicter la façon dont nous devons mener notre enquête dans une affaire… Vous m'écoutez ? Notez bien ça dans vos tablettes… dans une affaire considérée désormais comme close !

Respiration haletante. Elle avait visiblement le don de le faire enrager. Elle coinça le téléphone entre son oreille et son épaule, dévissa le bouchon de la brique de lait et commença par avaler d'une traite la moitié de son contenu. Du bon lait frais. Le pied. Gehring se défoulait tout seul à l'autre bout du fil. Apparemment, le terme « désescalade » ne lui disait rien du tout.

— Charlotte Rubin a avoué et s'est suicidée en préventive, fit-il d'un ton acerbe. C'est une très mauvaise nouvelle. Moi aussi, j'aurais préféré qu'elle soit condamnée dans les règles. Mais elle nous a fait faux bond, l'enquête est terminée, le faisceau d'indices est substantiel, et vos objections rien de plus que le pur fruit de votre imagination.

— Comme le boulanger mort étouffé dans sa propre pâte à pain ?

— Pardon ? demanda-t-il, désarçonné.

— Je suis à Wendisch Bruch.

De toute manière il aurait fini par l'apprendre. Autant jouer franc jeu tout de suite. Elle alla prudemment dans le couloir et jeta un œil vers la porte d'entrée. Apparemment elle était seule.

— Le village d'où vient Charlotte Rubin, poursuivit-elle. Il n'y a plus d'hommes ici. Tous disparus, et depuis un bail. Je serais curieuse de savoir si Leyendecker est passé dans le coin il y a une vingtaine d'années. Il faisait quoi déjà, comme métier ?

Silence radio. D'abord elle crut que Gehring avait raccroché.

— Allô ? Vous êtes encore là ?

Elle entendit un bruissement de papiers.

— Madame Beara… Je ne sais pas dans quelle langue vous le dire. Apparemment les rappels à l'ordre n'ont aucun effet sur vous. Je vais devoir lancer une procédure disciplinaire contre vous si…

— Non. Attendez ! (Les pensées se précipitaient dans sa tête.) S'il vous plaît, écoutez-moi au moins.

— Quelle mouche vous a piquée pour vous rendre de votre propre chef dans ce trou paumé ? Avez-vous perdu la tête ?

— Il y a un deuxième assassin. Il était chez Charlie au parc animalier. Il l'a aidée à commettre ce meurtre. Et elle cherchait à le protéger. Au prix même de sa vie. Qu'est-ce qui s'est passé chez cet expert ?

— Rien.

— Impossible. Rubin avait-elle déjà manifesté des idées suicidaires ?

— Elle était pour cette raison même à l'hôpital la semaine précédente. Elle s'était planté un crayon dans la carotide. Écoutez, Beara…

— Et personne n'a cherché à la protéger ? Pourquoi n'ai-je pas été mise au courant ? Ça s'est passé où ? En prison ? Je l'aurais su.

Elle fut envahie d'un sentiment qu'elle interpréta au mieux comme une immense déception. Déçue par

Gehring et les négligences de l'enquête, déçue par la manière dont il lui parlait, dont il la traitait. À croire que, derrière ses façons de la prendre de haut, il cherchait à se moquer d'elle. Déçue par Charlie qui avait simplement choisi de quitter ce bas monde, indifférente à tout, même à l'établissement de son innocence. Charlie, c'était sa plus grosse déception.

— Selon les derniers éléments de l'enquête, le trombone provenait du cabinet du psychiatre chargé d'évaluer sa responsabilité.

— C'est incroyable. Qu'est-ce qu'il a fabriqué ?

— Le professeur Brock est une pointure.

— Quelle bande d'amateurs travaille là ? Où étaient les agents qui l'accompagnaient ? Ils sont restés les bras croisés ou quoi ?

— Madame Beara !

— Ça ne peut pas être une coïncidence ! Vous devez parler à ce professeur. Il a dû déclencher quelque chose chez Rubin dont il ne se doutait pas, quelque chose qu'il ignore peut-être encore maintenant. Elle a été en taule pendant trois mois, elle avait tout le temps pour se pendre. Tout le monde le sait ! Pourquoi personne ne m'a dit qu'elle avait déjà fait une tentative ?

— Parce que ! Vous ! N'êtes ! Pas ! Chargée ! De ! L'enquête !

— D'accord, d'accord, j'avais compris.

Elle versa d'un coup le reste de lait dans le mug, qui faillit déborder. Il fallait qu'elle se contienne. Gehring était le seul à pouvoir l'aider. Manque de chance, c'était aussi le plus acharné à lui mettre des bâtons dans les roues.

— Je comprends que vous soyez fâché, mais…

— J'en doute fort ! Avez-vous conscience du pétrin où vous me fourrez si je couvre vos escapades ?

— Alors continuez l'enquête, tout simplement. De toute façon, on ne peut plus ignorer ces nouveaux indices.

— Et je suis censé dire quoi au procureur ? Qu'une femme en âge de procréer a reçu un visiteur à qui elle a fait un café ? Et qu'il existe dans le Brandebourg des villages en voie d'extinction ?

— C'était un homme ? C'est ça ? Elle a reçu la visite d'un homme ?

Gehring frappa du plat de la main sur la table. Le bruit fit sursauter Sanela. Dieu ce qu'il devait être en colère.

— Oui, fit-il entre ses dents. J'ai envoyé les collègues une nouvelle fois. On a trouvé des empreintes digitales qui n'appartenaient pas à Rubin. Et dans le tuyau du lavabo il y avait des poils de barbe et des restes de mousse à raser. Haussmann est en train d'analyser l'ADN. D'après les premières données, l'homme n'est pas fiché chez nous. Eh bien ? Que vous dit votre intuition légendaire ?

— Que c'était peut-être un des disparus ?

— Vous parlez chinois. On vous l'a déjà dit ?

Sanela porta prudemment le mug à ses lèvres et but une petite gorgée.

— Wendisch Bruch est abandonné. Il y a eu un exode. Plus d'hommes, plus d'enfants. Seules huit femmes vivent encore ici. Je n'en suis qu'au début. Mais je suppose que tout a commencé il y a très longtemps avec le boulanger. Il est mort dans son pétrin, étouffé par sa pâte. Vingt ans plus tard, dans une mangeoire, un autre homme est déchiqueté par des espèces de cochons d'Amazonie. Il y a quelque chose avec la nourriture, qu'elle soit pour les hommes ou pour les bêtes. Je sais, ça semble assez pervers. Mais dans notre boulot, nous sommes parfois obligés de raisonner en pervers.

— Dans de la pâte à pain ? C'est dégueulasse.

Il m'écoute, pensa-t-elle subitement. Il a entendu ce que je viens de dire !

— Si Leyendecker est passé par Wendisch Bruch, il y a peut-être un lien avec ce mort et…

Elle s'arrêta net. La porte d'entrée venait de s'ouvrir.

— Je dois couper. Pouvez-vous me rendre un service ? Essayer de voir s'il est déjà passé dans le coin ?

— Attendez.

— Quelqu'un vient, fit-elle. Ici personne ne sait ce que je suis.

Elle raccrocha et pivota sur elle-même. Walburga entra dans la cuisine, un marteau à la main.

— Bonjour !

— Bonjour, répondit Sanela en glissant son portable dans son sac. Elle s'aperçut que sa carte de police dépassait de son portefeuille, comme si quelqu'un l'avait sortie puis remise à la hâte.

— J'espère que vous avez bien dormi, dit Walburga d'un ton qui n'avait plus rien d'affable, mais suintait une colère froide.

— Merci. Et vous ?

— Très bien. Faut dire qu'on dort tranquille quand on a la police à la maison.

Gehring balança le combiné sur le poste et se frotta les tempes. Qu'est-ce qui le mettait dans une telle rage chez cette petite Croate ? Ç'aurait été n'importe qui d'autre, il aurait mis fin à son manège d'un simple coup de fil au chef de service. Était-ce parce qu'il entrevoyait un certain système derrière ses façons de jouer perso et de partir bille en tête ? Le dossier Rubin était posé devant lui, avec le C.V. de Leyendecker. Représentant en machines agricoles. À part les tracteurs, le terme ne lui évoquait pas grand-chose. Il lança une recherche sur Google. Alimentation animale, matériel de levage, machines de labourage, ensemencement et récolte. Sa main planait au-dessus du téléphone. Il n'arrivait pas à se décider. Appeler à Wismar, la ville de Leyendecker, c'était porter crédit aux paroles de Beara, et il n'était pas encore prêt à lui faire cette concession. Il envoya un mail à la police criminelle de Schwerin, demandant de contacter l'ancien chef de Leyendecker. C'était le maximum qu'il pouvait faire.

Il attrapa sa veste et quitta le bureau.

24

L'urgentiste avait fait une injection de tranquillisant à Cara. Elle était allongée sur la méridienne dans le bureau de Brock, les yeux fermés, la tête tournée sur le côté. Jeremy aperçut sa carotide qui battait sous la peau diaphane de son cou.

Un trombone de bureau. Deux policiers de la crim' venus examiner le bureau de Chaton avaient confisqué plusieurs exemplaires de cette arme aussi insolite que mortelle. Jeremy en était presque à regretter Miesdrosny et l'autre sans nom. Ces deux-là auraient été comme un pôle de stabilité, un point d'appui. Ils auraient su que Charlie les avaient menés en bateau, que tout son comportement, toute sa colère à la vue de sa sœur n'avait été qu'une comédie. Une manœuvre de diversion dans le but de s'emparer d'un trombone pour le rapporter en douce en prison, caché quelque part sur elle.

Cara avait-elle été de mèche ?

Il ignorait si elle dormait. Brock, une fois les soins terminés, leur avait faussé compagnie pour aller parler au procureur. Jeremy devait rester auprès de Cara jusqu'à ce qu'on ait statué sur la démarche à suivre. Fallait-il la laisser repartir à Dessau ? La mettre en observation à l'hôpital ? Sa crise de nerfs avait été bien réelle. Peut-être la seule chose vraie qu'ils aient vue dans ces murs ces derniers jours. Son hurlement, virant peu à peu aux gémissements et bégaiements d'impuissance, ses larmes, ses cris de « Charlie ! », son obstination délirante à voir le corps de sa sœur – il avait fallu le lui refuser, car celle-ci se trouvait encore sur la table d'autopsie – et pour finir la rage avec laquelle elle s'était jetée sur Jeremy et Brock, tout cela exprimait un désespoir profond et réel.

Quelqu'un frappa doucement à la porte. Chaton apparut sur le seuil. Ses yeux étaient gonflés et rougis. Jeremy se leva en silence et alla à sa rencontre. Se glissant dans le vestibule, il ferma la porte derrière lui pour ne pas déranger Cara.

— Vous devriez rentrer chez vous. Avez-vous annulé les rendez-vous de Brock ?

Chaton acquiesça. Cette petite femme rondelette, qui n'avait toujours vu en Charlie qu'un « monstre », se faisait de terribles reproches. Jeremy y voyait moins le signe d'une authentique compassion pour la défunte qu'une réaction à la douleur de Cara, cette douleur confinant à la folie qui les avait tous terriblement choqués.

— Comment peut-on penser à faire une chose pareille ? murmura-t-elle en secouant la tête. Et maintenant, cet autre monsieur de la police criminelle qui est là, et moi qui n'arrive pas à joindre le professeur ! Qu'est-ce que je dois faire ?

Commencer par ne pas ouvrir la porte, pensa Jeremy avec une pointe de colère. On leur avait assuré que les questions étaient terminées pour le moment et qu'on les informerait si une nouvelle coopération se révélait nécessaire à l'enquête.

— La police criminelle ? Pour un suicide ?

— Je n'en sais rien, moi. Il voulait parler au professeur. Ou à défaut avec vous. Il attend dehors, à mon bureau.

Jeremy hocha la tête pour donner du courage à Chaton.

— D'accord. Je m'en occupe. Faites-le entrer dans mon bureau. J'arrive tout de suite.

Il retourna auprès de Cara, qui n'avait pas bougé depuis qu'il l'avait quittée. Elle semblait dormir. C'était très bien. Cela n'atténuerait pas sa peine, mais il la retrouverait plus calme. Il était tenté de lui caresser les cheveux. Sa main plana un moment au-dessus de la tête de la jeune femme, puis il la retira.

Leur relation, fragile, fissurée, comptait une nouvelle brèche. Il leur faudrait repartir sur de nouvelles bases, si tant est qu'ils se retrouvent un jour. La possibilité, déroutante en soi, de devenir un jour plus intimes – quand, le procès terminé, tout n'aurait plus été qu'un souvenir – avait été détruite par le suicide de Charlie. Pour l'heure, Jeremy ne pouvait pas prévoir qui serait cette personne lorsqu'elle ouvrirait les yeux. La patiente, le témoin, la complice de sa sœur… certainement pas la femme qui l'avait touché et avait fait naître en lui ce désir quasi douloureux. En la voyant si démunie, si frêle, si fragile, il sentait son cœur se consumer. Il avait envie de la protéger. Mais cet instinct atavique, immémorial, allait à l'encontre de ce que Brock avait toujours prêché. Garder ses distances. Ne jamais trop s'impliquer dans une histoire, ni pour le pire ni pour le meilleur. Il ne savait pas quelle décision prendre.

Elle cligna des yeux. Son regard glissa des rideaux fermés au lampadaire pour s'arrêter sur Jeremy. Un sourire pointa au coin de ses lèvres. Il pouvait lire sur son visage que les souvenirs forçaient leur passage à travers son cerveau engourdi.

— Charlie, murmura-t-elle.

Jeremy approcha une chaise et s'assit près d'elle. Elle chercha sa main à tâtons. À son frôlement, il sentit son cœur s'enflammer et son corps s'embraser tout entier.

— Où est-elle ?

— Chez le médecin légiste. Les causes de sa mort doivent être identifiées. Toutes mes condoléances.

— Condoléances ! (Sa main retomba.) Tu sais ce que j'en fais, de tes condoléances ?

— Cara, je ne sais pas quoi dire.

— Alors tais-toi. Elle a eu ce qu'elle voulait. Depuis toujours. C'est pour ça que j'étais si en colère contre elle. Et je le suis de nouveau. J'aimerais la secouer, la baffer, lui crier dessus. Elle a ruiné ma vie avec ces histoires de merde. Depuis que je suis en âge de penser, j'ai toujours eu peur du jour où elle recommencerait. Condoléances ! Condoléances !

— Avez-vous… (il s'éclaircit la voix, car sa gorge était sèche)… jamais pensé à chercher de l'aide ?

— De l'aide ? Où ça ? Pourquoi ? Quand elle est partie, c'était presque un soulagement. Que d'autres se fassent du souci pour elle. Une fois, j'ai dû la détacher de la charpente où elle avait tenté de se pendre. J'avais dix ans à l'époque. Dix ans ! Avant ça, elle avait essayé avec des lames de rasoir. Et des sacs plastique. Moi je pensais qu'elle jouait quand je l'ai retrouvée. Je n'étais qu'une enfant, tu comprends ? Une enfant !

Elle serra les lèvres et détourna son visage. Elle ne voulait pas qu'il la voie ainsi.

— De l'aide ? Où voulais-tu que je trouve de l'aide ? À la rentrée des classes, tu portes une nouvelle robe et les autres te disent que tu pues. Tu veux jouer, les autres te rouent de coups. Nous étions comme des pestiférés. Une fois, elle a failli se vider de son sang. Je savais faire un garrot avant de savoir lire. Le médecin le plus proche était à Jüterbog. Qu'auraient dit les gens si une ambulance était arrivée devant chez nous au beau milieu de la nuit ? On l'aurait internée chez les fous. Et je ne voulais pas de ça. J'ai toujours tout fait pour dissimuler ce qui se passait, et je ne la quittais pas des yeux une seconde. Quand elle se levait la nuit pour aller dans la cuisine, je me réveillais. Quand elle était trop longtemps dehors avec les moutons, j'allais à sa recherche. Je n'avais… (Elle sanglota.) Je n'avais pas douze ans quand elle a quitté la maison. Et j'étais heureuse. Tu peux comprendre ça ? Heureuse que ce soit quelqu'un d'autre qui la retrouve à sa prochaine tentative, que de parfaits étrangers épongent son sang. Heureuse de ne plus voir son visage bleui et gonflé. J'en ai tellement honte aujourd'hui.

Elle pleurait. Jeremy lui toucha tendrement l'épaule.

— C'est normal. Tu étais une enfant, tu étais complètement dépassée. Mais où étaient vos parents ?

— Je… Je ne sais pas. Au travail ou en train de picoler. Ils ne pouvaient rien faire non plus. J'étais seule.

— Seule ? Pour tout ?

— Pour tout. Pourquoi tu crois que je sais si bien m'occuper des animaux et faire une si fabuleuse cuisine ? Ah oui, c'est vrai, ça, tu l'ignores. Dommage pour toi.

— Oui, dommage. (Il s'efforça de sourire.) Sais-tu si Charlie a refait des tentatives de suicide ici à Berlin ? Je veux dire, avant l'affaire du parc animalier ?

— Je ne crois pas. On se voyait rarement. Mais chaque fois, elle me semblait heureuse. Enfin, heureuse. Elle avait un boulot, elle vivait à l'écart, c'était tout ce qu'elle avait toujours voulu. Elle ne voyait personne, sauf quand c'était indispensable. Elle était abrupte et revêche, même envers moi, pour qu'on lui fiche la paix.

— Pas d'hommes ?

— Charlie ?

Elle secoua la tête, étonnée.

— Pourquoi était-elle si agressive ? Pourquoi ce rejet si violent quand elle t'a aperçue dans le cabinet ?

Cara se redressa et replia les jambes, enlaçant ses genoux de ses bras comme pour se faire plus petite. Elle évita de regarder Jeremy.

— Parce que je savais, chuchota-t-elle. Dès que je l'ai vue, j'ai su qu'elle allait recommencer.

— À quoi tu l'as vu ?

— À ses yeux. Elle fuyait mon regard. Sauf quand elle était en colère. Mais autrement… elle fuyait mon regard. Comme autrefois, quand elle se terrait dans le silence et ne parlait plus à personne. Et gare à celui qui lui adressait la parole. Alors là, elle pétait un câble. Ça faisait un moment qu'elle n'avait plus été dans cet état. Je la connais mieux que personne, si tant est qu'on puisse la connaître. J'ai senti que Charlie était retombée.

— Pourquoi n'avoir rien dit ?

— Est-ce que je sais ? Parce que j'étais suffisamment bête pour croire qu'en taule elle serait en sécurité ?

Parce que je ne voulais pas étaler cette histoire épouvantable… (elle leva les yeux et le foudroya du regard)… ici, chez vous, devant vous ? Vous l'auriez déclarée folle tout de suite !

— Je crois que tu sous-estimes le professeur.

— Je sous-estime tout ! Je suis tellement stupide que je croyais qu'on ne pouvait pas se suicider en cellule ! Comment est-ce possible ? Avec un trombone ? Elle a dû le prendre ici, dans ce cabinet. Oui, j'ai sous-estimé votre imprudence hallucinante vis-à-vis de vos patients. Pourquoi ne pas l'avoir directement laissée seule avec un pistolet ? Ç'aurait été plus rapide et moins douloureux.

Elle se laissa retomber et fixa le plafond. Jeremy se sentait submergé par la tristesse et la colère. Garde tes distances, pensa-t-il, garde tes distances. Mais cela signifiait laisser Cara seule au lieu de l'épauler. Il voulait être l'homme à ses côtés. Celui qui ne la laisserait pas en rade avec son deuil et les épreuves qu'elle venait de traverser. Mais, pour pouvoir l'aider, il devait se comporter en psychologue, non en amoureux.

Ce mot le fit sursauter.

— Je reviens de suite, fit-il tout bas.

Elle hocha la tête et se détourna.

L'homme qui se leva d'un bond quand Jeremy entra dans son bureau avait dans les trente-cinq ans et était du genre à pouvoir casser des noix à main nues. Son visage était étroit, avec des yeux bleus rapprochés, mais son sourire franc et sa prestance d'une assurance discrète lui ôtaient tout air chafouin. Les deux hommes étaient à peu près de même taille et de même gabarit, mais l'inconnu, à l'évidence, avait bien plus souvent l'occasion de faire du sport et était fier d'en exhiber le résultat. Jeremy n'appréciait pas trop les colosses. Ses préjugés tendaient à établir un rapport entre taille des triceps, longueur du pénis et masse cérébrale. Mais ce demi-Adonis comblé des dieux, dans son pantalon d'été moulant et fronçant à l'entrejambe, semblait le contredire.

— Commissaire divisionnaire Lutz Gehring, brigade criminelle, commissariat Sedanstrasse.

Voix avenante, bonne articulation. Regard alerte, bref sourire. Pas du genre bavard à gaspiller son temps ni celui des autres.

— Rasseyez-vous, je vous prie, dit Jeremy.

Il fit le tour de son bureau et s'assit également. Cette pièce, dévolue au travail, ne disposait ni de fauteuils confortables ni d'une table basse. Les murs étaient couverts d'étagères contenant une partie de l'impressionnante bibliothèque de Brock et les ouvrages de référence qu'utilisait Jeremy. Son bureau aurait pu être plus ordonné, mais il n'en ressentait à cet instant aucune mauvaise conscience. Il était intrigué. Qu'est-ce qui pouvait bien amener ici cet Ironman de la brigade criminelle de Berlin ?

— On m'a dit que le professeur Brock serait absent pour le restant de la journée et qu'il était injoignable.

— Il est bien entendu à votre entière disposition, je vous donne volontiers son numéro. Mais peut-être puis-je vous aider ?

Les yeux de Gehring se promenèrent sur le bureau. Il aperçut le Dictaphone et le dossier portant l'inscription « Charlotte Rubin ».

— Avez-vous participé à l'expertise dans l'affaire Rubin ?

— Oui. Mais avant de continuer… vous savez sans doute que le médecin reste soumis au secret médical même après le décès du patient.

— Ceci ne vaut pas pour les enquêtes de la police.

Jeremy mit une seconde à comprendre.

— Charlotte Rubin s'est suicidée. Je ne saisis pas très bien. L'enquête est close, non ? Et le suicide de Mme Rubin n'est pas du ressort de la brigade criminelle, me semble-t-il. Qu'est-ce qui vous amène ?

— Je dirige… je dirigeais l'enquête dans l'affaire du parc animalier.

Jeremy ouvrit le dossier, trouva le rapport de police et le feuilleta jusqu'à la dernière page, où était apposée la signature de l'agent qui l'avait rédigé.

— Effectivement, c'est vous qui avez signé ce rapport. Voilà pourquoi votre nom me disait quelque chose. Oui, j'ai assisté aux séances. Mais je ne suis pas en mesure de vous dire si la patiente était responsable de ses actes, pour peu que la question se pose encore.

— Il ne s'agit pas de ça.

Jeremy referma le dossier.

— De quoi s'agit-il, alors ? Sur quoi enquêtez-vous encore, au juste ?

Il pensa à Cara dans la pièce attenante et commença à s'impatienter.

À cet instant, Chaton ouvrit la porte en tenant en équilibre un plateau avec cafetière, tasses, sucre, lait et biscuits.

— Merci, fit-il.

Chaton posa le plateau.

— Je peux m'en aller, maintenant ?

— Bien sûr, madame Katz. À demain.

Elle salua le commissaire d'un signe de tête et sortit de la pièce. Jeremy remplit deux tasses. L'odeur du café indiquait qu'il venait tout juste d'être préparé. Mais la nature morte, sur ce plateau, lui rappelait les derniers moments d'insouciance qu'il avait connus avec Cara, avant que la nouvelle de la mort de Charlie s'abatte sur eux comme un couperet. Gehring versa du lait dans son café, touilla et en but une gorgée.

— J'aimerais savoir si un événement insolite est survenu au cours de ces séances.

Jeremy se redressa sur sa chaise et fronça les sourcils. Il s'apprêtait à joindre les bouts de ses doigts, lorsqu'il lui vint à l'esprit qu'il était sur le point d'imiter la pose de son père. L'attitude professorale. Les grands airs pour en imposer. Il se racla la gorge et, repoussant le dossier, posa sa tasse sur le sous-main.

— Un événement insolite… d'une certaine manière, ici, c'est notre pain quotidien.

— J'imagine. Mais y a-t-il eu quelque chose de particulier ? De notable ? Mme Rubin avait déjà fait une tentative ici même, dans ce cabinet. Y avait-il eu un événement déclencheur ?

— Non. Nous… enfin, *je* l'ai laissée un instant sans surveillance dans le bureau du professeur Brock. Elle a sauté sur l'occasion. Je ne vais pas m'inventer des excuses, ça s'est passé alors qu'elle était sous ma responsabilité. Mais entre nous, et pour parler franchement : à mon avis, elle n'avait pas besoin d'un événement déclencheur. Seulement d'une occasion.

— Mais on ne décide pas de se suicider sur un coup de tête.

— Non, la plupart du temps, la décision a été prise bien plus tôt.

— Combien de temps plus tôt ?

Jeremy constata qu'il appréciait les questions du commissaire. Gehring cherchait à découvrir quelque chose sur Rubin et ne se contentait pas de ramasser des trombones de bureau. Il fut tenté de raconter au commissaire ce que Cara venait de lui confier, la chaîne sans fin des tentatives de Charlie, toutes ratées, soit qu'elles avaient été bâclées, soit que la petite sœur était intervenue à temps. Et le fait que Charlie, après avoir surmonté cette dépression d'adolescente, avait connu une rechute après la mort de Leyendecker. Et nous qui n'avons rien remarqué, ajouta-t-il en pensée. Peut-être était-ce la raison pour laquelle il se taisait.

— Vous devriez plutôt parler au professeur Brock. Peut-être avions-nous affaire à un cas de grave dépression. Charlotte Rubin ne parlait pas, ni du meurtre ni du fait que certains fantômes étaient revenus la hanter. Mais elle semblait souffrir de paramnésies et de certains symptômes psychotiques.

— De paramnésies ?

— De troubles de la mémoire. Des souvenirs-écrans. Des faits en apparence anodins qui viennent recouvrir des événements traumatiques ou qui en modifient la perception. Un mécanisme de protection. Un refoulement.

— Vous avez une idée de ce qu'elle refoulait ?

— Malheureusement non. Je suis désolé, mais je ne me sens pas de me lancer dans des spéculations qui seront peut-être contredites par le professeur. Il semble avoir eu sa petite idée. C'est d'ailleurs lui qui a voulu faire venir sa sœur.

— Sa sœur ?

— Cara Spornitz, vétérinaire à Dessau.

Gehring fronça les sourcils. Jeremy rouvrit le dossier, cette fois à l'endroit que Chaton avait marqué d'un Post-it vert. La liste des alibis dans le rapport d'instruction.

— Au moment des faits elle était à un congrès à Munich, fit-il en parcourant les lignes des yeux.

Gehring se souvenait. Il sortit un calepin et nota quelque chose. Jeremy leva la tête.

— Elles n'ont eu aucun contact pendant des années, reprit-il. Elles se sont revues ici pour la première fois depuis très longtemps.

— Cela peut-il avoir été l'élément déclencheur ?

Jeremy laissa retomber la couverture du dossier.

— Non. C'est seulement après le premier incident que l'idée nous est venue de contacter Mme Spornitz.

Gehring fixait ses notes des yeux.

— Et ces paramnésies ? De quoi s'agissait-il exactement ?

De Rilke, faillit dire Jeremy. L'image de la panthère tournant en rond derrière ses barreaux. Soudain cette comparaison prenait pour lui tout son sens. Une cage dont la seule issue conduisait à la mort. *La panthère, c'est moi.*

— De chiens, répondit-il. Des clébards de campagne, le genre à aboyer en meute. Quand le premier commence, tous les autres s'y mettent.

— Je vois, répondit Gehring avec un bref sourire qui montrait que ce comportement lui était bien connu, et pas seulement dans le règne animal. Vous avez pu découvrir ce que cachaient ces souvenirs-écrans ?

— Non. Elle est… Nous ne sommes pas arrivés jusque-là.

— Pensez-vous qu'il y ait un rapport entre ces chiens et Wendisch Bruch ?

— Et quoi ?

— C'est le nom du village où Charlotte Rubin a grandi.

— Je n'en sais rien. Les chiens sont un souvenir d'enfance. Le fait qu'il puisse être lié à ce lieu ne veut pas forcément dire que ce souvenir-écran a un rapport avec ce village.

— Mais ce serait possible ?

— Possible, oui. Mais nous entrons ici dans la sphère de la spéculation. Mme Rubin n'est plus là pour nous apporter la réponse. En quoi cela vous intéresse-t-il ?

— Je n'ai jamais eu à traiter une affaire de ce genre.

— Moi non plus. On veut toujours comprendre, mais parfois on échoue. Ne ruminez pas trop longtemps. Si cela vous pèse, parlez-en à un de nos collègues qui travaillent à la police.

— Merci. Je me débrouille très bien.

Gehring rempocha son calepin et se leva. La plupart des hommes réagissaient comme lui. Les thérapies, c'était pour les lavettes.

— C'est elle qui l'a fait ?

Jeremy dévisagea Gehring. Il ne comprenait pas le sens de la question.

— Pourraient-ils avoir été deux ?

Et cette question venait d'un commissaire divisionnaire qui avait réuni un tel faisceau d'indices qu'il n'avait plus manqué que l'expertise de Brock pour l'ouverture du procès.

— Je ne saisis pas très bien.

— Ça ne fait rien. Où puis-je trouver Mme Spornitz ?

— Ici.

— Ici ?

— Elle avait rendez-vous ce matin avec le professeur Brock. La nouvelle de la mort de sa sœur l'a terriblement secouée.

— Puis-je la voir ?

Jeremy se leva à son tour.

— Si vous voulez bien patienter une minute. Je vais lui demander.

Il quitta le bureau, traversa le couloir et entra dans le vestibule. La porte du bureau de Brock était entrouverte. Il devina ce qui s'était passé avant même d'y entrer.

Elle était partie.

Jeremy retourna précipitamment dans le vestibule, mais Chaton aussi était partie. Il ouvrit en grand la porte d'entrée et tendit l'oreille. Rien. Quand leur était-elle passée sous le nez ? Qu'avait-elle attrapé de sa conversation avec Gehring ?

— Elle est partie, pas vrai ?

Gehring, qui l'avait suivi, lui passa devant et s'arrêta dans le couloir. Il lui tendit la main.

— Si j'ai d'autres questions, je m'adresserai au professeur.

— Oui, fit Jeremy, l'esprit ailleurs.

— Où peut-elle être allée ?

— Je n'en ai pas la moindre idée. Vraiment pas la moindre. Rentrée à Dessau ?

Gehring hocha la tête, tourna les talons et dévala l'escalier. Jeremy ferma la porte. Il s'adossa contre le bois et respira profondément. Mais cela n'allégea pas le poids qui pesait sur sa poitrine.

Elle était partie. Charlie était morte. La brigade criminelle poursuivait son enquête. Il se sentait démuni, comme un pion dans un jeu dont il ignorait tout. Pendant un instant, il envia Gehring, cet homme qui était convaincu de pouvoir toujours se débrouiller seul.

25

Walburga frappa de toutes ses forces. Un flot rouge gicla sur la toile cirée. Elle reposa le marteau et se saisit d'un ouvre-boîtes qui paraissait dater de Mathusalem pour forcer la boîte de conserve.

— Laissez-moi faire.

Un rôti de bœuf mijotait tranquillement dans le four, les tomates concassées étaient là pour arrondir la sauce. Sanela tenta sa chance, sans plus de succès. Elle élargit tout juste l'ouverture de façon à pouvoir verser le contenu dans la cocotte.

— Merci, dit Walburga en refermant la porte du four. On peut se mettre à table dans une heure.

La mauvaise conscience de Sanela s'était estompée. La femme robuste aux cheveux gris-brun s'était montrée seulement déçue que son hôte ne lui ait pas révélé son métier plus tôt.

— Vous m'auriez offert votre hospitalité ? lui avait demandé Sanela.

Mais Walburga ne lui avait pas répondu. Le regard de Sanela s'arrêta sur l'horloge vieillotte avec minuterie de cuisine. 10 h 30. On déjeunait de bonne heure, dans le coin. Elle voulut se dégourdir les jambes pour s'ouvrir l'appétit et quitta la paisible auberge qui, ce jour-là, emplie du fumet du rôti, dégageait une tout autre atmosphère, bien plus accueillante.

Sa voiture était toujours à l'endroit où elle l'avait laissée. Elle ouvrit le capot et se pencha au-dessus du mystérieux spectacle qui s'offrait à ses yeux. Elle ignorait si on l'observait. Si oui, cette petite mise en scène était censée étayer la raison officielle de sa présence en ces lieux. Elle referma le capot, s'essuya les mains sur son jean, puis regarda autour d'elle.

La rue était déserte. La décrépitude de certaines maisons ôtait leurs derniers restes de dignité à celles encore habitées. À croire qu'une maladie contagieuse s'était abattue sur Wendisch Bruch, une étrange épidémie que les gens du cru regardaient se répandre avec résignation. Les jardins étaient laissés à l'abandon. Les arbres n'étaient plus taillés. Des tags recouvraient le béton gris de l'abribus. Le poteau sur lequel autrefois les horaires avaient dû être accrochés avait entamé sa mue : la rouille soulevait la peinture délavée en cloques, dont certaines avaient éclaté.

Elle envoya un texto à son père, lui disant de ne pas s'inquiéter, que le commissaire divisionnaire Gehring l'avait chargée d'une enquête importante. Puis, sans savoir pourquoi, elle dirigea ses pas vers la sortie du village. Arrivée à hauteur du panneau bancal, elle en avait vu assez pour avoir la certitude que ce village ne se relèverait jamais. Que se passerait-il une fois que les derniers habitants seraient morts ou partis ? Dans les grandes villes d'Allemagne de l'Est, on avait commencé à démolir les immenses barres désaffectées et à réaménager des quartiers entiers. Les bulldozers viendraient-ils jusqu'ici ? Les niveleuses ? Les artificiers viendraient-ils y raser les derniers restes de civilisation ? Ou les abandonnerait-on aux mains de Dame Nature, qui, lentement mais sûrement, reprendrait peu à peu ses droits ? Combien de temps cela prendrait-il ? Vingt ans ? Cinquante ans ?

Elle s'arrêta au milieu de la route. On pouvait y pique-niquer sans risque. Le postier passait peut-être encore une fois par semaine, guère plus. Et parfois quelque électricien effaré venait réparer un connecteur électrique défectueux avant de mettre les voiles au plus vite.

Le portail de la ferme à l'orée du village était entrouvert. Elle ne se souvenait pas s'il l'avait été lors de son arrivée. Elle sortit son portable, appela Gehring, mais celui-ci ne répondit pas. Il avait sans doute mieux à faire que de s'occuper de ses élucubrations. Une belle journée ensoleillée. Mais l'air était déjà lourd. La météo avait annoncé des orages de chaleur pour l'après-midi.

Vu ainsi de jour, qui plus était avec le souvenir d'une chose aussi familière que le fumet d'un rôti de bœuf dans les narines, Wendisch Bruch ne semblait pas du tout inquiétant, juste très décati. Son charme, si tant était que le village en ait jamais eu, venait de l'écrin de nature qui l'embrassait de sa beauté exubérante. Juste à côté de la ferme, il y avait un champ de colza. Les plantes étaient au plus haut, leur floraison terminée. En face, des champs en friche couraient jusqu'au pied d'une colline où le blé s'agitait doucement, bercé par une brise d'été, et les plants de maïs se dressaient dans le ciel comme des tiges de roseau.

Le trottoir s'arrêtait un peu avant la voie d'accès, qui avait été consolidée à la va-vite avec du béton. Sanela poussa le portail en fer forgé et pénétra dans la cour, qui devait faire à vue de nez cinquante mètres de long sur trente de large et était entourée d'un mur de pierre blanche non crépi et plus récent. Dans les jointures se voyaient par endroits des écoulements de béton. À gauche, une étable ou une grange, à droite, une maison d'habitation, *a priori* retapée dans les années soixante.

Sanela décida d'inspecter l'étable en premier. Elle passa une porte qui tenait de guingois dans ses gonds. Quelques lattes manquaient, laissant la lumière extérieure pénétrer de biais dans la pièce vide. Des grains de poussière dansaient dans les rayons du soleil depuis les trous des fenêtres du toit. L'odeur douceâtre, mêlée d'émanations d'excréments, de paille moisie et de nourriture en décomposition, lui rappela les effluves des porcheries de son enfance. La pièce était tout en longueur. Au milieu, les poteaux en fer rouillés devaient avoir servi autrefois à fixer des portes battantes. Le sol était en béton. Des rails sur lesquels avaient coulissé des barrières, elles-mêmes probablement déjà parties chez le ferrailleur, étaient à moitié arrachés. Tout au fond se trouvait une série d'enclos avec un sol en bois, ce qui surprit Sanela. S'approchant, elle devina que des caillebotis en métal, là aussi, avaient été posés, avant d'être enlevés par la suite. Il devait s'agir des cages de gestation et de maternité des truies. Le bois était fendu, l'odeur pestilentielle. La porcherie datait probablement d'une époque où les truies allaitaient encore leurs petits sur de la paille. Plus tard, pour plus de rentabilité, l'équipement avait été modernisé avec les moyens du bord. Élevage intensif, engraissement rapide. Un sol en métal glissant sur lequel les bêtes arrivaient à peine à se tenir debout; celle qui avait le malheur de tomber était étouffée par ses congénères. Des cages de contention en acier où l'on coinçait les truies pour les condamner à l'immobilité. Une cruauté envers les animaux devenue aussi ordinaire que le kilo de porc à trois euros.

Et pourtant l'affaire n'avait pas été rentable. Des toiles d'araignées noires pendaient comme des voiles aux coins des murs, des couches de saleté noircies de suie recouvraient la moindre petite corniche, soulignant encore fissures et malfaçons. Seule l'odeur témoignait encore du fait qu'ici quelqu'un avait échoué à faire un maximum de profit à peu de frais.

Elle quitta la porcherie avec une furieuse envie de prendre une douche.

— Ohé, cria-t-elle. Il y a quelqu'un ?

Des bourdons vrombissaient au-dessus des buissons d'achillées. Au loin, un avion fendait l'horizon, laissant derrière lui une traînée de condensation. Il devait avoir décollé de l'aéroport de Schönefeld. On percevait encore le bruit de ses moteurs. Ou bien était-ce l'autoroute ? Un tracteur quelque part dans les champs ? Le reste n'était que silence. Un silence de mort.

Elle regarda la maison. Un simple cube gris. La poussière et la saleté avaient opacifié les fenêtres. À l'endroit où elle imaginait être le salon pendait un rideau à moitié arraché. Le crépi des murs indiquait un rapport dépressif de l'ancien propriétaire à la couleur, ou rappelait l'économie de pénurie qui avait plombé les dernières années de la RDA. Deux petites marches carrelées jaunes menaient à la porte d'entrée. Pas de sonnette.

L'intervalle entre la maison et la route avait été transformé en abri, probablement pour des véhicules utilitaires, un tracteur ou les voitures des propriétaires. Mais il ne semblait plus y avoir de propriétaires. Plus depuis longtemps, pensa-t-elle soudain. Elle s'arrêta, indécise. Tel un stop invisible, la mise en garde de Gehring surgit dans son esprit. Elle n'était pas en mission officielle. Elle n'était qu'une simple îlotière en arrêt maladie – l'info « se procurer un certificat médical » clignota dans son cerveau – qui vadrouillait sans permission dans le bled natal de Charlie en posant des questions. La bande des huit de Wendisch Bruch savait probablement déjà pourquoi elle était là.

Mais elle, elle n'en savait rien.

Quelle mouche l'avait piquée pour compromettre ainsi sa note d'avancement ? Pourquoi la mort de Charlie n'avait-elle pas sonné pour elle aussi l'heure de classer l'affaire ? Le soleil cognait sur les dalles érodées entre lesquelles proliféraient les mauvaises herbes. Elle ferma les yeux, croyant sentir l'odeur qui, parfois, par les failles de son subconscient, pénétrait encore dans ses cauchemars. La poudre. Le sang. Les excréments. Est-ce le grondement d'un orage qui s'approche ou le rugissement des chars de l'Armée populaire yougoslave ? Salves de mitraillettes. Cris. Quelqu'un la tire violemment à l'abri d'une maison en ruine. Un homme en uniforme déchiré, taché de sang. Il se penche sur elle.

Tais-toi. Pas un bruit. Ou t'es morte.

Elle rouvrit grands les yeux. Elle se trouvait toujours au milieu de la cour déserte. Au loin, à l'horizon, s'amoncelaient des nuages blêmes. Le ciel changeait de couleur. Le bleu brumeux tournait au gris. Une bourrasque chassait des feuilles, jouant avec elles et les faisant virevolter.

Sanela passa doucement la main sur son cou. La sueur ruisselait sur sa nuque et entre ses omoplates. Elle regarda sa montre et constata qu'il était l'heure du déjeuner selon le planning de Walburga. Le rôti était sûrement déjà sur la table. Elle fit demi-tour vers la sortie. Du coin de l'œil elle crut voir le rideau bouger imperceptiblement à la fenêtre. Elle regarda de plus près. La fenêtre n'avait plus de verre. C'était le vent qui jouait avec l'étoffe râpée.

— Plus personne n'y habite, j'imagine ?

Walburga poussa le plat de pommes de terre vers Sanela, qui se servit.

— Plus personne. Même les sans-abri ne passent pas par ici. Pourtant, ce serait une idée, ça. Offrir ces terres et ces maisons aux démunis. C'est comme ça déjà que Frédéric II avait colonisé le Brandebourg. Je ne comprends pas pourquoi les gens préfèrent crever dans des deux pièces en se bourrant la gueule plutôt que de commencer une nouvelle vie ailleurs.

— Trop de travail, peut-être ?

Sanela découpa son plat en petites bouchées, posa son couteau et ne se servit plus que de sa fourchette. Walburga fit de même.

— De quoi vivez-vous ?

— De ma retraite. Et je loue des terres. Ça ne fait pas beaucoup, mais c'est assez pour survivre.

— Et les autres ici ?

— Pareil. Retraite, aides sociales, on se débrouille. On n'a pas le choix.

La franchise de Walburga s'était muée en réserve prudente. Elle avait beau faire comme si elle se fichait du boulot de Sanela, elle restait visiblement sur ses gardes.

— Je viens de passer à la ferme. Quand a-t-elle été abandonnée ?

— Je ne sais pas exactement. On avait rarement affaire à eux. Ça s'est fait petit à petit, je crois. Les champs sont passés dans l'alcool. Le vieux picolait. Puis, quand il est mort, la petite est restée encore jusqu'à ce qu'elle trouve autre chose.

— La petite ?

— La cadette, Cara. Elle devait avoir quatorze ou quinze ans quand le vieux est mort.

— La Protection de l'enfance n'est pas intervenue ?

Walburga fronça ses épais sourcils.

— La Protection de l'enfance ? C'était trois, quatre ans après la chute du Mur. À cette époque, des services entiers de la Protection de l'enfance se trouvaient derrière les barreaux.

Sanela émit un murmure approbateur. Elle ne voulait pas détruire la petite marque de confiance que lui témoignait son hôtesse en lui faisant remarquer que, pour un aussi petit village, les gens ne semblaient pas s'intéresser beaucoup les uns aux autres.

— C'est vraiment délicieux.

Walburga était tout sourires :

— Du boucher de Jüterbog. Une fois par semaine, il fait le tour de la région avec sa camionnette.

— Qu'est-il arrivé au boucher d'ici ? Et à sa boucherie ?

Le visage de la femme se referma.

— Il n'est plus là.

— Mais encore ?

Walburga continua son repas en silence. Sanela posa sa fourchette sur le bord de son assiette.

— Madame Wahl. Je ne suis pas venue pour faire une enquête. Je voudrais juste comprendre ce qui s'est passé. Charlotte Rubin, tout comme sa sœur, a quitté le foyer familial très jeune, à un âge inhabituel dans cette région. Et petit à petit les hommes de Wendisch Bruch ont disparu. Qu'est-il arrivé au boucher ?

— Rien. Que voulez-vous qu'il lui soit arrivé ? Il a fermé boutique et est parti avec sa femme sur la Costa Blanca.

— Quand ça ?

Walburga plissa les yeux.

— Oh là là, ça fait un bail. Il y a vingt ans, peut-être ? Mon Dieu, comme le temps passe.

— Vous n'avez jamais eu de nouvelles de ces deux-là ?

— Non. Si ! Ils ont envoyé une carte. De la mer.

— C'est tout ?

La femme hocha la tête.

— Et les autres ?

— Quels autres ?

— Les autres hommes. Que leur est-il arrivé ?

La femme baissa la tête et se mit à jouer avec les franges de la toile cirée.

— Walburga, qu'est-il arrivé à votre mari ?

Sanela se sentit gagnée par la compassion, mais ce sentiment s'évapora sitôt qu'elle repensa au sort du boulanger. L'aubergiste tira un Kleenex de la poche de sa blouse, le passa sur ses yeux et se moucha bruyamment.

— Il est parti, finit-elle par dire.

— Comment ça, parti ?

— Parti. Disparu. Un jour, il m'a dit qu'il allait à Berlin, et il n'est plus jamais revenu.

— Et ensuite ? Vous êtes allée voir la police ?

— Non. Si. Oui.

— Et ?

— Ils m'ont dit que, dans la plupart des cas, les personnes réapparaissaient d'elles-mêmes. Au bout de trois jours, quelque chose comme ça. Et que s'il n'était pas revenu d'ici là, je devrais repasser pour lancer un avis de recherche.

— Vous l'avez fait ?

Walburga ne répondit pas. Sanela attendit. Elle ne savait plus comment mener cette discussion. Bien sûr, elle avait étudié les techniques d'interrogatoire. Mais se trouvait-elle face à un témoin, ou face à une suspecte ? S'agissait-il encore d'un dialogue spontané, ou avaient-elles passé le seuil de l'interrogatoire ciblé ? Dans quelle phase étaient-elles ? Prise de contact, récit, questions-réponses ? Pourquoi se prenait-elle la tête ? Après tout, il ne s'agissait que d'une simple conversation entre deux femmes au cours d'un déjeuner. Mais Walburga ne le voyait apparemment pas ainsi :

— J'en ai trop dit.

Elle repoussa son assiette à moitié pleine et but une gorgée de son sirop de sureau coupé d'eau gazeuse.

Sanela pesa avec soin les mots de la question suivante.

— Dois-je en conclure qu'en… Ça s'est passé quand ?

— En 1994.

— … qu'en 1994 votre mari est parti chercher des cigarettes et n'est jamais revenu ?

Walburga haussa les épaules.

— Et que vous n'avez pas signalé sa disparition ?

— La police n'a pas voulu prendre ma déposition.

— Mais vous étiez censée revenir s'il ne réapparaissait pas !

Sanela se leva et alla près de la fenêtre. Si elle était restée assise une seconde de plus, elle aurait explosé. Elle appuya les paumes de ses mains sur le rebord de la fenêtre et se hissa sur la pointe des pieds. La contraction des muscles lui fit du bien. Lentement, elle se laissa redescendre, puis se retourna vers Walburga.

— Je dois le signaler.

Walburga haussa de nouveau les épaules, tout en tripotant son Kleenex.

— À part vous, personne ne s'est inquiété de sa disparition ?

— Qui vous a dit que je m'inquiétais ? Nous étions mariés depuis vingt ans. Vingt ans à s'échiner, du matin au soir. Parfois, il avait la main leste, et quand il avait bu, il n'acceptait pas qu'on se refuse à lui. Y avait plus qu'à fermer les yeux et penser à autre chose. Avec notre fils aussi, dès le plus jeune âge, il a eu la main lourde. Sa famille s'était éparpillée aux quatre coins du monde avant même la construction du Mur. Tous les ans on leur envoie une carte à Noël. Personne ne s'inquiète de sa disparition, je vous dis.

— « On »... ?

— Enfin, moi. Avec un petit bonjour de sa part. Écrire, c'était pas trop son truc.

— Et les gens du village ?

— Bah, c'était pas la première fois que ça arrivait.

Sanela prit sa chaise, contourna la table et s'assit en face de Walburga.

— Ça veut dire quoi ?

— Deux autres s'étaient déjà tirés avant lui. Le boucher avec sa femme. Et Harald Schmidt, pas l'animateur à la télé, l'autre, celui de chez nous.

— Pour aller où ?

— Pour ce qui est de Walter et Gisela, sur la Costa Blanca. Je viens de vous le dire. Pour ce qui est de Harald Schmidt, il fait dans les abonnements de journaux, à ce qu'on dit. Personne ne sait exactement où il se trouve. Mais il va bien. Il lui arrive quelquefois d'appeler mon fils, les deux sont copains.

— Et votre Erich ? Vous n'avez jamais eu de nouvelles de lui ?

— Non jamais. Faut dire qu'on n'était pas très proches.

Sanela écarquilla les yeux. Elle n'avait encore jamais entendu une histoire aussi invraisemblable. Et des histoires tirées par les cheveux, tous ses collègues patrouilleurs seraient d'accord pour dire qu'ils en entendaient tous les jours.

— Vous étiez mariés. Il devait bien y avoir un minimum de proximité ?

— Il me battait ! Vous avez pas pigé ? Vous ne m'écoutez pas ?

— Si, si.

— Il me battait comme plâtre, il me tirait par les cheveux pour m'amener au lit. Il passait ses nerfs sur moi. Il m'insultait, me donnait des coups de pied... (Elle renifla.) Il pouvait s'en donner à cœur joie, ce n'était pas un délit.

Viol conjugal. Considéré depuis 2004 seulement comme un délit poursuivi d'office. Au milieu des années quatre-vingt-dix, ça devait être un sujet tabou, surtout dans un petit village comme celui-ci. Sanela se retint de poser sa main sur le bras de cette femme si durement éprouvée.

— Je suis désolée. Vraiment désolée. Mais vous auriez dû malgré tout signaler sa disparition.

— Bien sûr. Vous avez raison. Mais plus le temps passait, plus ça me paraissait absurde. Et maintenant ? Que voulez-vous que je réponde si un policier me demande depuis quand Erich a disparu de Wendisch Bruch ?

— Je ne sais pas. (Sanela secoua la tête. Jamais elle n'avait entendu parler de mariage plus aberrant.) Que vous venez seulement de vous en rendre compte ?

Soudain Walburga se mit à glousser. Elle craquait, trop d'émotions, trop de détresse. C'était comme une explosion. Elle rejeta la tête en arrière et continua de glousser, pouffant de rire, jusqu'à ce que les larmes lui coulent sur les joues. Sanela n'en revenait pas, mais quelque chose dans ce rire était si contagieux que, malgré elle, elle s'y mit elle aussi. Chaque fois que Sanela tentait de réprimer son rire, Walburga essayait aussi de se retenir. S'instaurait alors un silence de quelques secondes, les deux femmes se regardaient, et c'était reparti pour un tour.

J'y crois pas, pensa Sanela en essuyant ses larmes. Si quelqu'un au poste voyait comme je traite les cas de disparition… Elle finit par se contrôler.

— Je viens seulement de m'en rendre compte, hoqueta Walburga en se tamponnant les yeux.

Des accès de fou rire secouaient encore sa poitrine comme les petites répliques d'un tremblement de terre.

— Je pourrais vous accompagner, proposa Sanela. Ça aiderait peut-être. De toute manière, il faut le signaler. Et puis, je veux qu'on recherche aussi les autres.

L'hilarité s'arrêta net.

— Pourquoi ça ? Je ne suis pas d'accord. Je vous ai raconté cette histoire en toute confidence. Je n'ai pas envie que ça circule et que les autres pensent que je fais des commérages.

— Quels commérages ? Je vous ai juste demandé ce que sont devenus le boulanger, le boucher et sa femme, M. Schmidt et les autres.

— C'est bien ce que je veux dire. Nous n'en parlons jamais.

Walburga se leva pour débarrasser les assiettes. Elle jeta les restes dans un seau en fer-blanc, puis posa la vaisselle dans l'évier.

— Je vais vous aider, fit Sanela.

La femme abandonnée, qui des années durant s'était accommodée de son destin, versa un trait de liquide vaisselle dans l'eau.

— Pas la peine. Je peux me débrouiller toute seule. Allez plutôt vous occuper de votre voiture.

— Mais vous voulez aussi que je les recherche, non ?

— Alors là, vous vous trompez dans les grandes largeurs.

La femme secoua la tête comme si Sanela venait de faire une blague incongrue.

Sanela s'assit derrière le volant et mit le contact. Les voyants du tableau de bord s'allumèrent. La radio annonçait une sécheresse durable et diffusait les lamentations habituelles des paysans. En haut de la colline, un tracteur muni d'une herse traçait des sillons dans son champ. Le nuage de poussière était rouge comme le sol desséché. Des hirondelles virevoltaient au-dessus de la terre fraîchement retournée. La chaleur était étouffante, l'air lourd quasi insupportable. Tout le monde attendait la pluie. Sanela éteignit la radio.

Elle avait une envie irrésistible de démarrer la voiture et de laisser Wendisch Bruch derrière elle. Elle cala son occiput contre l'appuie-tête, ferma les yeux et se massa l'épaule. La douleur sous la cicatrice pulsait au rythme des battements de son cœur. Quelque chose n'allait pas. Elle devait retourner voir le docteur. L'habitacle était brûlant comme un four. Elle baissa la vitre et observa la route déserte dans le rétroviseur. « Soleil rouge à Wendisch Bruch ». Ne manquaient plus que deux-trois virevoltants et quelques vieilles pages échappées d'un journal, et on était bon pour tourner un western. Au loin, un chien aboya. Puis un autre. Un troisième les rejoignit d'un hurlement prolongé.

Elle attrapa son portable et appela Gehring. Elle retomba sur le répondeur et fut frappée d'entendre à quel point la voix du commissaire était cassante.

« Lutz Gehring. Laissez votre message après le signal sonore. Je vous rappellerai. »

— Ici Beara, fit-elle. (Sachant d'avance que sa demande le rendrait fou furieux, elle s'efforça d'adopter un ton neutre.) Ce serait bien de lancer des recherches sur un certain nombre d'anciens habitants de Wendisch Bruch : Harald Schmidt, démarcheur de journaux, pour ce qu'on sait. Erich Wahl. Walter et Gisela, nom de famille inconnu, lui est l'ancien boucher de Wendisch Bruch. Tous les quatre ont disparu depuis plus de quinze ans. Et… »

Elle régla le rétroviseur un chouïa sur la droite. Avait-elle rêvé ou quelque chose venait de bouger à la ferme ? Ou bien n'était-ce qu'un mirage produit sur l'asphalte par l'air vibrant de chaleur ?

— Peut-être pourrait-on vérifier aussi ce que sont devenues toutes les autres personnes qui ont déménagé d'ici. Et leur demander pourquoi elles sont parties. S'il y avait une raison particulière. Et si cette raison avait un rapport avec Charlotte Rubin.

Elle baissa le portable. La sensation d'être épiée était trop forte pour être ignorée plus longtemps.

— Ou avec la ferme à l'orée du village.

Elle raccrocha et respira profondément. La solution était ici. Et attendait d'être découverte. Une bourrasque s'engouffra par la fenêtre et frôla sa nuque trempée de sueur. Elle frissonna. Soudain elle n'était plus tout à fait sûre de vouloir la découvrir. Elle saisit sa clé de voiture. La tournant légèrement vers la droite, elle la sentit résister. Une petite pression supplémentaire, un minuscule mouvement de la main, et le moteur démarrerait. Elle pourrait passer la première et descendre doucement la route. Dans une heure elle serait à Berlin.

Elle retira la clé du contact et descendit de voiture. Elle hésita un instant à retourner chez Walburga pour la prévenir. Mais elle préféra s'abstenir. Elle tourna les talons et descendit à pied la route brûlante.

26

Le professeur Brock revint de chez le procureur à midi. Il prit acte du bureau orphelin de Chaton avec un bougonnement réprobateur, moins contrarié par la nouvelle absence de sa secrétaire que par le fait de devoir préparer son thé lui-même. Jeremy, qui avait attendu son chef avec impatience, se proposa de lui épargner cette tâche et le rejoignit au bout de quelques minutes dans son bureau avec la boisson tant attendue.

Le professeur était penché sur le dossier Rubin. Il remercia Jeremy d'un bref hochement de tête.

— Alors ? demanda celui-ci. Que dit le procureur Rütter ?

— Selon toute vraisemblance, il n'y aura pas de plainte contre nous. C'est une bonne chose. Il n'empêche, je m'en veux. J'aurais dû remarquer bien plus tôt qu'il y avait danger. Où est Mme Spornitz ?

— Je ne sais pas. Elle a quitté le cabinet. Elle est probablement retournée à Dessau.

— Vous auriez dû l'en empêcher.

— Je ne vois pas comment. Il y avait cet homme de la brigade criminelle…

— La brigade criminelle ?

Jeremy résuma en deux mots la visite du commissaire Gehring. Brock était tout ouïe.

— Donc, finalement, l'enquête sur le meurtre mystérieux du parc animalier n'est pas close ? Cela m'étonne. Franchement. Même si j'ai toujours eu le vague sentiment que quelque chose clochait dans les aveux de Rubin. Il n'a pas dit quoi ?

Jeremy haussa les épaules.

— Il va vous recontacter.

Brock hocha la tête, enleva ses lunettes, les tint par une branche et se mit à les faire danser au-dessus de son bureau.

— Presque vingt ans séparent le départ de Rubin de Wendisch Bruch et cette nouvelle crise psychotique. Ce n'est pas notre travail de résoudre un meurtre, mais il doit y avoir eu un élément déclencheur. Quelque chose en rapport avec l'enfance de Rubin. Nous avons besoin de sa sœur. Elle seule peut… (Brock s'interrompit.) Mme Rubin est morte. Par conséquent, pour nous, l'affaire est close, n'est-ce pas ?

Jeremy dévisagea le professeur. Quelque chose lui disait que justement non.

— Votre rapport d'expertise aurait attesté l'imputabilité de Charlotte Rubin. Elle aurait été tenue pour entièrement responsable de ses actes.

Brock se mit à mâchouiller la branche de ses lunettes.

— Pensez-vous qu'elle l'a fait ? demanda Jeremy.

— Je ne peux que me répéter : ce n'est pas à nous de le découvrir. Notre mission était claire. Il ne s'agissait pas d'analyser l'acte, mais la personne.

— Je pense que le commissaire a des doutes.

— J'ai supposé la même chose. Mais, des doutes sur quoi ?

Jeremy chercha ses mots.

— Je ne saurais dire exactement. C'était dans sa façon de poser ses questions. J'avais le sentiment que pour lui l'affaire Rubin n'était pas terminée. Comme si un élément lui semblait obscur. Que Charlotte Rubin ait pris part à ce crime est un fait établi. Et les circonstances sont connues. Mais peut-être avait-elle un complice.

Brock émit un grognement qu'on pouvait prendre, avec beaucoup de bonne volonté, pour un acquiescement.

— Il me manque quelque chose… Où puis-je joindre Mme Spornitz ? J'aimerais lui parler. Pour moi, pour éclaircir quelques points.

— Elle ne décrochera pas son téléphone. (Jeremy s'aperçut que son cœur s'accélérait à la seule pensée de Cara.) Elle nous rend en partie responsables de la mort de sa sœur.

Brock le dévisagea d'un air sérieux.

— Vous ne devez pour rien au monde entrer dans ce jeu. Le suicide de Rubin est une conséquence tardive d'événements terribles dont nous ne sommes pas responsables.

— Que voulez-vous dire ?

— Troubles maniaco-dépressifs, paramnésies, désir de mourir. Elle avait besoin d'un traitement, mais ne souffrait pas d'un dérèglement psychique tel qu'on ait pu la déclarer irresponsable. Cara Spornitz a grandi dans le même foyer que sa sœur.

— Que voulez-vous dire ? répéta Jeremy, qui sentait sa gorge s'assécher.

— Qu'elle souffre des mêmes blessures que Charlotte Rubin. Elle est plus jeune, il se pourrait donc bien que, au contraire de sa sœur, elle ne se souvienne même pas de ce qui s'est passé. Pourtant elle a vécu les mêmes traumatismes. Mais différemment, du point de vue d'une enfant. Toutes les deux auraient dû suivre une thérapie depuis longtemps.

— Mais qu'est-ce que ça peut être ?

Bock se renversa sur sa chaise.

— Quelque chose de si terrible que Charlotte Rubin ne voyait pas d'autre issue que de se supprimer. C'est ça qui me tracasse. De ne pas l'avoir compris.

— Et Cara ? Risque-t-elle de se suicider, elle aussi ? Craignez-vous qu'elle puisse connaître une évolution similaire à celle de sa sœur ?

— Je n'en sais rien. Elle est différente. Plus offensive. Plus tournée vers la vie. C'est une battante. Quelqu'un qui préfère rendre les coups plutôt que de se laisser humilier.

L'image de Cara apparut devant Jeremy : sa robe jaune soleil, sa démarche aérienne, ses lèvres rouges et souriantes. Mais aussi sa fureur soudaine, son mépris glacial quand il l'avait brusquée.

— Peut-être ignorait-elle à l'époque ce qui arrivait à Charlie ?

Brock le fixa en plissant les yeux.

— À quoi songez-vous ?

— Inceste. Viol. Toutes ces histoires atroces qu'on lit partout. Mais je suis absolument convaincu que Cara était trop petite pour s'en rendre compte, encore moins pour comprendre. Elle a converti, je crois, sa peur pour sa sœur en une rage contre celle-ci, et aujourd'hui, après ce qui vient de se passer, elle en éprouve logiquement des remords. Beaucoup de gens dans ce monde sont plus désaxés qu'elle en ayant vécu pourtant des choses moins graves.

— Vous avez probablement raison.

Brock referma le dossier et se massa le nez à l'endroit où reposaient d'habitude ses lunettes :

— J'aimerais tout de même lui parler.

— Elle refusera. Déjà enfant, elle portait tout sur ses épaules. Les tentatives de suicide de sa sœur l'ont mise à rude épreuve. Elle l'a même détachée une fois d'une poutre du grenier où son aînée avait voulu se pendre. Elle aime Charlie, mais en même temps elle la hait pour tout ce qu'elle lui a fait subir. Je n'ose pas imaginer ce qu'elle a ressenti en apprenant l'affaire du meurtre dans le parc animalier. Il faut pouvoir l'encaisser : sa propre sœur qui tue quelqu'un de manière aussi bestiale.

Le regard calme et clair de Brock ne quittait pas Jeremy.

— Charlotte Rubin n'était pas une criminelle, c'était une victime. Toute sa vie. Jusqu'à la fin.

— Que… Que voulez-vous dire ?

— Ses tentatives de suicide étaient le dernier moyen d'échapper à une situation sans issue. Elle retournait l'agression contre elle-même, en recourant aux méthodes les plus dures, les plus radicales : se pendre, se jeter dans le vide, s'ouvrir les veines, etc., tout ce dont vous venez de parler. Elle ne voulait être ni retrouvée ni sauvée, sinon elle aurait préféré des méthodes plus douces comme les barbituriques. La seule issue à ses conflits intérieurs était la suppression d'elle-même. Elle était dépressive, et elle a vécu isolée toute sa vie, tant psychiquement que dans son cadre de vie. C'est pourquoi j'aurais aimé en savoir un peu plus sur sa situation personnelle. Peut-être aurions-nous pu l'aider. Mais elle est allée plus vite que nous. Elle nous a damé le pion à tous.

— Elle était donc victime d'elle-même.

— Victime des circonstances qui ont fait d'elle ce qu'elle est devenue.

— Et c'est la raison pour laquelle elle n'a pas pu assassiner cet homme ?

Brock secoua légèrement la tête, remit ses lunettes et tira le dossier vers lui.

— Elle n'a pas commis cet épouvantable meurtre rituel au parc animalier. Mais elle connaissait le coupable.

27

« Le cabinet est fermé pour cause de deuil. En cas d'urgence, adressez-vous au cabinet vétérinaire de Dessau-Rosslau, en composant le… »

Pas de bip, aucun moyen de lui laisser un message. Jeremy n'avait aucune idée de l'endroit où elle se terrait, où elle s'était retirée pour pleurer. Il était peu après 18 heures ; il avait quitté son travail quelques minutes plus tôt. Le bref regard dont Brock l'avait gratifié lui paraissait une approbation tacite de son projet : je pars à Dessau à sa recherche. Nous avons une responsabilité vis-à-vis d'elle.

Il descendit de voiture et considéra sur le trottoir d'en face le sobre édifice de style Bauhaus situé dans une des rues tranquilles bordant le parc Georgium avec sa célèbre « ruine romaine » aux sept colonnes.

Cube blanc sur herbe verte. Quelques arbustes d'agrément bordaient le chemin vers l'entrée, obstruant la vue sur la partie arrière, plus privée, du terrain. La proximité avec les maisons des maîtres du Bauhaus donnait à penser que celle-ci avait également été conçue par un architecte des années vingt. Jeremy fut étonné de voir à quel point ces bâtiments de presque un siècle paraissaient modernes, intemporels.

Il traversa la rue. Les volets du rez-de-chaussée étaient baissés. La main en visière, il tenta de distinguer vaguement quelque chose à travers les vitres en verre armé de la porte d'entrée. Apercevant une ombre furtive dans le couloir, il sonna.

Pendant un long moment, rien ne se passa. Après le quatrième coup de sonnette, il finit par entendre des pas. L'ombre réapparut, grandit et se mua en une silhouette de femme. Elle ouvrit la porte sur le visage déçu de Jeremy.

Quel âge pouvait-elle avoir ? Quarante, cinquante ans ? Mince, presque maigre, avec des yeux vifs et gris dans un visage tout en longueur. Des sillons creusés autour de sa bouche lui donnaient un air sévère, un nez droit et fin dominait son visage. Elle avait noué en un chignon léger ses cheveux châtains parsemés de premières mèches grises. Quelques boucles s'étaient détachées qui frisottaient sur son front et autour de ses oreilles.

— C'est fermé.

Jeremy hocha la tête.

— Je m'appelle Jeremy Saaler, je suis un ami de Mme Spornitz. J'aimerais lui parler.

Tressaillement de paupières quasi imperceptible. Jeremy se souvint qu'il avait séché presque tous les cours de psychologie comportementale à la fac. Fâcheux. Aucune mimique, aussi contrôlée soit-elle, n'avait de secrets pour les cracks en la matière.

— Elle n'est pas là.

— Mais elle habite bien ici ?

Regard franc, fixe. Elle se contrôlait de nouveau et ne voulait rien laisser paraître.

— Vous pouvez laisser un message. Je le transmettrai.

— Oui.

Jeremy chercha désespérément un papier et un stylo dans sa poche, mais ne trouva que des tickets d'essence. La femme l'observa un moment, puis lui céda le passage.

— Entrez.

Il pénétra dans un large couloir plongé dans la pénombre. Un panneau au mur indiquait la salle d'attente – une grande pièce sur la droite, meublée de chaises en bois de hêtre et d'une table sur laquelle étaient disposées deux piles de magazines. Le sol carrelé s'inclinait vers le milieu en une rigole d'écoulement. L'air était saturé d'une odeur d'animaux mouillés et de produits désinfectants.

— Par ici.

Il la suivit. Elle tenait son dos droit comme quelqu'un qui se sent fréquemment observé. Elle le conduisit dans un petit bureau parfaitement rangé. Une étagère à mi-hauteur faisait office de guichet pour les visiteurs. Un stylo attaché à une chaîne, des brochures et un bloc-notes avec adresse, numéro de téléphone et horaires du cabinet y étaient mis à disposition.

Il écrivit : *S'il te plaît, fais-moi signe, Jeremy* et plia le papier.

— C'est vous que j'ai eu au téléphone il y a quelques jours ? demanda-t-il.

— Ça se peut.

Elle s'approcha du bureau et prit un dossier qu'elle rangea dans une armoire à dossiers suspendus. Le bureau était parsemé de trombones.

— Je suis psychologue. Je travaille dans le cabinet qui était chargé de l'expertise de Charlotte Rubin.

— Charlie.

La femme referma l'armoire.

— Vous la connaissiez ?

— Non. Mais ça fait déjà quelques années que je travaille ici, alors on finit par entendre des choses. Forcément.

Elle s'assit sur la chaise et se mit à ranger les gommes dans le tiroir et les stylos dans un gobelet, petites occupations censées signifier que la conversation était terminée. Il lui tendit le petit papier plié.

— Dites-lui que c'est urgent.

— Bien entendu.

Elle posa le message devant elle et le papier se déplia un peu. Elle arriverait sans doute à lire le mot.

— J'ai encore toute la facturation à faire. Autre chose pour votre service ?

— Non, merci.

Il quitta la maison, s'assit dans sa voiture et attendit. Tard dans la soirée, il eut l'impression que quelqu'un s'était approché d'une des fenêtres au premier étage pour risquer un rapide coup d'œil à travers le store baissé. Mais il pouvait se tromper. Vers 23 heures, la secrétaire de Cara sortit de la maison, ferma soigneusement la porte à clé et, le dos droit et rigide, se dirigea vers sa Smart. Elle se mit au volant et démarra.

Jeremy ne bougea pas. Si Cara était dans la maison, elle finirait tôt ou tard par l'apercevoir dans sa voiture et réagir à son siège. Il essaya de se mettre à l'aise. Peu après, il s'endormit.

Quelqu'un toqua à la portière. Il se redressa en sursaut. Cara. Il était 2 heures du matin. Il baissa la vitre et, quand elle se pencha vers lui, il s'aperçut que son tee-shirt était souillé et qu'elle sentait l'étable.

— Pas très confortable, dis donc.

— Mais où étais-tu ?

Il essaya péniblement de retrouver ses esprits.

— Où voulais-tu que je sois ? Au travail. Tu veux passer la nuit dans la rue ?

Elle ouvrit la portière et le tira de la voiture. Il voulut la serrer dans ses bras, mais aussitôt elle recula d'un pas.

— J'ai besoin de prendre une douche. Tu peux attendre dix minutes ? Je laisse la porte ouverte.

— D'accord.

Il n'était pas encore remis de sa surprise. Elle portait un jean et des bottes en caoutchouc crottées de boue séchée jusqu'aux chevilles.

— À tout de suite.

Il la regarda s'éloigner. Lui aussi aurait eu besoin d'une bonne douche. Il avait stocké des chewing-gums dans la boîte à gants. Il en fourra un dans sa bouche. Au bout de dix minutes, il le recracha et traversa la rue. La porte était verrouillée. Il sonna plusieurs fois. Le son du carillon traversa les pièces comme une voix de fantôme pour se perdre au loin, vers le jardin.

La maison resta plongée dans le noir. Il était sur le point de sortir son portable quand le buzzer se déclencha. Jeremy poussa la porte et entra. Il faisait sombre, mais au bout du couloir, en haut d'un escalier en colimaçon qu'il n'avait pas remarqué la première fois, luisait une faible lumière provenant de l'étage supérieur. Elle venait sans doute d'être allumée. À moins qu'il ne l'ait pas vue de l'extérieur, mais ça l'étonnait, la maison lui avait paru si transparente, si ouverte.

Il suivit la lueur. Lorsqu'il eut gravi une première spire, il s'aperçut qu'elle provenait d'une bougie posée sur la dernière marche, qui plongeait la pièce immense et quasi vide dans une douce et chaude lumière.

Le sol était en béton ciré lisse et brillant. Au bout de la pièce il distingua un canapé d'angle. Design italien, plat et carré. Dessus, une silhouette qui se redressait lentement.

— Viens par ici, dit-elle.

Les mots susurrés lui parvinrent comme un lointain écho. Il s'arrêta près de la bougie et attendit.

— Viens, toi, lui répondit-il.

Le silence qui s'ensuivit dura une éternité. Elle finit par se lever. D'un pas mal assuré, vacillante, elle avança tel un funambule épuisé luttant pour garder l'équilibre sur son fil. Il s'apprêtait à courir à sa rencontre pour l'aider, mais au dernier moment il se ravisa : elle devait faire toute seule ces pas vers lui.

Elle portait un négligé de soie vaporeux qui épousait doucement son corps. Ses cheveux mouillés lui retombaient sur les épaules. Après des premiers pas tâtonnants, prudents, elle se ressaisit et se hâta vers lui. Au milieu de la pièce, elle se mit à courir pour se jeter dans ses bras grands ouverts. La collision fut si violente que Jeremy craignit qu'ils ne dégringolent tous deux dans l'escalier. Il la serra contre lui, sentit son corps, et le désir le transperça comme une flèche brûlante.

Ils firent l'amour dans toute la pièce. Plus tard, Jeremy, étendu nu sur le canapé en attendant son retour, regarda d'un air amusé les différentes étapes de leurs ébats : la cravate et la chemise près de l'escalier, le pantalon à cinq mètres de là, plus loin le négligé. Les chaussettes et sous-vêtements à portée de main du canapé. Il repêcha son caleçon et l'enfila, tandis qu'elle revenait avec deux coupes embuées où pétillait du champagne. Il vida le sien en trois gorgées.

Avec un soupir d'aise et de délectation, il renversa sa tête en arrière. La sueur séchait sur sa peau. Elle s'assit près de lui et glissa la main sous son caleçon. Immédiatement il sentit son désir renaître. Au diable Brock. Au diable la distance. Il était jeune, et ici était la vie, la vraie vie.

Elle but à petites gorgées, garda la dernière en bouche et lui colla un baiser qu'il but avidement, léchant les dernières gouttes sur ses lèvres. Elle s'allongea contre lui et posa la tête sur sa poitrine. Il leva le bras, passa la main dans sa chevelure défaite et y déposa un baiser. Il avait envie de lui demander si cette deuxième fois aussi n'avait été pour elle rien de plus qu'une chouette partie de plaisir, mais il se retint à temps. Sa remarque aurait détruit la beauté du moment, et peut-être bien plus encore.

— Comment te sens-tu ?

Voilà qui était plus inoffensif.

Elle entoura de sa jambe les hanches de Jeremy.

— Bien. C'est un peu comme faire du sport, non ? Après, on se sent mieux. Et toi ?

— Du sport ? Jamais vu ça sous cet angle.

— Comment alors ?

À court de réponse dénuée d'accents sentimentaux, il se tut.

— Premier secours, peut-être ? (Elle leva la tête et le regarda droit dans les yeux.) J'aimerais bien savoir ce que le psychologue en toi pense de moi en ce moment.

— Rien qui puisse t'ébranler.

— Ma sœur est morte et je couche avec son thérapeute.

Elle laissa retomber sa tête et lui caressa la poitrine. Jeremy mobilisa toute sa volonté pour ne pas se jeter de nouveau sur elle.

— Au moins je ne suis pas le tien. Ce serait vraiment une catastrophe.

— Thérapeute et patiente. Ça n'a rien d'original.

— C'est interdit. (Une idée lui traversa l'esprit.) Cara, as-tu déjà été en thérapie ?

Elle lui passa la langue sur un téton. L'instant suivant une douleur brûlante le transperça. Il poussa un gémissement, elle desserra sa mâchoire.

— Hé, qu'est-ce que tu…

— La douleur, chuchota-t-elle, tu aimes la douleur ?

— Seulement quand elle s'estompe.

Elle s'écarta de lui et se leva. Il la regarda rejoindre l'escalier et ramasser la bougie. Les yeux baissés sur la flamme vacillante, elle revint lentement sur ses pas et s'arrêta devant lui.

— Couche-toi sur le sol.

— Pour quoi faire ?

Précautionneusement, pour ne pas répandre de cire, elle posa la bougie. Puis elle se pencha sur lui. Son baiser était d'une tendresse infinie.

— Nous devons tous apprendre à aimer la douleur, chuchota-t-elle, autrement elle nous tuera.

Elle moucha la flamme du bout des doigts.

Il se réveilla à l'aube et écouta le chant des premiers oiseaux du matin à qui la ville, le monde et cette planète semblaient à cette heure appartenir sans partage. Comme un peintre qui n'aurait eu que ce moment pour le mémoriser, il observa le visage de Cara afin de s'en souvenir pour l'éternité. Il se demanda si le sentiment qui s'était niché en lui était ce qu'on appelait le bonheur. Ou seulement son lointain cousin, le contentement.

Il se leva prudemment pour ne pas la réveiller et alla dans la salle de bains. Il s'efforça d'uriner en faisant le moins de bruit possible en adoptant la position assise. Son regard glissa sur le marbre, le verre et l'inox chromé. Une serviette éponge en coton italien, légère comme un paréo, était étendue par terre. Il la tira vers lui, songeant un instant à la faucher pour emporter un souvenir de Cara. Quelque chose de tangible, lui prouvant qu'il avait bien été là.

Il se lava les mains et les sécha. Ses yeux tombèrent sur un tiroir entrouvert dans le large meuble de toilette. Il sourit malgré lui. Cara n'était pas surhumaine. Elle avait dans sa salle de bains les mêmes trucs de filles que les autres : brosses, rouges à lèvres, cotons démaquillants. Sauf qu'elle les cachait mieux.

— Jeremy ?

Il referma précipitamment le tiroir, cœur battant, comme s'il avait été pris en train de voler. Ce que Cara cachait dans sa salle de bains ne le regardait pas. C'était le coin le plus intime d'un appartement, et lui qui fouillait dans ses affaires à la première occasion !

Il retourna dans la chambre. Couchée parmi les oreillers, elle s'étirait comme un chaton en lui adressant un sourire.

— Tu es un lève-tôt ?
— Non.
— Alors recouche-toi et dors. Et si tu n'y arrives pas, fais-moi l'amour.
La situation ne lui laissait pas le choix. Il la serra contre lui et l'embrassa.

28

Le commissaire divisionnaire Lutz Gehring débuta son entraînement matinal par un footing de cinq kilomètres en écoutant plein pot *Living Things* de Linkin Park. Après une douche et un café bu debout – ça faisait un bail qu'il ne s'asseyait plus à la grande table de cuisine en chêne massif –, il survola les gros titres du quotidien auquel sa femme avait été abonnée dans le temps.

La tueuse du parc animalier se suicide dans sa cellule.

Parfois il se demandait qui inventait ce genre de titres. Il avait entendu dire qu'ils sortaient de la plume de rédacteurs qui ne connaissaient rien au sujet et brodaient à leur guise. Plus c'était gros, mieux c'était. Dans le cas présent les faits étaient certes exacts, mais le ton sur lequel on relatait l'affaire le heurtait.

Du point de vue du contenu, rien à redire. « Dans l'attente de son procès, Charlotte R., convaincue de cet épouvantable meurtre – nous en avons largement rendu compte et reviendrons avec plaisir sur d'autres détails –, a mis fin à ses jours en détention préventive. Un porte-parole de la police a confirmé que ce suicide avait été commis à l'aide d'un objet pointu introduit dans sa cellule : un trombone de bureau – nous reproduisons l'objet à sa taille réelle pour que vous compreniez bien que nous ne parlons pas des petits machins habituels. Ledit objet aurait été dérobé dans le cabinet de son psychothérapeute – si, si, Rubin avait droit à des sorties ! Imaginez un peu ! Choyée comme dans un cinq étoiles : café, jolis fauteuils, une petite heure de causette… Le professeur Brock n'a pas donné suite à nos demandes d'éclaircissements. L'affaire est classée par le parquet. Ainsi, l'un des meurtres les plus atroces que cette ville ait jamais connus, et qui aura traumatisé à vie des enfants innocents, restera impuni. »

Une photo attira l'attention de Gehring. Prise près de l'enclos des pécaris le jour du meurtre. Badauds. Journalistes. Enfants.

Il arriva dans son bureau, au troisième étage du commissariat de la Sedanstrasse, après un sprint dans la cage d'escalier. Il commença par jeter à la poubelle le calendrier des courses à Hoppegarten, puis rappela encore sur le portable de Beara. En vain. C'était la dernière fois qu'il essayait de la joindre. Il se jura d'effacer le message sibyllin qu'elle avait laissé sur sa boîte vocale – une histoire à dormir debout concernant des dénommés Walter, Gisela, Erich et Harald. Cela devenait ridicule, à la fin. Quatre appels manqués de Gehring – probable qu'elle était en train de montrer ça à ses copines et qu'elles se bidonnaient à ses dépens.

Dans sa boîte mail il trouva un message indiquant qu'un certain Heiner Vieritz, de l'entreprise Machines agricoles Vieritz de Kleefeld près de Schwerin, avait essayé de le joindre. « Leyendecker », avait inscrit dans l'objet la collègue de la brigade criminelle du Mecklembourg.

Il était peu après 8 heures du matin. Il tenta quand même sa chance.

— Heiner Vieritz à votre service.

Voix rude, tonitruante. En fond sonore, des bruits de moteur.

— Bonjour. Commissaire Gehring, brigade criminelle de Berlin. Vous avez une minute ?

— Ça dépend de quoi il s'agit.

Méfiance. Prudence. Probablement pas sa première expérience avec la police.

— C'est au sujet d'un de vos anciens collaborateurs, Werner Leyendecker.

— Un instant.

Gehring entendit des pas, puis une porte qu'on ouvrait et fermait. Le vacarme des machines ne parvint plus qu'assourdi dans le combiné. Grincement de ressorts. Une chaise de bureau qui n'était plus de toute première jeunesse.

— Voilà. J'y suis. Leyendecker. Nous avons lu ça dans les journaux. Affreux. Un type vraiment bien. C'est lui qui à l'époque nous a implantés dans tout l'Est du pays. Les gens avaient besoin de machines ; le matériel des ex-coopératives agricoles et entreprises d'État n'était plus qu'un tas de ferraille. Que puis-je faire pour vous ?

Rien, faillit dire Gehring, je me suis laissé embarquer par une folle, excusez-moi pour le dérangement. Mais puisqu'il avait ce Vieritz au bout du fil et que les collègues de Schwerin s'étaient donné toute cette peine, autant poursuivre.

— J'aurais voulu savoir si M. Leyendecker s'était rendu pour vous dans un endroit du nom de Wendisch Bruch. Un village près de Jüterbog, dans le Sud du Brandebourg.

— Jüterbog, oui. Ça faisait partie de son secteur. Mais à… comment s'appelait ce patelin ?

— Wendisch Bruch.

— Je ne peux pas vous dire. Il était à la retraite depuis quelques années. Et le collègue qui faisait les tournées avec lui est décédé.

Gehring, qui ne poursuivait cette conversation que pour prouver par A plus B à Beara l'absurdité de ses suppositions, prit machinalement papier et crayon.

— Comment ça, décédé ?

— Un accident. Mais ça fait un moment déjà.

— Un accident de la route ?

Gehring reposa son crayon.

— Oui. Une sortie de route, à cause d'un connard qui a perdu toute sa cargaison de lisier.

— De lisier ?

— Du purin, si vous préférez. Pour fertiliser. Ça s'est passé en plein hiver. Toute la merde a gelé, une vraie patinoire. Au bout d'un virage, avec ça. Il n'avait aucune chance.

— Qui a causé l'accident ?

Vieritz souffla un gros coup, mettant dans cette expiration tout le mépris dont il était capable.

— On ne l'a jamais su. Vous croyez peut-être que ce connard allait se dénoncer ?

— Le collègue de Leyendecker s'appelait comment ?

— Max. Maximilian Göhler. C'était l'hiver 95-96.

Gehring nota le nom.

— Je jetterai un coup d'œil au dossier, monsieur Vieritz. Mais avant toute chose, je cherche à établir un suivi détaillé des déplacements de Leyendecker avant la mort de son collègue. Vous n'avez pas des documents de cette époque ? Des factures de restaurant, d'hôtel ? Des feuilles de route ?

— Faudrait que je demande à Sonia. C'est la seule qui était déjà chez nous à l'époque. C'est elle aussi qui fait la compta.

Gehring pria Vieritz de le faire et mit fin à la conversation.

Lisier. Cochons. Pétrin. Göhler, Leyendecker et le boulanger de Wendisch Bruch. Trois hommes morts dans des circonstances peu ordinaires. Gehring fit danser la pointe de son crayon sur la feuille de papier. Il se sentait devenir nerveux. C'était toujours comme ça quand une multitude de vagues suppositions commençait à s'agglutiner. Il tenta de se souvenir de quelque chose qu'il avait déjà lu ou entendu, quelque chose qui puisse l'aider à mieux apprécier les faits. À les clarifier. À les résumer. Il regarda sa montre. 8 h 15. La réunion de service ne débutait qu'à 9 heures. Il se leva et sortit le dossier Rubin de l'armoire. Il ouvrit d'abord le rapport du policier en charge de l'enquête, à savoir le sien, sauta le rapport d'autopsie et se concentra sur les dépositions des témoins.

Des enfants.

Beara avait parlé à des enfants. Mais elle les mentionnait à peine dans son rapport. À la fin seulement, il tomba sur la phrase qu'il recherchait. Il reposa le dossier et fixa le plafond des yeux.

Il ne voulait pas penser à ce qu'impliquait cette phrase. Elle remettait en cause tout le travail d'enquête.

Elle pouvait le conduire à devoir informer les polices judiciaires de tous les Länder, la police fédérale, Interpol. Son chef. Le procureur. Mais surtout, elle prouverait qu'ils avaient tous merdé. Tous, sauf une petite îlotière. À supposer bien sûr qu'il prenne cette phrase au sérieux.

Cette petite phrase qui faisait le lien entre trois morts et allait peut-être marquer le point de départ d'une vaste investigation sur une série de personnes disparues dans toute l'Allemagne, dans toute l'Europe.

… elle m'a expliqué qu'elle était devenue éleveuse de rats parce qu'elle venait d'une famille d'agriculteurs et qu'ils tuaient à la paysanne.

Purin. Cochons. Pétrin. Tuer à la paysanne.

Il décida de faire une fleur à Beara. Il allait avoir deux conversations. En fonction du déroulement et du résultat de celles-ci, il déciderait de la suite à donner à l'enquête. Il décrocha son téléphone.

Prahm, gardien de la paix au commissariat de la petite ville de Teltow, homme plus tout jeune au souffle court, trouva sa demande si saugrenue qu'il s'assura plusieurs fois d'avoir bien compris.

— Wendisch Bruch ? Il y a vingt ans ?

— Oui. Harald Schmidt, Erich Wahl, Gisela et Walter…

— Les Weber ?

— Vous les connaissiez ?

— C'est beaucoup dire. Weber tenait la boucherie, j'y achetais parfois des saucisses de Cracovie. Il savait encore faire de la charcuterie, celui-là, je peux vous le dire.

Gehring compléta les deux prénoms d'un « Weber ».

— Vous avez une idée de ce qu'ils sont devenus ?

— Ils ont déménagé, je crois. Ça fait un moment. La misère s'est installée ici au milieu des années quatre-vingt-dix. Beaucoup de monde est parti tenter sa chance ailleurs. Que voulez-vous…

Prahm prononça ces derniers mots dans un soupir, comme un commentaire se passant d'explications.

— Et pour Harald Schmidt et Erich Wahl ?

— Ça ne me dit rien du tout. Désolé.

Gehring repêcha dans la poubelle le Post-it froissé sur lequel il avait noté les points clés du message de Beara, remerciant au passage sa hiérarchie d'avoir, par mesure d'économies, réduit le ménage à deux fois par semaine.

— Pouvez-vous retrouver les noms de tous ceux qui sont partis, et savoir où ils se trouvent ? Et vérifier les titres de propriété de la ferme située à la sortie du village ?

— C'est du ressort du bureau de déclaration domiciliaire et du cadastre. Mais je ne veux pas vous laisser de faux espoirs. À l'époque on travaillait avec l'ancien système d'information ISVB, pas encore avec POLIKS. S'il y a quelque chose, c'est dans les archives de Luckenwalde.

Gehring étouffa un soupir d'impatience. Le système d'information archaïque de la police fédérale avait été remplacé il y a quelques années par un autre, plus moderne. Une demande de complément d'enquête auprès de ce petit commissariat du fin fond du Brandebourg risquait de se révéler compliquée.

— Je ne veux pas vous infliger un travail inutile, mais peut-être y a-t-il quelqu'un, parmi vos collègues plus anciens, qui se rappelle des affaires non résolues à Wendisch Bruch ?

— C'est moi le plus ancien.

— Comme celle du boulanger mort étouffé dans sa pâte à pain, ce genre d'histoires, voyez ?

Silence.

— Ça ne me dit rien, finit par dire l'homme, sincèrement surpris.

— Serait-il possible de dresser son profil complet et de retrouver qui à l'époque a établi le certificat de décès ?

— Je m'en occupe. Mais ça prendra sûrement du temps. Vous savez, nous sommes un petit commissariat. Si c'est urgent, demandez des renforts à Luckenwalde.

Sur quoi la demande atterrit probablement tout en bas de la pile des dossiers à traiter.

La seconde conversation eut lieu avec Gerlinde Schwab. Commissaire de police chargée de la gestion de documents. Un talent gâché, un espoir déçu. Après un début de carrière en fanfare avec des résultats brillants, elle avait, les années passant, peu à peu décroché, calant dès qu'il était question de promotion ou d'élargissement de compétences. À presque cinquante ans, elle avait renoncé à toute ambition, à part une : partir le plus vite possible en retraite anticipée pour cause de maladie. Elle y travaillait avec assiduité et persévérance. Le nombre de ses congés dépassait de loin celui de ses jours de présence, et si le pli douloureux qu'elle avait pris autour de la bouche incitait à lui demander des nouvelles de sa santé, on le regrettait bien vite quand elle se mettait à décrire dans le moindre détail sa dernière poussée de zona. Avoir Schwab à cette heure-ci au bout du fil tenait du miracle. Réussir à la faire monter au troisième étage relevait de la gageure.

— Des nouvelles des enfants ? fit Gehring sans préambule en regardant sa montre quand elle entra.

Encore dix minutes avant la réunion de service. Il savait qu'elle guettait le moment de pouvoir se lamenter sur la pénibilité inacceptable de son travail de bureau. Il ne fallait surtout pas lui tendre cette perche.

Schwab ferma la porte. Ces dernières années, elle avait pas mal grossi et cachait son anatomie sous de larges vêtements et des cascades de chiffons teints aux pigments organiques. Son visage rond était orné d'une paire de lunettes à la John Lennon, ses cheveux roux colorés au henné semblaient collés en de petites boucles sur son crâne. La montée des deux étages avait donné à ses joues un beau rouge coquelicot. Gehring remarqua qu'elle avait les chevilles enflées. Peut-être était-elle malade, après tout.

— Les enfants ? souffla-t-elle en se laissant tomber sur la chaise.

Elle sortit un mouchoir de la manche de son chemisier pour essuyer les gouttes de sueur qui perlaient sur son front.

— Il y a quelques jours je vous ai demandé de parler avec Luise Hoffmann et Dilshad Said au sujet du meurtre du parc animalier. Les deux fillettes qui ont découvert la main dans l'enclos des pécaris. Vous l'avez fait ?

— Oui, évidemment.

— Et pourquoi ne suis-je pas au courant ?

— Je voulais me mettre à rédiger le rapport, mais je n'ai pas cessé d'être interrompue. Je vais le faire tout de suite.

Elle rougit encore plus, si tant est que ce fût possible.

— Il semblerait qu'elles aient vu un clown près de l'endroit où le corps a été retrouvé. Un clown avec une brouette. L'ont-elles confirmé ?

Schwab froissa son Kleenex.

— Pas vraiment.

— Pouvez-vous être plus précise ?

— Les parents ne voulaient pas qu'on leur reparle. Après tout, elles n'ont que six ans. Peut-être faudrait-il demander à un pédopsychiatre d'assister à l'interrogatoire. D'ailleurs, je comptais vous le suggérer.

Gehring compta le nombre de jours qu'il avait fallu à Schwab pour arriver à ce résultat. Il décida de l'enquiquiner plutôt que de se fâcher.

— Puis-je vous confier une mission ?

— Je ne sais pas… j'ai un rendez-vous chez le médecin aujourd'hui.

— Si ce n'est pas urgent, peut-être pourriez-vous le déplacer après la fin du service.

Mais Schwab connaissait ses droits.

— C'est une urgence, et je ne suis pas tenue de vous en préciser la nature. D'ailleurs, le vendredi je pars toujours à 13 heures.

— Bien.

Gehring referma le dossier et le souleva de sorte qu'elle puisse lire l'inscription au dos.

— Ceci contient le rapport d'enquête sur le meurtre de Werner Leyendecker, le mort du parc animalier.

Le visage de Schwab perdit un peu de son cramoisi, on eût même dit qu'elle pâlissait.

— L'inculpée s'est suicidée. La nuit dernière.

— Oui…

Il attendit de voir si elle allait percuter. Rien. Il regarda sa montre. La réunion commencerait sans lui.

— Tous les collègues sont sur des affaires importantes et urgentes. Y compris moi. Vous, madame Schwab, vous pouvez très bien mettre de côté la gestion de documents pour procéder à quelques recherches. Est-ce possible ?

— Je ne sais pas…

— Je vous ai appelée, parce que je sais que vous êtes une personne fiable et discrète. Charlotte Rubin est morte, mais l'enquête n'est pas close pour autant.

— Ah non ? Je pensais…

— Ce que je cherche, ce sont des informations concernant la disparition d'un certain nombre d'habitants d'un petit village du canton de Teltow-Fläming. Il se pourrait qu'il y ait un rapport avec le meurtre du parc animalier. Je vous demanderai éventuellement de vous rendre à Luckenwalde. Mais ce que je vous demande avant tout, c'est de garder notre conversation pour vous, qu'importe que vous acceptiez cette mission ou non.

— Luckenwalde ?

Gehring voyait littéralement la carte du Brandebourg s'étaler dans la tête de Schwab en même temps que sa décision de refuser.

— Je ne vois pas très bien comment je pourrais vous être utile.

Gehring commençait à douter de son idée. Schwab faisait partie de ces personnes qu'on avait mises un jour au placard. Elle avait sa place, on lui donnait des choses à faire, et de temps à autre on s'enquérait de savoir si tout avait été réglé. Elle finissait toujours par y arriver, malgré les retards dus à ses arrêts maladie. Personne ne prêtait attention à ce qu'elle faisait de ses journées. C'était la personne parfaite pour procéder à des recherches en toute discrétion.

— Luckenwalde…, répéta Schwab en secouant la tête.

Une goutte de sueur perla sur sa tempe, qu'elle essuya fébrilement.

— … Je n'y arrivai jamais d'ici midi.

— Très bien. Je ne veux pas vous surcharger de travail.

Elle lui lança un regard méfiant du coin de ses petits yeux presque recouverts par ses paupières boursouflées. Peut-être s'attendait-elle à ce qu'il ajoute encore une remarque méprisante. Gehring s'efforça de sourire.

— C'était une idée comme ça. Je me souviens qu'autrefois le travail d'enquête était un de vos points forts.

Elle regarda le Kleenex trempé dans ses mains.

— Autrefois, j'étais encore capable de marcher. Mais dès que ça ne fonctionne plus, on vous met au placard.

— C'est pourtant le médecin qui a déclaré que vous ne pouviez plus, non ? Votre mutation à l'administratif était motivée par des raisons médicales.

— Tout le monde pense que je simule. Eh bien, je leur souhaite d'avoir mes jambes ne serait-ce qu'un jour. Que voulez-vous savoir, au juste ?

Elle pointa le dossier de l'index. Gehring aperçut l'alliance enfoncée dans la chair de son doigt enflé. Il se demanda s'il était raisonnable d'approfondir une conversation dont il savait d'avance qu'elle déboucherait sur un refus. Il se décida tout de même à récapituler les présomptions de Beara, curieux de voir comment Schwab allait réagir.

— Charlotte Rubin vient de Wendisch Bruch. En 1993, à quinze ans, elle quitte le village. Peu après commence l'exode des hommes et une série de décès mystérieux. Dans l'immédiat, je cherche à savoir si Werner Leyendecker s'est rendu là-bas au début des années quatre-vingt-dix. Si oui…

Il s'interrompit.

— Si oui, poursuivit-elle à la grande surprise de Gehring, cela prouverait que la coupable et la victime se connaissaient.

— Vous avez lu le rapport ?

— Je suis en charge du suivi administratif du dossier.

— Ah.

Les doigts de Gehring parcoururent le carton marbré de gris.

— Bon boulot. D'ailleurs, je voulais vous le dire depuis un moment.

Schwab plissa ses petits yeux, comme si chaque compliment cachait la gifle à venir.

— Quoi d'autre ? demanda-t-elle. Ces hommes disparus pourraient être aussi des victimes de Rubin ? Et Leyendecker serait le dernier de la liste, celui qui lui aurait filé entre les pattes à l'époque ?

Gehring hocha la tête, pris de court par le soudain intérêt de Schwab et par la perspicacité bien réelle qu'elle dissimulait sous sa torpeur.

— Leyendecker était représentant en machines agricoles. Au début des années quatre-vingt-dix, il est allé à Jüterbog. On est sûrs de ça. Wendisch Bruch n'est qu'à dix kilomètres. Son collègue qui l'accompagnait dans ses tournées a péri quelques années plus tard dans des circonstances curieuses – un drôle d'accident de voiture que j'aimerais bien examiner de plus près. Le boulanger du village est mort étouffé dans son pétrin. Le boucher a disparu sans laisser de traces. Je veux savoir combien de ces hommes qui ont quitté Wendisch Bruch sont encore en vie.

— Ne voulez-vous pas plutôt savoir combien sont morts ? demanda Schwab.

— Exact.

Schwab se leva en soupirant. Ses mouvements étaient lourds et mal assurés.

— De quoi souffrez-vous, en fait ? demanda Gehring.

— De rhumatismes.

— Vous devriez faire contrôler votre tension.

— C'est précisément ce que je comptais faire aujourd'hui. Mais je peux essayer de repousser le rendez-vous à lundi. Quoi qu'il en soit, je ne pourrai pas aller à Luckenwalde avant la semaine prochaine. Si j'y vais.

— Madame Schwab… (Gehring se leva et lui ouvrit la porte.) Merci.

Il attendit qu'elle soit partie, puis remit le dossier à sa place sur l'étagère. Il avait fait ce qu'il pouvait.

29

Jeremy savait qu'il faisait tout le contraire de ce qu'il fallait. Il était au lit en plein jour, il avait fait six fois l'amour à la femme à côté de lui, et il refusait de penser à Brock, au cabinet et plus encore à la raison qui l'avait fait venir à Dessau. Ainsi tout était simple, léger, limpide.

Il tendit le bras pour chercher sa montre qu'il supposait par terre et faillit renverser une bouteille de vin vide. Au dernier moment il la rattrapa et la remit délicatement debout.

La montre indiquait 13 h 30. Derrière ses tempes cognait une douleur sourde qu'il attribuait à la gueule de bois. Il se redressa prudemment, s'attendant à retrouver la silhouette de Cara derrière la montagne d'oreillers blancs.

Elle était partie. Le lit abandonné, comme d'ailleurs tout l'étage. Il ramassa ses affaires et se dirigea vers la salle de bains. Une fois douché et habillé, il appela le poste de Chaton et marmonna une vague excuse sur le répondeur. Cela fait, il descendit soulagé dans le cabinet de Cara.

Les volets fermés plongeaient le couloir et la salle d'attente dans la pénombre. Il l'appela, mais seul le silence lui répondit. Il était dépité. Elle aurait au moins pu lui laisser un mot.

Il jeta un coup d'œil dans le bureau. Rien non plus sur le guichet d'accueil. Il décida de lui écrire quelques lignes, souleva la tablette qui ouvrait le passage et prit une feuille de papier dans l'imprimante posée sur une étagère métallique. À hauteur d'yeux se trouvait l'armoire à pharmacie. Les portes étaient entrebâillées. Était-ce de la curiosité ? Ou le trouble de voir que l'armoire n'était pas fermée comme elle aurait dû l'être ? Il l'ouvrit. Seringues stériles, petits flacons en verre brun aux étiquettes manuscrites, boîtes de médicaments. Le contenu ne se distinguait guère de celui d'un cabinet médical pour humains. Il ferma les portes et se consacra à sa lettre.

Chère Cara… vieillot. Emprunté. Grotesque. Il froissa le papier et prit une autre feuille. Tu n'étais pas là… non. Un reproche dès la première phrase. Il reprit une nouvelle feuille. Mon ange… trop macho. Tu me manques… trop pleurnichard. Après la sixième tentative, il déclara forfait et repêcha les papiers jetés en boule dans la corbeille. Il ne voulait pas que la secrétaire trouve les reliques de sa vaine recherche de mots justes. Ne restait dans la corbeille que deux boîtes de médicament vides. Kétamine, kétoprofène…

Les noms ne lui disaient rien. Il lut leur composition. Un anesthésiant puissant. Un décontractant musculaire. Une combinaison à prendre uniquement sous contrôle d'un anesthésiste. Il se demanda si Cara était épaulée par un médecin spécialiste quand elle castrait un taureau. Il posa ses petites lettres d'amour foireuses sur le bureau et examina les boîtes de près. Elles étaient neuves, déchirées, comme ouvertes à la hâte. Dix ampoules chacune, assez pour endormir un zoo complet. Ou bien était-ce la consommation normale d'un vétérinaire de campagne ?

Il entendit la porte d'entrée s'ouvrir. Sous la surprise, il laissa retomber les boîtes et se redressa. Cara passa devant la porte, le vit et marqua un arrêt, déconcertée. Puis elle entra, en bottes de caoutchouc, tee-shirt et jean sale.

— Tu es encore là ?

Son regard tomba sur les boules de papier. Elle posa sa mallette par terre devant le guichet.

— Qu'est-ce que c'est ?

— Rien.

Il se sentait comme un gamin de six ans pris la main dans la boîte à bonbons. Elle attrapa une des boules et la déplia.

— Tu me manques, lit-elle, où es-tu ? Écoute, Jeremy, j'ai un boulot et des patients qui se fichent royalement des heures de consultation.

Elle s'approcha de lui pour l'embrasser, mais il évita son contact.

— Tu es fâché ? demanda-t-elle.

Elle jeta les papiers froissés dans la corbeille. Si elle avait aperçu les boîtes de médicaments, elle n'en laissa rien paraître.

— J'avais une urgence, reprit-elle. Un poulain qui ne voulait pas sortir. Il faut que je prenne une douche d'abord. Vivi n'est pas là, je lui ai donné un jour de congé. Tu viens avec moi ?

— Où ça ? demanda Jeremy, confus.

— À l'étage.

Elle l'attira vers elle. Elle sentait l'étable et la boue. Le purin et le sang. Mêlé à un soupçon d'amour.

Un peu plus tard, ils se retrouvèrent dans la cuisine. Les cheveux attachés en queue-de-cheval avec un simple élastique, vêtue d'une petite robe d'été, elle farfouillait au fond d'un placard parmi les casseroles et les poêles.

— C'est pour mon petit déjeuner ?

— J'ai faim, fit-elle en lui présentant d'un air radieux une poêle flambant neuve. Œufs brouillés ?

Il la serra dans ses bras et l'embrassa.

— Sors-les du frigo, ordonna-t-elle.

Tandis qu'il cassait les œufs et qu'elle faisait fondre le beurre, il s'observait lui-même dans cette situation pourtant des plus banales avec cette impression tenace d'être dans un script de sitcom : femme à la beauté angélique et homme pas rasé avec gueule de bois dans cuisine quasi neuve.

Ils s'installèrent à la grande table en verre, sur laquelle était posé un compotier vide en inox.

— Comment se fait-il que tu sois encore là ? demanda-t-elle.

— À ton avis ? rétorqua Jeremy du tac au tac en mordant dans son pain grillé.

— Pour veiller sur moi ?

— Aussi.

— Ce n'est pas nécessaire.

— T'étais où ?

Elle reposa sa tasse de café.

— Dans un poney club au bord de la Mulde. Qu'est-ce que ça signifie ? Tu me fliques ? C'est pour ça que tu es venu ? Monsieur le professeur a décidé que j'avais besoin d'un garde-chiourme ?

— Non. Je suis venu parce que j'avais envie de te voir. Parce que je me faisais du souci. Je ne veux pas te laisser seule dans cette situation. Ta sœur est morte il y a quelques jours, et toi tu fais comme si…

— Comme si… ? Mon deuil n'est pas conforme à la norme ? C'est ça ? Je devrais peut-être porter du noir ? Laisser crever les animaux ?

Elle sortit une tranche de pain de mie du toaster et se mit à la tartiner rageusement de beurre. La tranche se brisa. Elle balança le couteau sur son assiette. Il n'eut pas le temps de faire un geste pacificateur qu'elle avait changé d'humeur.

— D'accord, Jeremy. Dis-moi simplement de quoi il retourne. Tu me baises dans un but thérapeutique, c'est ça ?

Si cette question l'avait pris au dépourvu, il se serait levé et serait parti. Mais il avait appris sa leçon. Cara n'arrivait pas à gérer ses émotions. Tout sentiment excédant une certaine mesure lui faisait perdre les pédales, et elle n'était plus capable alors que de cogner dans le tas. Peu importait qui tombait sous ses coups.

— Pourquoi tu souris ? lança-t-elle en le foudroyant du regard. J'ai dit quelque chose de drôle ?

— Dis-moi, combien d'hommes tu as déjà fait fuir en te comportant ainsi ?

Elle haussa les épaules.

— Qu'est-ce que ça peut faire ? Personne ne peut me supporter, de toute façon. Alors à quoi bon faire des efforts ? Pure perte de temps. T'as bientôt fini ?

Elle désigna d'un petit mouvement de tête l'assiette de Jeremy.

— Non, répondit-il. Te voilà prévenue.

— Prévenue de quoi ? répondit-elle estomaquée. Je ne veux pas de toi. Ni de toi, ni de ton cabinet à la con, ni de ce demi-dieu avec ses petites lunettes qui ressemble à une caricature du docteur Freud. Si tu n'as pas pigé ça, c'est toi qui devrais t'allonger sur le divan. Ma sœur a tenté de me rendre folle. C'est… c'était une meurtrière. Tu sais comment pleurer quelqu'un comme ça ? Ah oui ? Alors t'as qu'à me le dire. Mais ne me dis pas ce que je dois faire ou ne pas faire !… Tu finis ? Sinon je peux te l'emballer pour la route.

Elle pointa le toast entamé et les œufs brouillés froids.

— Charlie n'était pas une meurtrière, finit-il par dire.

Cara le dévisagea un long moment. Puis, sans crier gare, elle se mit à débarrasser les assiettes, jeta les restes dans la poubelle et déposa bruyamment la vaisselle dans l'évier.

— L'enquête continue, reprit-il. Ou plutôt reprend. Hier, un type de la criminelle est passé. Il semblerait qu'il y ait des doutes sur la culpabilité de Charlie.

Il se leva et s'approcha d'elle. Elle fit couler de l'eau froide sur la vaisselle, puis sur ses poignets. Il lui prit les épaules. Elle le laissa faire. Au bout d'un certain temps, elle finit par demander d'une voix étouffée :

— Qu'est-ce que tu dis ? Pourquoi maintenant ? Maintenant qu'elle est morte ?

— Je ne sais pas.

— Mais… Mais qui d'autre aurait pu faire le coup ? Elle a avoué !

— Je ne sais pas, répéta-t-il.

— Pourquoi ? hurla-t-elle. Pourquoi ? Pourquoi ? Pourquoi ?

Elle se retourna et enlaça le cou de Jeremy de ses bras mouillés. Il la serra contre lui et caressa tendrement ses épaules secouées de tremblements. Elle pleurait, pleurait comme une enfant inconsolable.

— Je ne sais pas, murmurait-il sans cesse.

Enfin elle se calma un peu. Il la ramena à sa chaise et rapprocha la sienne. Les épaules affaissées, elle regardait dans le vide.

— Cara, nous avons besoin de ton aide. Même si cela t'est difficile et que tu as du mal à contrôler tes émotions. Charlie est morte. Elle a avoué, mais s'il y a des doutes sur sa culpabilité, cela veut dire que le vrai coupable court toujours.

Du dos de la main elle essuya ses larmes sans dire un mot.

— Je crois même, poursuivit-il, qu'elle le connaissait. Et dans ce cas…

Il n'osa pas finir sa phrase pour ne pas l'alarmer, mais elle avait déjà compris où il voulait en venir :

— Dans ce cas, je le connais aussi ?

— Le professeur Brock soupçonne que le meurtre de Leyendecker n'a pas été commis au hasard. Il pense que Charlie souffrait d'une psychose. Ses tentatives de suicide laissent supposer qu'un terrible événement est survenu durant son enfance. C'est seulement lorsqu'elle a quitté votre village que son état s'est amélioré, pour brutalement se détériorer il y a quelques mois. Elle tente alors une nouvelle fois de se suicider. Non par sentiment de culpabilité, mais parce qu'elle a peur. Charlie n'a jamais usé de violence envers autrui, seulement envers elle-même. Pour elle, c'était la seule issue possible.

— Elle voulait vraiment mourir ? Vraiment ?

— Oui, vraiment. Et si tu n'avais pas si bien veillé sur elle, elle y serait parvenue beaucoup plus tôt.

Avec un gémissement, elle se renversa sur sa chaise et fixa le plafond. Ses yeux étaient humides, sa peau rougie d'avoir pleuré. Jeremy comprit que, pour la première fois, il arrivait à l'atteindre.

— Pour savoir ce qui a pu provoquer une telle panique chez Charlie, nous avons besoin de tes souvenirs. Alors seulement nous aurons une chance de trouver le vrai coupable de cette tragédie, qui est aussi la vôtre, la tienne.

— Ma tragédie ?

Un sourire moqueur apparut sur ses lèvres.

— Oui, dit-il.

Sa mine redevint sérieuse, et elle se redressa.

— Tu es convaincu que tout a commencé à Wendisch Bruch ?

— Oui.

— Mais je ne me souviens plus de rien en détail. Seulement de cette peur continue pour Charlie, de cette colère et du fait que je la haïssais pour ça. Ça, c'est toujours présent. Mais le reste... Je sais à quoi ressemblait ma chambre, et que ça puait au printemps quand on épandait le lisier sur les champs. Je me rappelle le boulanger, le boucher. Et aussi le jour où les derniers moutons ont disparu, et comment c'était quand on tuait les poules. On avait des tue-mouches dans la cuisine, des longs rubans en spirale enduits de colle où elles venaient se prendre et restaient piégées. On mangeait directement sous ces tue-mouches. Parfois les ailes bougeaient encore. C'est ça que tu veux savoir ?

— Ça, et bien plus encore.

— Mais je n'en sais pas plus !

Elle se leva d'un bond, se rua vers l'évier pour aussitôt revenir à table, se servit un verre d'eau et le but avidement.

— Alors, il ne reste qu'une solution, dit-il.

Elle posa son verre. La peur brillait dans ses yeux.

— Donne-moi du temps, supplia-t-elle. Laisse-moi y réfléchir jusqu'à demain. D'accord ? Demain.

— Tout le temps qu'il te faudra.

Il s'approcha d'elle et l'embrassa. Hésitante, tel un chien qu'on aurait battu trop souvent, elle se laissa faire.

— Et d'ici là on fait quoi ? chuchota-t-elle.

Jeremy ne dit rien. Il connaissait un meilleur moyen de lui répondre.

30

Gabriel Brock et son épouse Mechthild, traumatologue à l'hôpital universitaire de la Charité, pénétrèrent sur la terrasse du club de tennis Rot-Weiss de Dahlem et mirent le cap sur la seule table encore libre. Un autre couple avait eu la même idée – Jason Saaler, accompagné d'une jeune femme, Henriette de son prénom, comme Brock croyait se souvenir.

— La table est à vous.

Il tendit la main à Saaler et salua Henriette avec cette marque de sympathie qu'il avait, par principe, pris l'habitude de témoigner aux nombreuses conquêtes féminines de son confrère. Mechthild se montra nettement plus réservée. Elle et l'ex-épouse de Saaler avaient été amies.

— Non, à vous.

Saaler fit un pas de côté.

— Pourquoi ne pas nous y installer tous les quatre? demanda Henriette avec une naïveté désarmante.

Brock pensa: Peut-être parce que ma femme, à cinquante ans passés, outre qu'elle aura du mal à trouver un sujet de conversation avec une jeune étudiante, n'a pas la moindre envie de se retrouver dans cette situation? Parce qu'elle se demande comment un type comme Saaler peut faire abstraction d'une différence d'âge de l'ordre de deux générations?

Et parce que, au fond d'elle-même, cela la renvoie aux questions qu'elle se pose sur notre couple ? Mechthild tirait nerveusement sur son polo et passait la main dans sa magnifique chevelure châtaine striée çà et là de quelques mèches d'argent. Il aimait voir sa femme prendre de l'âge. Il avait l'impression que sa classe et sa beauté grandissaient de jour en jour, et il espérait qu'elle aussi le regardait avec ce flou artistique propre au regard amoureux. Lui non plus n'avait plus vingt ans.

— Quelle merveilleuse idée !

Saaler claqua une bise à Henriette. Elle sourit en se serrant contre lui.

Brock sentit Mechthild réprimer un soupir. Pour elle aussi, la semaine avait été rude. Et lui, Gabriel, était toujours préoccupé par la mort de Rubin et par les énigmes non résolues que cette femme à la fois si forte et si vulnérable avait laissées derrière elle. Cette soirée aurait dû être l'occasion de discuter de son cas avec Mechthild. Il ne le faisait qu'exceptionnellement. La plupart du temps, ils essayaient de laisser leur vie professionnelle sur le pas de la porte au moment où ils rentraient à la maison.

Mais le cas Rubin était spécial. Deux sœurs aux antipodes, non seulement par l'apparence, mais aussi par leur personnalité psychique. L'une, Charlie, était revêche jusqu'à l'arrogance, vivait recluse, à peine visible, et s'infligeait des blessures en cas de conflit. L'autre, Cara, un rayon de soleil chatoyant, le genre de fille qui plaisait à tout le monde, mais qui prenait un plaisir destructeur à faire exploser la bonne opinion que les gens avaient d'elle au premier abord, pour leur en balancer les débris en pleine figure. Et pourtant toutes deux avaient un point commun : le monde était leur ennemi. L'une se barricadait, se terrait, tentait autant que possible de se dérober au monde. L'autre voulait embrouiller cet ennemi, le duper, lui glisser entre les doigts avec l'agilité d'une salamandre. Ces deux stratégies avaient la même origine, que Brock n'avait pas pu percer à jour. La mort de Charlie était sa plus grande défaite personnelle.

À vrai dire, il avait voulu simplement profiter avec Mechthild de cette douce soirée d'été, grignoter quelque chose, parler un peu avec elle, se faire consoler et panser ses plaies. Partager la table de ces deux tourtereaux était une épreuve. Brock et sa femme avaient trouvé d'autres voies, plus discrètes, mais non moins intenses, pour se témoigner leur affection mutuelle. Des voies qu'ils avaient mis des décennies à se frayer, et qui les mèneraient encore pendant des décennies dans la bonne direction.

Mais Brock, encore sous l'effet des événements de la journée, opina. Plus tôt, déjà, il avait été tenté d'appeler Saaler, et voilà que le hasard les avait réunis. Tant mieux.

— Nous voulons juste grignoter un morceau, fit-il en pinçant le bras de Mechthild. Comprendre : Je te suis redevable de quelque chose.

Elle retira son bras. Comprendre : Je ne compte même plus les faveurs que tu me dois.

Ils s'installèrent. Mechthild et Brock d'un côté de la table, les courts de tennis dans le dos et devant eux le barbecue, où déjà s'était formée une file d'attente ; Saaler et Henny en face d'eux. Un espace avait été réservé pour les enfants des membres du club. Un prestidigitateur y faisait quelques tours de magie, que les petits acclamaient avec enthousiasme. Un serveur attentif s'approcha prestement ; Brock commanda une bière pour lui et une coupe de champagne pour Mechthild. Comprendre : Laisse-moi seul cinq minutes avec lui.

Mechthild précisa au serveur qu'elle prendrait du Roederer Cristal et non la marque maison. Comprendre : D'accord, cinq minutes, et pas une seconde de plus, mon ami. Elle décocha son plus beau sourire à Henny, à croire qu'elle la connaissait depuis le berceau.

Saaler et Henny se prirent une bouteille de meursault.

— Vous ne voulez pas aller voir s'ils servent des langoustes aujourd'hui ? demanda Brock.

Henny et Mechthild comprirent le message et jugèrent que c'était une bonne idée. Elles s'éloignèrent, Henny donnant le bras à Mechthild. On eût dit une mère et sa fille.

— Rubin…, commença Brock sans détour.

Saaler hocha la tête.

— J'ai entendu dire. Terrible affaire. En préventive, n'est-ce pas ? C'est à se demander ce qui se passe dans nos prisons. La drogue, les téléphones portables, les armes… Comment est-ce possible ?

— Un trombone de bureau. Probablement même de mon bureau.

— Mince. Ça va faire un tas d'histoires, compatit Saaler.

— Aucune importance.

— Alors qu'est-ce qui te tracasse ? C'est lié à Jeremy ?

En prononçant le prénom de son fils, la voix de Saaler s'était faite malgré lui plus cassante.

Brock secoua la tête et sourit.

— Non, non. Quoique… je crois qu'il s'est entiché d'une jeune femme.

— Celle qui est allergique aux bébés ?

— Allergique à quoi ?

— Il m'a parlé d'elle, dit Saaler, d'un ton qui n'en devenait pas plus chaleureux. Une fille bizarre qui fait des crises d'hystérie quand elle entend un bébé pleurer. Il voulait savoir ce que ça pouvait signifier.

Le garçon apporta les boissons. Saaler goûta le vin, approuva d'un signe de tête et se fit servir. Brock trinqua avec sa bière. Après avoir bu quelques gorgées en silence, il reposa son verre. Mechthild et Henny s'étaient placées en bout de file devant le barbecue ; ils avaient un peu plus de cinq minutes devant eux.

— Et donc ? Qu'est-ce que ça signifie ? demanda Brock.

— Un avortement, je pense. Les cas de jeunes femmes instruites qui donnent leur enfant en adoption ou qui accouchent sous X sont plutôt rares. Elles évoluent dans un environnement plus attentif, où il est difficile de cacher une grossesse. L'aversion envers les cris, la haine des enfants… son verso n'est pas l'amour, mais l'égoïsme.

— Le bébé était un garçon ou une fille ?

— Œdipe ? fit Saaler en levant son verre pour en examiner le contenu. Non. Narcissisme. Les cris du nourrisson sont comme une gifle, un affront qui lui rappelle chaque fois sa propre faute.

— Cela voudrait dire que la faute est reconnue comme telle, or, un vrai narcissique ne la reconnaît jamais, tout est la faute des autres.

Saaler posa son verre.

— On parle, on parle, on dirait deux chiens savants…

Brock opina du chef. Ils se lançaient des hypothèses comme des enfants des balles rebondissantes. Ce que Brock venait d'apprendre sur Cara était alarmant. Mais, dans l'intérêt de Jeremy, il s'efforça de ne pas laisser paraître son inquiétude devant le père.

— Allergique aux bébés, rien que ça…, ironisa-t-il.

Il poussa son verre, car le serveur apportait les couverts, une corbeille de pain et une coupelle de beurre au sel de Guérande. En attendant qu'il ait fini, Brock observa le magicien qui faisait apparaître une pièce de monnaie derrière l'oreille d'une petite fille.

— Aux cris, dit Saaler, seulement aux cris. Mais ils la rendent proprement hystérique. Si jamais ça devient sérieux entre eux, je sais d'ores et déjà qui va donner le biberon de nuit au bébé.

Brock fut surpris. Depuis le temps qu'il le connaissait, il était persuadé que son confrère se fichait royalement des bébés. Il prit un bout de pain qu'il tartina de beurre.

— Si bébé il y a, continua Saaler. Ce qui me paraît mal barré.

Toute amabilité avait disparu de son visage aux traits accusés. Quand il ne souriait pas, il affichait la mine d'un César condamnant à mort les gladiateurs dans l'arène.

— Avant de te monter le bourrichon… On ne sait pas ce qui a pu provoquer cette phobie des pleurs de bébé. Pour ma part, j'ai une tout autre théorie concernant cette jeune femme.

— Tu la connais ?

— C'est la sœur de Rubin.

— Pardon ?

Brock avait conscience qu'il commettait un abus de confiance. Mais, comparé à la culpabilité qui le minait depuis la mort de Rubin, c'était une peccadille.

— Il a fait sa connaissance dans mon cabinet.

— Et toi… tu tolères ça ?

— Il est adulte. Et il sait ce qu'il fait.

Le père de Jeremy n'était pas de cet avis.

— Mon fils sort avec la sœur d'une psychopathe, d'un monstre qui a jeté un homme vivant en pâture à des animaux ? Mon Dieu, Brock !

Brock fit un geste d'apaisement. Mechthild et Henny étaient presque arrivées devant le barbecue. Il ne restait plus beaucoup de temps. Mais le fait que son fils soit tombé dans les griffes d'une folle restait en travers de la gorge de Saaler.

— Quand deux personnes vivent les mêmes expériences, quelle est la probabilité que leurs réactions se ressemblent ? demanda-t-il. L'une a tué un homme au parc animalier. L'autre a la haine des bébés. Ça ouvre un boulevard aux idées les plus macabres.

— Tu es un médecin, répliqua Brock, pas un songe-creux.

Saaler prit une gorgée de vin. Mechthild et Henny se frayaient lentement un chemin à travers les tables.

— Paramnésies communes ? grommela Saaler.

— Aboiements de chiens pour l'une et, comme je viens de l'apprendre, pleurs de bébés pour l'autre.

— Tourne-toi vers un neurologue.

— Je me tourne vers toi.

Saaler avança la mâchoire inférieure comme un pitbull avant l'attaque.

— Expérience de mort imminente, délire, drogues, exaltation religieuse, épilepsie, cortex cérébral endommagé, occlusion veineuse. Brock !

— J'ai besoin d'une interprétation, pas d'un diagnostic.

— Alors procède à une hypnose régressive ! Je ne suis pas un chaman !

Henny, arrivée la première à la table, écarquilla les yeux d'étonnement :

— Chamanisme ? Dans ce cercle d'illustres scientifiques ?

Elle posa l'assiette de langoustes grillées devant Saaler. Elle-même s'était accordé une petite salade mixte. Mechthild avait pris des steaks pour elle et Brock.

Saaler grogna quelque chose d'incompréhensible avant de s'attaquer au premier crustacé. Brock vit à sa mine que ses pensées tournaient autour de son fils et de ses fréquentations douteuses.

Ils passèrent le reste de la soirée à bavarder de choses légères, entraînés par les femmes, qui les distrayaient avec des plaisanteries et les derniers potins sur les autres membres du club.

Les deux heures s'étaient écoulées plus vite que Brock ne l'aurait cru. Mechthild, toute guillerette, en était au quatrième verre de champagne, et la bouteille de meursault avait été remplacée depuis un moment par une deuxième. Ils demandèrent l'addition, se chamaillèrent gentiment à qui inviterait l'autre, puis sortirent tous ensemble. Les hommes se serrèrent la main, les femmes se firent amicalement la bise. Une image trompeuse, comme Brock l'apprit dès le chemin du retour.

— Ça m'échappe, dit Mechthild en lui prenant le bras lorsqu'ils remontèrent la Clayallee sous les tilleuls aux effluves enivrants. Elle est jeune, intelligente, drôle - qu'est-ce qu'elle lui trouve, à ce vieux croulant ?

Il s'arrêta et lui baisa la joue.

— Saaler et moi avons à peu près le même âge, dit-il. Alors, qu'est-ce que tu me trouves ?

— Peut-être que je t'aime ?

Ça faisait déjà trente ans que le cœur de Brock se réchauffait à ces mots. Il continuait d'être sous le charme.

— C'est de la magie, murmura Brock.

Il la prit dans ses bras et sentit qu'elle se serrait contre lui.

— De quoi tu parles ? fit-elle.

— Je pensais à ces petits tours de passe-passe.

— Ce n'est pas juste de parler d'elle comme ça.

— De qui ?

Confus, il baissa les yeux sur elle.

— Je croyais que tu parlais de Henny, répliqua-t-elle.

— Non, répondit-il désarçonné. Non, je pensais à une chose qui m'est arrivée dans mon cabinet et qui ne me sort pas de la tête. Pardon.

Elle l'embrassa à pleine bouche. Comprendre : Je te veux. Il lui rendit ce baiser, debout, en pleine rue, sous la lumière d'un lampadaire, comme un amoureux qui n'a plus peur de montrer son bonheur aux yeux du monde - comprendre : Moi aussi, je te veux. Un peu plus chaque jour qu'il m'est donné de passer avec toi.

31

Lutz Gehring avait pris la décision de ne pas aller ce vendredi au club de gym comme tous les autres soirs, mais de commencer son week-end dans un bar sportif non loin de son appartement. Il était cependant incapable de se concentrer sur le match de foot retransmis sur l'écran. Après la troisième bière, les nerfs à vif, il sortit son téléphone. Toujours aucun message de Beara.

L'appeler une cinquième fois ? Absurde. Bon Dieu, qu'est-ce qui l'empêchait de jeter un coup d'œil sur son portable ? Après tout, c'était *elle* qui lui avait cassé les pieds. C'était *elle* qui avait demandé qu'on reprenne l'affaire Rubin depuis le début. Elle avait peut-être compris que ses soupçons étaient tirés par les cheveux et n'osait pas l'admettre. Et lui qui allait passer pour un idiot auprès de Schwab et compagnie. Dans sa tête il rédigeait déjà des mails rageurs déconseillant à toute école supérieure de laisser Beara s'approcher ne serait-ce que de la porte d'entrée.

Il fourra son portable dans sa poche. À cet instant, celui-ci se mit à sonner. Dans ses efforts pour l'extraire de son pantalon serré, il ne prêta pas attention au numéro d'appel.

— Oui, aboya-t-il.

Un mot sec et sonore, rien de tel pour camoufler les bafouillages dus à l'alcool.

— Vieritz à l'appareil. C'est bien le numéro du commissaire Gehring ?

— Oui. (Il réfléchit. Vieritz ? Vieritz !) Attendez une seconde.

Gehring sortit du bar, son demi à la main. Une des tables sur le trottoir était encore libre. Il s'assit. La vache, il avait un sacré coup dans le nez…

— Voilà, maintenant nous pouvons parler, reprit-il. Vous avez trouvé quelque chose ?

— Oui. Désolé de vous déranger alors que le week-end a déjà commencé. C'est à propos de Sonia. Un bail qu'elle est chez nous. Du temps de mon père déjà. Toujours irréprochable, toujours précise. Sans elle, la boutique ne tournerait pas comme elle tourne.

Gehring sirota sa bière tandis que Vieritz continuait à chanter les louanges de Sonia : une merveille de comptabilité, archi-carrée en matière fiscale. Gardienne des feuilles de route et de la caisse. Et même des clés de la cave.

— Elle conserve tout dans de vieux cartons à la cave. J'aurais jamais pensé. Je ne savais même pas ce qu'il y avait dedans. Mais comme vous donniez l'impression qu'il s'agissait d'une affaire importante et que nous nous faisons un devoir de rendre service à la police, elle y est descendue cet après-midi.

Gehring était curieux de savoir quel service Vieritz attendait de la police en échange.

— Et donc ? demanda-t-il. A-t-elle trouvé quelque chose ?

— Oui. En 1991, Leyendecker et Göhler sont allés à Wendisch Bruch. L'hôtel Les Tilleuls. Ils y ont passé la nuit. Le Mark est-allemand était déjà remplacé par le Deutsche Mark à l'époque ?

Question qui dépassait clairement Gehring. Vieritz apporta lui-même la réponse :

— C'était déjà le Deutsche Mark. Vingt-huit Marks la chambre simple. Ce que ça coûtait, à l'époque ! Vaut mieux pas y penser. Je peux vous envoyer la facture. Ils ont aussi dîné : solianka, rôti de porc et chou rouge. Ça vous est utile ?

— 1991 ?

Gehring prit un sous-bock, nota les chiffres et tenta de mettre de l'ordre dans toutes ces dates. Quel âge Rubin pouvait-elle avoir à cette époque ? Douze, treize ans ? Ça n'avait aucun sens.

— Il ne peut pas y avoir d'erreur ? demanda-t-il.

— Si je vous le dis. Je l'ai sous les yeux, noir sur blanc.

— Et l'accident de Göhler a eu lieu quand, déjà ?

— L'hiver 1995/96.

À cette date Rubin devait avoir dans les dix-sept ans et avait déjà quitté Wendisch Bruch. Elle avait commencé une formation, pris son propre appartement. Et elle aurait liquidé un représentant en machines agricoles avec une cargaison de lisier ?

— Quatre ans plus tard.

Que s'était-il passé durant ces quatre années ?

— Pardon ?

— Merci, monsieur Vieritz. Vous nous avez grandement aidés. Si vous pouviez déposer les factures à la brigade criminelle de Schwerin ? Ou alors serait-ce trop vous demander de me les envoyer directement ?

— Pas du tout, mon ami. Je m'en occupe de suite… Ah, monsieur le commissaire… j'aurais encore une petite question.

Gehring réprima un soupir et se prépara à la suite.

— Oui… ?

— Alors voilà, c'est au sujet de mon permis, j'en suis à neuf points de pénalité actuellement. Vous savez, pour moi, le permis, c'est vital…

— Question de prix, monsieur Vieritz.

— Ah oui, je vois. Combien demandez-vous ?

— Pas moi. Le juge, le jour de votre prochaine condamnation. Prouvez-lui que votre existence et la survie de quelques emplois dépendent de votre permis, et il pourra peut-être transformer le retrait en amende.

— C'est possible ?

— C'est possible. Appelez-moi le jour venu.

Vieritz le salua et prit congé avec des effusions de gratitude. Il croyait probablement que le bras de Gehring était assez long pour atteindre le fichier national du permis à points.

Le commissaire retourna prendre une autre bière à l'intérieur du bar, puis ressortit. Dehors l'air était plus respirable. Il songea à ce que Vieritz venait de lui apprendre.

Leyendecker et son collègue Göhler étaient bel et bien passés par Wendisch Bruch, le village de Charlotte Rubin. Elle avait treize ans à l'époque. Quatre ans plus tard, l'un des deux mourait, et plus de vingt ans plus tard c'était au tour de l'autre. Entre-temps, les hommes de Wendisch Bruch avaient disparu.

C'est en rentrant chez lui seulement qu'il se rendit compte de deux choses. La première : ce n'était pas une coïncidence. La seconde : Beara, quoi qu'il soit arrivé, aurait déjà dû se manifester.

32

Nuit. Nuit noire. Ce devait être la nuit, car l'obscurité était aussi écrasante que lugubre. Le corps de Sanela était comme du béton. Lourd, froid, immobile. Membres de marbre. Cœur de fer. Seul le tremblement tout au fond de son abdomen lui révélait qu'elle était encore vivante.

Elle était incapable d'ouvrir les yeux, mais elle respirait. C'était une respiration faible et régulière, à peine décelable. Son esprit, englouti dans des tourbillons boueux, resurgissait lentement des ténèbres. Était-elle morte ? Ou seulement paralysée et aveugle ? Un froid glacial remontait dans son corps. Peut-être avait-elle bu de la ciguë ou quelque autre poison. Qu'importe ce que c'était, même sa panique était mise en sourdine. Son esprit semblait se détacher de son corps pour s'étendre au-dessus d'elle comme une grande couverture. L'esprit et le corps se séparaient. Était-ce bon ou mauvais signe ? Le tremblement dans son ventre s'amenuisait. Plutôt mauvais signe. Elle tenta de bouger, d'entrouvrir au moins les paupières – impossible. Elle interdit à son esprit de se laisser envahir, ne serait-ce qu'un instant, par la panique. La panique n'est utile qu'à celui qui peut bouger.

Le tremblement s'éteignit. La respiration cessa. La fin. Elle était morte. Avant que son esprit se détache complètement de son corps, elle lui ordonna de penser à son père. Son visage lui apparut. Il était jeune, très jeune. Et plus grand qu'elle. Beaucoup plus grand. Il pleurait. Il la serrait contre lui, balbutiant des mots incompréhensibles sur l'amour et le bonheur, et sanglotait. Puis, à bout de bras, il prit tendrement son visage entre ses deux grandes mains et la regarda droit dans les yeux.

— N'en parle jamais. Tu m'as compris ?

Elle acquiesça. À l'époque, elle croyait encore qu'il était possible d'exorciser ses démons par le silence.

33

Jeremy laissa sur le répondeur de Chaton un deuxième bref message. Il prévenait qu'il partait faire un tour à Wendisch Bruch avec Cara et qu'ils seraient de retour à Berlin avant la fin du week-end.

Il coupa la ligne et jeta un bref regard vers Cara assise au volant de sa voiture, les yeux cachés derrière des lunettes de soleil. La mort de Charlie était encore si présente. Le deuil et la douleur avaient ouvert des cicatrices qui ne se refermeraient qu'avec le temps.

Ils roulaient depuis une bonne demi-heure sur l'A9 en direction de Berlin. Cara conduisait vite, tout en maîtrise. Quand le panneau de la sortie Treuenbrietzen apparut, elle ralentit l'allure, puis mit le clignotant. L'image d'un vieillard portant l'Enfant Jésus était suspendue au rétroviseur.

— Saint Christophe ? demanda-t-il.

Elle hocha la tête, concentrée sur le virage de sortie.

— Je suis aussi catholique qu'un bébé païen non baptisé. Ça vient du précédent propriétaire.

— Ah bon, je me disais que…

— Que quoi ? Tu es croyant, toi ?

Jeremy réfléchit :

— Oui.

— Moi pas. Ce que je vois dans mon boulot n'est pas très flatteur pour le divin. Tout compte fait, l'évolution, c'est comme des galets polis par la houle.

Il ne la croyait pas.

— Et sainte Catherine ?

— Ah, oui, les saints auxiliaires. J'en ai déjà entendu parler. Toujours au rendez-vous quand la situation se complique.

Son ironie faisait des étincelles.

— Avec la Vierge Marie en cheftaine, poursuivit-elle. Censée transmettre les appels au secours en haut lieu. Le ciel, vaste administration bureaucratique dont le boss est toujours en vacances.

— Comment Charlie a eu cette sainte ?

Elle grilla un feu rouge. Sans conséquences, car il n'y avait pas le moindre véhicule en vue. Mais elle leva tout de même le pied.

— C'est toi qui m'as dit qu'un curé la lui avait apportée. Ces gens-là sont prêts à tout.

— Ça ne peut pas être une coïncidence. Comment savait-il que c'était sa sainte patronne ?

— Il avait une chance sur quatorze de tomber juste.

Jeremy haussa les épaules. Cette réponse ne le satisfaisait pas, mais il n'en avait pas de meilleure.

— Il t'arrive de prier ? demanda-t-il.

Le feu suivant apparut au loin. Cara rétrograda.

— Oui. Comme tout le monde, je crois. Quand on est dos au mur et qu'il n'y a personne, on a besoin de quelqu'un à qui balancer notre désespoir en pleine figure. Mais je ne fais pas de génuflexions avec un rosaire, si tu veux savoir. De ce point de vue, je suis flexible. Je jure, je prie, je crie à tous les vents – mon dieu perso n'a pas la partie facile avec moi.

Elle freina, s'arrêta et lui adressa un sourire plein de tendresse.

— Tout comme toi, souffla-t-elle.

Ils s'embrassèrent jusqu'à ce que le feu passe au vert.

C'était une douce matinée d'été. Tout avait l'air léger, évident.

Ils traversèrent le Fläming, vaste paysage plat, parsemé de forêts de pins et de feuillus. On voyait les clochers d'église au loin. Des maisons en brique ou à colombages longeaient la route. À Jüterbog, Jeremy fut fasciné par l'architecture du cloître et la vieille ville médiévale. Pourtant les traces d'abandon et de désertification étaient omniprésentes. Les villages et hameaux qu'ils passaient à présent semblaient comme morts sous le soleil de midi. Cara ralentit. Elle devait çà et là reconnaître des endroits. Au milieu d'un carrefour en direction de Baruth, entre l'ancienne vallée glaciaire et la lande de Luckenwalde, elle arrêta la voiture. C'était sans danger, les routes étaient vides à perte de vue.

— Mon école, dit-elle en désignant une ruine qui avait dû être autrefois un bâtiment wilhelmien typique de la région. Les fenêtres sans vitres ni volets découpaient des trous béants dans la façade. Sur certaines, on apercevait encore des restes de verre. Le crépi du pignon de l'entrée, que quelqu'un avait eu la mauvaise idée de défigurer d'une couleur jaune fluo, s'écaillait.

— Joli, remarqua Jeremy.

— Bof.

Elle démarra et reprit la route. Pendant plusieurs kilomètres rien ne se passa. Les champs s'étendaient sur les collines comme d'immenses serviettes de bain.

De loin en loin, des troupeaux de vaches paissaient dans les pâturages. Dans le ciel, un vol d'hirondelles. À l'horizon tournaient des éoliennes. Ils franchirent un lit de rivière asséché.

— La Wende, fit-elle. Bienvenue à l'âge de pierre.

Elle eut un rire nerveux. Comme si la rivière tarie lui faisait honte.

— La Wende ?

— Oui, un confluent de la Nuthe. Du moins tant qu'elle avait encore de l'eau. D'où le nom de Wendisch Bruch. Bruch vient du moyen haut allemand *Bruoch*, qui signifie la bourbe, le marais, le marécage. Après la chute du Mur en 89 – l'autre « Wende » comme on l'appelle ici – nous avons désigné tout ce qui était de ce côté-ci de la rivière comme appartenant au temps d'avant la « Wende », et tout ce qui était de l'autre côté au temps d'après. Avant l'âge de pierre, après l'âge de pierre. Tu saisis ?

— Oui, répondit-il en pensant que l'humour brandebourgeois était un peu spécial. Belle région, ajouta-t-il, histoire de dire quelque chose.

Avec toute cette verdure et toute cette solitude, il ne prenait pas trop de risques.

— Bof.

Enfin apparut le panneau d'entrée d'un bourg. Quelqu'un avait dû le heurter en voiture il y avait longtemps. Il était de guingois, penché en arrière, les plis du métal rongés par la rouille. À son approche, Cara ralentit et arrêta le véhicule au bord de la route. Elle descendit et se posta au milieu de la chaussée, les deux mains sur les hanches, comme pour inspecter un chantier afin d'évaluer le travail qu'il lui restait à faire. Jeremy lui emboîta le pas.

Sur la gauche, derrière des murets troués et délabrés, s'étendaient les baraques grises d'une ancienne ferme. La route continuait jusqu'au village. Des pavés cahotants, bordés de vieux arbres noueux. La plupart des maisons avaient l'air mal en point. Tel était donc le marécage de la « Wende », le lieu où Cara avait passé son enfance.

— Comment te sens-tu ? demanda-t-il. Et, s'il te plaît, ne me dis pas « bof ».

— Bof.

Elle remonta ses lunettes de soleil dans ses cheveux. Par son attitude et son allure, elle lui rappelait la jeune Jackie Onassis. Une femme qui, même en jean et chemisier noué sur le devant, dégageait un érotisme froid.

— C'était notre ferme.

Elle pointa du doigt l'amas d'étables et de granges basses.

— Qu'est-ce qui s'est passé ?

— Peu après la mort de mon père, elle a été mise en vente judiciaire, mais on n'a jamais trouvé acquéreur.

— Donc, elle t'appartient toujours ?

— Non. Et de toute façon, elle serait revenue à Charlie… Peu importe. Je ne veux plus être mêlée à cet endroit. Mon Dieu, ça fait si longtemps. Je ne veux plus. Allons-nous-en.

— Pas maintenant. Nous y sommes presque.

— Tout le monde me connaît, ici, et ils savent de quoi Charlie a été accusée. Le village de la tueuse, c'est comme ça que la presse parle de Wendisch Bruch. Ça m'étonnerait qu'on m'accueille à bras ouverts.

— Il ne s'agit pas de ça. Nous faisons un tour, regardons tout, et dès qu'un souvenir te revient, je suis là. Pour la suite, nous verrons à Berlin, quand tu parleras avec le professeur Brock.

— Est-ce vraiment nécessaire ?

Le courage la fuyait. À Dessau les choses semblaient si simples, comme un jeu qu'on pouvait interrompre à tout moment. Maintenant ça devenait sérieux.

— Tu vas y arriver.

— Bien sûr que je vais y arriver. Mais je ne comprends pas ce que tu cherches.

Le regard de Jeremy se posa sur le village désert et silencieux.

— Je n'en sais rien moi-même. Pas encore. Allons-y, on verra bien ce qui se passera. Et moi, je serai à tes côtés.

— Hmmm.

— Je ne suis peut-être pas professeur, mais si ça t'affecte trop, je le verrai. Et nous arrêterons immédiatement.

Ils remontèrent dans la voiture et redémarrèrent. Quand ils arrivèrent à hauteur de la ferme, il s'attendit à ce qu'elle stoppe. Elle ne le fit qu'au milieu du village, à un croisement désert où s'agglutinait une poignée de maisons. Jeremy fut frappé par le fait que la moitié d'entre elles semblaient abandonnées.

— L'exode, murmura-t-il.

Cara coupa le moteur et tira le frein à main.

— Apparemment, nous ne sommes pas les seules à avoir fui cet endroit, remarqua-t-elle. Bon sang. Y a-t-il encore âme qui vive ici ? Je n'ai jamais porté ce trou dans mon cœur, mais quand même, on dirait qu'il a été frappé par une bombe à neutrons.

Elle se renversa en arrière et ferma les yeux.

— Tu sens ? demanda-t-elle au bout d'un moment. Tu voulais des souvenirs, en voilà. L'herbe coupée, le foin, la poussière de blé dans l'air. La terre sèche. Les étés en solitaire.

— Rien d'autre ?

Elle réfléchit.

— Rien.

Ils sortirent du véhicule. Cara regarda autour d'elle, puis montra une maison de plain-pied inhabitée et envahie par la broussaille.

— Là, c'était le boulanger, et là… (elle pointa une autre ruine) le boucher. Et là…

Elle se retourna. Un sourire furtif effleura ses lèvres. La maison était plus grande que les autres et avait dû faire office d'auberge du village dans un autre temps. Sur les murs se déchiffraient encore quelques lettres délavées. « Les Tilleuls », lut Jeremy en admirant les grands arbres dont les cimes dépassaient de très haut le toit de la maison.

— Là on m'achetait parfois une glace. Les pousse-pousse de Walburga. Allons voir. Peut-être vit-elle encore.

Jeremy s'apprêtait à lui demander si Walburga était le nom d'une ancienne entreprise de la RDA, quand une femme corpulente apparut au pas de la porte. Elle avait environ soixante ans, des cheveux grisonnants en bataille et portait une blouse tablier et des chaussures orthopédiques. Elle tenait sous le bras un panier en plastique rempli d'un tas de serviettes et de linge froissés. Surprise, elle s'arrêta et dévisagea les deux inconnus. Elle posa le panier et descendit lentement les deux marches. Sa surprise céda bientôt la place à l'incrédulité.

— Non. Pas vrai. C'est bien toi, Cara ?

Elle mit une main en visière. Une ombre recouvrit son visage, de sorte qu'il était impossible de savoir si son étonnement cachait de la joie ou du rejet. Cara chercha à tâtons la main de Jeremy. Il sentit qu'elle était comme une pile électrique.

— Walburga. Walburga, la baleine, s'exclama Cara.

La femme abaissa la main :

— Toujours aussi effrontée, à ce que je vois.

Un sourire trouble tordit les traits de son visage, qui rappela soudain à Jeremy les tableaux paysans d'un Teniers ou d'un Bruegel : une vie de labeur et de privations, s'achevant dans l'épuisement plutôt que dans une quelconque sérénité intérieure. Les pas de Walburga étaient peu assurés, ses jambes, qui soutenaient son corps lourd, enflées. Elle ne semblait pas changer ni laver sa blouse très souvent. Les bras nus et charnus, les seins lourds, plus recouverts que soutenus par un soutien-gorge d'une couleur indéfinissable. Les cheveux gris clairsemés, mal coupés et tombant par mèches poisseuses comme des feuilles de ciboulette. Quand elle s'approcha pour leur serrer la main, d'abord à Cara, puis à lui, il sentit une odeur âcre de sueur et d'oignon.

— Walburga Wahl. Wahl avec un h, notez bien, se présenta-t-elle. Ma petite, ma petite, mais qu'est-ce que tu fiches par ici ?

Son regard, bien plus vif que le reste, voltigea entre Cara et Jeremy.

— Je te présente Jeremy Saaler, mon psychologue. Un après-midi par mois on me laisse sortir, à condition qu'il m'accompagne, lança Cara.

Walburga plissa les yeux, puis secoua la tête et se mit à rire. Le rire de Cara se mêla au sien. Toutes deux s'esclaffèrent en pleine rue, comme si elles venaient de faire la blague du siècle, une blague que seul Jeremy ne pouvait pas comprendre.

— Un jus de fruits ? demanda Walburga en écrasant une petite larme au coin de l'œil. Et pour vous, monsieur Saaler ? Un vin de fruits, peut-être ?

La cuisine était vieillotte et dans le même état que la maîtresse des lieux. Le reste de la maison devait être à l'avenant. Un coup d'œil suffisait pour voir que l'époque où elle avait été une auberge était révolue depuis longtemps. Quand Jeremy posa distraitement la main sur la toile cirée, elle lui colla aux doigts. Dans le grand évier carré en céramique, une pile d'assiettes attendait d'être lavée. Walburga, avec une vivacité d'écureuil surprenante, entra dans le garde-manger et en ressortit aussitôt avec deux bouteilles heureusement encore bouchées.

Entre-temps Cara avait lavé trois verres, qu'elle posa sur la table. Walburga en remplit deux de jus de fruits jusqu'à mi-hauteur puis sortit un broc d'eau du frigo pour l'allonger.

— Sinon c'est trop sucré, expliqua-t-elle. De la prune de Wendisch Bruch. Et le vin, c'est un vin de cerises. Fait maison.

— Le verger de Walburga, c'est le paradis, commenta Cara, qui but la moitié de son verre d'une traite.

Dubitatif, Jeremy renifla le breuvage rouge, puis le goûta du bout des lèvres. Le vin avait un goût sucré et capiteux de cerises mûres et un degré d'alcool qui se rapprochait de celui d'une liqueur.

— Très bon, complimenta-t-il. Mais je crois que je devrais le couper un peu moi aussi.

— Je vous en prie, répondit Walburga en posant le broc d'eau devant lui, pile sous un tue-mouches.

— Tu l'exploites encore ? demanda Cara.

Walburga secoua la tête :

— Plus depuis longtemps. Mais dis-moi, quel bon vent t'emmène ? Que ce soit dit tout de suite : je suis au courant pour ta sœur.

Cara hocha la tête.

— Qui ne l'est pas ? fit-elle.

— Je suis désolée pour toi. Même si ce qu'elle a fait…

— Elle ne l'a pas fait.

Cara vida son verre. Walburga croisa les bras devant sa poitrine sans la quitter des yeux.

— Tout ça, c'est des mensonges, reprit Cara. De pures inventions. Charlie n'est pas une meurtrière.

— Ah bon.

Jeremy versa de l'eau dans son vin en espérant qu'aucun cadavre de mouche n'était tombé dans le broc. Bravant le piège mortel, trois ou quatre gros spécimens tournoyaient au-dessus de l'évier.

— N'empêche que je suis quand même désolée, ajouta Walburga. Tu en as assez bavé comme ça. Il y a du nouveau pour la ferme ?

— Pourquoi voudrais-tu qu'il y ait du nouveau ?

— Elle tombe en ruine. Dernièrement un employé de mairie a fait une visite pour voir s'il fallait engager des travaux de sécurisation.

— De mairie ? Quelle mairie ?

— Je n'en sais rien. Tout ce que je veux dire, c'est que s'il arrive quelque chose à quelqu'un, c'est pour ta pomme.

Jeremy suivait la conversation en silence.

— Je n'ai rien à voir avec la ferme, répliqua Cara.

— Maintenant que Charlie est décédée, elle est à toi. Je pensais que c'était pour ça que tu réapparaissais tout à coup.

Surprise, Cara se tourna vers Jeremy :

— Je l'ignorais. Je pensais que nous avions perdu la ferme depuis longtemps.

— Perdu, ricana Walburga. Comme si ça pouvait se perdre. Ça vous colle comme une crotte à la semelle. Mais bon. Si c'est pas pour ça, pourquoi tu es venue ?

— Toujours aussi curieuse, hein ? Tu fais encore de la glace ?

Walburga soupira en regardant autour d'elle.

— Plus depuis longtemps. Tout a fichu le camp, ici. À part quelques vieilles et les chiens.

— Les chiens…

Cara ferma les yeux. Brusquement, elle les rouvrit en grand :

— Akra… Et qu'est devenu Kerl ?

— Mais c'est ton père qui l'a lui-même piqué.

— Ah… Et Bruno ? Il vit encore ?

— Mort depuis longtemps. L'autre dehors, c'est son petit-fils. Je l'appelle Bruno aussi. Je les ai tous appelés Bruno. C'est plus simple. Vu qu'ils se ressemblent tous. Moches, mais bonnes pâtes. Les Bruno, ils aiment tout ce qui est petit et qui a besoin d'aide. Une fois, mon Bruno a fait traverser la route aux chatons des Böhne, un à un, en les portant dans sa gueule. Et tous mes chiens ont toujours veillé sur les mômes.

Walburga se tut. Le silence s'installa entre elles comme un hôte indésirable, que Cara finit par chasser en se raclant la gorge.

— Où est Erich ? demanda-t-elle.

Walburga, qui se tenait avachie sur sa chaise comme un tas de viande sur la planche en bois, se redressa d'un coup.

— Parti.

Jeremy remarqua que sa gentillesse – feinte ou sincère – se transformait imperceptiblement en attitude défensive. Elle frotta ses avant-bras comme si elle avait froid, et sur ses joues apparurent de petites plaques roses : tout, dans sa réaction, indiquait la peur, suscitée par la méfiance ou par la culpabilité. Jeremy opta pour la seconde hypothèse et fut curieux de savoir ce qu'était devenu ce chien.

— Ah oui ? répondit Cara. Je me souviens vaguement.

— Il s'est échappé ? s'immisça Jeremy, déclenchant à sa grande surprise l'hilarité des deux femmes.

— Erich, c'est le mari de Walburga, expliqua Cara, qui ajouta, de nouveau grave : C'était peut-être mieux comme ça, non ?

Walburga répondit par un vague « mouais ». Les plaques sur son visage foncèrent.

— Depuis, je me débrouille comme je peux, finit-elle par dire. Je continue à toucher sa retraite, du coup, ça va.

— Je vois, fit Cara.

— Pourquoi c'était mieux comme ça ? demanda Jeremy en reprenant une gorgée de son vin coupé, à présent tout à fait buvable.

— Parce que c'était une brute, un type répugnant, dit Cara. Une fois, il a lancé un pavé sur Kerl.

— Kerl, c'était bien un chien, n'est-ce pas ?

Il était déconcerté par les noms qu'on donnait aux animaux par ici.

— Oui. Et franchement, il picolait comme un trou. Erich, je veux dire, pas Kerl. Le moindre sou qui rentrait dans la caisse repartait directement dans l'alcool.

— Exact, confirma Walburga.

Elle décroisa les bras. Elle se sentait de nouveau en terrain sûr, car Cara croyait à son histoire. Mais pas Jeremy. Quelque chose clochait. Aucun alcoolique ne se tirait du jour au lendemain en laissant de son plein gré sa retraite à sa femme.

— Et vous ? demanda Walburga en tournant son corps imposant vers Jeremy. Qu'est-ce qui vous amène dans ce trou perdu ?

— L'église en pierre des champs. J'ai lu quelque chose à son sujet sur le Net et j'avais envie de la voir de près.

Walburga hocha la tête, dubitative.

— Oui, parfois des cyclistes allant à Baruth font un petit crochet par ici pour la voir. Elle est toujours ouverte. Faut dire qu'il n'y a rien à voler. Sauf notre Esther.

— Esther vit toujours ! s'exclama Cara. Elle doit avoir largement plus de quatre-vingts ans, maintenant.

— Oui, et toujours aussi mauvaise langue. Les choses n'ont pas beaucoup changé, ici. Sauf que tout est devenu encore plus morne, encore plus déprimant.

— Pourquoi y a-t-il autant de maisons abandonnées ? demanda Jeremy. Wendisch Bruch semble mort.

— Une fois que ça commence, ça ne s'arrête plus. (Walburga tapota la table de sa main boudinée, et Jeremy s'étonna que celle-ci ne reste pas collée sur la toile cirée comme les mouches sur la glu.) Bon. Maintenant faut que j'aille étendre mon linge.

— Je vais faire un tour dans le verger, je peux ? demanda Cara en se levant d'un bond. Je préfère y aller seule. Va voir l'église, toi. On s'y retrouvera tout à l'heure.

Jeremy n'eut pas le temps de se lever qu'elle était déjà partie. Walburga déposa les verres dans l'évier bien rempli, puis sortit par la porte de derrière, sur les pas de Cara.

Les jardins à l'abandon émouvaient toujours Jeremy. Pouvoir deviner encore la main qui les avait choyés avant de les délaisser. Les Tilleuls avaient dû être une maison fière et prospère, autrefois. Il s'imagina des attelages faisant halte devant le porche, les nombreuses tables noires de monde, sous le toit de verdure formé par les branches des arbres. Les tonneaux de vin empilés dans la grange. Aujourd'hui, elle était proche de l'effondrement. Le gazon, tantôt desséché, tantôt très haut, n'était plus entretenu. La corde à linge courant d'un arbre à un poteau métallique s'affaissait en son milieu. Jeremy prit le panier en plastique et, longeant d'épaisses touffes d'orties, emboîta le pas de Walburga.

— Vous êtes bien serviable, jeune homme.

Elle décrocha du poteau une petite poche en coton défraîchi et la mit sur son épaule. Après quoi elle demanda à Jeremy de lui passer une culotte éléphantesque, qu'elle étendit sur la corde sans sourciller. Elle fouilla dans la poche, y pêcha quelques pinces à linge et fixa le sous-vêtement troué et délavé.

— Et maintenant, crachez-la, votre Valda. Pourquoi est-elle venue ?

D'un geste du menton, elle désigna le fond du terrain. Derrière un jardin aromatique envahi de broussailles s'étendait le verger. Il y vit Cara. Elle se retourna brièvement et lui fit un signe de la main, auquel il répondit.

— Pour retrouver des souvenirs d'enfance, répondit-il.

Ce qui était vrai.

Walburga plissa les yeux. Non pas pour commenter l'état de la pièce suivante – une paire de jeans aux jambes larges comme des tuyaux d'égout –, mais parce que, à l'évidence, elle n'en croyait pas un mot.

— Y a pas grand-chose ici qui vaille qu'on s'en souvienne.

— Ah non ? Pourtant, quand elle parle de Wendisch Bruch, ça semble toujours sympa.

— Sympa ? Mais de quoi est-ce qu'elle parle ?

— Des étés qu'elle a passés ici. De l'odeur qui flotte dans l'air au moment de la récolte. (Il marqua une petite pause, puis décida de brûler sa cartouche la plus prometteuse.) Des chiens.

— Des chiens ?

La pince en plastique se cassa entre les doigts de Walburga, tandis qu'elle tentait de fixer l'épais tissu du jean. Elle fronça les sourcils, en chercha une autre dans son sac et finit par sortir une pince à linge en bois, plus solide.

— Pourquoi se souvient-elle des chiens ? demanda-t-elle.

— C'est aussi la question que je me pose. Qu'est-ce qui s'est passé ici ?

— Rien. C'est bien ça le drame.

— Vous ne me comprenez pas. Je pense que ce n'est pas un hasard, ce qui est arrivé à Charlie.

— Charlie ? Vous la connaissiez ?

— Évidemment. C'était la sœur de Cara.

Walburga se fit passer un pull complètement bouloché.

— Voilà qu'elle se la joue famille, maintenant, fit-elle. Ça vient un peu tard. En tout cas, félicitations. Vous êtes ensemble, non ?

Jeremy sourit. Walburga était plus maligne qu'elle en avait l'air.

— Oui. Si on veut. C'est pourquoi je cherche à en apprendre le plus possible sur elle.

— Alors, c'est d'abord à elle qu'il faut poser les questions.

— Elle ne se souvient plus de rien.

Walburga abaissa le pull, le souffle court. Les rougeurs réapparurent sur son cou et ses joues.

— C'est peut-être mieux ainsi, répondit-elle. Elle n'a pas eu une vie facile. Sa mère est morte quand elle était toute petite. Et son père était un poivrot doublé d'une brute épaisse qu'il valait mieux éviter quand il avait un coup dans le nez. Et puis il y avait Charlie, qui a toujours eu un grain.

— Sans parler des chiens.

— Pourquoi vous parlez tout le temps des chiens ?

Elle se retourna avec une moue contrariée et se consacra à son pull.

— Ils en avaient deux, reprit-elle. Akra et Kerl. Un berger allemand et un bâtard genre mastiff. Des bêtes dangereuses qui se baladaient dans la ferme en toute liberté. C'est pour ça aussi que personne n'osait y aller.

— Mais il y avait d'autres chiens, n'est-ce pas ?

Elle poussa le pull sur le côté et se baissa pour passer sous la corde.

— Ici, tout le monde en a au moins un. Même Esther, jusqu'à l'année dernière. Il a fini par rendre l'âme. Vous faites des recherches sur les chiens ou quoi ?

— Non, non.

Jeremy se baissa et entreprit de trier les chaussettes pour pouvoir les passer par paires à Walburga.

Il demanda :

— Qu'est-ce qui s'est passé avec les bébés ?

Il dénicha une paire de chaussettes en laine, visiblement tricotée main, et se redressa pour les tendre à Walburga. Elle était plantée là, toute droite et immobile, le regard perdu au loin. Elle ne répondit rien.

— Madame Wahl, vous allez bien ? Vous voulez vous asseoir ?

— Non, non. Je vous remercie. (Elle prit les chaussettes et les étendit sur la corde.) Je ne sais pas de quoi vous parlez. Écoutez, c'est l'heure de mes cachets. Je finirai plus tard. Au revoir.

Sur ce, elle passa devant lui et rentra dans la maison. Stupéfait, il regarda le panier à linge à moitié plein. Comme elle avait emporté le sac de pinces à linge, il renonça à terminer la besogne. Il s'en fut vers la rue et essaya de se repérer. Ils étaient venus de Jüterbog, pour aller en direction de Baruth, il fallait donc ressortir de l'autre côté du village. Au bout de cent mètres, il découvrit l'église sur une petite colline et y alla.

L'intérieur était sombre et frais. Walburga avait raison : il n'y avait rien à voler. Tout au plus le crucifix en bois au-dessus de l'autel, mais il était fixé au mur sur un support en fer forgé. Un court instant, il eut honte d'avoir eu des idées de vol à l'intérieur d'une église.

Il s'installa sur une rangée de bancs et attendit. Au bout d'un quart d'heure, l'impatience le poussa à ressortir. Il contourna l'église côté ouest. Du haut de la colline il pouvait voir le verger et une partie de l'ancienne auberge.

Cara n'était pas visible. Il essaya de la joindre sur son portable, mais au bout de quatre sonneries il tomba sur la boîte vocale.

Sous un arbre, il découvrit un banc. Il s'approcha et s'y assit. Quelqu'un, très longtemps auparavant, avait gravé dans le bois deux lettres entourées d'un cœur : C et M.

Tiens, Cara ne m'a pas parlé de ça, pensa-t-il avec une pointe de jalousie. Il y avait eu un autre homme dans sa vie. Quelqu'un du village. Il effleura le cœur du bout des doigts et s'imagina deux adolescents assis sur ce même banc, leurs mains moites serrées l'une dans l'autre. Il fallait admettre que l'endroit était beau. Probablement le plus beau coin de Wendisch Bruch.

Au bout d'un autre quart d'heure, n'ayant aperçu d'autre mouvement que le balancement des culottes de Walburga sur la corde à linge, il commença à s'inquiéter. Avait-elle oublié leur rendez-vous ? Sa seconde tentative de la joindre se soldant par un nouvel échec, il lui envoya un texto la priant de le rappeler.

Il redescendit la route. Leur voiture était toujours garée devant chez Walburga, mais la maison était à présent fermée à clé. Il frappa, alla à la porte de derrière, mais elle aussi était verrouillée. Il secoua la poignée, recula d'un pas et appela. Personne ne réagit. Un chien se mit à aboyer au loin. Un deuxième lui fit écho. Les aboiements se répandirent comme un feu de brousse. Déjà cinq ou six chiens. Soudain s'éleva une longue clameur continue. On eût dit une meute de loups hurlant à la lune. C'était à vous coller la chair de poule. Jeremy fut pris d'un frisson. Les chiens de Wendisch Bruch venaient de se réveiller.

34

L'appel arriva vers midi, alors que Gehring était en train de descendre la poubelle. C'était un de ses collègues du commissariat, un type avec un nom à rallonge imprononçable. Il alla droit au but.

— Le père d'une collègue, Tomislav Beara, est dans nos locaux. Il dit que sa fille n'est pas rentrée depuis deux jours. Elle s'est manifestée pour la dernière fois hier, par texto. Ici, tout ce qu'on a, c'est un appel de sa part pour signaler qu'elle est malade.

Gehring referma le couvercle de la poubelle.

— Eh bien ? demanda-t-il, alarmé.

— M. Beara dit que sa fille…

L'homme s'interrompit, cherchant ses mots.

— Que dit M. Beara ?

— Qu'elle aurait… euh… qu'elle lui aurait souvent parlé de vous. Il voulait savoir comment la joindre, et si jamais…

— Et si jamais quoi ?

— … si jamais… euh… elle n'était pas chez vous ?

— Dites-lui qu'elle n'est pas chez moi. J'arrive. Je suis là dans vingt minutes.

Il alla directement à sa voiture, sans prendre la peine de remonter chez lui. Le trafic du week-end étant moins dense, il arriva à Sedanstrasse plus vite que prévu. Il se gara dans la cour, entra dans le commissariat par l'arrière et chercha la porte du bon bureau. Un homme entre deux âges avec une tête de déterré qui rappelait vaguement celle d'un phoque apparut dans le couloir.

— Vous avez fait vite, dit-il. Il vous attend dehors.

Dehors, cela voulait dire dans la salle d'attente où s'étalait insolemment la pauvreté de l'administration berlinoise. Outre une machine à café et un présentoir à prospectus (« La police vous conseille... »), l'endroit disposait de quelques chaises inconfortables. Sur le rebord de la fenêtre, des plantes vertes, trop moches ou trop vieilles pour être admises ailleurs, végétaient dans une longue agonie, prolongée par les fonds de café versés de temps à autre par une bonne âme apitoyée.

Tomislav Beara était un homme d'une soixantaine d'années. Pour sa visite à la police, il avait sorti le costume-cravate de rigueur, mal coupé, mais propre. Sa poignée de main était ferme, ses mains sèches. Sa tête anguleuse rappelait à Gehring un paysage de montagnes érodées. Rides profondes, yeux marron alertes et sourire avenant, quoique circonspect.

— Commissaire divisionnaire Lutz Gehring. Vous êtes le père de mademoiselle Beara ?

— Oui.

D'un geste habile, l'homme fit disparaître un chapelet en bois au fond de sa poche.

— Je voudrais savoir où est ma fille.

Gehring sentit que l'homme le passait au scanner tout en tirant des conclusions sur ce que sa fille avait pu lui raconter. Gehring était mal à l'aise. Il fallait croire que les soupçons de Beara contaminaient tout le monde. Peu importait qu'elle fabule sur des meurtres en série dans le Brandebourg ou sur ses relations extraprofessionnelles avec un commissaire – son père le dévisageait comme s'il avait déshonoré puis abandonné sa fille dans quelque sombre ruelle.

— Nous l'ignorons, et nous n'avons aucune nouvelle.

— Vous ne la recherchez pas ? Vous ne signalez pas son absence ?

— Votre fille s'est fait porter malade, monsieur.

— Elle n'est pas malade. Elle travaille pour vous sur une affaire. C'est ce qu'elle m'a dit.

Gehring se retourna et vit que la tête de phoque au nom composé, postée près de la porte donnant sur la salle d'attente, ne perdait pas une miette de la conversation.

— Venez dans mon bureau, dit Gehring.

Le Croate le suivit à travers la cour. Contrairement à ses habitudes, Gehring appela l'ascenseur. Ils montèrent ensemble au troisième étage. Les couloirs, d'ordinaire si animés, étaient déserts. Gehring connaissait bien le silence qui y régnait les week-ends. Il en avait souvent profité pour venir travailler.

Une fois dans son bureau, il invita son visiteur à s'asseoir. L'homme s'exécuta, précautionneusement, en veillant à ne pas froisser les plis de son pantalon.

— Où est ma fille ?

— Quand avez-vous eu de ses nouvelles pour la dernière fois ?

— Je l'ai dit. Hier. Un texto. Regardez.

Il tendit à Gehring son vieux Nokia, un de ces appareils mastoc dont l'écran finissait toujours par lâcher avant l'heure. Gehring était étonné de voir qu'il en existait encore en état de marche.

Ne te fais pas de souci. Boulot à finir pour commissaire Gehring. Je rentre après.

— Elle parle le croate, dit Beara, mais elle ne sait pas bien l'écrire. Il faut bien choisir son pays, n'est-ce pas ?

Gehring lui rendit son portable.

— Lequel est le vôtre ? demanda-t-il.

Le Croate haussa les épaules. Ses mouvements, malgré son âge et son corps marqué par le labeur, avaient la fluidité juvénile des Méridionaux.

— Je veux que vous la recherchiez. Je me fais du souci.

— D'après ce que je sais, votre fille est allée dans un patelin nommé Wendisch Bruch. Je vais y envoyer une voiture de patrouille. Nous aussi, on commence à se faire du mauvais sang. Mais, vous savez, elle a… du caractère. Peut-être que la batterie de son portable est simplement déchargée.

Tomislav baissa la tête et remua la mâchoire, comme s'il rongeait quelque chose. Le regard toujours rivé au sol, il demanda :

— Qu'est-ce qu'elle fiche ?

— Pardon ?

— Du caractère. Vous voulez dire qu'elle n'en fait qu'à sa tête ?

— Oui, confirma Gehring.

D'une certaine manière, c'était le cas.

— Vous et Sanela, dit l'homme en levant les yeux, vous sortez ensemble ?

Gehring tendit les mains au ciel.

— Grand Dieu non ! Elle vous a dit ça ?

Si oui, Beara était encore plus barjo qu'il n'avait cru.

— Je suis son père. Je sens ce genre de choses. Elle n'a pas de petit ami. Vous êtes marié ?

— Non, monsieur Beara. Et je n'en ai pas l'intention non plus. Je ne veux pas dire du mal de votre fille, c'est une jeune femme tout à fait ravissante et ambitieuse. Elle finira certainement par trouver un bon mari. Mais ce ne sera pas moi.

— Pourquoi votre nom sur ce message ? Pourquoi ses yeux brillent quand elle parle de son travail ? Elle n'a jamais fait ça. Travail de merde, collègues de merde, voilà ce qu'elle disait. Jusqu'à ce que vous arriviez.

D'un geste quasi accusateur, il tint le portable sous le nez de Gehring.

— Peut-être parce qu'elle fait des recherches pour une affaire sur laquelle j'ai travaillé. Je ne peux pas en dire plus. Ah, si. Une chose : elle le fait de son propre chef, sans autorisation de ma part, sans légitimité. Son entêtement et ses caprices sont sur le point de ruiner sa carrière.

— Sanela se fiche de sa carrière.

— Ah oui ?

— Elle cherche autre chose. Elle veut gagner. Toujours, partout. Elle ne sait pas perdre. De quelle affaire parlez-vous ?

— Je ne peux pas vous le dire.

— Le parc animalier, n'est-ce pas ? Elle a failli y laisser la vie. Est-ce qu'elle a reçu un petit mot de sa hiérarchie ? Une médaille ? Un cadeau ? Des sous ?

Gehring pensa au bouquet de fleurs, mais se serait fait arracher la langue plutôt que de le mentionner.

— Rien, résuma le père. C'est comme ça. Elle s'est fait fracasser le crâne pour rien.

— C'était un malheureux concours de circonstances.

— Elle donne tout. Elle veut gagner. Elle ne tient pas ça de moi. C'est son caractère. Et c'est la vie qui l'a façonnée de cette manière.

On frappa à la porte. Gehring beugla « Un instant ! » et se retourna vers son visiteur :

— Monsieur Beara, nous ne laissons jamais tomber un collègue en difficulté. Nous allons prendre votre avis de disparition et j'en informerai sur-le-champ les collègues à Jüterbog. Je partage vos craintes et je m'occuperai personnellement de l'affaire, je vous le promets.

Beara hocha la tête et se leva. Gehring l'accompagna jusqu'à la porte.

— Que vouliez-vous dire par : Elle veut tout le temps gagner ?

Le vieil homme posa une main ferme sur le bras de Gehring.

— Vous vous en occuperez ?

— Oui.

— Elle a perdu une fois. Elle n'était qu'une enfant. Pour elle, la vie est juste un prêt. Pour elle, tout ne s'obtient que par la lutte. Ne jamais perdre. Elle n'a pas de limites et ne lâche jamais. Ça me fait peur.

— Dieu a prêté la vie à chacun d'entre nous.

— Oui, opina le père. Mais dans son cas, ce n'est pas Dieu qui la lui a prêtée.

Gehring ouvrit la porte, et avant même de pouvoir lui demander qui d'autre que Dieu pouvait prêter ou donner la vie, Beara s'était glissé dehors avec une agilité surprenante.

— Voulez-vous que…

Gehring allait se proposer de le raccompagner, lorsqu'il aperçut Gerlinde Schwab dans le couloir. Elle était en sueur, à bout de souffle, et rouge comme une tomate. Il était si estomaqué de la voir qu'il en oublia de dire au revoir à Tomislav Beara.

— C'est moi que vous cherchez ? demanda-t-il.

Elle fit oui de la tête. Beara avait presque rejoint la cage d'escalier, il trouverait bien la sortie tout seul. D'un geste de la main, Gehring pria Schwab d'entrer.

— Qu'avez-vous pour moi ? lança-t-il.

Il n'avait tellement pas l'habitude de la voir en dehors des heures de bureau qu'il s'abstint de lui en faire la moindre remarque.

Elle lui montra un bloc-notes tout griffonné.

— Hier je suis restée au téléphone jusque tard le soir. À vrai dire, je pensais vous montrer ça seulement lundi. Mais quand je me suis réveillée ce matin, je me suis dit… il faut que tu vérifies encore une fois, avant de… bref… et là je vous ai vu passer dans la cour et j'ai pensé… bref, ça ne peut pas attendre.

— Quoi ? demanda-t-il.

En temps normal, il était quasi impossible de faire perdre son calme à Schwab. Sa nervosité était tout aussi inhabituelle que son zèle.

— Qu'est-ce qui ne peut pas attendre ? insista-t-il.

— Une intervention à Wendisch Bruch.

35

La deuxième fois qu'elle se réveilla, elle put ouvrir les paupières, mais resta aveugle. Les yeux ouverts ou non, l'obscurité était totale, impénétrable. Elle tenta de plier les doigts, puis de les tendre – elle y parvint. La paralysie semblait s'estomper. Elle inspira profondément.

Erreur. Ça empestait les excréments. Le sol était humide et putride. Peut-être de la terre battue, ou alors de la boue charriée à travers les fentes par des pluies diluviennes. Quand elle tenta de se redresser, sa tête heurta le plafond. Un cercueil, pensa-t-elle aussitôt. Au même moment une douleur comme elle n'en avait encore jamais ressenti traversa tout son corps. Ou bien sa colonne vertébrale s'était brisée, ou bien quelqu'un venait de lui enfoncer un clou chauffé à blanc dans la moelle épinière. Elle inspira en serrant les dents pour ne pas hurler. Tu es morte, se dit-elle. Même si tu bouges et respires. Tu es couchée dans un cercueil, dans ta propre pisse. Ils t'ont enterrée vivante. La panique s'étendait en elle comme un oiseau en cage prêt à déployer ses ailes.

Respire. Respire et compte. Ça va aller.

Elle ouvrit les bras et fut étonnée d'y parvenir. Pas un cercueil, donc. Elle attendit que la vague de douleur suivante reflue, puis explora le sol humide du bout des doigts. Quelle pièce avait une hauteur de plafond de moins d'un mètre ? Elle se tourna à grand-peine et palpa l'arrière de son crâne. Un liquide chaud et gluant lui colla sur la main. Du sang. Repliée sur elle-même, prenant garde de ne pas se cogner la tête une nouvelle fois, elle rampa à travers la fange et rencontra bientôt un mur. La puanteur faillit la rendre dingue. De l'ammoniaque. Ses yeux pleuraient ; elle fut prise d'une toux irrépressible. Elle releva son maillot et le pressa contre son nez. La crise n'en finissait plus, sa tête semblait au bord de l'explosion. Elle se força à arrêter de tousser. Haletante, elle se plia en deux, le front collé contre le sol. Respire et compte. Respire et compte. Les chiffres de sa montre à bas prix luisaient encore. 2 h 10. L'après-midi ou le matin ? Elle s'efforça de se rappeler ce qui lui était arrivé, mais la dernière indication que son cerveau parvint à lui fournir était une image de sauce tomate rouge sang giclant d'une boîte de conserve. D'après ses blessures, quelqu'un l'avait assommée. Cette fois, tu as réussi, Charlie. Cette fois tu m'as eue pour de bon…

— Ohé ?

Le son de sa voix était sourd.

— Ohé ? Au secours !

Personne. Le silence autour d'elle était aussi épais que l'obscurité. Pourtant l'air devait bien provenir de quelque part, autrement elle serait déjà morte étouffée depuis longtemps. Elle rampa en tous sens, sans cesser de tâter le plafond - un plancher en bois, presque sans rainures, finition impeccable. Elle inspecta le moindre centimètre carré, mais ne trouva aucune issue, aucune trappe, rien. Elle avait bien dû rentrer d'une façon ou d'une autre. Sous elle il n'y avait qu'une chape de béton recouverte d'une couche de boue d'une dizaine de centimètres d'épaisseur. Les murs, également en béton, étaient enduits d'un crépi lisse. Il ne pouvait donc y avoir qu'une seule façon de sortir : par le plafond.

À grand-peine, régulièrement interrompue par des accès de toux, elle mesura les dimensions de son cachot en se servant de sa propre taille et d'une pierre. Un rectangle d'environ quatre mètres sur deux. En rampant dans la boue, elle heurtait partout des branches et des pierres. Sans doute des vestiges datant du temps où cette fosse avait été creusée. Mais creusée pour quoi faire ? Ceci n'était pas une pièce, mais un piège. Un cachot. Des oubliettes. Peut-être un puisard très ancien. Elle finit par se rouler sur le côté en gémissant et par replier les jambes. Elle qui croyait avoir oublié comment on pleurait – soudain ça venait tout seul.

Au bout de quelques minutes elle s'arrêta. Les larmes n'étaient qu'un gaspillage d'énergie et de fluides corporels. La fatigue l'envahit. Peut-être était-ce le désespoir ou la peur de la mort, mais elle décida d'ignorer le tourbillon qui l'aspirait. Elle devait recharger ses batteries pour arriver à trouver une issue. Si on pouvait entrer ici, on pouvait aussi en sortir.

Elle posa la tête sur la pierre, qui était de forme semi-circulaire et creuse à l'intérieur. La pierre glissa, elle la rattrapa pour la remettre en place. Cette pierre avait des trous remplis de terre mouillée. Des trous de prise. Peut-être une boule de bowling cassée ? Elle était assez lourde pour l'être. Elle déboucha les trous, glissa sa main dans la partie creuse, y enleva la boue et autres saletés visqueuses, puis tâta la partie bombée. Et tout à coup elle comprit. Une mâchoire, un crâne. Horrifiée, elle retira sa main. Elle cria, jeta la chose loin d'elle et, prise de panique, rampa vers l'autre côté. Elle buta sur des branches. Quand sa main s'agrippa au squelette qu'elle avait pris pour des ramilles en décomposition, elle tressauta. De terreur elle se mit en boule dans le coin opposé et enroula ses bras autour de son corps. Et elle resta ainsi, allongée et geignant. La pierre était un crâne, les branches des os. Elle n'était pas la première enfermée dans ce trou. Mais elle était la dernière encore vivante.

36

— Cara ?

Jeremy longea la route, d'abord d'un pas normal pour ne pas se faire remarquer. Passé le carrefour, il accéléra.

— Cara !

Plus il s'approchait de la sortie du village, plus il était convaincu qu'elle était allée à la ferme à l'orée du bourg. Il ne fallait surtout pas qu'elle y aille seule. Il devait être près d'elle au moment où elle affronterait ses souvenirs. Le cœur de Jeremy battait à tout rompre.

— Cara ?

Il vit quelque chose bouger dans un jardin en broussailles sur sa droite et stoppa sa course. Cytises imposants, achillées à foison. Un vieux pommier noueux couvert de mousse. Le portail était entrouvert sur un chemin de pierres fissurées.

— Cara ? Tu es là ?

Il s'approcha du portail, hésita, s'arrêta. Pendant un instant il avait pris la vieille femme assise sur le banc de pierre pour une statue incongrue, tant elle ne faisait qu'un avec le lierre, tant le gris de son visage délabré ressemblait à celui du crépi effrité des murs. Elle devait être vieille comme le monde, et elle ne bougeait pas.

— Pardon, balbutia Jeremy. Je ne voulais pas vous… Vous n'auriez pas vu passer une jeune femme, par hasard ?

Il s'approcha doucement de la vieille. Qu'avait-elle ? Pourquoi ne bougeait-elle pas ? Malgré la chaleur, elle était vêtue d'une longue robe en laine et portait d'épais bas de contention sur lesquels elle avait enfilé de grosses chaussettes. À côté d'elle, appuyée contre le banc, une canne.

— Tout va bien, madame ?

Les paupières de la femme cillèrent, et elle posa sur Jeremy un regard qui lui glaça le sang. De ses yeux aqueux, couverts d'un voile laiteux, presque aveugles, elle le toisa de pied en cap sans laisser filtrer la moindre émotion. Oui, l'expression « vieille comme le monde » semblait convenir à cette femme comme à nulle autre.

— Vous êtes Esther ? demanda-t-il.

Pas de réponse.

— Vous vous sentez bien ?

Les yeux se refermèrent. Dans un soupir, la femme reposa la tête contre le mur. Sa bouche à moitié ouverte, son nez pointu, son petit menton la faisaient ressembler à un oiseau tombé du nid. Elle faisait à la fois peur et pitié.

— Je cherche Cara, lança Jeremy. Cara Spornitz. Elle est passée par ici ?

Les doigts noueux cherchèrent la canne. L'ayant trouvée, la vieille dame se pencha en avant et appuya ses mains ridées sur la crosse.

— C'est comme ça qu'on l'appelle aujourd'hui ? demanda-t-elle. Avant, on disait « la petite du clan ».

Sa voix était râpeuse. Ou elle avait fumé le cigare toute sa vie, ou elle avait éclusé du whisky par litres entiers. Sa peau tendue sur son visage grêle lui donnait l'air d'une momie.

— Avant ? fit Jeremy, hésitant à s'asseoir à côté d'elle. Quand ça ?

— Quand j'étais encore capable de marcher, jeune homme, et d'entendre et de voir. Aujourd'hui tout est mort. Tout est mort aujourd'hui.

Ses doigts agrippaient la canne comme des serres.

— Vous permettez ? fit-il en s'asseyant.

Elle ne réagit pas. Il regarda sa montre. Si Cara finissait par se rendre à l'église, elle passerait forcément par ici. Il ne pouvait pas la manquer.

— Pourtant tout est en fleurs chez vous, dit-il. Votre rhododendron est une merveille.

— Hortensia. C'est un hortensia, jeune homme. Vous ne connaissez rien aux fleurs, on dirait. Pas plus qu'au reste, hein ?

— Que voulez-vous dire ?

Jeremy n'avait pas habitude qu'on s'en prenne à ses lacunes dès les premières phrases d'une conversation anodine.

— D'un coup, tout le monde débarque ici. Des inconnus qui posent des questions. Allez-y, je vous en prie. Interrogez. Ici, c'est le village des meurtriers. On adore se faire cracher dessus. Vous êtes journaliste, non ?

Ses doigts jouaient avec la canne, tantôt prestes, tantôt calmes.

— Pas du tout. Je suis venu avec Cara, dit Jeremy.

— C'est l'une du clan. L'une de la ferme. Qu'est-ce qu'elle fiche ici ? Qu'elle s'en aille.

À l'appui de ses paroles, elle piqua la pointe de sa canne dans le sol, qui, contrairement au reste du jardin, se composait à cet endroit d'un plancher vermoulu.

— Qu'est-ce que vous avez tous contre elle ? Cara n'était encore qu'une gamine quand elle est partie.

Une nouvelle fois les yeux aqueux le dévisagèrent.

— Les enfants sont innocents, c'est ça, hein ? Vous y croyez, vous ? Bien sûr. Tout le monde le croit tant qu'ils sont au sein, le sourire et la bave aux lèvres. Mais en grandissant, ils deviennent pires que des bêtes. Ils deviennent cruels. Les animaux ne le sont jamais.

Elle semblait s'échauffer. La parole fonctionnait apparemment comme ses membres engourdis : au début lente et traînante, mais après quelques phrases la machine était lancée.

— Vous avez déjà vu des enfants clouer des chatons sur un portail de ferme ? Vous les avez déjà vus écraser du pied des oisillons tombés du nid ? Saucissonner un ver de terre en petits bouts jusqu'à ce que plus aucun morceau ne bouge ? Vous les avez vus se comporter avec les autres enfants ? Tenter de les noyer dans leur bain ? Les jeter du haut du fenil ? Les piquer avec la fourche ? Les balancer dans le puisard ? Des enfants ! Bah !

— Ça devait être animé, ici, fit-il, ne sachant que répondre.

Esther secoua la tête.

— Rien du tout. La morne plaine. L'ennui. Ajoutez à ça la cruauté…

— Tous les enfants étaient ainsi ?

Elle planta encore une fois sa canne dans le sol, produisant un son sourd et creux.

— Tous. Tous. Sans exception. Vous aussi, jeune homme. Ne faites pas comme si vous aviez passé toute votre vie gentiment assis sur un banc avec une momie.

Jeremy sentit son portable vibrer dans sa poche. Il le sortit et jeta un regard fébrile sur l'écran. Brock.

— Merci, dit-il en se levant, je vais continuer ma recherche.

La vieille le toisa de haut en bas de ses petits yeux de vieille chouette.

— Vous ne trouverez rien. Ils vont et viennent. Pareils aux chiens pendant la nuit. Jetez-leur des pierres, et ils disparaîtront.

— Oui. Bien sûr. Des pierres.

Jeremy se hâta de rejoindre la route et prit l'appel en lançant un « Professeur ? » précipité.

— Monsieur Saaler ! (La réception était médiocre, et la voix de son patron lui parvenait déformée.) Bon Dieu, mais où êtes-vous ? Je viens d'écouter les messages sur le répondeur, je n'en crois pas mes oreilles. Vous voulez vous rendre à Wendisch Bruch avec Mme Spornitz ?

— Oui. En fait, nous y sommes déjà. Je veux dire, en ce moment, elle doit être à la ferme. Je vais l'y rejoindre.

— Elle se balade toute seule ?

— Non, non ! Je suis…

Jeremy arriva au milieu de la route déserte. Le portail de la ferme n'était plus qu'à une centaine de mètres. Lentement il se mit à avancer.

— Jeremy, vous devez vous concerter avec moi avant de prendre ce genre d'initiative. C'est irresponsable.

Cara Spornitz est toujours sous le choc du décès de sa sœur. Vous étiez supposé la ramener à Berlin, pas au lieu qui est à l'origine de tous ces horribles événements. Pas maintenant. Vous m'entendez ?

— Je sais.

Il nota une pointe d'agacement, d'impatience, dans sa propre voix. Il se sentait traité comme un étudiant de première année. Pourtant il savait très bien ce qu'il faisait. Et si Cara voulait bien cesser de faire cavalier seul, il la ramènerait indemne à Berlin.

— Nous ne restons pas longtemps, se hâta-t-il d'ajouter. Elle n'a aucun souvenir de son enfance. Peut-être que cette visite…

— Ça ne l'aidera pas ! Rentrez immédiatement, Jeremy !

La réception devint encore plus mauvaise. Jeremy comprenait à peine les paroles de Brock.

— Nous sommes sur le point de repartir, fit-il. C'était juste un petit crochet. Professeur, croyez-moi, Cara est en de bonnes mains.

— … trouvé quelque chose… dans le dossier… pas fait attention…

— Professeur ?

Jeremy se retourna et jeta un regard vers la maison d'Esther. Là-bas le réseau aurait été meilleur. Mais l'araignée dévoreuse d'enfants y trônait toujours au milieu de sa toile.

— … magicien…

— Je ne vous entends plus !

Plus rien. La ligne était coupée. Taraudé par sa mauvaise conscience, il fourra le portable dans sa poche. Jamais encore il n'avait entendu Brock se mettre dans un tel état. Peut-être la meilleure chose à faire était-elle en effet de retrouver Cara au plus vite et de quitter Wendisch Bruch sur-le-champ. Il allongea le pas et arriva tout essoufflé devant le portail.

Il l'ouvrit avec prudence. Il s'attendait à un grincement de gonds rouillés, mais ils étaient à l'évidence bien huilés. Devant lui s'étendait, déserte et scintillante sous le soleil brûlant de midi, une vaste ferme abandonnée.

— Cara ?

Il franchit lentement l'entrée en regardant autour de lui.

— Cara ? Tu es là ?

Pas de réponse. Il fit quelques pas en direction du bâtiment qui avait dû être autrefois la maison. Des fenêtres couvertes de crasse, dont certaines étaient brisées. Il fut pris de frissons en repensant aux pierres et à la vieille dans son jardin en friche, qui s'en était apparemment servi pour chasser les enfants.

Conscient de s'aventurer dans une propriété privée, il regarda prudemment à la ronde avant de s'avancer vers la porte d'entrée. Du sable et des débris de béton crissaient sous ses semelles. Au loin lui parvenait le murmure du vent dans les cimes des arbres et le bruissement de feuilles sèches dans un coin de la cour. Mais il n'entendait aucun son humain.

La porte était en contreplaqué bas de gamme, fendu et gondolé par endroits. Elle tenait mal dans ses gonds ; il n'eut pas besoin de toucher la poignée pour l'ouvrir. Une nouvelle fois, il regarda autour de lui. L'impression de solitude et de désolation s'accrut. Cara n'était pas ici. Personne n'était ici. Sa nervosité augmenta. Il avait été certain que les pas de Cara l'avaient menée dans ce lieu en déshérence. Et maintenant c'était lui qui traînait là, tandis qu'elle était peut-être déjà devant l'église, ou occupée à se goinfrer de pommes, couchée dans l'herbe derrière la maison de Walburga, scrutant le ciel de plomb en quête d'un nuage annonciateur de la pluie salvatrice.

Son portable captait de nouveau, mais seules deux barres de réseau sur cinq étaient pleines. Il composa le numéro de Cara et attendit.

De loin, depuis la maison, lui parvint une de ces bouillies de sons électroniques qu'on persiste à appeler sonneries de téléphone. Quand la boîte vocale de Cara se déclencha, la musique cessa. Jeremy, interloqué, coupa la ligne et rappela.

La petite musique inepte, fantomatique, provenait de l'intérieur. Au bout de vingt secondes, elle s'évanouit comme par enchantement. Laissant derrière lui la lumière aveuglante du soleil, Jeremy s'enfonça dans un couloir sombre où flottait une forte odeur viciée.

Une fois dedans, la maison semblait plus grande que son aspect extérieur ne le laissait deviner. Quand ses yeux se furent habitués à la pénombre, il reconnut un dallage de pierre au sol et un papier peint en partie décollé, ou arraché, aux murs. Des bandes pendaient par moitiés comme des rideaux de théâtre. Il en écarta une et découvrit au bout du couloir un large escalier en bois qui devait conduire aux étages supérieurs. Les portes du rez-de-chaussée avaient toutes été enlevées, sauf une. Par endroits, de vieux carreaux fêlés et jaunâtres étaient encore en place. Il faillit se prendre les pieds dans un lino qui se décollait du sol.

Une ruine bonne pour la démolition, une aire de jeux pour enfants, un refuge pour sans-abri. Il se dirigea vers l'escalier en jetant un regard furtif dans les différentes pièces. L'une d'elles, la plus grande, avait dû être le séjour. La deuxième en taille, la chambre des parents. Un vieux matelas éventré, parsemé de taches indéfinissables, gisait au milieu. La fenêtre était occultée par une couverture trouée. Des détritus, des emballages vides et autres vestiges d'une vie passée – loques, vieux rideaux ? – jonchaient le sol un peu partout. Délaissés, oubliés, abandonnés à leur triste sort.

Au pied de l'escalier, il s'arrêta et appela encore une fois. Pas de réponse. Il se sentait terriblement mal à l'aise. Les derniers à être venus dans ces lieux ne semblaient pas faire partie de la gent la plus civilisée. Il était un intrus venu d'un autre monde.

Sans faire de bruit, redoublant de prudence, il appuya sur la touche « rappel du dernier numéro ». La musique résonna dans la cage d'escalier. Elle semblait venir des combles. Après trois mesures, il coupa. Il voulut crier son nom, se précipiter vers elle, mais il s'efforça de rester calme. Elle ne répondait pas, mais son portable était tout près. Il y vit plusieurs explications. Aucune ne le rassurait.

Il s'engagea à pas lents dans l'escalier fait de gros madriers. Il se demanda quand cette maison avait pu être construite. Dans les années cinquante, sans doute. Fonctionnelle, solide, résistante. Ni stuc ni ornements, rien qui ne serve aux strictes fins d'habitation. La rambarde était une barre en bois fixée au mur par des équerres noires en fer forgé. Jeremy passa devant une nouvelle bande de papier peint décollé. Il lui sembla qu'au premier étage les dégâts étaient moins importants. L'escalier débouchait sur un autre couloir, plus étroit que celui du rez-de-chaussée. Jeremy compta quatre portes, toutes grandes ouvertes. Un léger courant d'air balayait l'odeur de moisi qui régnait en bas. L'air était plus sec, les pièces plus lumineuses, mais l'endroit guère plus engageant.

À pas de velours, Jeremy passa de chambre en chambre, avançant prudemment sur le sol jonché de bris de verre et d'éclats de crépi. Il frôla une porte par inadvertance. Le grincement déchira le silence comme une alarme. Il sursauta et s'arrêta. Rien. Les pièces vides, avec leur papier peint démodé et mal posé, semblaient n'avoir jamais servi. Apparemment, les habitants, craignant la lumière, n'avaient occupé que le rez-de-chaussée.

— Cara ? appela-t-il.

Pas de réponse.

Il retourna vers l'escalier et monta dans les combles. Le grincement des marches risquait de trahir sa présence. Il n'avait pas d'arme sur lui, seulement son portable. Fallait-il prévenir Brock ? La police ? Il rejeta cette idée aussi vite qu'elle lui était venue. Ça l'avancerait à quoi ? Il serait toujours temps de se faire remonter les bretelles par Brock une fois de retour à Berlin.

Les dernières marches étaient maculées de gouttelettes sombres. D'abord, il crut que quelqu'un avait renversé un pot de peinture lors d'une tentative de rénovation. Mais les taches et coulures s'élargissaient de plus en plus et finissaient par former une grosse flaque rouge sang à moitié séchée. Des traînées recouvraient le lino autrefois beige ou marron clair, qui avait été épargné à cet étage par les vandales. Jeremy se retrouva dans une minuscule galerie aboutissant à une porte. Elle était fermée. Derrière cette porte devait se trouver un corps. Un corps grand et lourd qui se vidait de son sang. Jeremy jeta un bref regard vers le bas de l'escalier. Personne ne l'avait suivi. Son pouls battait la chamade. Il pressentait ce qui l'attendait derrière cette porte. Une dernière fois, il fit le numéro de Cara.

Les premières mesures étaient si proches qu'il sursauta. La porte, de guingois, ne se fermait plus entièrement. Il la poussa et découvrit Cara, assise dans un coin, les jambes repliées contre elle-même, le visage enfoui dans ses bras. Dans un autre coin de la pièce gisait le cadavre d'un chien. La pièce empestait comme un étal de poissons en plein cagnard.

— Cara !

Jeremy s'approcha doucement et posa une main sur son bras, mais elle la repoussa et se recroquevilla sur elle-même. Des mouches voletaient à travers la pièce. Un bref regard sur le chien lui confirma qu'il avait été égorgé et qu'on l'avait laissé se vider lentement de son sang. Pris d'une puissante envie de vomir, Jeremy se rua vers la fenêtre, l'ouvrit à la volée et inspira une grande bouffée d'air. Quelques grosses mouches brillantes et repues s'échappèrent en zigzaguant.

— Cara, que s'est-il passé ?

S'apercevant qu'il s'était éloigné, elle relâcha un peu sa position. Le chien mort devait l'avoir choquée, bouleversée littéralement.

— Bruno, chuchota-t-elle d'une voix blanche. Bruno est mort.

Ses yeux étaient remplis de larmes, ses lèvres serrées, tout son corps paralysé d'effroi.

— C'est lui ?

Question superflue. Mais Jeremy voulait qu'elle parle. Elle devait réagir, communiquer, tout sauf rester pétrifiée dans cet état de choc.

— Je suis là, avec toi. Lève-toi. C'est répugnant ici. Partons.

Elle secoua la tête. Son regard effleura le chien mort, elle tressaillit et se pelotonna un peu plus dans son coin. La situation lui échappait. Une petite excursion à la campagne venait de se transformer en film d'horreur. Il s'avança vers elle, lentement, pour ne pas l'effrayer, puis s'accroupit.

— Qui peut faire une chose pareille ? sanglota-t-elle. Il était si vieux. Vieux comme Mathusalem. On dit qu'ici les chiens vivent plus vieux que les hommes.

— Ce n'est pas le Bruno que tu as connu. C'est un autre Bruno.

— Qu'est-ce que ça change ? Ça n'enlève rien à l'horreur.

Elle ramena ses cheveux en arrière et regarda autour d'elle comme si elle venait de se réveiller d'un horrible cauchemar.

— Ici, c'était la chambre des enfants, dit-elle. Mon Dieu. Et Bruno qui gît là. À l'endroit où se trouvait le lit de Charlie. Juste au-dessus, il y avait son étagère. Toute bancale, croulant sous les livres. Parfois, Bruno montait avec nous et se couchait sur le tapis.

Un plancher usé, du papier peint aux motifs des années soixante-dix. Le temps perdait toute signification, les époques tourbillonnaient en tous sens, se mélangeaient pour composer une nouvelle mosaïque qu'une personne extérieure, en l'occurrence Jeremy, ne pouvait pas comprendre. Où était-elle en cet instant ? Avec Bruno, le premier Bruno, le protecteur des enfants de Wendisch Bruch ? Ou bien revenue dans le présent, dont il avait d'autant plus peur qu'il le partageait avec elle ?

— C'est ici que j'ai grandi. Avec Charlie et Bruno.

— Pourquoi n'avais-tu pas ta propre chambre ?

— Je ne voulais pas. Charlie… Charlie veillait sur moi, et moi sur Charlie. C'était notre accord. Mais maintenant… je n'ai pas été là quand c'est arrivé. Trop tard pour l'aider. Comme pour Bruno. Qu'est-ce qui se passe ici ? Qu'est-ce que ça veut dire ? Qu'est-ce que c'est que toute cette merde ?

La Cara en colère était de retour, et elle lui plaisait bien plus que la Cara désespérée. Elle lui tendit les mains, l'invitant à la relever. Il les saisit et s'exécuta. Pendant un instant elle fut si proche de lui qu'il se retint de la serrer dans ses bras. La vie de Cara était comme un kaléidoscope composé de débris épars. Quel combat ! Quel désespoir ! Quel courage d'affronter continuellement ces peurs !

— De quoi Bruno et Charlie t'ont-ils protégée ? Quand elle est partie, qu'est-ce qui s'est passé ? Qui est resté à tes côtés ?

— Personne. Mais à ce moment-là, c'était déjà fini.

— Qu'est-ce qui était fini ?

Sa lèvre inférieure se mit à trembler. Le sang semblait s'être retiré de son visage. Elle rappelait à Jeremy un masque vénitien blanc. Traits figés, yeux sombres.

— Je ne sais pas, chuchota-t-elle. Cette chambre me semble beaucoup plus petite maintenant. Dans mes souvenirs, elle était immense, surtout la nuit, quand les ombres prenaient vie. J'avais peur. Terriblement peur. Chaque fois que Bruno venait, je savais que…

Elle s'interrompit.

— Pourquoi Bruno venait-il ?

— Parce qu'il sentait que j'avais peur.

— Peur de quoi ? Des autres chiens ?

Son regard fuit celui de Jeremy et chercha la sortie. Il se mit devant elle et la força à le regarder dans les yeux.

— Non, balbutia-t-elle. Non, pas des chiens. J'aime les chiens.

— Des enfants alors ? Des autres enfants ? Des tout petits enfants ?

Elle mordit le dos de sa main, se détourna et alla près de la fenêtre. Jeremy la suivit.

— Dis-le-moi, insista-t-il.

— Je n'ose pas. Tu vas me prendre pour une folle, si je te le dis. D'ailleurs, je le suis. L'autre jour, quand j'ai pété les plombs… je pensais que je maîtrisais la situation. Je ne vais pas au restaurant, je ne vais pas au cinéma, je ne vais pas au parc. Quand je passe en voiture devant une école, je remonte les vitres. Je change de trottoir quand elles s'approchent de moi.

— Qui ça, Cara, qui ça ?

— Les femmes avec des poussettes. Les femmes avec des bébés. (Elle empoigna les bras de Jeremy, et de nouveau ses yeux s'emplirent de larmes.) Tu trouves ça normal, toi ? Dis-moi franchement. C'est toi le psychologue. C'est toi le spécialiste des histoires de dingues. Quand ils braillent, j'ai l'impression de mourir. J'étouffe. Mon pouls bat à tout rompre. Je n'ai qu'une envie, c'est de m'enfuir à toutes jambes.

— Ce sont des crises de panique. Ça a commencé ici ?

— Peut-être. J'ai oublié, ou refoulé. Je me souviens maintenant que je faisais des rêves bizarres. Je rêvais de… de bébés. Ils venaient dans ma chambre pendant la nuit, je crois. Je les entendais. Ils étaient là. (Elle soupira.) Tu me prends pour une folle, c'est ça ?

— Non.

— Menteur !

— Cara. Si tu étais folle, tu les verrais, tu leur parlerais. Mais là, c'est seulement de la peur.

— Seulement de la peur, répéta-t-elle avec un faible sourire. Parfois je me dis que vous en savez autant sur l'âme humaine que moi sur celle des cochons que je castre.

— Parle-moi.

La voix de Jeremy était éraillée. Peut-être était-ce à cause de la poussière dont l'air de Wendisch Bruch était saturé. Peut-être était-ce parce qu'il aurait préféré avoir cette conversation dans son cabinet. Peut-être était-ce parce que, pour la première fois dans sa carrière, il endossait une responsabilité.

— Parle-moi des bébés.

— Tu ne te moqueras pas de moi ?

— Non.

Doucement, il la prit dans ses bras. Elle se laissa faire, ferma les yeux.

— Difficile de mettre des mots dessus. Je me souviens à peine. J'étais une enfant. Ça se passait la nuit. Je les entendais, la nuit, quand tout le monde dormait. Ils… ils pleurent de faim. Doucement, tout au loin. Je veux réveiller Charlie, mais elle est déjà debout. Bizarre, elle est tout habillée… Elle est trempée… toutes les deux, nous sommes assises sur son lit, nous agrippant l'une à l'autre. Charlie pleure.

Je ne sais pas pourquoi, mais elle pleure. Puis elle se lève et sort.

— Où ça ?

— En bas, je crois. Dans la cave. Ou dehors. Quand elle rentre, elle porte une odeur bizarre. L'étable et la pomme de terre. La laine et la terre et…

— Et… ?

— Le sang. Elle se lave. Je fais semblant de dormir. Elle se met au lit. C'est fini.

— Qu'est-ce qui est fini ?

Cara ouvrit les yeux et le dévisagea.

— Tout. Tout est calme, les chiens aussi ont cessé d'aboyer. Toute la nuit, c'était comme s'ils se transmettaient un message. Mais une fois Charlie rentrée, c'est fini.

Elle sourit. Le cœur de Jeremy était près d'éclater.

— Où était Bruno ? demanda-t-il.

— Bruno ? répéta-t-elle, confuse. Il était déjà reparti. À moins que ? Je ne sais plus… peut-être que je mélange tout.

— Tu ne t'es jamais demandé ce que ça pouvait signifier ?

— C'était juste un rêve.

— Combien de fois as-tu fait ce rêve ?

— De façon aussi réaliste ? Deux ou trois fois, je crois. Je faisais aussi d'autres cauchemars depuis que Charlie avait commencé ses conneries. C'était affreux. Chaque fois, je la voyais morte.

— Tu avais quel âge quand ça a commencé ?

Elle haussa les épaules.

— Aucune idée. Huit, neuf ans ? Et Charlie douze ou treize ? Je sais à quoi tu penses. Détrompe-toi. Je n'ai pas été violée. Ni abusée. Je vivais peut-être sur une autre planète, et l'éducation sexuelle se résumait chez nous à conduire le taureau à la vache, mais j'étais vierge quand je me suis mariée. Et Charlie… elle a eu un soupirant une fois, mais ça n'a rien donné.

— Pourquoi ? demanda-t-il.

Il repensa au cœur gravé dans le banc. Ce n'était pas Cara, mais Charlie qui, assise là, avait rêvé d'une vie différente, d'un avenir.

Elle haussa les épaules.

— C'est probablement mon père qui l'a fait fuir. Ensuite Charlie a fugué. Plusieurs fois. Parfois une nuit, parfois plus longtemps. À quinze ans, quand ma mère est morte, elle était déjà assez forte pour lui tenir tête. À partir de là, il ne lui a plus rien interdit. Mais quel mec voudrait avoir affaire à une ferme comme la nôtre ?

— Pourquoi ? Qu'est-ce qu'elle avait, votre ferme ?

Cara baissa les yeux à terre en joignant les mains.

— Je ne sais pas. Je suis ici, et pour la première fois depuis des années je repense à mon enfance. Je l'avais rangée dans un tiroir comme une vieille paire de chaussettes. Depuis que je suis entrée dans la maison, j'ai le cœur qui palpite. Pourtant ce ne sont que des murs vides. Mais il s'est passé des choses entre ces murs. Mes parents, c'était l'horreur. Je les entends de nouveau se crier dessus, je l'entends battre ma mère, les disputes permanentes, les portes qui claquent, les voix, les cris, les gémissements, les pleurs, les coups, les hommes…

— Quels hommes ? demanda Jeremy. Tu viens de dire que…

Elle se dégagea doucement des bras de Jeremy et voulut aller vers le chien mort, mais il la retint.

— Des hommes ? J'ai dit des hommes ?

— Oui.

— C'est une ferme ici, pas un couvent. Des hommes devaient passer de temps en temps. Qu'est-ce que tu veux me faire dire ?

— Mais rien. D'abord tu racontes que ton père chassait tous les garçons qui se pointaient à la ferme et maintenant tu me parles d'hommes.

Elle s'arracha à ses bras et alla vers Bruno, troisième du nom. Elle caressa sa lourde tête avec une tendresse infinie.

— Il a toujours été là, fit-elle. Et maintenant il est mort. Qui voulait-il protéger ? Il gît ici depuis au moins hier. Il est arrivé quelque chose. Ici, dans cette maison.

— Tu dois t'en aller. Repartons tout de suite à Berlin.

— Je te fatigue, n'est-ce pas ?

Levant à peine la tête, elle continua de caresser inlassablement l'immense crâne du chien mort.

— Non, répliqua-t-il. Je veux sortir d'ici, et le plus vite possible.

— Mais c'est toi qui m'as amenée. C'est toi qui voulais que je me souvienne. Et maintenant que je viens d'entrouvrir la boîte de Pandore, tu fais marche arrière.

— D'accord. Parlons de tout ça. Mais en chemin. J'ai besoin de Brock. Je crains que cette affaire ne me dépasse. Ce chien a été égorgé, et, franchement, je n'ai aucune envie de croiser celui ou celle qui a fait ça.

Cara ne prêtait pas attention à lui. Ses yeux étaient rivés sur la dépouille du dernier des gardiens de son enfance.

— Qui voulait-il protéger ?... Nous devons l'enterrer.

Jeremy, sur le pas de la porte et en pensée déjà dans la voiture, fit volte-face.

— Nous n'avons plus le temps.

— Je ne peux pas le laisser comme ça. Nous devons l'amener chez Walburga et l'enterrer dans son jardin. Sous un pommier. Comme nous l'avons fait pour les autres.

— Les autres ?

— Les autres chiens. Ce sont nos amis, nos protecteurs. Si nous le faisons, ce n'est pas pour eux, mais pour nous.

Elle se leva et essuya les mains sur son jean. L'expression d'incompréhension qui se peignait sur le visage de Jeremy l'agaça.

— Quelqu'un qui a compté pour nous, ajouta-t-elle, on ne le jette pas comme ça, une fois qu'il n'est plus là. N'est-ce pas ? On fait ses adieux, on prend soin d'organiser une cérémonie. On fait une offrande, qu'on dépose dans la tombe. Des fleurs, un jouet, la balle avec laquelle il aimait jouer. Pas parce qu'on pense que ça lui servira, mais parce que c'est ça qui nous différencie des bêtes : faire des choses qui ne sont pas nécessaires à la nature, mais indispensables à la vie humaine. Tu n'as pas assisté souvent à des enterrements, on dirait.

— Non.

Il s'approcha d'elle et prit entre ses mains son visage couvert de poussière et mouillé de larmes :

— Nous allons l'enterrer, je te le promets. Allons voir Walburga et apprenons-lui la nouvelle en douceur. Trouvons une couverture. Il ne faut pas qu'elle voie

Bruno ainsi. Je m'occuperai du reste. Mais je veux que tu t'en ailles d'ici. Un type traîne dans les parages qui égorge des vieux chiens. Ça ne me plaît pas du tout.

— D'accord.

Elle sourit. Un sourire faible et démuni, aussi éloigné de la joie que Bruno l'était de sa balle. Le sourire d'un être qui cherche de l'aide et ne sait pas s'il va se faire ou non envoyer sur les roses.

Il l'embrassa. Les lèvres de Cara avaient un goût salé. Jeremy appréhendait le travail qui l'attendait à Berlin, mais il savait que Brock était à ses côtés, et que lui et Cara, si imprévisible, fragile et indomptable qu'elle fût, affronteraient ce combat ensemble. Il savait qu'il ne l'abandonnerait jamais.

— On y va ? demanda-t-il en tendant la main.

Elle acquiesça et posa sa main dans la sienne.

À cet instant, le portail claqua à grand bruit. Ils sursautèrent. Jeremy se précipita à la fenêtre. Elle donnait côté sud, vers les étables. Il ne pouvait pas voir qui avait fermé le portail. Mais il entendait s'approcher des pas lourds.

Cara était comme paralysée. Elle fixait sur Jeremy des yeux écarquillés d'effroi.

— Quelqu'un vient d'entrer dans ta ferme, dit-il.

— *Ma* ferme ?

— Nous devrions descendre voir de qui il s'agit.

Elle jeta un dernier regard vers Bruno, comme pour s'assurer encore une fois que le chien mort ne pouvait plus l'aider.

— D'accord, fit-elle. Allons voir.

Ils descendirent l'escalier à pas de loup. Arrivés au premier étage, ils entendirent quelqu'un s'affairer dans la cuisine. Cliquetis de casseroles et de poêles. Robinet qu'on ouvre puis ferme. Graisse qui grésille.

Ils descendirent les dernières marches comme au ralenti. L'unique porte du rez-de-chaussée était à présent grande ouverte. Jeremy aperçut des étagères vides, une cuisinière à gaz antédiluvienne, deux chaises et une table de camping sur laquelle s'empilaient assiettes, verres et autre vaisselle. Ainsi qu'un homme debout devant le four, occupé à battre des œufs dans un bol et comme chez lui dans cette cuisine. De taille moyenne, mince, les cheveux courts et bruns, l'homme avait une carrure de sportif. Il portait un vieux jean sale et un tee-shirt délavé. Au moment où Cara pénétra sans bruit dans la pièce, il se retourna.

— Qui... Marten, c'est toi ? demanda-t-elle.

L'homme posa le bol sur la table et baissa le feu. Du lard rissolait dans la poêle. L'odeur donna un haut-le-cœur à Jeremy. L'homme s'essuya les mains sur un torchon jeté sur le dossier d'une chaise. Il boitait. C'eût été un bel homme si, au milieu de son visage aux traits plaisants, n'avait trôné un nez écrasé et tordu, d'une laideur telle que Jeremy fut surpris qu'on ne le lui ait pas réparé. Ce nez conférait à son visage vif une brutalité effrayante. Sa voix, à l'inverse, était d'une douceur surprenante.

— Cara. Ça fait un bail. Qu'est-ce qui t'amène ici ?

Effrayée, elle pivota vers Jeremy, qui lui posa une main rassurante sur l'épaule.

— Puis-je vous demander qui vous êtes ? demanda ce dernier.

— Bien sûr. Sauf que je ne suis pas obligé de vous répondre, répondit-il de sa voix douce et tranquille, qui donna la chair de poule à Jeremy. C'est à propos de Charlie ? J'en ai entendu parler à la radio. C'est terrible. Je suis désolé pour toi. Maintenant, y a plus personne, hein ? Sauf moi.

— Je te demanderai de partir, dit Cara. Tu n'as aucun droit d'entrer ici et de faire comme si tu étais chez toi.

— Ce n'est pas mon avis. Pourquoi es-tu venue ? (Son regard passa alternativement de Cara à Jeremy.) Avec du renfort en plus.

— Ça ne te regarde pas.

— Tu veux te réinstaller ici ?

— Plutôt brûler cette baraque. Je suis venue pour retrouver mon passé.

— Et tu tombes sur moi.

— Puis-je vous demander qui vous êtes ? répéta Jeremy.

L'homme balança le torchon dans l'évier.

— Dis à ton joli cœur d'attendre dehors.

— Je n'en ferai rien, dit Jeremy en se postant devant Cara. Quittez cette maison immédiatement.

L'homme fit un pas en arrière en cachant habilement sa claudication.

Cara poussa Jeremy sur le côté.

— Pourquoi tu as tué Bruno ? Dis-le-moi. Pourquoi ?

L'étrange visiteur prit un couteau dans l'évier, le regarda longuement, puis le reposa à sa place :

— Il était vieux. C'est comme ça qu'on fait.

— On ne fait pas comme ça ! s'exclama Cara.

Elle voulut se jeter sur lui, mais Jeremy la retint.

— Parce qu'il faisait comme les autres, c'est ça ? cria-t-elle en plissant les yeux et serrant les poings. Il a couru jusqu'ici parce qu'il savait qu'une chose terrible s'était produite. Qui voulait-il protéger ? Qu'est-ce que tu as fait ?

— Conneries.

Jeremy la retenait toujours par le bras.

— Allons-nous-en, murmura-t-il.

— Non ! Je... (elle se dégagea violemment et se couvrit les yeux des mains)... je me souviens. Bruno... il montait toujours quand...

— Quand quoi ? demanda l'homme, ses yeux brillant d'un éclat menaçant. Fais comme il dit, Cara. Et un conseil pour la route : ne reviens jamais.

— Je dois retrouver mes souvenirs ! Il le faut !

— Et après ?

— Après j'irai voir la police pour raconter ce qui s'est passé ici.

Jeremy voulut crier : Non, non, elle n'ira pas ! Mais il n'en eut pas le temps. Déjà l'homme contournait la table et s'approchait d'elle avec un sourire sardonique.

— Alors, je vais te donner un petit coup de pouce pour rafraîchir ta mémoire, dit-il.

Jeremy ne l'avait pas vu venir. Le coup fut si rapide, si inattendu, qu'il n'eut pas le temps de l'esquiver. Il l'atteignit en pleine figure.

37

Le commissaire divisionnaire Lutz Gehring fonçait à cent vingt kilomètres à l'heure sur l'autoroute et était à deux doigts de mettre le gyrophare sur le toit. Il s'efforçait de se concentrer sur le trafic pour mieux contenir le cours de ses pensées, qui brassaient dans sa tête toutes les informations reçues durant cette matinée, commencée pourtant de manière si anodine. Pour ne rien arranger, un doute le tiraillait : était-il raisonnable de faire ce qu'il faisait ou agissait-il de façon irréfléchie ? Parvenu à cette question, il mit un frein au carrousel de ses cogitations : il n'était pas une tête brûlée.

Il s'efforça de reprendre depuis le début tout ce qui, peu de temps auparavant, dans son bureau, lui avait paru soudain si clair, si évident.

À peine deux heures plus tôt, une chose s'était mise en branle, à laquelle personne, pas même Sanela Beara, ne s'était attendu. Il avait commencé à considérer l'éventualité de passer à l'action. Aussi vite que possible. À vrai dire, toutes affaires cessantes. Sans même avoir l'accord de ses supérieurs ou du procureur. Schwab était en ce moment même sur le coup pour les obtenir. Il y avait péril en la demeure, et Gehring, qui en avait vu d'autres durant sa carrière, n'avait jamais compris le sens de ces mots avec plus de clarté que pendant cette course folle en direction du sud.

Cela avait débuté par la visite de Tomislav Beara, pour finir dans un capharnaüm de Post-it, de pages imprimées et de comptes rendus d'appels téléphoniques, qui grâce aux recherches de Schwab avait subitement transformé de vagues soupçons en indices sérieux. Il ne pouvait plus fermer les yeux, et tant pis si d'autres ne partageaient pas sa façon de voir. Peut-être se trompaient-ils, lui et Schwab, peut-être qu'à cause d'eux le commissariat de la Sedanstrasse serait bientôt la risée de tout Berlin.

Stop. Il ne devait pas penser plus loin que le pare-chocs de la voiture devant lui. Tout ça pouvait attendre. Attendre qu'il soit à Wendisch Bruch. Il essaya une énième fois de joindre Beara sur son portable. En vain.

— Tu vas voir de quel bois je me chauffe…, murmura-t-il en dépassant à tombeau ouvert le véhicule qui le devançait.

Elle ne rappelait pas. Disparue, envolée. Peu à peu son regard sur elle changeait. La carriériste coupeuse de cheveux en quatre se muait en fille sympathique, dont le sort lui importait. Elle avait compté sur lui.

Il ne savait pas comment il réagirait une fois qu'il aurait remis la main sur elle. Mais chaque chose en son temps. D'abord il fallait la retrouver. Et le plus vite possible. Ensuite les autres victimes de ce crime inconcevable, commis sous les yeux de tout un village retranché dans le silence et d'un appareil administratif défaillant.

Juste après la visite de Tomislav Beara, une voiture de police était partie de Jüterbog à Wendisch Bruch.

Le père avait donné la marque et la plaque d'immatriculation du véhicule de Beara aux collègues, mais, pour l'heure, il n'y avait pas eu de retour. Peut-être avait-elle quitté le village depuis belle lurette ? Mais ce n'était pas son genre. Elle était tel un fox-terrier. Petite, rapide comme l'éclair, perpétuellement sous-estimée. Le genre qui ne lâche jamais prise.

Elle y était encore. Gehring en était convaincu. Autrement elle l'aurait déjà bombardé d'appels et de nouvelles théories fumeuses. Ce silence radio ne lui ressemblait pas. Il sut gré à son intuition d'avoir fait appel à Schwab.

Celle-ci avait fait un bon, non, un excellent boulot. La liste des habitants de Wendisch Bruch partis ou décédés était longue comme le bras.

— J'ai dû promettre une tarte aux pommes, avait-elle dit pour expliquer son impressionnante moisson.

Gehring s'était senti tout fier d'avoir exhumé ne fût-ce qu'une partie des talents cachés de Schwab. Mais ce qui avait suivi l'avait plongé dans une préoccupation croissante, puis une inquiétude extrême.

— Pour commencer, la liste de ceux qui ont déménagé au fil des années.

Schwab avait posé sur son bureau une feuille où figurait une vingtaine d'entrées, correspondant à des noms de personnes seules ou de familles entières. À vue de nez, une cinquantaine de têtes. Un exode. La mort rampante d'un village du Brandebourg, et ce en quelques années à peine.

— Raison avancée : pas de boulot. Je n'ai pas encore pu vérifier tout le monde, mais pour la plupart, il semble que ce soit vrai. Beaucoup sont allés à Berlin, certains en Allemagne de l'Ouest, en Suisse ou en

Autriche, pays connus pour être des bassins de main-d'œuvre non qualifiée dans la restauration et l'hôtellerie. On peut y débuter une nouvelle vie assez facilement, sans trop se faire remarquer. J'ai pu en joindre certains. Tous m'expliquent de façon concordante qu'ils ont quitté Wendisch Bruch pour des raisons économiques. Mais deux d'entre eux ont ajouté autre chose. Les mots n'étaient pas les mêmes, mais le sens, si : le climat avait changé.

— Le climat ? avait fait Gehring en levant un instant les yeux de la feuille où ne figuraient ni Erich Wahl ni Harald Schmidt.

— Une sorte d'atmosphère sinistre. L'un d'eux a dit que c'était comme une photo qui aurait perdu ses couleurs, comme ces clichés des années soixante-dix qui n'ont gardé que des tons rouges et verts délavés. Plus les gens partaient, plus l'ambiance devenait sombre.

— Je veux bien le croire, avait-il répondu en posant la feuille sur le bureau. Des maisons abandonnées dans un bourg sont comme un ulcère qui ne cicatrise plus. Plus personne ne veut les occuper, elles perdent leur valeur, ça crée un cercle vicieux, et au final elles tombent en ruine.

— Cercle vicieux qui, en l'occurrence, pourrait bien avoir une cause supplémentaire. C'est ce que vous soupçonnez, n'est-ce pas ? (Elle lui avait passé la feuille suivante. Cinq noms : Vennloh, Schmidt, Weber, Weber, Sachs.) Toutes ces personnes sont parties sans laisser d'adresse. Nous n'avons aucune trace de domiciliation nulle part. Évaporées dans la nature. Disparues, tout simplement.

Gehring avait jeté un coup d'œil sur ces noms en fronçant les sourcils. Cinq personnes au destin incertain. La journée s'annonçait bien. Et ce n'était que le début.

— Vous voyez les deux noms que j'ai cochés en bas ? avait poursuivi Schwab. Weber et Vennloh. D'après M. Kannegiesser, il y a une note quelque part mentionnant qu'ils sont partis à l'étranger, ou du moins qu'ils projetaient de partir.

— Pourquoi ne figurent-ils pas sur la première liste, alors ? avait demandé Gehring en reprenant la première feuille.

Le long et lourd regard que les petits yeux de Schwab avaient posé sur lui l'avait incité à baisser aussitôt la feuille :

— D'accord. D'après votre monsieur…

— Kannegiesser ?

— Oui… D'ailleurs, qui est cette personne ?

Gehring ne connaissait aucun collègue de ce nom. Pourvu que Schwab l'ait bouclée et n'ait pas mis au parfum le premier bleu venu.

Schwab avait piqué un fard, et Gehring avait conclu à un petit flirt téléphonique sympathique.

— Bureau du recensement de Luckenwalde. La tarte aux pommes. Je veux dire, c'est à ce M. Kannegiesser du bureau du recensement que je dois une tarte aux pommes…

Elle s'était embrouillée, avait rougi encore plus et s'était penchée sur ses notes.

— Bref. Le couple Weber et Vennloh. Gisela et Walter Weber voulaient s'installer sur la Costa Blanca. Gerd Vennloh a participé au tirage au sort pour obtenir une *green card* américaine, et ça a marché. Destination Oklahoma. Il n'y est jamais arrivé.

Elle s'était tue. Gehring n'aimait pas qu'on ménage des pauses. Si quelqu'un avait quelque chose à dire, il devait aller droit au but. Cinq personnes d'un seul village avaient disparu, ce n'était pas le moment de tourner autour du pot.

— Explication ? avait-il demandé avec un geste d'impatience.

— Vennloh n'a jamais quitté l'Allemagne. Pour en savoir plus, il faudrait faire intervenir les collègues d'Interpol. Il a signalé à l'administration son changement de domicile, mais n'a jamais résilié son adresse allemande.

— Il a peut-être oublié de le faire une fois en Oklahoma, non ?

— Sauf qu'il n'est jamais entré sur le territoire américain. Son nom ne figure pas sur les listes du service d'immigration. Il a signalé son départ à l'administration de Luckenwalde le 22 mars 1995, depuis il s'est volatilisé.

— Ensuite ?

Ils n'en étaient même pas encore à la moitié.

— Bon. Tout en bas de la liste. Gisela et Walter Weber. Ils voulaient partir sur la Costa Blanca. Ils n'y sont jamais arrivés. Et personne n'a signalé leur disparition. Mais… (elle avait baissé les yeux sur son bloc-notes, et, s'agaçant de sa propre étourderie, était retournée quelques feuillets en arrière)… un homme et une femme à peu près de l'âge des Weber, non identifiés à ce jour, ont été retrouvés morts quelque temps après.

— Où ça ?

— L'homme dans un wagon de marchandises abandonné près de Hanau. Il n'a jamais pu être identifié. Ni la femme, retrouvée quelques semaines plus tard dans un bosquet au bord d'une bretelle d'autoroute près de Constance. Comme aucun avis de disparition n'avait été déposé, le lien entre ces deux personnes et les Weber n'a jamais pu être établi, et ces affaires sont restées non élucidées.

— Comment se fait-il que dans un si petit village personne n'ait rien remarqué ?

— Ils avaient vidé les lieux et fait leurs adieux. Il faudrait rechercher des traces d'ADN dans leur domicile et les comparer avec celui des deux inconnus. Peut-être tenons-nous là la preuve de deux premiers meurtres.

Gehring avait senti sa nuque se raidir.

— Restent Schmidt et Sachs.

— J'ai demandé à la police fédérale. Il n'y a pas eu de morts non identifiés dans leur tranche d'âge au cours de la période qui a suivi leur déclaration de changement de domicile.

— Ça nous laisse un espoir.

— Oui, avait-elle répondu, mais le ton de sa voix trahissait le contraire.

— Au pire, ils sont morts, et leurs cadavres n'ont pas encore été trouvés.

Il avait remarqué dans les mains de Schwab une troisième feuille qui n'augurait rien de bon.

— C'est invraisemblable ! s'était-il écrié en jetant les deux feuilles sur le bureau. Une demi-douzaine d'individus disparaissent sans laisser de trace, et personne ne remarque rien ? Je croyais que dans nos villages le monde tournait encore rond. Tout le monde se connaît, non ? Comment se peut-il qu'un si grand nombre de gens disparaisse d'un patelin comptant à peine une centaine d'âmes sans que personne s'en préoccupe ? Pas un seul avis de disparition. Pas une seule relance de l'administration. Comment est-ce possible, bon sang ? !

Schwab avait haussé les épaules en jouant machinalement avec son alliance.

— Ça s'est étalé sur plusieurs années. La plupart d'entre eux étaient des hommes d'âge mûr et vivant seuls, séparés ou divorcés.

— Qu'en dit votre mari ?

— Que voulez-vous dire ?

— Sur le fait que vous travailliez le week-end.

Elle avait regardé son alliance, puis levé les yeux vers Gehring. Un ange était passé.

— Je suis divorcée. Depuis longtemps. Je n'arrive plus à l'ôter. Pourtant, il serait temps. Ça fait quand même huit ans maintenant. Et pourtant…

Elle avait de nouveau rougi. Gehring n'avait pas voulu la mettre mal à l'aise.

— Je suis désolé. Vraiment. Je me disais…

Elle avait tripoté son ample jupe longue, puis s'était raclé la gorge.

— Wendisch Bruch n'est pas un village ordinaire.

Gehring, saisissant au vol le changement de sujet, avait tourné le regard vers la carte de Berlin punaisée au mur, qui n'allait évidemment pas jusqu'au canton de Fläming.

— Où est-ce, au juste ?

— Je peux ?

Schwab s'était levée en soufflant et avait contourné la table d'un pas lourd et chaloupé, tel un matelot par forte houle. Gehring, par réflexe plus que par politesse, s'était levé lui aussi pour lui faire de la place. En un tournemain, elle avait fait apparaître sur l'écran de l'ordinateur la carte du sud du Brandebourg, canton Teltow-Fläming.

— En fait, c'est au milieu de..., avait-il commencé.

— Exact. (Schwab était péniblement retournée à sa chaise.) Et pourtant c'est à peine à une heure d'ici, à mi-chemin entre Berlin et Dessau.

— Dessau.

La ville était apparue quelque part dans le dossier. Il vérifierait plus tard.

— Et qu'a-t-il de si particulier, ce village ?

— Du temps de la RDA, tout le coin était géré par les coopératives agricoles. Il n'y avait plus de paysans indépendants, leurs terres avaient été réquisitionnées, ils n'en étaient plus propriétaires que sur le papier. Wendisch Bruch faisait partie de la coopérative « La Bannière de l'amitié entre les peuples ». Fondée en 1969, puis fusionnée avec la coopérative « La Lande », puis avec une autre et encore une autre. La coopérative « La Bannière de l'amitié entre les peuples » était l'une des plus grandes de la RDA. Et quand il y a beaucoup de petites mains, il y a beaucoup de petits chefs. Les apparatchiks du Parti. Presque tous habitaient à Wendisch Bruch.

— C'est ce que dit la tarte aux pommes ?

— C'est ce que dit M. Kannegiesser. Il vient du Fläming et il y a grandi. Nous avons longuement parlé tous les deux.

— Je vous crois sur parole. Et que dit-il d'autre sur le village des gros bonnets de la coopérative agricole ?

— Eh bien, comme cette communauté récente avait quelque chose d'artificiel, elle n'a pas résisté à la chute du Mur. La restitution du patrimoine foncier aux propriétaires a fini par l'achever. Beaucoup de monde a cherché à refaire sa vie ailleurs. Ne sont restés que ceux qui n'avaient pas d'autre choix. Si vous voulez mon avis : un village de ratés. Ça me rappelle un peu les cités HLM en déshérence, ces barres où ne demeurent que ceux qui n'ont pas réussi à partir à temps. Fini, la solidarité. Personne ne se soucie de personne. Tout au plus on se méprise les uns les autres, car l'autre nous renvoie notre propre image.

— On se perd en conjectures, avait grogné Gehring.

Qui savait quelles miettes cette tarte aux pommes de Luckenwalde avait encore soufflées à l'oreille de Schwab ?

— Mais nous avons tout de même un avis de disparition, avait fait celle-ci avec un sourire triomphant.

Elle s'était penchée en avant et avait pointé du doigt le nom de Sachs.

— Klaus Sachs, avait-elle poursuivi. Son père vivait à Chemnitz, mais apparemment les liens étaient si peu étroits qu'il n'a remarqué la disparition de son fils qu'au bout de quelques mois. Le père est décédé depuis un moment. À l'époque, ce sont les collègues de Jüterbog qui ont traité le dossier. Sachs était criblé de dettes, sa maison croulait sous les hypothèques. Il a fallu plusieurs plaintes du père pour qu'un avis de recherche soit enfin lancé, mais pas en urgence. On supposait qu'il s'était fait la belle à cause de ses dettes.

Gehring s'était apprêté à noter quelque chose du genre « Jüterbog – policier – remonter les bretelles », mais s'était ravisé au dernier moment. À sa manière bien à elle, Schwab était parvenue à bien plus de résultats. Il pourrait peut-être l'envoyer à ce commissariat dès lundi pour en savoir plus sur les circonstances de la mort du boulanger et du boucher. Il avait soupiré.

— Qu'avez-vous d'autre ?

Elle lui avait tendu la dernière feuille d'une main presque hésitante. Karl Schenk, menuisier. Jörg Berger, boulanger. Georg Kordes, électricien. Il n'en était qu'au début des mauvaises nouvelles.

— Ces trois-là sont morts, et bien morts. Tous victimes d'accidents entre 1993 et 1996. Quant aux causes exactes de leur décès, le collègue de Jüterbog devrait pouvoir m'en dire plus. Il m'a promis de s'y replonger.

— Merci, avait fait Gehring brièvement. Bon travail. Continuez, peut-être que l'un des disparus apparaîtra dans un vieux dossier.

Schwab s'était levée en soufflant.

— Vous pensez que Charlotte Rubin a tué la moitié d'un village ?

Gehring avait fixé les trois feuilles. Plus de cinquante personnes avaient quitté le village. Cinq avaient disparu – en incluant celles qui étaient parties à l'étranger. Trois au moins étaient mortes. Le tout en quelques années seulement. Ce qui signifiait que Rubin aurait commencé à semer la mort dès le plus jeune âge. Deux autres morts : Leyendecker et son collègue. En incluant le disparu Erich Wahl, cela faisait onze disparitions inexpliquées. Trop pour un si petit village. Ce qu'il avait craint était avéré. Cette affaire n'était plus du ressort de la brigade criminelle de Berlin. Elle devait être transmise au plus vite à la police fédérale.

Son téléphone avait sonné.

— Oui, allô ?

— Gabriel Brock à l'appareil. Je suis l'expert psychiatre dans l'affaire Charlotte Rubin. Désolé de vous déranger, je sais que nous sommes le week-end. Mais on m'a dit que vous étiez là, et je dois absolument parler à une personne chargée de cette enquête.

Une voix agréable, bien articulée.

— Oui, avait fait Gehring prudemment.

Il commençait à avoir sa dose. Qu'allait-il encore arriver ? Il s'était vaguement rappelé la conversation avec le collaborateur de Brock, un jeune homme d'apparence sérieuse.

— Il faut que je vous parle. Saaler, que vous avez déjà rencontré…

— Je me rappelle.

— Je n'arrive plus à le joindre. Je suis inquiet. Très inquiet.

Schwab s'était entre-temps levée et rapprochée de la porte. Gehring lui avait fait signe d'attendre.

— Pourquoi ?

— Je viens de relire le dossier, notamment les retranscriptions de nos enregistrements. Je crois que la sœur de Rubin, Mme Spornitz, était au courant des crimes. Si ce n'est plus.

— Crimes au pluriel ? Quels crimes ?

Gehring s'était mis à transpirer à grosses gouttes. Le monde entier semblait déjà savoir que le meurtre du parc animalier n'était que le dernier acte d'une longue série d'homicides barbares. Le monde entier, sauf la police... À une exception près: l'îlotière volatilisée.

— Je sais que vous n'avez pas beaucoup de temps, mais si vous vouliez tout de même m'accorder quelques instants. Je dois revoir mon jugement sur Charlotte Rubin. Je n'en reviens pas moi-même d'avoir pu commettre une erreur aussi monumentale. Non seulement je pense qu'elle est responsable de ses actes, mais je la crois en outre capable d'avoir commis plus d'un seul meurtre. Ses aveux étaient avant tout l'expression d'une volonté impérieuse de protéger quelqu'un.

— Qui?

Le silence au bout du fil avait été ménagé afin de permettre à Gehring de trouver lui-même la réponse.

— Sa sœur?

Le nom n'avait pas voulu lui revenir sur l'instant.

— Il n'est pas impensable, avait fait Brock, que toutes les deux soient impliquées dans le meurtre de Werner Leyendecker.

— Professeur, je suis pressé. Mme Spornitz avait un alibi, si je me souviens bien.

Il avait vu Schwab parcourir ses notes une nouvelle fois en fronçant les sourcils.

— Nous vérifions en ce moment même s'il y a eu, hormis Leyendecker, d'autres disparitions ou décès inexpliqués dans l'entourage des deux sœurs. Pourriez-vous me faire parvenir un résumé écrit de votre analyse?

Silence. Avait-il offensé l'expert psychiatre?

— Il y a autre chose.

— Quoi donc?

— Mon collaborateur est à Wendisch Bruch en compagnie de Cara Spornitz.

Gehring s'était senti comme frappé par la foudre, ses nerfs avaient été à deux doigts de le lâcher.

— Qu'est-ce qu'il fiche là-bas, bon sang ?

— Je soupçonne M. Saaler de s'être rendu sur les lieux pour tenter de faire la lumière sur certains souvenirs refoulés par Mme Spornitz.

— Appelez-le sur-le-champ !

— Je n'arrive pas à le joindre. Il s'est volatilisé et ne me rappelle pas. Ça ne lui ressemble pas. Je suis franchement inquiet.

Et pour cause, avait failli répondre Gehring. Pourquoi ne l'en avait-on pas informé ? Au lieu de quoi on louvoyait, on conjecturait et on tâtonnait dans le brouillard. Psychologue, tu parles ! La seule chose que Gehring avait pris au sérieux, c'était le souci que Brock se faisait pour son jeune collaborateur.

— Je suis sur le point de partir pour Wendisch Bruch. Je vais voir ce que je peux faire.

— Merci, avait dit le professeur. Tenez-moi au courant, s'il vous plaît. Vous pouvez me joindre à tout moment.

Gehring avait rassemblé, avait raccroché les feuilles de Schwab et les lui avait remises.

— Vous connaissez Rütter ?

— Le procureur ? Seulement de nom.

— Allez le voir et remettez-lui ces documents. À lui et personne d'autre. Tout de suite. Ne vous laissez pas envoyer sur les roses. Le service de garde vous filera son numéro. Dites que c'est moi qui vous envoie. Saluez-le de ma part et débrouillez-vous pour le convaincre que, même si cela semble totalement fou, nous sommes peut-être ici en présence de la plus importante série de meurtres que cette région ait jamais connue. Je demande un déploiement important des forces de police et des renforts de Potsdam. Forces spéciales d'intervention et tireurs d'élite. Huit personnes sont encore dans ce village, plus une policière, un psychologue et… une psychopathe aux réactions imprévisibles.

Schwab avait pris une grosse bouffée d'air. Si elle se risquait à évoquer son week-end maintenant…

— Et s'il ne me croit pas ? avait-elle demandé.

Gehring était retourné à son bureau et en avait sorti son arme de service. Il avait entendu Schwab pousser un petit cri d'effroi.

— Monsieur Gehring ! Et s'il ne me croit pas et trouve toute cette histoire à dormir debout ?

Gehring avait placé l'arme dans le holster et avait saisi sa veste posée sur le dossier de son fauteuil.

— Dans ce cas, je serai de retour dès ce soir.

Il était presque arrivé à la porte quand elle lui avait lancé :

— Au sujet de l'alibi…

— Quoi, l'alibi ?

— Spornitz avait annulé sa participation au congrès.

Gehring arriva à la périphérie de la ville. Le trafic était dense. Retours de week-end. Il y avait urgence. Des personnes en danger de mort. Il décida d'utiliser le gyrophare.

38

Gabriel Brock se leva, contourna son bureau et quitta la pièce. Il ne supportait plus de rester là, les bras croisés. Après sa conversation téléphonique avec le commissaire de la brigade criminelle, il avait appelé Saaler père. Il devait savoir dans quel pétrin lui, Brock, avait fourré son fils.

Il lui avait donné rendez-vous à l'hôpital de la Charité, où Saaler dirigeait un groupe de travail et aimait profiter des week-ends pour prendre un peu d'avance et mieux surprendre ses collègues dès le lundi matin.

Brock déglutit quand il aperçut la silhouette de maréchal, droite et fière, de Saaler sortant de l'ascenseur. Il se leva, courut à sa rencontre et lui tendit la main.

— Qu'est-ce qu'il y a de si urgent, Gabriel?

Brock regarda autour de lui.

— J'aimerais autant ne pas en parler ici.

— Allons chez l'Italien, je n'ai pas encore mangé.

Brock connaissait ce restaurant de la Linienstrasse. En semaine, il était surtout fréquenté par une clientèle de médecins et d'internes. Les étudiants étaient plus rares, car les prix dépassaient leur budget.

— D'accord.

Ils longèrent l'étroite allée qui traversait l'immense centre hospitalier en parlant de la pluie et du beau temps tout en évitant les passants croisés en chemin. Arrivés au restaurant, ils choisirent une table près de la fenêtre. C'était une heure creuse. L'assaut des touristes en quête de déjeuner était déjà passé, l'afflux des spectateurs du Deutsches Theater n'avait pas commencé.

— Bon, allez, je t'écoute.

Saaler prit la carafe d'eau qu'une jeune femme souriante avait apportée à leur table et en remplit son verre et celui de Brock. Les jours consacrés à la recherche, l'alcool était prohibé. Du moins jusqu'à la tombée de la nuit.

— Il s'agit de Jeremy.

— Je m'en doutais, fit Saaler en reposant soigneusement la carafe. Je suis désolé. C'est mon fils. Je sais ce que je t'inflige.

Brock l'interrompit d'un geste impatient, presque tranchant.

— Ce n'est pas du tout ça. Il est très bon. Il sera même formidable, s'il parvient un jour à sortir de ton ombre. Et il y parviendra quand…

Brock ne savait plus comment continuer. Comment avouer son erreur ? Il prit une fourchette et se mit à dessiner des traits sur la nappe, puis se rappela soudain *La Maison du docteur Edwardes* d'Hitchcock et la reposa.

Saaler l'observait, intrigué.

— Il est parti dans le Brandebourg avec cette femme. Depuis, je n'arrive plus à le joindre.

— Comment ça ? Qu'est-ce que ça veut dire ?

— Moi non plus, ça ne me plaît pas. Elle n'est pas la jeune femme un peu excentrique qu'il imagine. Je crois même que c'est une excellente comédienne.

— Évidemment. Tu n'ignores pas ce que je pense d'elle.

— Jason… (Brock poussa la corbeille de ciabatta maison vers Saaler)… la faculté essentielle de l'homme, c'est la mémoire.

— Certainement, répondit Saaler en prenant un morceau de pain qu'il rompit en deux.

— Notre cerveau falsifie sans cesse notre mémoire. Il nous berce d'illusions, parce que c'est ce que nous attendons de lui. Les bonneteurs, voilà les vrais magiciens. Pendant qu'ils attirent nos yeux sur leurs grands mouvements de bras, la dame de cœur a déjà disparu.

La jeune serveuse arriva pour prendre la commande. Brock, qui n'avait pas le moindre appétit, choisit un carpaccio, Saaler un *saltimbocca alla romana*. À peine fut-elle partie que Brock reprit le fil de la discussion.

— Pour les paramnésies, c'est à peu près pareil. Je voulais absolument reparler à cette jeune femme. Quelque chose me tracassait, sans que je sache très bien quoi. Jusqu'à ce que je voie le prestidigitateur au club de tennis.

— Le prestidigitateur ? Vraiment, Brock, mon temps est trop précieux pour écouter de telles sornettes.

— Attends. Juste un instant. Le prestidigitateur détourne notre attention pour créer une illusion. Il nous montre ce que nous sommes censés voir, ce que nous voulons voir, en fait. Il dupe notre cerveau. C'est exactement ce que les deux sœurs ont fait.

— Un tour de magie ?

— Non. Chez elles, je parlerais plutôt de représentation théâtrale. La mise en scène d'une dispute violente entre deux sœurs. Je l'ai enregistrée, et je l'ai réécoutée un certain nombre de fois. Nous nous sommes fait avoir par un effet McGurk…

— Tu es en train de me dire que ces femmes ont procédé dans ton cabinet à une manœuvre de diversion ?

— Oui. Peut-être qu'elles n'en avaient même pas conscience. Tu sais comme moi qu'il a été démontré que notre cerveau accorde la priorité aux signaux visuels sur les signaux acoustiques. Des émotions, des émotions fortes de surcroît, renforcent cet effet. Nous avons été impliqués de manière émotionnelle. Jeremy a tenté de séparer les deux sœurs ; leur colère, leur désespoir nous ont tous touchés. Et c'est ce qui s'est ancré dans nos esprits : une brouille terrible entre deux sœurs, qui s'est soldée par le suicide de l'une d'elles. Ce que nous avons vu, c'était la dispute, les reproches amers et les émotions tumultueuses. Du coup, ce que nous entendions, c'était aussi la dispute. Notre cerveau a adapté ce qui se disait à la situation que nous voyions ou croyions voir.

— Et qu'est-ce qui se disait, d'après toi ?

— Après avoir réécouté l'enregistrement plusieurs fois, et comme je ne parvenais pas à départager la charge émotionnelle du contenu des paroles prononcées, j'ai demandé à Mme Katz de les retranscrire, noir sur blanc, sans indiquer les émotions dont elles s'accompagnaient, telles que rage, colère, douleur. Ce sont tous ces passages, très émouvants à la lecture, que j'ai enlevés. Les reproches, les insultes, le désespoir, tout a été supprimé. J'ai distillé ce mélange jusqu'à ce qu'il ne reste plus que l'essence du lien entre les deux sœurs.

— Et quel est-il ?

— Meurtre.

Saaler secoua la tête.

— Meurtre, répéta Brock en sortant un papier du porte-documents qui l'accompagnait dans tous ses déplacements. Peut-être n'ont-elles pas conscience de ce qu'elles disent, mais leur subconscient ne se laisse pas duper. Je te le lis comme une pièce de théâtre, d'accord ?

Saaler opina du chef. Sa mâchoire inférieure avança comme pour mieux se concentrer.

— Bon, Jason, écoute. *Charlie* : Rentre chez toi, les héros n'ont rien à faire ici. Je me suis rarement sentie aussi normale que maintenant ! *Cara* : Je vais tout faire pour t'aider. Tout, tu comprends ? *Charlie* : Tu n'es pas de taille. Je pensais que nous étions plus fortes, mais nous avons été vaincues. Je n'ai plus aucune sœur.

Brock marqua une pause. Voyant que Saaler était tout ouïe, il poursuivit :

— À ce moment précis, le dialogue quitte le plan du contenu pour le relationnel. L'espace d'un instant, elles ouvrent entre elles une fenêtre qu'elles seules peuvent voir. Charlie d'un côté, et Cara de l'autre. *Cara* : Tu veux que je reste là à regarder sans rien faire ? *Charlie* : Puisque je suis si loin dans ce flot de sang, que, si je renonçais à y patauger davantage, m'en retirer, ce serait aussi dur qu'avancer encore.

— *Macbeth*, acte III, scène 4. Je connais mon Shakespeare. Apparemment, elle est cultivée, cette

Charlie. Voici donc la femme qui a jeté ses victimes en pâture aux cochons. Intéressant.

— Je me suis trompé. Je me suis trompé sur toute la ligne. Je pense que Charlotte Rubin a tué plusieurs personnes. Mais elle ne l'a pas fait seule. Quelqu'un l'a aidée.

— Sa toquée de sœur ?

Brock fixa soudain la feuille. Il se sentait comme un archéologue au milieu d'un champ de fouilles. Il avait dégagé une première couche et fait une découverte surprenante : les aveux de Charlie. Et la preuve que Cara était au courant, si ce n'était complice. Mais cette couche en recouvrait une autre. Et il avait fallu qu'il lise son résumé à voix haute pour en prendre conscience. Brock fut saisi d'inquiétude.

— Des sœurs…

Il s'interrompit en voyant l'expression sur le visage de Saaler.

Celui-ci était pétrifié. Ses yeux brillants s'étaient rétrécis, assombris.

— Brock, réponds à ma question. Où est mon fils ?

39

Sanela ignorait si elle avait dormi ou si c'était son corps qui la plongeait par intermittence dans un état comateux pour préserver ses dernières forces. Elle n'avait pas faim, mais la sensation de soif était devenue insupportable. L'idée même d'une goutte d'eau la rendait presque folle.

Dans l'obscurité totale, elle avait inspecté ce puisard étroit centimètre par centimètre. Les extrémités de ses doigts, ses genoux et son dos étaient éraflés, son corps complètement contracté à force de se maintenir accroupie, dans cette posture malaisée qui ne lui permettait d'avancer qu'en rampant.

Elle y voyait moins qu'une taupe. Chaque regard sur les chiffres luminescents de sa montre, qui allaient faiblissant, était précieux. Bientôt ils s'éteindraient, et elle n'aurait plus aucun moyen de se repérer. Il ne lui resterait plus, dans cette prison, que son toucher et son cerveau, dont elle espérait qu'il fonctionnerait encore un peu. Elle se ressaisit et examina les ossements qu'elle avait pris au départ pour des branches. Une cage thoracique. Minuscule. En fouillant à mains nues dans la boue, elle trouva d'autres petits os. Elle décida de procéder avec méthode et porta, rampant et ahanant, toutes les pièces vers ce qu'elle appelait le coin droit. Elle supposait que ces bouts de squelette provenaient d'un bébé, voire d'un nouveau-né. Comme elle poursuivait ses fouilles, ses doigts heurtèrent soudain quelque chose de dur et de lisse. Un petit objet. Quand elle l'eut dégagé de la crasse, elle le palpa du bout des doigts, et la joie l'envahit comme un feu de Bengale : un briquet !

La déception suivit instantanément. La molette était grippée. Elle essaya, réessaya. En désespoir de cause, elle glissa le briquet dans son soutien-gorge. Même cassé, l'objet avait quelque chose de réconfortant. Ensuite elle tomba sur un bout de tissu pourri. À en juger par l'odeur pestilentielle, le puisard avait probablement aussi servi de vide-ordures. Elle continua ses recherches et trouva un objet lisse et ferme. Un bâton ? Un manche à balai ? Elle parvint à grand-peine à l'extraire de la boue et à le libérer des couches de dépôts qui le recouvraient.

Son dos lui faisait mal comme s'il était sur le point de se briser en deux. Elle étendit les jambes, se mit à plat ventre, puis se retourna. Quelque chose tomba sur son front. Une goutte d'eau. Elle voulut se redresser, mais se rappela à temps que sa tête heurterait le plafond. Prudemment, elle leva le bras, jusqu'à ce qu'elle sente le plancher de bois. Effectivement, l'humidité s'amassait quelque part ; une deuxième goutte lui coula sur l'index, qu'elle porta avidement à ses lèvres pour les humidifier. Elle se fichait que le liquide qui s'infiltrait par ces murs soit potable ou non. Elle ajusta sa position de sorte que les gouttes tombent directement dans sa bouche ouverte et resta immobile.

La goutte suivante mit une éternité à se détacher, au cours de laquelle elle eut le temps de réfléchir.

Le bâton était à côté d'elle. Elle s'en saisit et laissa glisser sa main sur toute sa longueur. À l'extrémité, elle marqua une pause. Elle sentit un renflement dont partait une sorte de poignée naturelle. Elle avait déjà vu ce genre d'objet : dans la collection d'histoire criminelle de l'hôpital de la Charité. Il s'agissait d'un fémur adulte, et la poignée n'était rien d'autre que le col qui le reliait à la hanche.

La goutte atterrit sur sa bouche. Elle resta immobile et sentit sa respiration changer, son sang bouillonner. Une vague de panique la submergea, menaçant de l'emporter.

Du calme, pensa-t-elle, du calme. Tu vas t'en sortir. Tu t'en es toujours sortie, même quand tout semblait fichu. Rappelle-toi. Rappelle-toi la cave d'autrefois. Tu as tout fait pour l'oublier, mais maintenant, penses-y. Sens la peur. Enfonce-toi jusqu'au cœur des ténèbres. Quand on a touché le fond, dit-on, on ne peut que remonter…

Elle sentit le couteau sur sa gorge et la respiration brûlante de l'homme. Elle entendit les bruits de bottes sur les pavés, les cris, les coups de feu, vit les ombres passer furtivement devant la fenêtre de la cave, perçut le crépitement des mitrailleuses.

La main de l'homme tremblait, et la lame tranchante lui entaillait la peau.

— Non, chuchota-t-elle. S'il vous plaît.

— Silence. Pas un bruit. Compris ?

La main lâcha un peu ses cheveux. Elle hocha imperceptiblement la tête. La douleur à sa gorge cessa.

— Tu as quel âge ?

— Sept ans.

— Ma fille en a cinq. Tu la connais. Vous avez joué ensemble toutes les deux. Tu te rappelles Maria ?

— Oui, chuchota-t-elle.

— Je te laisserai partir, une fois qu'ils seront loin.

Des pas lourds, des cris rauques. Quelqu'un enfonça la porte. Un éclair éblouit Sanela, une explosion multicolore, puis la main qui serrait ses cheveux glissa sur ses épaules et s'en détacha doucement pour retomber dans un mouvement presque affectueux, frôlant son bras comme une ultime caresse.

Elle n'avait plus jamais rejoué avec Maria. Celle-ci avait disparu comme tant d'autres. Comme la mère de Sanela. À l'époque, Sanela avait pensé que l'homme aurait tenu sa promesse. Aujourd'hui, elle savait qu'il l'aurait tôt ou tard trahie, si les circonstances l'avaient exigé.

Quelle leçon en tirer ? pensa Sanela. Que notre survie dépend parfois d'un tiers ? Que la panique est une réaction naturelle qui nous donne la force de fuir ? Mais je n'ai aucun moyen de fuir. Je suis coincée dans une tombe. Alors, que faire de mes dernières forces ? Quand ce tiers arrivera-t-il ?

Une nouvelle goutte atterrit sur ses lèvres. Elle la lécha. Peu à peu, elle s'aperçut que sa respiration s'était calmée. Elle ne parviendrait pas à contenir le prochain accès de panique. Elle hurlerait, se cognerait la tête jusqu'au sang, se mettrait à manger de la boue, deviendrait folle.

Elle pourrait s'occuper. Elle pourrait commencer à s'arracher les cheveux un à un. Ou bien essayer de découvrir ce qui s'était réellement passé dans ce minuscule cachot fait d'obscurité, de boue et de puanteur. Tout était là. Les os lui raconteraient toute l'histoire. Il suffirait de les trouver et de les réunir.

Elle se retourna sur le ventre et rampa vers le coin droit pour y déposer le fémur. Un bébé, un adulte, deux morts. Elle se souvint qu'il y avait encore des branchages dans l'autre coin. Elle supposa qu'un autre enfant avait été enfoui ici, un autre nouveau-né. Il y avait des mères qui enterraient leurs enfants dans des jardinières ou cachaient les petits cadavres dans des congélateurs. Sanela pressentit qu'elle était tout près de percer le secret de Wendisch Bruch. Peut-être serait-ce la dernière chose qu'elle ferait de sa vie. Peut-être sombrerait-elle alors dans la folie. Mais personne ne pourrait dire – le jour où l'on retrouverait son corps recroquevillé dans la vase – qu'elle n'aurait pas fait son job jusqu'au bout. Sanela Beara, petite îlotière, distributrice de contredanses. Il ne resterait plus grand-chose d'autre de cette vie à laquelle on avait bien voulu autrefois, au fond d'une cave, accorder un sursis.

40

Lutz Gehring arriva à Wendisch Bruch en moins de quarante-cinq minutes. Il avait reçu un bref appel de Jüterbog l'informant que personne n'avait vu le véhicule de Beara et qu'on attendait ses instructions.

Il s'arrêta au seul carrefour du patelin. Bienvenu dans le trou du cul du monde, fut sa première pensée. Quelques maisons étaient encore habitées. Il se demanda depuis laquelle Beara avait pu l'appeler avant de lui raccrocher au nez. Une bâtisse plus grande que les autres, portant une inscription délavée sur ses murs, attira son attention. Une ancienne auberge. Les Tilleuls, lut-il.

Du linge était étendu sur une corde derrière la maison, signe qu'elle était habitée. Il avança la voiture d'encore quelques mètres et aperçut sur le côté une porte entrouverte – le portail principal semblait n'être plus utilisé depuis des lustres – ainsi que quelques dépendances, sans doute des garages ou des remises à outils. Il descendit, s'approcha de la maison, mais ne trouva pas de sonnette.

— Il y a quelqu'un ?

Il frappa prudemment à la porte, qui s'écarta dans une étrange sorte de bâillement.

— Il y a quelqu'un ?

Un couloir sombre s'ouvrit devant lui. De la pièce côté gauche lui parvenaient des bruits de vaisselle.

— Police. J'entre.

Il pénétra dans le couloir, porta une main à son arme sous sa veste et jeta un œil prudent dans la pièce. Une femme était assise devant une table. Vieille, grosse et tout en sueur. Schwab dans dix ans si elle ne fait pas attention, pensa-t-il. Il baissa la main.

— Commissaire divisionnaire Lutz Gehring, brigade criminelle.

Contre toute attente, la femme ne donna aucun signe d'affolement. Elle leva la tête avec lassitude et le dévisagea d'un air épuisé.

— Vous comprenez ce que je dis ? Brigade criminelle de Berlin, section homicide. Puis-je entrer ?

— Pourquoi posez-vous la question ?

Le regard de la femme était calme, tout comme sa voix. Il entra. Une cuisine rustique, simple et massive, tout juste assez rangée pour ne pas paraître laissée à l'abandon.

— Je cherche une collègue. Sanela Beara. L'avez-vous vue ?

— Quel nom, vous dites ?

— Beara.

— Connais pas. Désolée. Je me rappellerais sûrement. Il n'y a plus beaucoup de passage, par ici. Plus depuis longtemps.

— Vous êtes ?

— Suis-je obligée de répondre ? Montrez-moi d'abord votre insigne.

Gehring sortit sa carte, que la femme étudia avec l'intérêt feint de l'analphabète prétendant savoir distinguer un U d'un X.

— Walburga Wahl.

Gehring tira une chaise vers lui et s'assit sans y avoir été invité.

— Madame Wahl, où est votre mari ?
— Parti chercher des cigarettes.
Il se cala sur son siège et prit une profonde inspiration. Elle voulait jouer. Soit, elle serait servie.
— Depuis quand ?
— Je n'ai pas regardé l'heure. Il a fait une bêtise ?
— Je veux lui parler.
— Je lui transmettrai.
Il se pencha en avant.
— Madame Wahl, je ne suis pas venu de Berlin dans votre joli petit village pour qu'on se paie ma tête. J'enquête sur un meurtre.
— Rubin ? Là c'est vous qui vous payez ma tête. Charlie s'est suicidée. L'affaire est close.
— Pas pour moi. Ni pour Mme Beara. Pas plus que pour une tripotée de gens d'ici, dont il semble qu'ils soient directement concernés par cette affaire. Donc, je répète : où puis-je trouver votre mari ?
Elle croisa les bras devant son opulente poitrine.
— Je ne suis pas le chaperon de mon mari. N'avez qu'à le chercher vous-même.
Il se leva.
— D'accord. C'est exactement ce que je vais faire.
Gehring quitta les lieux d'un pas rageur. Il essaya de joindre Schwab, mais elle avait éteint son portable et n'était pas non plus à son bureau. Il lui envoya un texto : *Vérification d'état civil, Erich et Walburga Wahl*. Il s'arrêta devant sa voiture et balaya du regard le village écrasé de chaleur. Il eut l'impression qu'on l'observait. C'était comme un regard qui lui trouait littéralement le dos. Il se retourna lentement, toisa une nouvelle fois la maison, la façade, la corde à linge. Et c'est là qu'il le vit : le tee-shirt marqué *Forty Licks*.

41

Brock avait donné rendez-vous à Chaton une demi-heure plus tôt. Il arriva juste avant qu'elle reparte. Elle habitait au coin de la rue, mais il avait tout de même mauvaise conscience de la faire venir au bureau le week-end pour ensuite la faire poireauter. Elle ne prêta aucune attention à ses excuses.

— Qu'est-ce qui se passe, professeur ?

Elle reposa son sac à main sur la petite table devant le portemanteau et ôta son foulard de soie.

— La transcription que vous avez faite des enregistrements, où est-elle ?

— Dans l'ordinateur.

— J'ai besoin d'un exemplaire complet. Auriez-vous la gentillesse de me l'imprimer ?

— Bien entendu. Une petite minute. Le temps que la machine se lance.

Brock entra dans son bureau. Peu après, Chaton arriva avec les feuilles et un darjeeling bien fort.

— Auriez-vous encore un peu de temps ? demanda-t-il lorsqu'elle eut posé la tasse.

— Oui.

— Alors soyez gentille, installez-vous.

Chaton connaissait le topo. Elle alla chercher un magazine dans le vestibule, s'affala dans un fauteuil près de la fenêtre et commença à lire.

Environ un quart d'heure plus tard, Brock eut un petit cri de surprise. Chaton leva brièvement les yeux, comprit que le moment n'était pas encore venu et se replongea dans son article.

— Des sœurs, lâcha Brock au bout d'un moment.

Chaton baissa sa feuille de chou.

— Je n'ai plus aucune sœur, reprit-il.

Elle resta silencieuse. Tout commentaire aurait risqué de distraire Brock. Le professeur se leva, contourna le bureau et prit appui sur le bord.

— Qu'est-ce que cela veut dire ?

Chaton referma le magazine :

— Je n'ai plus aucune sœur ?

Brock acquiesça.

— Que j'en avais autrefois, suggéra-t-elle.

Brock se pencha en arrière pour attraper le dossier. Il l'ouvrit et pointa son index sur une page.

— Cara et Charlie, deux sœurs. Si l'une ne veut plus entendre parler de l'autre, qu'est-ce qu'elle dira ?

— Je n'ai plus de sœur ?

— Exactement…

— Qui a dit ça ?

— Charlotte Rubin à Cara Spornitz. Sauf que sa phrase était : Je n'ai plus aucune sœur. Cela pourrait aussi signifier…

— … qu'il y en avait d'autres ?

— Rien dans le dossier ne le prouve. Cara et Charlie étaient les seules enfants de Margot Rubin.

— Des extraits d'actes de naissance ont été demandés au bureau d'état civil ?

— Je suppose. (Brock feuilleta le dossier.) Pensez-vous que Margot Rubin pourrait avoir donné des enfants à l'adoption ?

— Ou alors Cara et Charlie auraient été adoptées ?

— Non, grogna Brock. Dans ce cas, ce serait signalé dans le rapport. Elles étaient ses enfants. Sans aucun doute.

— Alors je ne sais pas. Des sœurs ne se volatilisent pas comme ça, n'est-ce pas ?

Brock referma le dossier.

— Normalement non.

— Professeur, vous ne pensez pas que c'est à la police de s'en occuper ? Si ces deux femmes avaient d'autres sœurs… qui ont disparu… c'est bien votre question, n'est-ce pas… ?

— Avortement ?

— Non. Dans ce cas, on ne saurait pas le sexe des enfants. Peut-être ont-elles été abandonnées ? Ça a toujours existé, des parents dépassés ou des mères en déni de grossesse. Ça me paraîtrait plus vraisemblable. Sauf que les mères le cacheraient à leurs autres enfants.

— Oui. En effet. La plupart le cacheraient.

Brock donna enfin congé à Chaton et tenta une nouvelle fois de joindre le commissaire divisionnaire Gehring. On lui dit qu'il n'était pas à son bureau, mais qu'il pouvait laisser un message.

— Des enfants trouvés, dit Brock.

— C'est tout ?

— Je suggérerais au commissaire Gehring de vérifier s'il n'y a pas eu d'abandons d'enfants aux alentours de Wendisch Bruch vers la fin des années quatre-vingt et le début des années quatre-vingt-dix. Des nouveau-nés. Il doit certainement y avoir des mains courantes à ce propos.

— Oui, sans doute. Vous avez d'autres précisions ?

Brock se passa les mains dans les cheveux.

— Non, malheureusement. Sauf une chose : « Je n'ai plus aucune sœur. » Notez-le tel quel.

— Je suis désolé pour vous, monsieur Brock. Voulez-vous déclarer une disparition ?

— Non. Notez simplement que Charlotte Rubin a dit : « Je n'ai plus aucune sœur. » Ça suffira.

Il raccrocha. Ça suffirait, vraiment ? Gehring comprendrait-il ? Que signifiait tout cela ? S'il prenait les mots de Charlotte Rubin à la lettre, il devait y avoir eu dans la famille Rubin plus d'enfants nés que de déclarations de naissance.

On frappa à la porte. Fâché du dérangement, il aboya :

— Qu'est-ce que c'est ?

Chaton, le sac à main sous le bras et le foulard soigneusement noué autour du cou, passa la tête par l'entrebâillement de la porte.

— Excusez-moi, professeur. Il y a une chose qui me chiffonne. (Elle entra d'un pas hésitant.) Cette histoire de sœurs… vous pensez nécessairement à la mère, n'est-ce pas ?

— Oui, fit Brock, distrait.

— Qu'en est-il du père ? Certains enfants n'apparaissent jamais sous leur vrai nom dans les registres de naissance. Les enfants adultérins, par exemple.

— Possible, possible, merci Chaton. J'en parlerai au commissaire.

— Ou encore les enfants d'un premier mariage, d'un autre lit. Les enfants des familles recomposées. Vous savez, les familles patchwork, comme on dit…

Brock s'aperçut que les raisonnements de Chaton l'embrouillaient plus qu'ils ne l'aidaient. S'en rendant compte à son tour, elle hocha la tête et fila à l'anglaise. Démoralisé à l'idée qu'il avait la solution sous les yeux et n'arrivait pas à la voir, Brock se plongea une fois de plus dans la transcription. Il aurait voulu avoir en face de lui quelqu'un comme Saaler, dont les froids sarcasmes l'auraient obligé à préciser, affiner ses pensées. Il saisit l'un des nouveaux crayons que Chaton venait d'acheter, mais le reposa aussitôt en repensant que Rubin, peu de temps avant, avait failli se vider de son sang dans ce bureau.

Laisse-le. Il ne fait que son devoir. Il faut bien qu'il le fasse, non ? Qu'il continue. – Tu veux que je reste là à regarder sans rien faire ? – On n'a jamais eu la main. Ils ont toujours fait de nous ce qu'ils voulaient.

Brock se remémora la scène : l'agent essayant de séparer les deux sœurs. Le pansement de Charlie se décollant. Elle se mettant à saigner. L'électricité dans l'air.

Et nous, nous n'avons vu que la dispute, pensa-t-il. Nous avons vu l'agent et pensé évidemment que c'était de lui qu'elles parlaient. En vérité, elles parlaient de quelqu'un d'autre.

Laisse-le. Qu'il continue.

Mais de qui, bon sang, avait parlé Charlie ? Brock dut admettre que quelque chose lui échappait. Il se sentait coupable de ne pas avancer d'un pouce. Il rappela encore une fois Jeremy. La tonalité résonna, monotone, et la boîte vocale se mit en route.

— Saaler, rappelez-moi de toute urgence. Et surtout : quittez immédiatement Wendisch Bruch.

42

Gehring but une gorgée de sirop de sureau. Sur la table était étalé le tee-shirt de Sanela Beara. Walburga Wahl, qui semblait collée sur sa chaise – et peut-être l'était-elle vraiment, vu que tout collait dans cette maison, même la chemise de Gehring, ses mains, ses semelles sur le sol –, s'enferrait dans la dénégation.

— Je ne sais pas où elle est.

— Les collègues de Jüterbog arriveront sous peu. Nous retournerons toute la maison, s'il le faut. Où est-elle ?

Walburga lui avait montré la voiture sans se faire prier. Elle était garée dans la remise qui séparait le jardin côté ouest de la ruine voisine. Le tee-shirt retrouvé, il était vain de nier plus longtemps. Le sac de Beara, un modèle en toile de bateau avec bandoulière, était resté sur le siège passager. Gehring avait éparpillé son contenu sur le plan de travail près de l'évier. Elle n'avait même pas sa carte de police ni son portable sur elle. Tout indiquait que Beara avait disparu de façon soudaine et imprévue.

— Elle est partie et pas revenue, dit Walburga, laconique.

Gehring lui mit sous le nez la petite carte jaune de la police de Berlin portant la photo de Sanela.

— Sans sa carte de police ?

— Moi non plus, je ne prends pas ma carte d'identité quand je sors dans le jardin.

— Mais elle n'est pas dans le jardin ! brailla Gehring.

Fini de rigoler, à la longue ! Il avait toujours pris les mensonges et les subterfuges des suspects pour un affront personnel, un camouflet, le signe qu'on sous-estimait sa valeur. Il aurait voulu avoir des adversaires à sa hauteur, qu'il aurait pu confondre par l'intelligence, pour goûter ensuite au sentiment de la victoire. Après tout, c'était bien de cela qu'il s'agissait : sortir vainqueur. Les uns croyaient au bien, les autres à la victoire. Le bien faisait partie de ce monde au même titre que le mal, mais il ne l'emporterait jamais. Il regarda par la fenêtre l'herbe séchée et les feuilles de l'année précédente qui formaient un tapis sous les arbres. Peut-être le monde était-il un jardin. Tout bon jardinier savait que le combat contre les mauvaises herbes était sans fin. Détachant son regard du triste spectacle des vêtements étendus sur la corde à linge, il se tourna de nouveau vers Walburga.

— Elle a disparu depuis trente-six heures.

— Elle finira bien par réapparaître.

Walburga avait les yeux rivés sur ses mains, qui émiettaient nerveusement un mouchoir en papier.

— Comme Erich, votre mari ?

Elle leva brusquement la tête.

— Qu'est-ce qu'il a à voir là-dedans ?

Toujours aucune nouvelle de Schwab. Ça n'augurait rien de bon. Le procureur l'avait probablement laissée poireauter pendant deux heures avant de se décider à quitter le terrain de golf et rejoindre son bureau, pour y entendre le récit de la plus invraisemblable série de meurtres que ce siècle à peine entamé ait jamais connue. Elle aurait au moins pu le tenir au courant. Il était seul. Seul dans ce village où une collègue avait disparu et où une suite d'événements inexpliqués s'était produite. La vue de l'attrape-mouches le mit mal à l'aise. Lui était plutôt pour la méthode « journal enroulé ».

— Il est parti à une époque où le paquet de cigarettes coûtait encore deux Marks. Je le tiens de l'agent Beara. Et ce n'est pas la seule chose qu'elle a eu le temps de m'apprendre.

— Quoi d'autre ?

— À vous de me le dire. Cela vous aidera devant le juge, si vous coopérez.

La respiration de Walburga s'accéléra. Son immense poitrine se souleva puis s'abaissa.

— Je n'ai rien fait de mal. Au contraire. J'ai même préparé un lit pour votre chère collègue. Nous avons fait la cuisine ensemble, nous avons mangé ensemble. C'est une jeune femme très sympathique.

Continue de mentir, pensa Gehring. Sympathique était vraiment le dernier qualificatif qui lui serait venu à l'esprit à propos de Beara.

— Et puis ?

— Demandez à Esther. Elle aussi lui a parlé. À l'église.

— Qui est Esther ?

— La doyenne du village. Elle habite en face, la maison sur le côté.

— Encore une femme sans mari ?

Elle se retint à la dernière seconde de taper des mains sur la table.

— Seigneur ! Il faut rendre des comptes sur son mode de vie, maintenant ?

— Seulement si d'autres en sont victimes, dit Gehring.

Son portable vibra. Enfin. Il se leva d'un bond et sortit dans le couloir pour lire le message. Schwab.

Rütter veut des preuves. État civil Wahl, Walburga : mariée avec Erich depuis 1975, un fils, Marten, né en 1977. Appel Brock : Je n'ai plus aucune sœur (dixit Rubin). Rappel urgent.

Gehring ferma son portable. Il ne voyait pas très bien quoi faire de l'étrange message du professeur Brock. Mais pour Marten Wahl, il voyait. Ce nom ne figurait ni sur la liste des émigrés ni sur celle des disparus.

Il retourna auprès de Walburga. Ses petits yeux le regardèrent avec tant d'espoir qu'il eut presque pitié d'elle.

— Madame Wahl. Où est votre fils ?

43

— Jeremy ?

Un chuchotement, mince comme une feuille de Cellophane.

— Tu m'entends ?

Il ne comprenait pas le sens de ces mots, ne sentait que la fraîcheur sur son front. Il était allongé par terre, la tête sur le sol de pierre, incapable de bouger. Le premier sens qui lui revint fut le toucher. Le froid. Puis l'obscurité. La nuit ? L'odorat. Un vague relent de lard rissolé. Enfin, l'ouïe.

— Si tu m'entends, fais-moi un signe. S'il te plaît !

Il ne put faire le moindre mouvement. Soudain il sentit quelqu'un se pencher sur lui et un souffle chaud lui frôler le visage.

— Réveille-toi !

Cara. Le nom pénétra dans son cœur comme une flèche et le fit palpiter.

— Réveille-toi, bordel !

Sur ces mots, la voix s'éloigna. Il voulut dire « Ne pars pas », mais ne dépassa pas le premier mot. La suite franchit à peine le seuil de la pensée. Reste… attends… me quitte… qu'est-ce… qu'est-ce qui s'est passé ?

— Je crois qu'il revient.

Le bruit d'une chaise traînée sur le sol, d'une lime frottée contre un tissu.

— Je n'arrive pas à couper ces cordes. Jeremy !

Il geignit. Sa langue était comme un corps étranger dans sa bouche. Un gros ver, boursouflé et rugueux.

— Je te verserais un seau d'eau sur la tête, si je pouvais, siffla-t-elle, mais j'ai les mains attachées. Je t'en prie, fais un effort !

Il jeta toute sa force et toute sa volonté dans ses membres. Ses yeux parvinrent à peine à un petit clignement. Ses mains étaient insensibles, comme mortes.

— Il est parti. Je ne sais pas où. Mais je crois qu'il revient. Tu comprends ce que je dis ?

— Oui, gémit-il.

Deux de ses dents bougeaient, il cracha un peu de sang.

— Qu'est-ce qui s'est passé ? demanda-t-il.

— Il t'a mis K.-O. Puis il nous a ligotés et laissés là.

Jeremy se tourna à grand-peine sur le côté, la tête toujours collée au sol. La première chose qu'il vit fut une chaise renversée. Il leva lentement les yeux. Les mains nouées dans le dos, Cara tentait désespérément de couper ses liens en les frottant contre le tube d'acier du dossier.

— Qui est ce type ?

— Marten Wahl. Le fils de Walburga. On jouait ensemble quand on était gosses. Il était raide dingue de Charlie. Je crois me souvenir qu'il a eu un accident. Il boite. Il a complètement changé, j'ai failli ne pas le reconnaître. Depuis tout à l'heure j'essaie de couper la corde contre le pied de chaise cassé, mais rien à faire. Je n'y arrive pas !

Sa voix faillit se briser de désespoir.

— Je suis tellement désolée, Jeremy, tellement désolée.

Elle ravala ses larmes. Jeremy reconnut le grincement de la porte d'entrée.

— Je ne sais pas si je vais tenir le coup… Mais sache que ton professeur avait raison, pour tout. J'irai le voir, je te le promets. Pourvu qu'on sorte d'ici. Marten a tué Bruno. Et je n'ose imaginer quelles autres horreurs il a dû commettre. Autrement il ne nous garderait pas prisonniers ici.

Des pas lourds, irréguliers, se firent entendre dans le couloir.

— C'est lui.

Jeremy ne parvenait toujours pas à se redresser. Son occiput lui faisait souffrir le martyre. Il se dit que le coup de poing avait dû l'envoyer valser contre le mur. Il vit s'ouvrir la porte de la cuisine. Deux jambes entrèrent dans son champ de vision. Cara se mit à hurler à s'en briser la voix :

— Au secours ! Au secours !

— Personne ne t'entend, ici. Je t'avais dit de rester sagement assise en attendant mon retour.

Il saisit Cara et la chaise et les remit d'aplomb.

— Je me fiche de ce que tu peux dire, éructa-t-elle. Lâche-moi. Bas les pattes.

Pas très habile vu la situation, se dit Jeremy.

Impassible, Marten alla vers Jeremy pour vérifier les liens. Les deux premiers boutons de sa chemise étaient défaits. Il portait une chaîne en argent. Jeremy n'eut pas le temps de la regarder de plus près, car déjà l'autre se redressait d'un air satisfait.

— Ça fait mal ! Détache-moi !

— C'est ta faute ! T'avais qu'à rester où tu étais.

— Tu n'as pas à me dicter ce que je dois faire ! Tu te prends pour qui, maintenant ?

Deux pas, un geignement étouffé. Il devait la frapper, ou la saisir à la gorge.

— Lâchez-la !

Jeremy ne savait pas par quel miracle ces mots avaient réussi à sortir de sa bouche. Il se recroquevilla en chien de fusil et, depuis cette position, parvint à se redresser. Surpris, le dénommé Marten desserra ses mains du cou de Cara et se retourna vers Jeremy.

— Toi, mêle-toi de ce qui te regarde. Ou je t'en flanque une autre.

— Qu'est-ce que vous nous voulez ?

Marten tira une chaise vers lui. Le crissement des pieds métalliques sur la pierre vrilla le crâne de Jeremy.

— Je suis l'ami de Charlie. Même après sa mort.

Cara cracha son mépris.

— L'ami de Charlie ? Tu rêves. Je le saurais.

Le corps de son bourreau se raidit à ces mots. On eût dit qu'il allait l'étrangler de nouveau.

— Tu sais que dalle, fit-il entre ses dents. Tu ne sais rien de ta sœur. Tu ne t'es jamais demandé ce qui lui arrivait. T'es qu'une salope égoïste.

— Toi aussi, t'es cinglé, maintenant ?

Il se pencha vers elle, et son énorme main prit la tête de Cara en étau.

— Ne dis jamais ça.

Sa voix s'adoucit, mais n'en fut pas moins menaçante.

— Si quelqu'un sait ce que Charlie a enduré, c'est bien moi, poursuivit-il. Toi, à part te prendre une baffe par-ci par-là et faire la vaisselle, il ne t'est rien arrivé. Charlie t'a protégée de tout.

— De quoi ?

Il la lâcha.

— Tu vaux pas mieux que les autres. Se boucher les yeux et les oreilles et ne penser qu'à sa pomme. C'est comme ça que ça marche ici.

— Je n'ai pas la moindre idée de ce dont tu parles !

— Ah non ? hurla-t-il.

Jeremy sursauta, mais Cara semblait totalement indifférente au risque de le pousser à bout.

— Je ne supporte plus d'entendre ça, brailla-t-il. Je ne savais pas ! Personne ne m'a rien dit ! Que celui qui a des yeux voie ! Que celui qui a des oreilles entende. Et que celui qui a un cœur comprenne, Cara !

— J'ai un cœur, mais je ne l'ouvre pas au premier clodo qui passe.

La gifle partit si vite qu'on eût dit que Marten n'attendait que ce moment. La tête de Cara partit en arrière, mais elle réprima son cri.

— Merci, murmura-t-elle, merci de m'avoir rappelé quelle langue on parle dans ce pays.

Marten frotta la main qui avait porté le coup. Il avait l'air confus. Sans doute avait-il envie de lui demander pardon, mais il en était incapable. Il avait endossé le rôle du vengeur, et les vengeurs ne demandent pas pardon. Seulement, Jeremy ignorait ce que Marten était venu venger. Et quels rôles il leur avait attribués, à lui et Cara.

— Arrête de jouer ta comédie à deux balles, aboya Marten. T'arriveras peut-être à embobiner l'autre beau gosse, mais pas moi.

— Vous ne vous en tirerez pas comme ça, dit Jeremy.

L'homme se tourna brusquement vers lui. Le jeune homme avait conscience que le rapport de forces n'était pas à son avantage. Mais tout ce qu'il voulait, c'était détourner l'agressivité de Marten sur lui.

— Me tirer de quoi ? demanda-t-il d'un ton dangereusement calme. Charlie est morte. Tous ceux qui ont fermé les yeux sur ce qui se passait sont responsables de sa mort. Et Cara fait partie du lot.

— Cara est venue à la recherche de ses souvenirs.

— Ah oui ?

— Si vous avez quelque chose à dire, dites-le. Aidez-la. Et aidez-vous par la même occasion. Vous êtes dans une impasse. Vous êtes au bout de votre latin. En être réduit à ligoter et intimider deux innocents, vous parlez d'une réussite.

— Au bout de mon latin, répéta Marten en se tournant vers Cara avec une expression exagérément admirative. T'as ramené une grosse tête, dis donc. Un type qui croit pouvoir m'impressionner. C'est pas comme ça que ça marche, ici.

Il se leva et s'approcha de Jeremy. Dans son dos, Cara tenta de nouveau désespérément de desserrer ses liens.

— Ici, on préfère les actes aux mots, dit Marten. On préfère les faits accomplis. Je n'ai jamais intimidé personne. Ça ne m'aurait pas mené bien loin. Et tu sais quoi ?

Il s'accroupit. Au milieu de son visage informe au nez de travers, Jeremy remarqua une cicatrice qui barrait sa joue droite jusqu'au coin de sa bouche.

— Tout ce que je veux, c'est que vous ayez conscience que vous allez mourir. Leyendecker, le type du parc animalier, il en avait conscience. Il s'est fait dévorer vivant. Et maintenant, tu aimerais sûrement savoir quel cerveau pervers a imaginé tout ça. Charlie ? Sa jolie petite sœur Cara ? Moi ? Ou bien nous tous réunis, qui pataugeons dans la même merde ?

— T'es complètement cinglé ! hurla Cara.

Marten se retourna à la vitesse de l'éclair, mais Cara s'était figée à temps, de sorte qu'il ne remarqua pas ses manœuvres désespérées pour se défaire de ses entraves.

— Ton tour viendra après, dit-il.

L'homme, à la grande surprise de Jeremy, l'empoigna par le bras pour le redresser. Marten faisait une demi-tête de plus que lui. Sa main calleuse le tenait fermement, mais sans lui faire mal. Il n'avait pas l'intention de le torturer, du moins pas encore. Il voulait simplement se débarrasser de tout ce qui se mettait en travers de ses plans.

— Alors, tu veux le savoir ?

Saisi à la gorge, Jeremy laissa échapper un petit « oui » étranglé.

— À cause de cette salope ?

Cara cessa de tirer sur ses liens. Elle regarda Jeremy comme s'il allait prononcer son verdict sur elle.

— À cause d'elle, et de toutes les autres dans ce bas monde qu'on doit protéger contre des types de ton espèce.

Marten lui laissa aspirer un peu d'air. Son regard parcourut le visage de Jeremy et s'arrêta sur ses yeux.

— Et si c'était trop tard ? ajouta-t-il.

Il le lâcha. Le souffle court, Jeremy bascula vers l'avant, mais parvint à rester sur ses jambes. La douleur qui martelait son crâne se diffusa, foudroyante, dans tout son corps. Marten l'attrapa par l'épaule et le tira vers la porte de la cuisine.

— Il n'est jamais trop tard, répondit Jeremy. Je ne l'accepterai jamais.

— Eh ben, il va pourtant falloir.

44

— Marten a toujours été un gentil garçon. Toujours.

D'un revers de la main, Walburga balaya une miette sur la toile cirée collante de graisse. Gehring, son calepin relié en cuir ouvert sur les genoux parce qu'il n'avait pas voulu le poser sur la table, réprima un soupir. Quand est-ce que cette foutue voiture allait enfin arriver ?

— La vie n'était pas facile, ici. Pour aucun d'entre nous. Pas de boulot. Alors de plus en plus de gens sont partis. Et Marten n'a pas trouvé de place d'apprenti. À cause de son handicap.

— Qu'est-ce qu'il a ?

— Quand il était gosse, il est passé sous un tracteur. Sa hanche ne s'est pas ressoudée comme il faut. Il boite un peu. Mais ça suffit à le faire passer pour un idiot. (Elle haussa les épaules avec résignation.) Personne ne l'a jamais pris au sérieux. Il était souvent tout seul. Y avait que les petites sorcières de la ferme à l'orée du village pour vouloir traîner avec lui. Quand on grandit ici, il faut apprendre à s'imposer. Un jour, il a appris. Mais il a bon cœur. Dans le temps, il allait des fois à l'hôpital de Jüterbog, faire le clown pour les enfants.

— Le clown ? répéta Gehring. Il le fait encore aujourd'hui ?

— Comment le saurais-je ? Il vit à Berlin. Une ville horrible. Gigantesque. Et bruyante ! Il faudrait me payer cher pour que je…

— Adresse ?

— Weichselring 75c.

Gehring pianota l'adresse sur son portable et l'envoya par texto à Schwab, assortie d'une demande de vérification immédiate. Walburga le regarda avec une défiance croissante.

— Qu'est-ce que vous me voulez, au juste ?

— Je cherche à savoir ce qu'il est advenu de cinq hommes et d'une femme, et pourquoi cinq autres personnes – vous m'entendez ? cinq ! – sont mortes. Si je vois qu'on a touché ne serait-ce qu'à un cheveu de ma collègue, je demanderai des comptes à tous les habitants de ce village, un à un, vous m'entendez ? un à un ! Il est impossible que personne n'ait rien remarqué. J'enquêterai jusqu'à ce que toute la lumière soit faite. Sur chaque décès. Chaque accident. Chaque meurtre. Et c'est par vous, madame Wahl, que je commence. Où est ma collègue ?

Le menton de Walburga se mit à trembler. Sa main se remit à balayer la table, sur laquelle ne se trouvait pourtant plus la moindre miette.

— Je n'en sais rien. Je n'ai pas la moindre idée de ce dont vous parlez !

— Votre mari a disparu dans la nature il y a dix-huit ans. Quelques-uns de vos voisins sont partis de Wendisch Bruch sans jamais arriver à destination. Ils sont morts. Parmi eux Gisela et Walter Weber, ainsi que… (il déplia la feuille de Schwab)… Gerd Vennloh.

Ils n'ont jamais mis les pieds ni sur la Costa Blanca ni en Amérique.

— Vous vous trompez.

Walburga se leva avec empressement, alla vers le buffet, ouvrit un tiroir, le fouilla et finit par en extraire une carte postale qu'elle présenta à Gehring. Soleil couchant sur la mer. Nerveuse, la main tremblante, elle tint la carte sous le nez de Gehring.

— Les Weber vont bien. Voilà ce qu'ils nous ont envoyé.

Gehring retourna la carte. Elle était parsemée de taches de gras et portait un timbre espagnol encore en pesetas ainsi qu'un tampon illisible. *Nous sommes bien arrivés, amitiés, Gisela et Walter.* Il la rangea dans son calepin pour la transmettre plus tard au labo et aux graphologues.

— Vous gardez toujours vos cartes postales aussi longtemps ?

— Je n'en reçois pas souvent. Je l'avais accrochée près de la cuisinière.

Elle se laissa retomber sur sa chaise et le défia du regard. Elle avait repris le dessus, et sa frayeur s'était dissipée.

— Étonnant, fit Gehring. Je la ferai vérifier. Ce serait la première fois que nous avons une preuve tangible qu'il y a une vie après la mort. Pour notre part, nous pensons que les Weber ont été assassinés.

— Assassinés ? murmura-t-elle en secouant la tête. Impossible. Je n'en crois rien.

— Que sont devenus les autres ? Sachs ? Vennloh ? Schmidt ?

— Que voulez-vous qu'ils soient devenus ? Ils sont partis. Comme tant d'autres. Si je devais verser une larme pour tous ceux qui ne se plaisaient plus ici, je n'arrêterais plus de pleurer.

— À part Gisela Weber, ce sont tous des hommes.

— Et puis ?

— Comment l'expliquez-vous ? Quel lien existait-il entre ces hommes ? Qui aurait pu se venger d'eux ? Et pourquoi ?

— Vous n'avez pas frappé à la bonne porte. Mais alors pas du tout. Je les connaissais à peine.

— Ils vivaient juste à côté. Vous avez vu Wendisch Bruch se transformer peu à peu en village fantôme. Vous devez bien avoir entendu quelque chose. Des ragots. Des rumeurs. Quelque chose !

— Non !

— Qui a rangé la voiture dans le garage ?

— Moi !

— Montrez-moi votre permis de conduire.

Walburga resta assise, comme si elle n'avait pas entendu.

— Votre permis de conduire, s'il vous plaît.

— Je n'en ai pas, chuchota-t-elle. Mais je sais conduire. Je vous le jure.

Gehring se leva et alla à la porte. D'un regard il lui ordonna de le suivre. Walburga se leva à son tour.

— Venez.

Elle le suivit, docile comme l'agneau allant à l'abattoir.

45

Après la fraîcheur intérieure, la touffeur du dehors était à peine supportable. Gehring sentit qu'il se couvrait de sueur. La porte de la remise était entrouverte, telle qu'ils l'avaient laissée quand la propriétaire lui avait montré la voiture de Beara.

Il s'y dirigea, tournant le dos à Walburga. De toute façon, il savait qu'elle ne ferait pas de bêtise. Elle était trop vieille, trop lourde pour tenter de s'enfuir. La seule arme dont il la croyait capable de se servir était l'épluche-légumes. Il sentit le stress et la colère conclure en lui une alliance funeste. Le temps pressait pour Beara, et Schwab ne rappelait toujours pas. Il pouvait faire une croix sur l'équipe de Jüterbog. La bonne blague. Il avait envie de voir des têtes tomber, à Berlin, dans le Brandebourg, partout où l'on traînait des pieds pour donner suite à ses demandes, quand on ne les ignorait pas tout bonnement.

La porte, comme la remise tout entière, était faite de planches de bois fendues et décolorées. Par les trous et les failles du bois, n'importe quel quidam pouvait à sa guise jeter un œil à l'intérieur. Comme cachette il y avait mieux. Quelle bande d'idiots, pensa-t-il. Une policière disparaît, et ils croient qu'ils vont s'en tirer comme ça ? Pendant vingt ans, tout s'est passé sans anicroche, mais maintenant le vent a tourné. Vous allez commettre encore d'autres erreurs, et moi, à chaque faux pas, je serai là, derrière vous, à prélever les preuves.

Il se retourna. Walburga s'était arrêtée à mi-chemin. Un drap gonflé par la brise chaude la dissimulait. Pendant quelques secondes, il ne vit que ses jambes. Les jambes d'une vieille femme qui savait qu'elles ne lui permettraient plus de s'échapper.

— Venez, dit-il.

Il s'efforçait de ne pas paraître trop rude. Après tout, ce n'est pas parce que vous êtes un assassin qu'il ne faut pas s'adresser à vous sur un ton humain. Surtout quand vous n'avez pas encore avoué.

Elle écarta le drap et s'approcha. Il lui tint le battant droit de la porte, qui tenait de guingois sur ses gonds et se refermait tout seul. Elle entra en lui lançant un regard résigné. Il lui emboîta le pas. Une lumière diffuse pénétrait par les fentes du bois. La voiture de Beara, couverte de poussière, était un petit véhicule en bout de course. Quelqu'un avait ouvert la boîte à fusibles sous le volant et tiré les câbles pour la faire démarrer sans clé. Les clés n'étaient pas dans son sac. Elle devait donc les avoir sur elle, ce que le suspect n'avait remarqué qu'une fois de retour à la voiture. Il n'était même pas retourné auprès de Beara pour les prendre. Mauvais signe.

Gehring s'accroupit et examina les pneus. De la poussière, quelques brindilles séchées. Il inspecta le pare-chocs avant et y trouva des brins d'herbe coincés entre la plaque d'immatriculation et la carrosserie. Quelqu'un l'avait fait rouler à travers un pré. Sur la route l'herbe se serait décollée, même à trente à l'heure.

— Bien, madame Wahl. Je suis curieux de savoir comment vous allez faire démarrer ce véhicule. Installez-vous, je vous prie.

Il ouvrit la portière. Le siège conducteur était reculé au maximum. Une crevette comme Beara n'atteindrait pas les pédales, ne fût-ce que du bout des orteils. Même Walburga devait à peine y arriver. Sans compter qu'il doutait fort qu'elle fût capable de faire démarrer la voiture sans les clés.

— À quoi bon ? demanda-t-elle d'un air las.

Elle savait qu'elle avait perdu la partie. Lentement, elle se dirigea vers un billot de bois remisé dans un coin. Une hache y était encore plantée. Elle la retira et la laissa tomber par terre. Puis elle s'assit sur le billot, essoufflée par l'effort inhabituel. Gehring s'approcha et ramassa la hache, qu'il déposa derrière le véhicule sous le regard suspicieux de Walburga.

— Vous avez peur que je m'en serve pour frapper ? demanda-t-elle.

— Vous l'avez déjà fait ? rétorqua-t-il du tac au tac.

Il s'assit de biais sur le siège de la voiture, ses pieds touchant le sol, de manière à pouvoir se lever à tout instant. S'ils le voyaient, les gens de la police scientifique seraient fous de rage. Mais il était fatigué, et il n'y avait pas d'autre endroit où s'asseoir.

— Non.

— Alors qui ? Votre fils ?

— Je ne veux pas que vous le mêliez à cette affaire. Il n'a rien à voir là-dedans. C'est peut-être le seul d'entre nous qui soit réellement innocent.

— Ah oui ? Parlez-moi donc des coupables.

Walburga prit une grosse bouffée d'air et poussa un long soupir avant de se lancer.

— Ça fait si longtemps. C'était au début des années quatre-vingt-dix. Les Rubin venaient de reprendre la ferme. Soi-disant que le vieux avait été autrefois technicien agricole et pensait qu'il ferait un bon paysan. Elle, elle ne pensait rien. C'était une femme qui n'avait pas grand-chose dans la tête. Bonne qu'à faire des gosses, et c'est tout. Ils ont ruiné la ferme en un rien de temps. D'abord, ils ont bazardé les cochons, puis les moutons, puis ç'a été au tour des vaches. Ils ont cédé les champs et, à la fin, ils n'avaient plus rien. Et pourtant ils gardaient la tête hors de l'eau, Dieu sait comment. Les enfants avaient l'air de petits chiffonniers, le vieux picolait, la mère aussi. Mais ils sont restés. Et un beau jour, les rumeurs ont commencé. Il y avait souvent des voitures devant chez eux, immatriculées à Jüterbog ou Baruth. On disait aussi qu'on avait vu certains hommes de Wendisch Bruch sortir de la ferme au petit matin et filer comme des voleurs, la braguette ouverte. Et voilà qu'un jour c'était devenu la ferme aux putains. On disait que n'importe qui pouvait y aller y faire sa petite affaire, s'il le voulait. Et beaucoup le voulaient.

— Qui ?

— Jetez un œil sur votre belle liste. Ils y sont tous. Tous. Gisela exceptée, évidemment. Celle-là, elle aimait vraiment son mari et lui pardonnait tout, raison pour laquelle elle l'a suivi quand il est parti.

— Raison pour laquelle elle est probablement morte.

Walburga enfonça son visage dans ses mains.

— Ce n'est pas vrai !

— Comme les autres. La ferme était un bordel ?

— Non.

— Pourquoi l'appeler la ferme aux putains, alors ?

Elle passa son avant-bras sur ses yeux. Gehring repensa malgré lui à sa mère, qui faisait le même geste quand elle pelait les oignons, le couteau à la main. Le visage de Walburga était trempé de sueur, et il entendait sa respiration sonore, sibilante et mouillée comme le sifflement d'une locomotive à vapeur. Gehring craignait qu'elle ne soit trop faible pour qu'il puisse la cuisiner. Mais le temps qu'un médecin arrive, puis que Walburga soit conduite dans une salle d'interrogatoire, l'instant décisif où elle allait enfin révéler le secret qui avait mené tout un village à sa perte se serait volatilisé. Il avait le pressentiment que c'était maintenant ou jamais.

— Voulez-vous un verre d'eau ?

— Non, ça ira. Merci. On l'appelait la ferme aux putains, parce qu'ils y allaient tous. Le vieux filait sa femme à qui voulait. Elle devait écarter les jambes pour quelques bouteilles de gnôle. La moitié du village lui est passé dessus.

Il attendit, mais Walburga n'ajouta plus rien.

— C'est tout ?

Il s'était attendu à des histoires de filles mineures, de maquereaux et de trafic de drogues. Mais une seule femme ?

— On ne peut donc pas vraiment parler de bordel, plutôt de… comment dire… de femme publique ?

Walburga haussa les épaules en évitant son regard.

— Votre mari a fréquenté l'endroit ?

— Il ne m'en a jamais parlé, si c'est le sens de votre question. Mais je crois bien que oui. Il suffit d'un qui commence. C'était comme une maladie contagieuse.

— Ça a duré combien de temps ?

— Pendant deux, trois ans. Puis elle est morte. Brutalement. Tombée du fenil. Une chute malheureuse, elle s'est vidée de son sang.

Gehring nota ce fait divers dans un coin de sa mémoire, parmi la liste des décès dont les circonstances restaient à éclaircir.

— Alors les femmes ont décidé de se venger, dit-il. En s'en prenant à leurs maris, qui les avaient tant humiliées. Bizarre d'avoir attendu ce moment, quand on y pense.

Walburga semblait au bord de la syncope. Il faisait encore plus chaud dans la remise que dehors.

— Le boulanger a été le premier, poursuivit-il en regardant sa liste, qu'il devait depuis le temps connaître par cœur. Puis ç'a été le tour du boucher. Ensuite, tous les autres ont disparu l'un après l'autre, sans que personne s'en inquiète. Comme votre Erich, madame Wahl. Vous l'avez abattu avec cette hache ? Où l'avez-vous enterré ?

Elle s'affaissa.

— Votre fils vous a donné un coup de main ?

— Marten n'a rien à voir là-dedans.

— Il a caché cette voiture pour dissimuler un crime !

— Nous n'avons rien fait !

Gehring se leva, exaspéré.

— Je vais vous conduire au commissariat le plus proche, où vous répéterez tout ce que vous venez de me dire. Et préparez-vous d'ores et déjà au fait que non seulement nous allons remettre la main sur votre fils, mais que nous allons aussi retrouver votre mari, quel que soit son état.

— Mais vous ne m'écoutez donc pas ? Nous n'avons rien fait. Aucune d'entre nous, aucune. Ils ont disparu. Tout seuls. L'un après l'autre.

Gehring en avait sa claque. Il sortit son portable et appela Schwab, qui décrocha immédiatement.

— Il me faut un mandat de dépôt contre une dénommée Walburga Wahl, domiciliée à Wendisch Bruch, dit-il. Et contre toutes les autres femmes qui habitent encore dans ce village. Je les soupçonne d'avoir tué leurs maris.

— Ce n'est pas vrai, gémit Walburga.

— Et où sont les renforts de Jüterbog ? J'ai besoin des gens du labo. Nous devons passer tout le village au peigne fin. Je crains fort que les cadavres n'aient été enfouis dans les environs.

— Oh, mon Dieu, soupira Schwab. Je m'en occupe tout de suite.

Il raccrocha. Walburga s'était effondrée sur elle-même. Pendant un instant, il crut qu'elle avait perdu connaissance. Il s'approcha d'elle et lui toucha l'épaule.

— Je vous jure sur tout ce qui m'est cher que nous n'avons rien fait, balbutia-t-elle.

— Ce sera au juge d'en décider. Venez. Vous devriez prendre quelques affaires.

Elle se leva à grand-peine, comme si elle venait de prendre dix ans d'un coup. Gehring l'aida jusqu'à la porte, où elle s'appuya pour reprendre son souffle.

— Jetez-moi en prison, condamnez-moi. Peut-être même que vous aurez raison, car j'ai été bien contente quand il est parti. Mon mariage a été un enfer, et ces dix-huit dernières années les plus heureuses de ma vie. Voilà pourquoi je n'ai pas lancé d'avis de recherche : vous l'auriez peut-être retrouvé. Je ne l'ai pas tué, je vous jure.

— Alors qui, madame Wahl ?

— Nous n'en savons rien. Nous en parlions rarement. Le sujet était tabou. Et comme les années passaient et que plus rien ne se produisait, nous nous sommes dit que les choses finiraient par se régler d'elles-mêmes. Ce qui a été le cas. Personne n'a posé de question. Personne n'a eu l'idée de rechercher des gens dont l'absence, tout compte fait, était un soulagement. La plupart d'entre nous vivaient de l'aide sociale, puis de la retraite. Tout pouvait se régler par courrier. Il nous est même encore arrivé de faire des achats par correspondance à leurs noms. Nous vivions en paix. Ce n'était peut-être pas légal, mais au moins c'était vivable. Très vivable, même.

— Expliquez ça au juge d'instruction. Je ne suis pas certain qu'il soit de votre avis.

— C'est elle qui l'a fait.

— Charlotte Rubin ? Une adolescente aurait tué une demi-douzaine d'hommes ? Ne soyez pas ridicule.

Il voulut ouvrir la porte, mais avec une rapidité dont il ne l'aurait jamais crue capable, elle la referma d'un coup sec. La main de Walburga s'agrippa à son bras.

— On nous a pris nos hommes ! Et nous n'y sommes pour rien.

— Pourquoi n'avez-vous rien fait pour l'empêcher ? Vous auriez dû alerter la police.

— Pour que le pot aux roses soit découvert ?

— Il l'a été, de toute manière.

Elle se mordilla les lèvres. Des larmes si grosses qu'elles paraissaient presque irréelles lui coulaient sur les joues. Elle luttait avec elle-même, et ce n'était pas de la comédie.

— Vous... Vous ne me comprenez pas.

Elle retourna en titubant vers le billot et se rassit avant que ses jambes flanchent. De la poche de sa blouse, elle sortit un mouchoir chiffonné en boule et se tamponna les yeux. Gehring la rejoignit. Il aurait voulu partir en courant, sans but, droit devant lui, rien que pour fuir cette remise et cette femme qui passait son temps à rouler tout le monde dans la farine.

— Il a dû se passer des choses terribles, là-bas. Nous n'avons jamais su exactement quoi. Je crois qu'elle n'était pas toujours d'accord avec ce qu'on lui faisait.

— Vous parlez de Margot Rubin ?

— Oui.

— Elle a été violée ?

— Je n'en sais rien. Je n'y étais pas. Personne n'en parlait. Quand on la voyait dans le village, on l'ignorait. Elle n'était même pas jolie. Je ne sais pas ce que les hommes lui trouvaient.

— Elle était à leur disposition.

— Peut-être. Mais elle était grosse, négligée. Asociale. Quelques-unes d'entre nous ont prévenu la Protection de l'enfance et les autorités publiques. Mais elle ne s'est jamais fait pincer.

— Elle ? Si je comprends bien, vous tenez cette pauvre femme pour responsable du fait qu'elle ait été violée par tout un village... au vu et su de son mari... pour quelques bouteilles de gnôle... comme une bonne occase ?

Elle s'effondra dans un râle et heurta la dalle de béton avec un bruit sourd. Gehring se précipita vers elle, lui tapota la joue et tâta son pouls. Faible, irrégulier, mais perceptible.

Il composa le numéro d'urgence et demanda une ambulance. On lui confirma qu'elle arriverait dans les trente minutes. Au moins une chose qui fonctionnait dans le coin.

— Madame Wahl ?

Elle chercha la main du policier à tâtons et la tira vers elle.

— Je ne suis pas mauvaise, chuchota-t-elle. J'ai juste attendu que quelqu'un parle en premier.

Il se leva et l'abandonna à son sort.

46

Quand Sanela se réveilla, un filet de lumière filtrait entre les fentes du plancher, une minuscule lueur venue de nulle part. Le cadran phosphorescent de sa montre étant éteint, elle rampa pour se placer sous la maigre source lumineuse. Elle distingua à grand-peine l'heure affichée par les aiguilles : 5 h 30. L'air avait changé, était devenu plus sec. L'odeur pestilentielle de pourriture, de bourbier et de purin était moins infernale.

Que s'était-il passé ? Elle devait avoir passé la nuit entière à fouiller la terre, centimètre par centimètre. Elle avait fini par trouver d'autres os et lambeaux de vêtements déchirés. Un trousseau de clés. Un portefeuille. Un téléphone portable, une antiquité – mastoc, lourd et bien entendu cassé. Quatre paires de chaussures : des tennis, des bottes, des mocassins. Ainsi que d'autres objets qu'elle n'arrivait pas à identifier, tant ils étaient dans un état de décomposition avancé. Peut-être des jouets. Pas de couches ni de vêtements de bébé. Des haillons qui avaient dû être autrefois une serviette ou une couverture.

Quatre cadavres d'adultes, trois d'enfants. Les adultes habillés, les enfants nus.

Elle rampa encore un peu plus près de la fente et tenta d'attraper le peu d'air frais qui s'infiltrait par cette ouverture. Un miracle qu'elle ne soit pas encore morte étouffée. Un miracle qu'elle soit tout simplement encore en vie. Un jour quelqu'un retrouverait les dépouilles de cinq adultes, et elle serait parmi eux. Elle ne savait pas quand cela se produirait. Gehring devait être en route depuis un moment. Ne lui avait-elle pas servi tous les faits sur un plateau d'argent ?

Chaque fois que ses pensées arrivaient à ce point, elle les forçait à s'interrompre. Un pas de plus, et c'eût été le désespoir, qui ne lui aurait été d'aucun secours, à elle encore moins qu'à un autre. Il fallait tenir bon.

L'air manquait. Elle eut un nouvel accès de faiblesse. Elle avait peur de se rendormir. Peut-être ne se réveillerait-elle plus.

À cet instant, un oiseau se mit à chanter.

Au loin, très loin. Hors d'atteinte.

47

Le portail de la ferme était entrebâillé. Une alouette s'envola, monta en vrille vers le ciel et s'en fut en un gracieux vol plané. On eût dit qu'avec elle la dernière trace de vie disparaissait de ce village silencieux.

Gehring sortit son arme et inspira profondément. Il avait conscience qu'il ne lui restait plus beaucoup de temps. Beara était passée par là avant lui. Il revit son visage : ovale, de grands yeux sombres, les sourcils en arcade qui lui donnaient un air moqueur. Toujours impeccable, parfaitement soignée. Une petite bouche qui souriait rarement. Ses excès de zèle, sa langue bien pendue quand elle savait que personne à part lui ne pouvait l'entendre. Son humour qui pointait parfois et qu'aussitôt il réprimait avec arrogance en lui rappelant la hiérarchie. Son incommensurable déception quand il ne l'avait pas crue. Le cœur de Gehring se serra. Si jamais il lui était arrivé quelque chose…

Ainsi elle était allée seule jusqu'au fin fond du monde, jusqu'à Wendisch Bruch. Il ne l'avait pas écoutée, il l'avait laissée tomber. Et maintenant qu'il était presque trop tard, il la croyait. Il partageait les soupçons de Beara, devenus au fil de l'enquête la certitude qu'un crime avait été commis, dont l'ampleur, tout comme le mobile, était inconcevable.

Une femme avait été offerte en pâture à des hommes, et quelqu'un l'avait vengée. Ce quelqu'un avait assassiné à tour de rôle chacun de ces hommes, jusqu'au dernier d'entre eux, Leyendecker, un représentant de passage qui n'avait pas résisté à la bonne occasion qui se présentait. L'avait-il violée avec son collègue, le dénommé Göhler, qui devait mourir quelques années après à cause d'un chargement de lisier ? Les moyens utilisés par le vengeur silencieux de Margot Rubin ne laissaient aucun doute. Il tuait à la paysanne.

Non, pensa Gehring, je fais tort aux paysans. Il tue d'une manière qui n'est pas sans rapport avec le crime que Margot Rubin a subi. Ils devaient être comme des bêtes…

Sa respiration s'accéléra. Il enleva le cran de sûreté de son arme. Et Beara a tout découvert. Voilà pourquoi elle a été… Il fallait qu'il garde la tête froide. Qu'il s'en tienne à la raison. La raison lui dictait d'attendre que ces fichus renforts arrivent enfin, mais ça n'aiderait pas Beara. Il devait la chercher. Autrement il ne se le pardonnerait jamais.

Il poussa précautionneusement le portail et pointa son arme à l'intérieur de la cour. Personne, comme il s'y était attendu. C'était un endroit abandonné depuis des lustres, qui finirait un jour par se désintégrer et disparaître de la surface de la terre. Des dalles de béton fendues entre lesquelles la mauvaise herbe se frayait un chemin vers la lumière, des remises et des étables à moitié effondrées, un corps d'habitation si vide et désolé que la seule pensée d'y pénétrer aurait mis n'importe qui mal à l'aise.

Gehring avança dans l'ombre du mur effrité sur sa droite, atteignit la remise et attendit un instant pour s'assurer que personne n'avait remarqué son entrée. Tout ce qu'il entendait, c'était sa propre respiration, haletante. Il s'efforça de se calmer et s'approcha de la maison sans faire de bruit. Arrivé au mur aveugle, il marqua un temps d'arrêt puis tourna à l'angle. Trois pas lui suffirent pour rejoindre la porte d'entrée, où il s'embusqua. De nouveau il attendit. Le silence pesait au-dessus du terrain comme une chape de plomb. Au loin il entendit un grondement de tonnerre. Un regard furtif vers le ciel lui confirma que le temps était à l'orage. La sueur lui collait sa chemise sur le dos, et il se doutait que ce n'était pas seulement dû à la lourdeur du temps.

L'arme dans une main, il avança l'autre et abaissa lentement la poignée en alu, l'oreille aux aguets. Il retint son souffle et compta les secondes. Trois, deux, un – parti. Il ouvrit à la volée et pointa l'arme dans le couloir. Devait-il appeler ? Lancer un avertissement ? Son cœur cognait contre ses côtes à lui faire mal. Il vit une porte ouverte et s'approcha, prêt à tirer.

Une cuisine. Une table, deux vieilles chaises bancales en tube aluminium avec dossier en bois. Une poêle sur la cuisinière. De la vaisselle sale dans l'évier. Un vague relent de lard frit dans l'air. Il souleva la poêle tout en prenant soin de ne pas tourner le dos à la porte. La graisse était encore liquide, le fond tiède. Précautionneusement, sans un bruit, il reposa la poêle sur le fourneau. Après quoi, il se mit à examiner une à une les pièces du rez-de-chaussée.

Elles étaient vides, exception faite des détritus laissés par des squatteurs de passage. Il écarta du pied un sac de couchage parsemé de taches et de trous de cigarette, souleva une boîte de conserve ouverte et vit que le reste de son contenu était dur comme la pierre. Son regard traversa la fenêtre cassée et s'arrêta sur l'étable dans un recoin de la cour. Une chose après l'autre, se dit-il.

L'étage était complètement vide. Convaincu d'être seul, il bougeait à présent plus vite et avec plus d'aisance. Au milieu de l'escalier menant aux combles, il s'arrêta net à la vue du sang et sentit une odeur de putréfaction. C'est alors qu'il découvrit le chien mort.

Gehring remit le cran de sûreté et replaça son arme dans le holster. Il s'agenouilla pour examiner la gorge couverte de sang séché de l'animal. Le chien était mort depuis au moins vingt-quatre heures. Il se redressa doucement et revint sur ses pas. En sortant de la maison, il entendit au loin la sirène d'une ambulance. Pourvu qu'elle n'arrive pas trop tard ! Il n'en avait pas encore fini avec Walburga. Walburga, la bonne âme, qui avait attendu tout ce temps que quelqu'un parle en premier. Il ravala sa colère.

L'étable était dans un état pire encore que la maison. La porte grinçait sur ses gonds rouillés. À l'intérieur, d'immenses toiles d'araignée couvertes de suie noire pendaient dans les coins. Les fenêtres étaient si crasseuses qu'elles semblaient obstruer la lumière plus qu'autre chose. De nouveau Gehring sortit son arme, par réflexe. Peu de risques qu'il tombe ici aussi sur qui que ce soit.

— Ohé. Il y a quelqu'un ?

Sa voix retentit contre les murs sans crépi, aux corniches couvertes d'une saleté qui paraissait s'être accumulée depuis des décennies. Ça puait le vieux fourrage, le foin et quelque chose de fermenté, d'écœurant, qu'il n'arrivait pas à identifier.

Il chercha un interrupteur, en trouva un, mais sut avant même de l'actionner qu'il ne marcherait pas. Il traversa la moitié de la pièce en tournant plusieurs fois sur lui-même. Enfin il s'arrêta, résigné, profondément dépité. Il avait la nette impression que quelqu'un le faisait tourner en bourrique en le conduisant à dessein sur une fausse piste. Était-il naïf à ce point ? Qu'avait-il cru ? Que Beara lui serait apportée, ligotée et bâillonnée, sur un plateau d'argent ? Le temps pressait. Si sa collègue était encore en vie, elle se trouvait dans un endroit qui en vingt ans n'avait jamais été découvert, et ce dans une ferme ouverte aux quatre vents. Il devait y avoir quelque part une cachette connue d'une seule personne, si bien dissimulée qu'aucune autre ne l'avait encore trouvée.

Où es-tu, bordel, pensa-t-il. Tu étais là, je le sais.

— Beara ! cria-t-il. Vous êtes là ?

Il retournerait tout Wendisch Bruch de fond en comble et de ses propres mains. Mais il fallait d'abord attendre les renforts. Les hurlements de la sirène s'intensifièrent. L'ambulance de Jüterbog arrivait probablement par l'autre extrémité du village. Il prit son portable pour appeler Schwab et lui mettre sur le dos tout ce qui était en train de partir en vrille, quand il remarqua quelque chose.

Le fond de la pièce était légèrement enfoncé et n'était pas recouvert de béton mais de planches de bois. Il y alla et tapa du pied sur le sol. Ça sonnait creux.

— Beara ?

À cet instant une voiture arriva en trombe dans la cour et pila net dans une giclée de gravier. Par la porte ouverte de l'étable, Gehring ne put apercevoir qu'un nuage de poussière. Il leva son arme et se cacha dans l'ombre du mur. Claquements de portières, crissements de pas sur le béton friable. Lumière bleue de gyrophare. Gehring baissa lentement son arme.

— Ohé ? (Voix braillarde, habituée aux manières fortes.) Police ! Y a quelqu'un ?

Gehring remballa son arme et entra dans la lumière. Deux hommes en uniforme se tenaient devant l'étable. Il reconnut l'aigle rouge du Brandebourg sur leurs insignes. Il se tourna vers celui dont les trois étoiles à l'épaulette indiquaient qu'il était le plus gradé des deux.

— Gehring, brigade criminelle de Berlin, fit-il brièvement en présentant sa carte.

— Prahm, commissariat de Jüterbog. Heureux de vous rencontrer, commissaire Gehring. Votre collègue, Mme Schwab, nous a informés. Une personne disparue en danger de mort ?

Prahm était un homme d'un gabarit moyen. Il arborait une moustache blonde qui conférait à son visage allongé, malgré ses airs sévères, une certaine bonhomie. Son collègue était bien plus jeune. Le bandeau de sa casquette indiquait qu'il était en deuxième année de formation. Il avait un visage poupon, des yeux marron aux cils fournis, qui regardaient encore le monde avec fascination, ainsi qu'une poignée de main lâche, qu'il perdrait, tout comme son regard compatissant, d'ici sa troisième année. Gehring fit un vague signe de tête, puis s'écarta pour laisser les deux hommes découvrir l'intérieur de l'étable.

— Une collègue de Berlin. J'ai besoin de votre aide. Et d'outils. Il va falloir casser un plancher.

— C'est comme si c'était fait.

Prahm, d'un geste du menton, ordonna à son acolyte de s'en occuper.

Pas de police scientifique, pas de groupe d'intervention. Deux policiers de village. Gehring fit de son mieux pour ne pas laisser paraître sa déception.

— Les autres arrivent quand ?

— Quels autres ? demanda le collègue de Prahm en sortant un pied-de-biche du coffre.

Gehring s'abstint de tout commentaire.

— Prenez une lampe torche, dit-il simplement.

Il entra le premier, les deux policiers le suivirent avec obligeance. Arrivé au fond de l'étable, Gehring indiqua le plancher.

— Une ancienne porcherie, dit Prahm en suivant avec sa lampe la main tendue de Gehring. Vous vous attendez à y trouver quoi ?

— C'est creux là-dessous, elle y est peut-être, expliqua Gehring en tapant sur le bois.

Il s'estima d'une patience infinie.

— Au risque de vous décevoir, chef, je connais les porcheries. J'ai grandi à la campagne. Ça, c'était une cage de mise bas. Voyez ces trous ? C'est là qu'étaient les montants.

— Qu'est-ce qu'il y a sous les planches ?

— La fosse pour le lisier. Normalement, le sol aurait dû être un caillebotis en métal, pour que tout s'évacue facilement. Ça m'étonne qu'on ait utilisé du bois. Et je ne vois pas non plus de clapet pour les déjections. Le propriétaire devait être un pauvre type qui ne connaissait rien à l'élevage moderne.

— Il faut enlever ces planches.

— Mais puisque je vous… Oui, oui, d'accord.

Le collègue enfonça le pied-de-biche. Quand la première planche se souleva, Gehring et Prahm lui prêtèrent main-forte. Le bois vermoulu se brisa. Au prix d'un immense effort, jurant comme des charretiers, ils parvinrent à détacher un morceau de planche de cinquante centimètres. Aussitôt, Gehring prit la lampe pour éclairer l'intérieur du trou sombre.

Sa profondeur ne faisait pas plus d'un avant-bras. L'odeur qui frappa ses narines faillit le faire suffoquer. Il balaya la construction en bois du faisceau de la lampe et vit qu'elle n'avait jamais été transformée depuis son installation. Malgré tout, il ordonna aux deux collègues de poursuivre.

Au bout d'un quart d'heure, ils avaient dégagé un trou d'un mètre de diamètre. Gehring remuait les excréments séchés avec le pied-de-biche, conscient qu'il était en train de perdre toute autorité sur ces deux agents, qui avaient bien voulu sacrifier leur service peinard du week-end pour faire plaisir à la « gentille Mme Schwab ».

— Elle est ici, j'en suis sûr !

— Commissaire, il n'y a rien, répondit Prahm en essuyant la sueur de son front. Ce n'est pas assez profond. On ne peut pas cacher quelqu'un dans un si petit bassin d'évacuation.

— Elle part où, après, toute cette merde ?

Prahm extirpa de la poche de sa chemise un paquet de cigarettes froissé, mit sa main devant le briquet et s'en alluma une.

— C'est là que l'eau passe pour nettoyer…, dit-il en cognant avec son briquet une petite rigole pratiquée dans le sol en béton et débouchant dans la fosse. Donc je pense que l'évacuation se fait par là.

— Et ça va où ?

— Probablement à un puisard derrière l'étable.

Gehring se leva, s'épousseta les mains et dit :

— Montrez-moi ça.

Les deux agents le suivirent en silence. Leur échange de regards entendus n'échappa pas au commissaire. En sortant de la porcherie, Prahm prit la tête, obliqua à gauche et contourna le bâtiment. Entre l'arrière et le haut mur entourant le terrain s'étendait une bande de friche de deux mètres de large.

— Pas de puisard, fit Gehring, dépité.

Son regard se promena sur les mauvaises herbes, les restes de sacs plastique à moitié décomposés et des fils sales de bourre de coton coincée dans des branches mortes.

— Pourtant il devait bien y en avoir un, dit Prahm en se grattant l'arrière du crâne. Probable qu'il a été transformé en dépotoir puis comblé.

Gehring escalada un tas d'éboulis et des morceaux de crépi pour rejoindre l'endroit que Prahm venait de désigner. Il s'accroupit et fit couler un peu de terre sèche entre ses doigts. Il fouilla plus profondément, mais ne trouva que des pierres et des tessons de bouteilles de bière.

— Vous cherchez quoi, exactement ? demanda Prahm.

Gehring se releva. À cet instant seulement, il remarqua à quel point il était épuisé. Il avait l'impression que tous ses efforts venaient de s'embourber dans le sable du Brandebourg.

— Ma collègue. Il me semble l'avoir déjà dit.

Il passa devant les deux hommes pour retourner à la voiture, en évitant de croiser leur regard. Le peu que Walburga lui avait dit ne lui avait servi à rien. Et qui le prendrait encore au sérieux, si par-dessus le marché elle finissait par se rétracter pour protéger son fils ? Quel travail ingrat et fastidieux les attendait jusqu'à ce qu'ils aient éclairci toutes ces disparitions ? Et comment pourrait-il regarder Tomislav Beara en face, le jour où il devrait lui expliquer pourquoi il n'avait pas retrouvé sa fille à temps ?

Le jeune collègue ouvrit le coffre et y jeta le pied-de-biche. Prahm écrasa son mégot.

— Vous êtes déjà allé voir à la bergerie ? demanda-t-il.

Les yeux de Gehring se promenèrent sur les bâtiments désaffectés.

— Des moutons ?

— Oui. Ils en avaient. Vous n'avez pas remarqué la laine ?

Se payait-il sa tête ?

Prahm, toujours le briquet à la main, désigna le coin d'où ils étaient venus.

— Les machins blancs là-bas, emberlificotés dans les chardons. Le vent a dû les amasser là. Ça doit faire un bail, certes, mais je mettrais ma main au feu qu'il y a eu des moutons dans cette ferme.

— Je pensais que les moutons vivaient dans des prés.

— Exact. On les amenait à la ferme pour être tondus, j'imagine. D'où les restes. Les moutons ont un abri pour l'hiver et un autre pour l'été. Celui pour l'hiver est toujours plus proche de la ferme.

Gehring courut au portail et fit quelques pas jusqu'au milieu de la route. Wendisch Bruch était niché au cœur des champs et des prés, mais il ne vit pas le moindre mouton ni la moindre bergerie. Au loin, trois randonneurs disparaissaient à l'horizon. Prahm le rejoignit. Ensemble, ils scrutèrent le paysage – rien.

— Jochen, appela le jeune collègue, resté près de la voiture. J'ai trouvé quelque chose.

Prahm retourna vers lui. Gehring lui emboîta le pas. Sur l'une des dalles de béton, coincé dans une fissure large de deux doigts, brillait un objet métallique. Gehring, se rappelant qu'il n'était plus à Berlin, laissa à Prahm le soin de relever l'indice.

— Des clés de voiture, dit celui-ci en tendant un trousseau vers Gehring. Ça vous dit quelque chose ?

Les lèvres serrées, Gehring fit signe que oui. D'un coup d'œil il avait reconnu les clés de voiture de Beara.

— Elle était ici. Mais sa voiture est garée dans la remise d'une ancienne auberge. Les Tilleuls.

— Là où l'ambulance était à l'instant ?

— Elle est repartie ?

Prahm opina du chef. Gehring sentit le désespoir et la tension nerveuse former un nœud dans son estomac.

— Je soupçonne l'ancienne tenancière d'être mêlée à la disparition de Beara. En tout cas, elle était au courant. Et de bien d'autres choses encore. Son mari compte parmi une série de disparus de Wendisch Bruch.

— Je vois. Nous nous sommes déjà eus au téléphone.

— Ah, c'était vous.

— L'enquête avance ? demanda Prahm.

— Si vous entendez par là qu'on peut ajouter une policière sur la liste, oui.

— Ça sent les heures sup'.

— Oui, fit Gehring, agacé. Il se pourrait même que tout le week-end y passe.

Prahm passa plusieurs fois la main dans ses cheveux blonds et remit sa casquette.

— Torsten. Lance les recherches. Tout de suite. Tous les agents disponibles à Wendisch Bruch. Informe la police scientifique à Luckenwalde. Brigade canine. Appelle des renforts de Potsdam. Une centaine d'hommes. Non, plutôt deux. Envoie des hélicoptères. C'est parti !

Le jeune homme retourna comme une flèche à la voiture. Prahm se tourna vers Gehring, qui pour la première fois avait l'impression que le train était lancé sur les bons rails.

— Et nous deux, en attendant l'arrivée de l'escadron, on va faire un peu de porte-à-porte. Une bergerie à la campagne… ça attire forcément les amoureux, si vous voyez ce que je veux dire. Et nous, nous voulons retrouver votre collègue saine et sauve le plus rapidement possible, pas vrai ?

Prahm fit signe à son collaborateur de les suivre en voiture.

— Oui, dit Gehring.

Il ne fondait pas beaucoup d'espoir sur les amoureux, mais il commençait à revoir sérieusement son opinion sur les policiers du Brandebourg.

48

Cara et Jeremy avançaient en trébuchant, Marten sur leurs talons. Chaque fois que Cara ralentissait l'allure, il la poussait en avant. Jeremy, lui, avait droit à un peu plus d'égards. Quelle rancune secrète nourrissait-il envers la sœur de Charlie ? Pourquoi sa violence était-elle si nettement sélective ?

Ils avaient quitté la route de Baruth au bout de quelques centaines de mètres pour s'enfoncer dans un petit sentier qui gravissait une colline. De loin, ils devaient ressembler à d'anodins randonneurs. De près, on eût vu que les mains des deux premiers étaient attachées dans leur dos et que le troisième tenait un bâton. Mais il n'y avait personne. Une fois la colline passée, ce n'était plus que champs, prairies et forêts s'étalant à perte de vue. À quelques kilomètres de là, Jeremy crut distinguer un clocher d'église.

Il n'y eut bientôt même plus de sentier. Marten les faisait s'engager sur des ornières creusées entre les champs par des roues de tracteur. Les traces des pneus s'étaient imprimées dans la terre sèche, qui s'effritait sous leurs pas. C'était la fin de la journée, et pourtant la chaleur ne faiblissait pas. Les nuages sombres qui s'amassaient à l'horizon paraissaient au contraire la pousser devant eux. Cara trébucha sur une racine, tituba et, déséquilibrée par ses mains ligotées, tomba à genoux.

— Je n'en peux plus, balbutia-t-elle.

Les larmes lui coulèrent sur les joues. Marten, écartant Jeremy, lui empoigna le bras.

— On est bientôt arrivés.

— Où allons-nous ? Il n'y a rien à la ronde. Laisse-nous ici et tire-toi. Tu aimais Charlie, je ne te balancerai pas.

Il la remit sur ses pieds et lui donna une bourrade dans le dos, qui faillit la faire retomber.

— Hé ! cria Jeremy. Laissez-la !

Marten l'ignora, il semblait avoir attendu ce prétexte pour la frapper.

— Je me fiche de savoir ce que tu as en tête, Cara. Ça n'a aucune importance, comme toi. Tu piges enfin ?

Il la frappa sur l'arrière du crâne. Cara s'effondra. Jeremy prit son élan et, de toutes ses forces, envoya un coup de pied dans le dos de Marten, qui trébucha sur les jambes de Cara. Celle-ci hurla de douleur. Jeremy réitéra son geste. Il agissait d'instinct, sans penser une seconde que, avec leurs mains ligotées, ils n'avaient aucune chance de s'en sortir. Mais le désespoir décuplait ses forces. Marten, à quatre pattes, tenta de se redresser. Jeremy lui flanqua un coup de pied dans les côtes. L'homme s'effondra dans un râle. Cara gigota comme une folle pour libérer ses jambes. Jeremy voulut se jeter sur Marten, quand il ressentit aux genoux une douleur foudroyante telle qu'il n'en avait jamais connu. En tombant, il vit Marten lever de nouveau son bâton qui, cette fois-ci, l'atteignit au dos.

— Non ! hurla Cara. Arrête ! Tu vas le tuer ! Qu'est-ce qu'il t'a fait ?

Marten se redressa, à bout de souffle.

— Levez-vous, tous les deux. Ne recommencez jamais ça.

Jeremy avait l'impression d'avoir les rotules en compote. Il se roula dans la poussière en se tordant de douleur.

— Je... Je ne peux pas, gémit-il.

Marten remit Cara sur ses pieds.

— Alors j'y vais seul avec elle et tu ne sauras jamais ce que je lui ai fait, pas plus que ce que j'ai fait à tous les autres.

— Quels autres ?

Le corps de Jeremy n'était plus qu'une immense vague de douleur.

— Ceux que j'ai envoyés en enfer au nom de Charlie.

— Je... Je ne vous comprends pas.

Jeremy cracha du sang et des petits cailloux, plus blancs que le sable sur lequel il était étendu. Il fouilla sa bouche avec sa langue et sentit un trou dans sa gencive : une incisive avait sauté.

— Je ne te demande pas de comprendre. Peut-être même que je vais te laisser pourrir ici. Mais Cara, je l'emmène avec moi. Qu'elle arrête ses gamineries, ses simagrées de pauvre petite Cendrillon. Il faut qu'elle voie une fois pour toutes ce qui s'est passé. Comme les autres. Voir, comprendre, regretter.

— Marten, Marten ! cria Cara. Je ne sais pas de quoi tu parles. Qu'est-ce qui te prend ? Je ne t'ai jamais rien fait !

— C'est ça, fais l'innocente. Comme d'hab'. On suce son pouce et on fait de grands yeux. C'est ta spécialité, ça.

Jeremy tenta péniblement de s'asseoir. Il savait qu'il n'avait aucune chance contre Marten. Mais il savait aussi qu'il n'abandonnerait jamais Cara.

— Qu'est-ce que vous lui reprochez, à la fin ? demanda-t-il.

Sa langue effleura le trou dans sa gencive. Il tenta d'articuler du mieux qu'il put :

— Enfant, elle a perdu sa mère ; adolescente, son père. Et maintenant Charlie. J'entrevois ce qui a dû se passer à la ferme, mais Cara était trop petite pour comprendre.

— Cara a toujours été trop petite, fit Marten en pointant sur elle un index accusateur. Peut-être que Charlie aurait pu s'en sortir en se barrant, mais elle est restée. Jusqu'à ce que la petite sœur soit trop grande pour être placée en foyer. Charlie a enduré tout ça pour la protéger elle. Même quand elle n'en pouvait plus et qu'elle avait envie de se pendre chaque fois qu'elle rentrait de l'étable. Et la mignonne petite Cara, elle a fait quoi ?

Il s'approcha d'elle et leva le bras, mais s'arrêta en plein mouvement et laissa retomber sa main.

— Elle a haï sa sœur.

— Ce n'est pas vrai !

— Si ! Pas une fois, tu ne lui as rendu visite. Même pas en prison. Tu as coupé tout contact avec elle. Tu ne voulais plus la voir.

— Je lui ai sauvé la vie. Chaque fois.

— Pour lui en tenir rigueur ensuite.

— Mais ce n'était pas… (Cara secoua la tête, les larmes coulaient sur ses joues sales, laissant des traces sombres sur sa peau couverte de poussière)… ce n'était pas de la haine. C'était pour me préserver. Elle était la seule personne que j'avais. Et ça me rendait folle de rage chaque fois qu'elle refaisait une tentative. Ça ne s'arrêtait jamais. C'était insupportable. Elle ne m'a jamais parlé, jamais !

Jeremy réussit à se remettre sur pied. Il respira profondément pour passer outre la douleur aux genoux et aux côtes, mais cela ne fit qu'augmenter sa sensation de vertige.

— Je crois que vous vous êtes fourvoyé, dit-il.

— Occupe-toi de tes oignons ! brailla Marten.

— Impossible. Admettez donc que vous ne connaissiez pas Charlie aussi bien que vous le croyiez. Les deux sœurs étaient proches l'une de l'autre. Bien plus proches que vous ne le pensez. Cara a refoulé le passé. Pas Charlie. Et si Charlie a voulu protéger sa sœur, qui êtes-vous pour ne pas respecter son souhait ?

— Je suis peut-être le seul qui connaît toute l'histoire. Plus que ça : le seul à avoir agi !

— Charlie le savait ?

Marten, toujours sur ses gardes, comme cerné d'attaques venues de tous côtés, brandit son bâton.

— Oui.

— Quoi ? laissa échapper Cara. Elle savait quoi ?

— Ça a commencé juste avant l'anniversaire de tes quinze ans. Tu te rappelles ? Charlie m'a trouvé la dope et a noté les dosages. Elle ne savait pas pourquoi j'en avais besoin. Mais elle savait que deux plus deux font quatre. Elle avait de la jugeote et a bien vu que les types disparaissaient de la circulation les uns après les autres. On n'en a jamais parlé. Mais elle savait.

— Elle savait quoi ? Quels types ?

— Tous les hommes qui, la nuit venue, se rendaient dans votre ferme. D'abord ils se sont tapé ta mère, mais une fois qu'ils l'ont eu baisée presque à mort, Charlie était la suivante sur la liste.

La lèvre inférieure de Cara se mit à trembler. Tout son corps tressaillit.

— Et tu étais au courant ? demanda-t-elle, la voix étouffée par les larmes.

— Tout le monde était au courant, répliqua Marten en plantant d'un geste rageur la pointe du bâton dans le sol, encore et encore. Tout le monde l'a fait. Y compris mon père. Et quand ma mère le lui a reproché, il l'a battue comme plâtre. Ainsi va la vie à Wendisch Bruch. Et ça aurait continué, si nous n'y avions pas mis fin à notre manière.

Jeremy se plaça à côté de Cara :

— Et quelle était votre manière ? Les tuer, comme ça, les uns après les autres ?

— Oui, fit Marten.

Oui, purement et simplement.

— Vous auriez dû aller voir la police. Porter plainte.

— C'est ce que j'ai fait. Et pas qu'une fois. Anonymement. Mais eux, ils annonçaient leur visite. Ils jetaient juste un œil sur la ferme, découvraient les deux filles lavées et propres comme un sou neuf, la mère muette et le père en colère d'avoir été injustement dénoncé, puis repartaient comme ils étaient venus.

— Mais, risqua Jeremy, veillant à éviter toute parole qui aurait pu sonner comme un reproche, pourquoi avoir opté pour une telle extrémité ? Je comprends très bien que vous ayez voulu protéger Charlie de ces hommes. Mais n'auriez-vous pas pu partir tous les deux, tout simplement ? N'aurait-ce pas mieux valu que de vous rendre coupable de tels crimes ?

— C'est ce que je voulais faire ! hurla Marten. Mais elle… !

Il fondit sur Cara comme une flèche, lui empoigna la gorge et présenta son visage à Jeremy comme un trophée :

— Elle ne pouvait pas rester seule ! Elle était si petite ! Charlie a refusé. À cause d'elle. À cause de cette… de cette…

Il la repoussa violemment. Cara tituba, elle tenait à peine sur ses jambes.

— Je suis désolée, tellement désolée, gémit-elle. Marten, s'il te plaît…

— Arrête de pleurnicher.

Il leva son bâton et poussa ses deux prisonniers devant lui comme un troupeau de moutons butés.

— Il n'empêche, je ne comprends toujours pas, reprit Jeremy en se retournant vers Marten.

Cet homme devait parler. Il n'avait probablement jamais pu le faire. Sa haine et sa colère changeraient peut-être de nature, une fois qu'il les aurait criées. Peut-être au fond ne cherchait-il rien d'autre : que quelqu'un réalise enfin que des crimes avaient été commis dans ce village.

— Charlie n'a pas été violée, n'est-ce pas ?

Marten le poussa mollement devant lui. Il venait de le frapper brutalement, et pourtant il semblait toujours faire preuve de plus de douceur à son égard qu'avec Cara.

— Vous avez vengé qui ? Votre mère ? Avec tout le respect que je vous dois, je ne pense pas que vous étiez si proches tous les deux.

— Plus vite. Je veux qu'on soit arrivés avant la tombée de la nuit.

Cara se taisait et marchait tête baissée, comme abandonnée à son sort.

— Où allons-nous ? demanda Jeremy.

Marten indiqua un bosquet blotti au pied de la colline contre un champ de maïs. Les feuilles bougeaient dans le vent, qui se levait maintenant qu'ils avaient quitté la cuvette de Wendisch Bruch. Une main invisible semblait caresser le champ. Pour la première fois depuis que le vengeur de Charlie leur était tombé dessus, Jeremy sentait germer en lui une pointe d'espoir. Il frôla l'épaule de Cara. Elle leva brièvement les yeux. Il désigna des yeux le champ.

— Dans le bois ? demanda Jeremy.

— Dans la cabane, répondit Marten.

Entre le champ de maïs et le bois se distinguait une bicoque délabrée au toit affaissé, qui avait dû autrefois être une étable.

Cara lui fit un clin d'œil. Ils venaient de quitter les ornières et coupaient à présent à travers un champ de pommes de terre récolté qui jouxtait celui de maïs.

— Maintenant !

De tout son poids Jeremy se laissa tomber en arrière sur Marten, qui s'écroula dans un cri de rage. Cara se mit à courir comme une folle, trébucha sur les mottes de terre, se releva, puis détala en direction du champ de maïs.

— Arrête ! brailla Marten. Arrête-toi, tout de suite !

Il bondit à sa poursuite. Jeremy, les mains toujours attachées dans le dos, la vit atteindre la lisière du champ. Quelques secondes plus tard, elle avait disparu. Seuls les tremblements furtifs des hautes tiges indiquaient la direction qu'elle avait prise.

Martin arriva à l'orée du champ.

— Sors de là, hurla-t-il. Tu ne m'échapperas pas !

Trop près pour y voir quelque chose, il se mit à faire les cent pas à la bordure du champ en lançant des jurons. Enfin il se décida à suivre les traces qu'elle avait laissées derrière elle – tiges piétinées, feuilles froissées – et plongea à son tour dans la marée verte.

Jeremy suivit fébrilement des yeux leurs mouvements au milieu du maïs. La distance entre les deux grandissait. Cara allait vite. Marten perdait un temps fou à s'orienter pour ne pas perdre sa trace. Au bout d'un moment, il n'avança plus. Avait-il abandonné sa poursuite ? Jeremy quitta un instant le champ des yeux et chercha en toute hâte quelque chose pour défaire ses liens. En bordure du champ de pommes de terre, il vit un tas de pierres, un pneu de tracteur et d'autres déchets. Son cœur fit un bond quand il découvrit entre les déblais un tesson de bouteille de bière. Il jeta un regard en arrière.

Marten ne bougeait plus. Jeremy l'avait perdu. Cara, elle, traçait un immense cercle. Elle tournait en rond. Tôt ou tard, elle retomberait entre les mains de Marten. Jeremy courut aussi vite que possible vers le tas de pierres et se laissa tomber à terre. Ses mains engourdies cherchèrent la bouteille à tâtons. Plusieurs fois, elle lui glissa des doigts et roula sur le côté. Quand il parvint enfin à l'immobiliser, il était en nage. Les bords tranchants lui entaillaient la chair, mais il s'en fichait. La sueur lui coulait dans les yeux, brûlante comme de l'acide. Il essaya d'essuyer son visage avec son épaule puis reprit sa besogne. Enfin, alors que ses dernières forces le quittaient, la première corde céda. Après plusieurs tentatives infructueuses, il parvint à desserrer suffisamment ses liens pour pouvoir les faire glisser au sol.

Avec un gémissement, il massa ses poignets enflés et ensanglantés, puis se leva d'un bond. Ce qu'il vit lui glaça les sangs. Marten était en train de traîner Cara hors du champ de maïs. Sans force, résignée, elle trébuchait derrière lui.

— Ohé, le gros naze, cria le fou furieux en direction de Jeremy. Tu veux te barrer ou quoi ?

À la grande stupeur de Jeremy, Marten, au lieu de se diriger vers lui, fit cap sur l'étable avec son otage.

— Fais ce que tu veux, je m'en tape. Pour elle, c'est bientôt la fin de l'histoire. À toi de voir si tu la laisses seule ou pas.

Il redonna une violente bourrade à Cara.

— Laissez tomber ! cria Jeremy. Vous êtes dans une impasse. La police sera bientôt là. Tout ça n'a aucun sens.

— Pendant vingt ans, ils ne m'ont pas trouvé ! hurla Marten d'une voix que la rage brisait presque. Vingt ans. Et puis ? Qu'est-ce qui s'est passé ? Rien du tout. J'aurais pu dézinguer le village tout entier, personne n'aurait rien remarqué. (Il se tourna vers Cara.) Ton petit copain se fait la malle. Tu piges ? Cette couille molle débarrasse le plancher et te laisse crever toute seule. Bon vent, le gros naze ! Tu ne la reverras pas !

Jeremy évalua à un kilomètre la distance jusqu'à Wendisch Bruch. L'étable était à moins de cent mètres. Quel que soit le sort que Marten comptait réserver là-bas à Cara, il ne serait jamais de retour à temps. L'étable, c'était la mort assurée. Derrière lui, il suffisait de passer la colline, et c'était la vie. Marten lui donnait l'occasion de sauver sa peau. Il n'avait qu'à faire exactement ce que tout le monde avait toujours fait dans ce maudit patelin : fermer les yeux et ne penser qu'à soi.

Lentement, il se mit en mouvement. Ses jambes ne lui obéissaient presque plus. Il avait peine à y croire. De son plein gré il suivait un assassin qui tenait Cara en son pouvoir et était en proie à des obsessions délirantes. La sœur devait payer pour tout ce que Charlie avait subi. Cara, la seule innocente de ce maudit patelin. La situation était désespérée. Et pourtant, il avait le sentiment de pouvoir atteindre Marten, que ce serait leur unique chance. Tout délire avait sa logique propre. Il fallait juste la comprendre.

Ils arrivèrent peu avant lui sous l'auvent et disparurent dans l'entrée grande ouverte. Jeremy pressa l'allure, entra dans l'étable et regarda autour de lui.

Marten était en train de remplir une seringue avec l'aisance routinière d'un infirmier. Cara était assise par terre. Une jambe repliée, l'autre tendue, elle le regardait, le visage sans expression.

— Qu'est-ce que vous faites ? fit Jeremy, à bout de souffle.

Marten se tourna vers lui et hocha la tête d'un air admiratif.

— Comme c'est beau. Regarde-moi ça, Cara, l'amour existe encore en ce bas monde. Qu'est-ce que tu lui as fait pour qu'il te suive jusqu'en enfer ?

— Va-t'en, chuchota Cara. Ceci ne regarde que Marten et moi.

Ses lèvres étaient couvertes de croûtes de sang. Les feuilles tranchantes des plants de maïs lui avaient entaillé le visage, de longues stries couturaient ses joues et son front.

— Non, dit Jeremy. Ça me regarde aussi.

Le regard que lui lança Cara lui brûla l'âme. Il eut mal à en mourir. Et pourtant, il ne s'était encore jamais senti aussi vivant.

Marten jeta le flacon, tapota la seringue pour faire remonter les bulles d'air, puis fit gicler un peu de liquide.

— Il fait… il fait en quelque sorte partie de ma famille, dit-elle d'une voix blanche. Tout ça n'est que l'épilogue sordide d'un passé commun.

Marten s'assit à côté de Cara et défit ses liens.

— Conneries. Dis pas n'importe quoi. Nous n'avons aucun lien familial, môssieur Jeremy. D'où vient ce nom à la con, au fait ?

— Du prophète Jérémie, celui que Dieu élèvera.

— Ah oui ? En ce moment, on ne dirait pas. Écoute-moi bien. Tu vas sagement faire ce que je te dis, et tout se passera vite et sans douleur. Là-derrière, il y a une fosse. Tu vas l'ouvrir.

À la vitesse de l'éclair, il sortit de la poche de son jean un tournevis qu'il lança à Jeremy. Celui-ci tenta de l'attraper, mais ses doigts engourdis refusèrent de se refermer. L'outil tomba bruyamment par terre.

— D'accord, je vois. T'as besoin qu'on te motive un peu.

Marten se pencha sur Cara, lui tourna la tête de côté et plaça la seringue sur son cou.

— Au boulot. Sinon elle sera morte avant même de savoir pourquoi. J'ai l'intention de vous accorder encore quelques minutes en amoureux là-dedans. Je connais le dosage. Après tout, j'ai eu l'occasion de pratiquer. À toi de décider.

Jeremy ramassa le tournevis.

— Je dois commencer où ?

— Dans le coin.

Jeremy alla au fond de l'étable, où le sol était encore jonché de paille. Au bout de quelques pas, il remarqua que le bruit sous ses pieds avait changé. Il se baissa et repoussa la paille à pleines mains.

— Des planches ? demanda-t-il.

— Bloquées à droite et à gauche. Allez, au boulot.

Deux tasseaux montés sur équerres retenaient le plancher. Jeremy les dévissa. Quand il eut fini, Marten prit Cara par les bras, la remit debout et la poussa à travers l'étable.

— Et maintenant, allons voir un peu ce qui se trouve là-dedans.

— Marten, geignit Cara. S'il te plaît, non.

— Tiens, tiens, tout d'un coup la mémoire te revient ? C'est comme ça quand on doit regarder la vérité en face.

Une expression d'horreur absolue se peignit sur le visage de Cara.

— Je ne veux pas. Laisse-moi, Marten, je t'en supplie, laisse-moi. Charlie n'aurait pas voulu ça.

— Ouvre, ordonna Marten.

Jeremy se baissa et souleva la première planche. Une puanteur épouvantable le prit à la gorge.

— Non !

Le cri de Cara fut si perçant qu'il laissa retomber la latte. Elle se rua vers la porte, mais Marten la rattrapa avant qu'elle ait pu gagner la sortie. Il l'empoigna par les cheveux, tira sa tête en arrière et la repoussa par à-coups vers le fond de l'étable. L'aiguille de la seringue s'enfonça de quelques millimètres dans la gorge de Cara. Elle s'arrêta, comme paralysée.

— Continue.

Jeremy entreprit d'enlever la planche. C'était un travail de forçat, mais la pensée de ce que Cara venait de subir lui donnait des forces surhumaines. Incapable de savoir comment détourner l'attention de Marten, il se consacrait à sa tâche avec un zèle aussi ostentatoire que feint.

— Très bien. Tu vois quelque chose ?

Jeremy aperçut une fosse peu profonde, remplie de boue noire.

— De la merde, dit-il.

— Continue, grouille-toi.

Jeremy détacha la planche suivante.

— C'est censé être quoi ? demanda-t-il. Notre tombe ?

— Je me rappelle, sanglota soudain Cara, ça me revient. Oh mon Dieu, aide-moi. Pourquoi Tu m'infliges ça ?

Un étrange sourire glissa sur le visage de Marten.

— Ce n'est qu'une infime partie de ce que Charlie a dû supporter. Regarde bien. Continue, le prophète ! Dieu t'a élevé pour servir la vérité. Achevons notre œuvre. Ce sera Cara d'abord, puis le prophète, ensuite moi. Et alors, elle sera accomplie.

Jeremy leva une nouvelle planche. Dans la boue, couverte de saletés et de haillons mouillés, gisait le corps d'une femme.

49

— Il n'y a plus âme qui vive ici ?

Gehring claqua le portail du jardin derrière lui et rejoignit la route. Prahm était déjà près de la parcelle voisine. Il se retourna vers lui en faisant non de la tête.

— Huit maisons sont censées être encore habitées, dit Gehring.

Depuis un quart d'heure ils passaient le village au peigne fin en quête d'un être humain. Gehring n'était pas sûr que certaines maisons fussent aussi abandonnées qu'elles en avaient l'air. Mais personne ne venait ouvrir, personne ne montrait le bout de son nez. Les stores pendaient de guingois dans leurs rails rouillés, les perrons s'effritaient sous ses chaussures.

— Quand j'aurai trouvé qui refuse de nous ouvrir…

— Là-bas, fit Prahm en montrant une petite bâtisse de plain-pied qui semblait disparaître derrière une verdure abondante. Ce sont des hortensias. Ils sont en fleur, quelqu'un doit bien les arroser.

Gehring ne s'étonnait plus des connaissances de Prahm en matière d'élevage et de jardinage et se contenta d'en prendre acte avec gratitude.

Le portail du jardin grinça quand il l'ouvrit. Il se dirigea à travers les buissons foisonnants vers la porte d'entrée. En lettres passées, écrites au stylo-bille, le nom « Berger » s'étalait sous la sonnette. Gehring se souvenait l'avoir vu sur une des listes de Schwab. Mais laquelle ? L'entrée était large, l'auvent plus grand que de coutume. Cette maison avait sans doute abrité un commerce autrefois. La boulangerie, se rappela-t-il soudain. L'homme étouffé dans sa pâte à pain. Il actionna le bouton, mais aucune sonnette ne se fit entendre. Il frappa.

— Police, ouvrez !

Prahm, secouant la tête d'un air désapprobateur, se campa à côté de Gehring.

— Bonjour, il y a quelqu'un ?

Il redescendit les marches, pencha la tête en arrière et scruta la façade.

— Vous cherchez quoi ? croassa une voix rauque, peu amène.

Gehring et Prahm se regardèrent. Le policier posa la main sur la matraque à sa ceinture et écarta les branches d'un cytise négligé. Une vieille était assise sur un banc. Ses doigts noueux glissaient sur le pommeau de sa canne comme s'ils parcouraient une partition jaunie. Son visage rappela à Gehring celui d'une vieille squaw. Elle était toute ridée, tannée par les saisons, parsemée de taches de vieillesse, et son nez aquilin accentuait encore son grand âge.

Esther, la doyenne du village.

— Bien le bonjour, fit Prahm en se postant devant elle. Nous sommes du poste de police de Jüterbog. Nous recherchons une jeune femme d'environ vingt-cinq ans. Elle a été vue pour la dernière fois ici, à Wendisch Bruch.

Esther cligna des yeux.

— Pas par moi. J'y vois presque plus.

— Dans ce cas, dites-nous où se trouve la bergerie appartenant à la ferme qu'on voit à l'orée du village.

— Là, vous m'en demandez trop, jeune homme.

— Allons, allons, ma petite dame. (Prahm se la jouait jovial.) Ne me dites pas qu'à votre âge vous avez encore envie de faire une petite virée dans notre joli chef-lieu de canton ? Nous pourrions en profiter pour vous conduire au poste. La bergerie des Rubin. Où est-elle ? C'est pas si compliqué.

La vieille haussa ses maigres épaules.

— Elle n'existe probablement plus. Faudrait consulter les anciens cadastres.

— Elle était où autrefois ? intervint Gehring. Vous ne pourriez pas au moins nous indiquer une direction ?

Cette femme était la seule personne qu'ils avaient pu trouver à Wendisch Bruch. Comme Prahm venait de lever le ton, Gehring avait décidé d'endosser le rôle du *good cop*.

Mais Esther ne dit plus rien. Gehring repoussa les branches du cytise et fit signe à Prahm de le suivre.

— Dans combien de temps arrive la première équipe de recherches ? demanda-t-il dès qu'ils furent hors de portée de voix.

— Vingt minutes, une demi-heure.

— Prenez Torsten avec vous en voiture et sillonnez tous les sentiers autour de Wendisch Bruch. Il faut bien qu'elle soit quelque part, cette bergerie. Appelez-moi dès que vous avez trouvé quelque chose. Je vous rejoindrai aussitôt. Sinon, retrouvons-nous dans un quart d'heure à la ferme. Entre-temps, je vais essayer de lui tirer quelques vers du nez, à cette vieille sorcière. Et ne faites rien avant l'arrivée du groupe d'intervention, ajouta-t-il en pensant au chien mort.

Prahm hocha la tête et empocha la carte de visite en grinçant des dents. Il n'appréciait pas trop que Gehring joue les donneurs d'ordres.

— Nous ne recherchons pas seulement une collègue. Nous recherchons les corps de plusieurs habitants de ce village.

— Quoi ? s'écria le policier.

— Ainsi qu'un assassin qui traîne dans les parages.

Prahm lissa sa moustache, mais ne dit rien.

— Ne l'oubliez pas. Ne jouez pas au héros, soyez prudent.

Prahm opina puis retourna sur la route.

Esther, telle une statue de pierre, était toujours sur son banc. Gehring s'assit à ses côtés et observa les doigts déformés de la vieille qui pianotaient une mélodie muette.

— Walburga, se lança-t-il, m'a raconté un tas de choses à propos de cette ferme.

Les doigts cessèrent de bouger.

— Esther, votre mari, le boulanger, a été le premier mort. Comment se fait-il que la police n'ait pas enquêté ?

— Elle aurait dû ?

— Avec le recul, il semblerait que oui. À l'époque, on n'y a sûrement vu qu'un accident. Quand avez-vous compris que c'était le début d'une série ?

— Quelle série ?

— Le suivant a été le menuisier.

— Il s'est noyé. Ça arrive quand on tombe ivre mort dans une rivière.

— Ensuite, ce sont Gisela et Walter Weber qui disparaissent. Nous pensons qu'ils ont été tués en Allemagne de l'Ouest et leurs cadavres abandonnés à deux endroits différents, de sorte qu'on ne puisse pas les identifier ni établir de rapport entre les deux.

— Ils vivent sur la Costa Blanca.

— C'est faux. Ils sont morts.

Esther pianota un petit accord rapide, probablement dissonant.

— Et Vennloh ? Où sommes-nous censés le trouver ?

— En Amérique.

— Il n'y est jamais arrivé. J'ai encore d'autres noms sur ma liste. Tous des hommes qui un jour ne sont plus rentrés chez eux. Erich Wahl, par exemple.

— Suis-je la gardienne de mes voisins ?

— Vous êtes la doyenne de ce village. Vous avez tout vu. Comment les maisons ont été abandonnées les unes après les autres, comment des maris ont disparu, laissant leurs femmes en proie à l'angoisse. On se croise, ici, on se parle. Peut-être a-t-on parlé à mots couverts. Le mien est parti, le tien aussi ?

— Les commérages ne m'intéressent pas.

— Je crois que tous ces hommes sont morts. Qu'en pensez-vous ?

Largo : sombre, grave, funèbre.

— Tous avaient un point commun : ils ont violé Margot Rubin. Pas une fois, de nombreuses, des années durant. Peut-être était-ce devenu une habitude, comme les matchs de foot à la télé où la pinte de bière après le boulot. Que faisiez-vous quand votre mari y allait ? Du piano ?

Elle se tut et serra les lèvres sur sa mâchoire édentée.

— Esther, les femmes de Wendisch Bruch ont-elles tué leurs maris ? Où allons-nous trouver leurs dépouilles ? Dans la bergerie ? Dans une canalisation ? Dans un grenier à foin ?

Adagio. Calme et *sempre piano*.

— Nous n'avons rien fait.

— Bien sûr, fit Gehring d'un ton amer. Je vous crois sur parole.

— Vous vous trompez si vous pensez à une histoire de vengeance. Aucune d'entre nous n'a plus assez de sentiments pour ça. Ce n'est pas nous.

— Qui alors ?

— Ça, c'est l'énigme de Wendisch Bruch. Si vous arrivez à la résoudre, vous êtes un génie.

Andante. Elle était en paix avec elle-même. Gehring regarda sa montre. Plus que dix minutes, et il n'avait toujours rien découvert. Si ce n'était que les femmes de ce village semblaient plus dures que le granit.

— Les filles ont été violées aussi ? Charlotte et Cara ?

— Je n'y étais pas.

Et plus froides que la glace. Il se leva, la proximité de cette femme lui donnait des frissons. Il pensa tout à coup au professeur Gabriel Brock. Ce village devait être une véritable pochette-surprise pour tout psychanalyste. Il pensa au dernier texto de Schwab lui transmettant le message cryptique du professeur.

— Et les sœurs de Charlie ? demanda-t-il. Les autres enfants ?

Esther leva lentement la tête et posa sur lui ses yeux à demi aveugles et humides, comme une pythie s'apprêtant à annoncer un grand malheur.

— Mortes.

Gehring chercha son souffle, tout en prenant soin de ne pas laisser paraître sa surprise.

— Mortes comment ?

— Elles n'ont jamais vécu.

— Qui vous l'a dit ?

— Bruno.

Gehring chercha dans sa tête un homme de ce nom, mais n'en trouva aucun.

— Bruno ?

— Le chien de Walburga.

Est-ce que tout le monde était barje, dans ce village ? Voilà que maintenant il avait affaire à un chien.

— Il parle, ce chien ? Ou comment dois-je le comprendre ?

— C'est arrivé deux ou trois fois. À l'époque. Avant les disparitions. Bruno aimait les deux filles. Aucun enfant du village ne voulait jouer avec elles, mais elles savaient rudement bien s'y prendre avec les animaux. Parfois, la nuit, Bruno courait jusqu'à la ferme. Walburga ne pouvait pas l'en empêcher. Il sortait par-derrière, par le verger. Il ne se laissait pas enfermer de toute manière. Et puis est arrivée la nuit où nous l'avons tous entendu.

Elle baissa la tête. Ses doigts ralentirent, *larghissimo*, glissèrent sur le pommeau, descendirent le long de la crosse.

— C'était inquiétant, féroce. On aurait dit un loup. Les autres chiens du village se sont réveillés et s'y sont mis aussi. Tous hurlaient à la lune. Personne n'a fermé l'œil de la nuit.

— Et d'après vous, qu'est-ce que ça signifiait ?

— Personne ne l'a explicitement dit, mais tous se doutaient. Pendant des semaines nous n'avions pas vu la femme. Malade, disait-on. Un an plus tard, rebelote. Puis l'année d'après, pareil. D'abord grosse, puis mince. De nouveau grosse, de nouveau mince.

— Quel rapport avec le chien ?

— Depuis il n'a plus jamais hurlé comme ça.

Bruno, le gardien des enfants, avait failli.

— Pourquoi personne n'a rien signalé ?

Elle souffla avec un mépris accompagné d'un méchant *allegro*.

— Qu'est-ce qu'on aurait dû dire ? Qu'une pouilleuse débile tombe enceinte et tue ses bébés après avoir été violée par la moitié du village ?

— Vous vous rappelez Werner Leyendecker ?

Elle inclina légèrement la tête et sembla creuser dans sa mémoire.

— Non. Ce n'est pas quelqu'un d'ici. Qui est-ce ?

— Un représentant en machines agricoles. Il y a longtemps, il a été client aux Tilleuls.

Esther hocha la tête, ses mâchoires ruminaient.

— C'est vrai, ceux-là aussi y allaient des fois.

Le portable de Gehring sonna. Il se fraya un chemin à la hâte à travers les buissons et attendit d'avoir rejoint la route pour prendre l'appel.

— Oui ?

— Prahm. Nous avons trouvé la bergerie. Sortez du village en direction de Baruth. Vous êtes armé, n'est-ce pas ?

— Oui. Pourquoi ?

— Nous observons les lieux. Il est difficile de distinguer clairement quelque chose depuis la colline où nous sommes, mais nous pensons que trois personnes se trouvent à l'intérieur. Deux hommes et une femme. Qu'est-ce qu'on fait ?

— Vous attendez, répondit Gehring, et il se mit à courir.

50

Jeremy fixait des yeux le cadavre à moitié enfoncé dans le bourbier. Les vêtements noirs et humides collaient lourdement sur ce corps menu. Un maillot de corps trop large, un jean, des tennis. La femme avait l'air jeune et, surtout, elle était morte bien plus récemment que les autres corps abandonnés dans cette fosse. À côté d'elle étaient alignés les restes de plusieurs squelettes.

— Qu'est-ce que c'est ? Un charnier ? laissa-t-il échapper.

Cara, les yeux écarquillés, pendait comme un pantin désarticulé dans les bras de Marten. Ce dernier avait retiré la seringue, mais la tenait toujours contre son cou.

— La vengeance de Charlie, dit Marten.

Cara secoua la tête, incapable de prononcer le moindre mot.

Jeremy compta.

— Vous avez tué ensemble toutes ces personnes ?

— Pas Charlie, imbécile. C'est la vengeance du sort qu'elle a subi. Après toi, Cara, ta mère a encore donné naissance à trois enfants. Tu te rappelles ?

— Non, fit-elle d'une voix blanche.

— C'est ce que je pensais. Après tout, tu es ici pour le découvrir. Elles sont là-dedans. Tes sœurs. Trois fillettes, jolies et mignonnes comme toi. Je me suis souvent demandé pourquoi vous aviez eu le droit de vivre, et pas elles. Peut-être parce que vous étiez déjà grandes quand le cauchemar a vraiment commencé.

— Des sœurs ? répéta Cara dans un râle.

— Charlie s'était posé la même question que moi. J'en suis certain, même si c'est le seul sujet dont nous n'ayons jamais parlé. Pourquoi les unes atterrissent dans une tombe alors que les autres ont droit à la vie ?

— Je… Je ne sais pas.

Ses jambes ne la portaient plus, elle s'affaissa tout d'un coup et glissa d'entre les mains de Marten. D'une poigne ferme, son bourreau la redressa. Jeremy considérait sans pouvoir y croire l'étendue de l'horreur qui s'ouvrait sous ses pieds et s'étonnait que son cerveau fût encore capable d'appréhender une telle scène d'épouvante. Sept squelettes, trois de bébés, quatre d'adultes… et un cadavre encore frais. Plus le responsable de ce carnage, qui tenait Cara entre ses mains…

— Qui a tué les bébés ? demanda-t-il. Qui ?

— Charlie.

— Non ! Non ! Non ! Tu mens !

Le long cri rauque de Cara, échappé de sa gorge écorchée, transperça Jeremy de part en part.

— D'accord, je mens, fit Marten en souriant.

Jeremy reconnut le désespoir derrière ce sourire. Marten jouait les gros durs. En vérité il souffrait immensément de ce qui s'était passé autrefois et de ce qui allait encore arriver. Pourtant Jeremy n'éprouvait aucune compassion. Cet homme était un assassin, quels que fussent ses motifs.

— C'est vous ? demanda-t-il.

— Non.

— Alors qui ? sanglota Cara. Dis-le enfin, espèce de salopard !

— Je l'ai déjà dit. C'est ta mère, *cara mia*. C'est elle qui l'a fait. Sitôt qu'elle avait accouché, elle envoyait ta sœur chercher un seau d'eau. Si seulement elle s'était contentée de tuer seule ! Si seulement elle avait fait tout ça derrière des portes closes, pendant que ton père cuvait dans son coin. Mais non, il a fallu qu'elle mêle Charlie à ça. Charlie, si grande, si forte. Elle l'a aidée à mettre au monde trois filles. Trois fois elle a tenu ses petites sœurs dans ses bras.

Il relâcha son emprise. Cara glissa sur le sol. Il s'accroupit à côté d'elle et la serra contre son buste, la seringue prête à être enfoncée. Soudain Jeremy s'aperçut que Marten battait des paupières, comme s'il avait une poussière dans l'œil.

— Deux d'entre elles vivaient. Elles respiraient, criaient, avaient faim. Tu te rappelles au moins leurs premiers cris ? Les cris de tes petites sœurs ?

— Oui, murmura Cara.

— Des petites filles toutes roses, en bonne santé. Charlie devait aller chercher un seau d'eau. Elle pensait que c'était pour nettoyer les toilettes, car votre mère avait accouché dans les chiottes. Quand elle revenait, les bébés étaient par terre. Une seule fois, ta mère a tenu son bébé dans ses bras. Une seule fois, elle l'a soulevé. Pour l'embrasser ? Non. Pour le fourrer dans le seau, tête la première.

Cara se plia en deux et cacha son visage dans ses mains. Marten les lui arracha avec violence.

— Elle les a noyés comme des chatons. Puis elle a collé le seau dans les mains de Charlie pour qu'elle s'en débarrasse. En pleine nuit, Charlie errait dans

Wendisch Bruch avec ses petites sœurs mortes, seuls les chiens sentaient quelque chose, seuls les chiens.

Il tira la tête de Cara en arrière, pointant la seringue contre son cou. Jeremy chercha le tasseau à tâtons. Trop long, trop lourd pour servir d'arme. N'empêche. Après tout, l'espoir n'était rien d'autre qu'un immense « n'empêche ».

— Arrête ça, lança Marten d'un ton las. Elle sera morte avant même que tu n'aies ramassé ce machin.

Jeremy laissa retomber ses mains.

— Et toi ? Où étais-tu ? sanglota Cara. Marten, le grand frère, le vengeur des innocents, où était-il ?

Il lui enfonça la seringue dans le cou. Elle poussa un cri et regarda Jeremy avec des yeux exorbités.

— Et toi, Cara, où étais-tu ?

— Elle n'était qu'une enfant ! s'exclama Jeremy. À quoi on joue, ici ? Au procès de la seule innocente de ce patelin de merde ?

— Elle aurait pu faire quelque chose. Elle plus que personne. Mais elle a détourné les yeux comme tout le monde.

— Elle ne pouvait pas faire autrement, Marten. Je suis psychologue, je peux vous l'expliquer.

Marten enleva la seringue du cou de Cara.

— Alors explique-moi comment c'est possible. Tout le monde est au courant, et personne n'ouvre sa gueule.

— Chacun attend qu'un autre se lance, répliqua Jeremy. Vous pouvez être celui-là, Marten.

— Non.

Ce n'était pas de la poussière, dans les yeux de Marten. C'étaient des larmes. Cara palpa précautionneusement ses blessures.

— Tu ne peux pas continuer à tuer indéfiniment, chuchota-t-elle. Arrête, je t'en conjure.

Marten se frotta les paupières, furieux de sa faiblesse. Sa voix reprit son ton arrogant et froid.

— Tu ne comprends toujours pas. Qu'est-ce qu'il te faut encore pour que tu piges ? Ta mère tuait ses propres enfants sitôt qu'elle les avait mis au monde et passait à sa fille un seau contenant leurs cadavres. Tu trouves ça comment, toi ?

— Je… Je ne sais pas.

— Charlie n'a pas seulement été forcée de voir comment on tuait ses sœurs, elle est devenue leur fossoyeur. Où pouvait-elle aller dans ce village, en pleine nuit, avec son seau contenant un nourrisson mort ? Que devait-elle faire ? Enterrer ce petit corps ? Mais où ? Le jeter carrément dans la rivière ? C'est moi qu'elle est venue voir. C'est moi qui l'ai soulagée de ce fardeau. Et je l'ai fait encore deux autres fois.

À cet instant Jeremy comprit enfin. La logique du délire. Tuer la dernière innocence. Cara, l'enfant-soleil, Charlie la femme-ombre. Et Marten qui, parce qu'il n'arrivait plus à chasser ces ombres, cherchait à tout entraîner avec lui dans les ténèbres.

— C'était la nuit où Charlie a cessé d'être Charlie. Elle n'était plus la fille que j'avais connue. Avec qui j'avais gravé un cœur sur un banc. Charlie et Marten pour toujours. Celle qui m'avait offert un talisman pour me protéger.

Marten porta machinalement la main à la chaîne en argent autour de son cou. Jeremy savait qu'il n'y avait plus de médaillon.

— Sainte Catherine ? demanda-t-il. Vous lui avez rapporté le talisman au moment où elle en avait le plus besoin. C'était vous, l'aumônier. Comment avez-vous fait pour vous introduire dans l'hôpital ?

— Les gens ne voient que ce qu'ils veulent voir. Un prêtre, un clown, un raté. Il n'y avait que Charlie pour voir autre chose en moi. Mais à partir de cette nuit-là, ce n'était plus pareil. Tout lui répugnait, moi y compris. Elle ne voulait plus vivre. C'est à ce moment-là qu'elle a tenté de se pendre pour la première fois. Ça, tu t'en souviens quand même, non ?

Cara hocha la tête, hésitante. Jeremy était paralysé par l'ampleur de la tragédie que s'était déroulée dans ce village.

— Pendant un temps c'est allé mieux. L'été suivant j'ai essayé de me persuader que tout ça n'avait été qu'un terrible cauchemar. Mais les hommes continuaient de défiler à la ferme. Et ta mère est retombée enceinte. Alors, une nouvelle fois, Charlie a dû traverser le village de nuit, le seau à la main, passant devant toutes les maisons proprettes de Wendisch Bruch où derrières des rideaux impeccables de gentils maris dormaient dans leurs lits sous des édredons que leurs épouses dociles et silencieuses avaient secoués pour eux. Qu'est-ce que Charlie ressentait ? J'en sais rien. Ça me dépasse. C'est un miracle qu'elle ne soit pas devenue folle.

— Arrête, arrête !

— Pourquoi j'arrêterais ? Ça s'est arrêté, peut-être ? Qui était le père cette fois ? Le boulanger, qui se pointait tous les dimanches soir avant d'aller au fournil ? L'électricien, qui aimait que ce soit un peu hard ? Le boucher, qui venait toujours avec un collier pour chien ? Les clients des Tilleuls, qui prenaient leur pied en chevauchant ta mère à deux ? Pourquoi elle n'est pas partie ? Pourquoi elle n'a pas au moins protégé les deux enfants à qui elle avait laissé la vie ?

— Arrête ! hurla Cara en se débattant sous son emprise. Je ne veux pas entendre ça. Je ne veux pas !

— Tu n'as pas le choix. Charlie non plus n'avait pas le choix. Elle en entendait beaucoup, et endurait encore plus. Tout ça pendant que toi, tu étais dans ton petit lit à faire comme si le monde tournait rond. Alors, une nuit, Charlie est venue une nouvelle fois dans notre jardin avec le seau. Sans dire un mot, elle l'a posé et elle est partie. Et moi, j'ai fait ce qu'il y avait à faire.

Jeremy regarda dans la fosse. La vue des petits squelettes lui fit monter les larmes aux yeux. Il tenta de se ressaisir. Pas ici, pas devant Cara, pensa-t-il. Mes larmes ne lui seront d'aucune aide.

— C'est vous qui avez… enterré les enfants ici ? demanda-t-il.

Martin opina du chef.

— On ne s'est plus vraiment revus, poursuivit-il. Charlie était devenue quasi invisible. Mais l'année suivante ça a recommencé, et on a compris tous les deux que ça ne s'arrêterait jamais. Pas tant que les hommes viendraient à la ferme, pas tant que ta mère serait encore en vie. Elle est tombée de nouveau enceinte, puis a de nouveau accouché.

Cara gémissait, prisonnière des bras de Marten comme des griffes d'un fauve.

— Cette nuit-là, c'est moi qui suis allé à la ferme. Bruno m'avait réveillé. Charlie et moi, on avait en tête de sauver au moins cet enfant-là. On voulait l'abandonner quelque part loin d'ici, où quelqu'un pourrait le recueillir. Mais c'était trop tard. L'enfant était mort-né. Alors un autre cadavre a rejoint cette tombe sur laquelle personne n'est jamais venu pleurer.

Il regarda vers Jeremy, qui était toujours comme pétrifié.

— Puis ç'a été au tour de Charlie. Ta mère ne se remettait pas assez vite, elle avait perdu beaucoup de sang. Mais ton père voulait picoler, alors fallait faire rentrer du fric. Il cherchait une solution autour de lui et son regard est tombé sur l'aînée, quatorze ans, devenue femme sans qu'on s'en aperçoive. Sa virginité a été mise aux enchères, et c'est mon père qui a fait la plus grosse offre. Mon propre père. Je ne l'ai appris que plus tard. Je voulais déjà le tuer à l'époque, mais je n'étais pas encore prêt. Au dernier moment, une sorte de scrupule vous retient. On ne brise pas comme ça la nuque de son père avec une pelle. Je lui ai tourné le dos, c'est tout. Erreur. Car lui n'avait pas ce genre de scrupules.

Il désigna son nez et la cicatrice sur son visage.

— Mon Dieu, sanglota Cara. Je suis désolée, tellement désolée.

— Non, Cara, tu t'apitoies sur toi-même parce que tu es obligée d'écouter tout ça. Tu as des remords, au moins ?

— Oui, oui ! cria-t-elle, en proie à la panique.

— Quand je suis sorti de l'hôpital, je savais que personne ne ferait jamais rien pour mettre un terme à cette folie. Personne. La seule solution était donc d'éliminer les responsables de tous ces malheurs. Je me souviens encore de la nuit où je me suis introduit dans la boulangerie par la porte de derrière. Il était devant le pétrin en train de sortir la pâte. Il pensait sûrement qu'il n'avait rien à craindre d'un gosse. Il m'a ri au nez. Il a dit, les femmes de la ferme ne sont bonnes qu'à une seule chose : baiser. Et chacun doit faire ce pour quoi il est fait. Non ?

Il fixa Jeremy des yeux :

— Non ?

Jeremy ne dit rien. Il se demandait comment maîtriser Marten sans mettre Cara en danger. Rien ne lui vint à l'esprit. L'horreur était à son comble. Les mots de Charlie lui revinrent en mémoire : Puisque je suis si loin dans ce flot de sang…

— Alors je lui ai rempli sa gueule avec sa pâte à pain. Puis je lui ai enfoncé un manche là où je pense pour qu'il comprenne bien comment ça faisait. Il s'agit de comprendre. Comprendre, tu piges ?

Cara opina hâtivement.

— Puis, un beau jour, mon père est parti chercher des cigarettes. Il n'est pas allé plus loin que cette bergerie.

Jeremy reconnut avec un frémissement d'horreur, près d'une carcasse de cage thoracique, un crâne noir à moitié enfoui dans la fange et souillé d'excréments.

— Quand il s'est retrouvé à terre devant la fosse et qu'il a vu les trois corps de bébés, il a vite compris. Je l'ai laissé croupir là-dedans.

— Vous l'avez…

Jeremy fut incapable de continuer.

— Oui. Il a tenu quatre jours.

— C'était votre père.

— C'était l'assassin de Charlie. Lui et les autres.

— Je comprends, Marten, chuchota Cara. Maintenant je comprends pourquoi. Laisse-nous partir.

— Le menuisier a eu un accident au cours d'une baignade. Dans la Wende, justement. Un autre est monté un soir sur son toit pour régler une antenne, et il a glissé. Les accidents s'accumulaient. Et la rumeur commençait à se répandre que tous ceux qui avaient été à la ferme mouraient d'une mort non naturelle. Alors, ils ont commencé à plier bagage pour détaler au plus vite. J'en ai chopé deux qui voulaient se mettre au vert à l'étranger. L'un d'eux comptait aller en Amérique. Maintenant il est là-dedans. Et Charlie qui, inlassablement, retournait dans le grenier pour se pendre. J'ai compris alors que la seule solution était qu'elle quitte Wendisch Bruch. Mais elle n'a pas voulu. À cause de toi, Cara. À cause de toi, elle est restée dans cet enfer. À cause de toi, elle n'a pas pu oublier. Elle se sentait coupable. Elle était la complice silencieuse d'infanticides, et elle a été violée. Après avoir abusé de ta mère, les hommes de Wendisch Bruch ont voulu se taper ta sœur. Voilà pourquoi il a fallu les éliminer.

— Et l'homme du parc animalier ?

Marten baissa la tête et passa de nouveau la main sur ses yeux d'un geste rageur.

— On ne s'était pas vus depuis des lustres, Charlie et moi. Mais on habitait la même ville. On était ensemble sans l'être vraiment. Et c'était très bien comme ça. Mais au mois de mai, elle m'a appelé pour me dire qu'elle en avait revu un, le dernier des types de Wendisch Bruch, au parc animalier, et elle m'a demandé ce qu'elle devait faire. Si elle devait lui parler, ou aller voir la police.

— Elle était sur la bonne voie, dit Jeremy, elle avait fait son deuil. Elle s'était reconstruit une nouvelle vie, que vous avez détruite !

— Elle n'avait rien de tout ça ! Je lui ai dit : Observe-le, ne le quitte pas des yeux, je suis là dans une heure. J'ai ligoté et bâillonné le type, puis j'ai attendu qu'il fasse nuit. Pendant ce temps-là, j'ai été chez elle. On n'a pas beaucoup parlé. On ne s'est même pas touchés. Je voulais juste savoir ce qu'il fallait lui administrer pour qu'il soit incapable de se défendre tout en restant parfaitement conscient. Charlie me l'a dit. Et elle m'a filé les médicaments. Elle ignorait mon projet. Elle pensait peut-être que j'allais lui donner une bonne leçon. Elle n'a pas posé de question.

Cara, les bras de Marten autour d'elle, glissa lentement à terre. Il la lâcha. Quand elle voulut ramper vers Jeremy, il la retint par la cheville sans effort.

Il la tira vers lui comme une poupée inerte. Elle pleurait, et pendant un instant irréel il la serra dans ses bras.

— Je me serais rendu si ça avait pu lui rendre service. Mais elle m'a devancé. Elle a payé pour mes crimes. C'était un ange. Un ange sali, déshonoré, piétiné dans la poussière.

— Non, sanglota Cara. Non ! À cause de toi, c'est devenu pire. À cause de toi, tout a recommencé. À cause de toi, elle s'est tuée !

— Toujours aussi sourde et aveugle, la pauvre petite Cendrillon. Tu ne supportes toujours pas qu'on salisse ta petite robe blanche, hein ? Tu vas enfin apprendre ce que c'est.

Jeremy fouilla désespérément la pièce du regard en quête d'un objet qui puisse tenir lieu d'arme. Le temps des aveux était passé, un autre compte à rebours venait de s'enclencher. Marten comprit que son action n'était pas appréciée à ce qu'il estimait être sa juste valeur.

Il lâcha Cara et se leva.

— Rejoins-le. Rentrez dans la fosse, tous les deux !

— Je ne dirai rien à personne, je te le jure !

— Et lui ?

Elle jeta un bref regard vers Jeremy.

— Lui non plus. N'est-ce pas, Jeremy ? Pourquoi tu ne dis rien ? Qu'est-ce qui se passe ? Dis quelque chose !

Jeremy fixait la fosse et ce qu'il voyait lui glaçait les sangs.

— Couchez-vous là-dedans côte à côte.

Jeremy détacha ses yeux du cadavre de la femme à ses pieds. Jamais encore il n'avait éprouvé un tel sentiment d'horreur. Était-ce là le moment où l'on devenait fou ? Brock, pensa-t-il, dommage que je ne puisse pas vous demander ça. Il descendit dans la fosse et s'enfonça dans le bourbier jusqu'aux chevilles, manquant de peu de glisser.

— Couché !

— Il y a… déjà quelqu'un.

Marten approcha d'un pas et jeta un coup d'œil dans la fosse.

— Oui, ça commence à être bien rempli. Désolé. À vous l'honneur, monsieur le prophète.

Jeremy ne bougea pas.

Marten souleva Cara de terre et la balança dans les bras de Jeremy. Elle trébucha et tomba sur le côté en poussant un cri.

— Non, non !

— Couché !

— Viens, Cara, dit Jeremy en l'attirant vers lui.

Il l'embrassa sur le front, se détacha d'elle, puis s'allongea dans la boue pestilentielle.

— Jeremy, hurla Cara, on va mourir !

Marten la frappa violemment ; elle s'écroula. Il se penchait sur elle pour lui planter la seringue dans le cou quand quelque chose de prodigieux se produisit. Le cadavre noir de boue ouvrit les yeux. Le blanc de ses yeux luisait dans l'obscurité, son visage avait l'immobilité d'un masque. La femme se redressa comme un ressort et assena à Marten un coup du tranchant de la main. Il y eut un crac sonore. Marten s'effondra, inconscient. Son corps tomba inerte sur la femme.

Cara se pencha sur le côté et, prise de nausée, vomit dans la fange.

— Pourriez-vous…

La femme semblait manquer d'air et suffoquait entre chaque mot.

— … Pourriez-vous m'aider, s'il vous plaît ?

Jeremy se dégagea de la masse fétide et poussa le corps de Marten pour libérer la femme. Puis il s'extirpa de la fosse, la hissa vers lui et la traîna jusqu'au milieu de la pièce. Trop faible pour se lever, elle resta couchée à terre, tandis que Jeremy retournait aider Cara. Celle-ci haletait et tremblait de tout son corps, mais quand Jeremy l'eut remise sur ses pieds, elle réussit à rester debout. Sur ce, il alla chercher de la paille et, avec précaution, entreprit de nettoyer le visage de la femme, dont les paupières papillonnaient.

— Nous allons vous sortir d'ici, dit-il. C'est fini.

Cara et Jeremy se penchèrent tous deux sur le corps inerte de la femme. Jeremy s'assit près d'elle et lui tapota l'épaule du bout des doigts.

Elle ouvrit les yeux. Il continua de toucher ses épaules, ses bras, ses mains. Il fallait qu'elle garde le contact avec les vivants.

— Tout ira bien. M'entendez-vous ?

La femme hocha la tête. Cara courut à la porte et regarda dehors.

— Une voiture de police, cria-t-elle. Là-haut, sur la colline ! Des gens ! Des chiens ! La police arrive ! Jeremy !

Elle se précipita vers lui, l'embrassa, sanglota, pleura, serra la femme, qui se laissa faire sans réagir, puis étreignit Jeremy si fort qu'il faillit étouffer. Il était submergé de bonheur. Ils avaient survécu. Survécu, tout simplement.

Ensemble, ils portèrent la femme devant la bergerie et la déposèrent à terre précautionneusement. Trois hommes dévalaient la colline et accouraient vers eux. L'un d'eux ne portait pas d'uniforme.

— Commissaire Gehring, hurla celui-ci avant même d'avoir fini sa course. Vous l'avez trouvée ?

Jeremy voulut dire quelque chose, mais l'homme s'était déjà rué sur la femme étendue au sol, qui ressemblait davantage à une momie des tourbières qu'à un être vivant.

— Beara, brailla-t-il. Restez avec nous ! Réveillez-vous ! Les secours seront là d'une minute à l'autre.

Il lui passa la main sur le visage et ôta deux brins de paille de ses cheveux. Il semblait intimidé comme un gamin.

C'est pourtant simple, pensa Jeremy. Il y a des moments dans la vie où il ne faut pas réfléchir, on fait ce que la situation nous commande de faire, si l'on ne veut pas que l'occasion nous passe sous le nez.

— Beara ? Ça va ?

Gehring lui tapota la joue. La femme secoua faiblement la tête.

— C'était moins une. Mon Dieu, moins une. Un escadron est en train de passer le village au peigne fin. Qu'est-ce qu'il y a dans cette baraque ? Et puis, où étiez-vous pendant tout ce temps ? Vous m'entendez ?

Jeremy avait acquis la conviction qu'il manquait une case à ce Gehring.

— Beara, ohé ! Revenez à vous, vous m'entendez ? Tenez bon ! S'il vous plaît.

Alors, enfin, l'homme se pencha sur elle et prit ce corps menu, inerte, dans ses bras, le serra contre lui et le berça en murmurant quelque chose que Jeremy ne comprit pas – et c'était très bien ainsi.

Il vit que la femme était entre de bonnes mains.

Les deux agents les accompagnèrent sur la colline. Des ambulances arrivaient en trombe, d'autres voitures de police également. Toute une armada se déployait dans Wendisch Bruch, envahissant maisons et jardins telle une armée de fourmis vertes. Quelque part derrière les nuages d'orage, le soleil se couchait.

Jeremy jeta un dernier regard vers la bergerie : Marten, inconscient, était attaché sur une civière. La femme, Gehring à ses côtés, était mise sous perfusion et masque à oxygène.

— Je pensais qu'elle était morte, dit-il.

— Moi aussi, répondit Cara, toujours tremblante.

Il l'entoura de ses bras pour la réchauffer.

— Et voilà que tout à coup elle ouvre les yeux et met un doigt sur sa bouche. C'était comme dans un film d'horreur. Grotesque, effrayant, hallucinant. Mais à cet instant j'ai su que, si elle avait survécu là-dedans, c'est qu'elle avait un plan.

— Moi, je n'en ai aucun, murmura Cara. Je me sens comme rescapée d'un naufrage. Tout a sombré. Je ne comprends rien à ce qui est arrivé. Marten a exterminé la moitié d'un village pour venger Charlie. Et elle l'a laissé faire.

— Je crois qu'elle l'ignorait. Peut-être qu'elle s'en doutait, c'est possible. Mais c'est seulement après le meurtre de Leyendecker qu'elle a compris dans toute son implacable violence ce que Marten avait fait pour elle.

— Mais elle a pris son crime sur elle ! Elle l'a protégé !

— Non, Cara, dit-il en la tirant vers lui. C'est toi qu'elle a protégée. Pendant toute sa vie. Tu es la seule qui se soit tirée de cette histoire sans trop de dommages, parce que tu vivais dans les nuages.

— C'est pour ça que Marten me haïssait tant. Et Charlie aussi.

— Ôte-toi cette idée de la tête. Peut-être que Charlie ne supportait plus de vivre, mais dans tous les cas elle a essayé de te protéger. Et pas seulement de Marten, aussi de tes souvenirs. Elle s'est interposée entre eux et toi tel un archange. J'aurais aimé lui parler, lui parler vraiment, pas seulement pour l'expertise. Peut-être aurions-nous pu l'aider.

Cara secoua la tête.

— Pas tant que Marten était là. Il savait qu'il serait fichu si les souvenirs me revenaient.

— Il l'a su dès l'instant où Bruno est réapparu. Je crois que ce chien a vu ce qui est arrivé à cette fille, dit Jeremy en désignant la femme à présent elle aussi étendue sur une civière qu'on transportait sur la colline. Et puis tu es revenue. À cet instant, il a su que c'était fini. Il n'avait plus personne sur qui projeter sa haine. Personne, sauf toi et ton innocence. Et c'est ce qu'il voulait détruire.

— Je ne serai plus jamais une femme normale.

Elle voulut s'extraire de ses bras, mais il la retint fermement, la forçant à le regarder droit dans les yeux.

— J'espère bien ! Ce serait à mourir d'ennui.

Il voulut l'embrasser, mais elle détourna la tête.

— Je suis malade. J'ai vu, mais j'étais aveugle. J'ai entendu, mais j'étais sourde. Je ne me le pardonnerai jamais.

— Tu y arriveras et je t'y aiderai, si tu me laisses faire. Tu es bien partie pour te guérir toute seule, dirait le psychologue en moi.

— Et toi, demanda-t-elle, dubitative. Que dis-tu ?

Après un temps d'hésitation, il décida de s'en tenir à la vérité.

— Tout ce qui s'est passé ici, aussi aberrant et horrible que cela puisse paraître, n'est pas étranger à l'amour. Je t'aime, Cara.

— Comment peux-tu parler à cet instant précis… de…

— … d'amour ? Tu veux vraiment le savoir ? Parce que je pense que je n'aurais jamais eu la force sans cet amour.

— Tu aurais pu te tirer.

— J'aurais pu.

— Tu es resté.

— Je suis resté.

— Nous avons survécu.

— C'est un bon début, après tout.

— Mais je ne sais pas comment continuer à vivre avec ça.

Il écarta de son front quelques mèches humides et couvertes de boue.

— Je t'aiderai, si tu le veux. À toi de voir.

Elle ferma les yeux.

— Jeremy, chuchota-t-elle. Je le veux. Tu ne t'imagines pas à quel point.

Quelqu'un posa une couverture sur leurs épaules, et Jeremy l'enroula autour de Cara et lui-même. Il aurait tout donné pour qu'on leur accorde de rester seuls encore quelques instants.

Un policier vint vers eux et lui tendit un téléphone portable.

— Monsieur Saaler ? Votre père. Voulez-vous lui parler ?

Jeremy fit signe que oui et dégagea sa main de la couverture pour prendre l'appel.

— Pap's ?

À la seconde où il le prononçait, il se rendit compte qu'il employait ce nom affectueux pour la première fois depuis son enfance. Silence au bout de la ligne.

— Allô ? Papa ?

— Tout… Tout va bien ?

— Oui, dit-il. Ne te fais pas de souci. Je te rappelle. Tu peux me rendre un service ? Préviens Brock. Dis-lui qu'il a vu juste.

Il sentit la chaleur de Cara contre lui et se dit que tout le monde avait besoin d'une famille.

— Ah, et au fait, je ramène quelqu'un à la maison.

— Est-ce que… c'est… *elle ?*

Apparemment Jason Saaler avait déjà été mis au parfum. Jeremy s'attendit à être déshérité sur-le-champ.

— Oui.

Silence. Son père finit par dire :

— Bon, eh bien comme ça je verrai enfin à quoi elle ressemble.

Tout le monde avait besoin d'une famille. Même Jason Saaler.

Sanela sentait la vie revenir en elle à travers le tube de perfusion. Elle était allongée sur une civière au pied de la colline. La première chose qu'elle vit fut les gros nuages amoncelés dans le ciel, qui semblaient avoir avalé le soleil et brillaient d'une curieuse lumière orangée. Elle entendit des sirènes, des cris, des aboiements, vit des silhouettes en uniforme s'affairer, une femme dérouler un ruban de balisage.

Le commissaire divisionnaire Lutz Gehring, *big boss* de la Sedanstrasse, était penché sur elle et tapotait sans discontinuer sa main perfusée.

— Ça va mieux ? demanda-t-il. Beara ? Vous me reconnaissez ?

— Oui, gémit-elle en soulevant le masque à oxygène. Lâchez… Lâchez ma main, s'il vous plaît. Ça me fait mal.

— Bien sûr, pardon. Bon. Vous allez commencer par récupérer, et pour le reste, nous verrons plus tard. Bonne intuition, Beara, très bonne intuition.

Il se balançait nerveusement d'un pied sur l'autre.

— Je viens de jeter un œil dans la fosse. Incroyable que vous ayez réussi à tenir le coup là-dedans. La police scientifique arrive bientôt. Qui sait ce que nous allons encore y trouver.

— Quatre adultes, trois enfants, murmura-t-elle. Traces de violences dans deux cas, je pense. Les crânes présentent des perforations.

Il la dévisagea, puis se détourna d'elle et se frotta les yeux – certainement pour enlever un de ces petits moucherons qu'on finissait parfois par inhaler par mégarde.

— Je vous dois un café. Je vais voir si j'en trouve un.

Il partit sans se retourner. Elle tenta péniblement de relever la tête, mais elle était trop faible. Son dernier mouvement, ce coup porté du tranchant de la main pour neutraliser son bourreau, avait épuisé ses dernières forces. Ç'avait été une explosion, un sursaut, comme dans la cave à l'époque. Un dernier « Non, vous ne m'aurez pas, ma vie m'appartient, jusqu'au dernier souffle. »

Gehring revint juste avant qu'elle soit hissée dans l'ambulance. Ses yeux étaient rougis. Les moucherons devaient être légion dans le coin.

— C'est si terrible que ça ? chuchota-t-elle.

Il secoua la tête d'un air qui disait le contraire.

— Procédure disciplinaire ? fit-elle. Pas de quoi écraser une larme. Je retenterai ma chance l'année prochaine.

Il voulut lui passer le café, mais elle déclina d'un faible geste de la main. Elle aurait été incapable de tenir le gobelet.

— Écoutez... dès que vous serez de nouveau d'aplomb...

— Je ferai un rapport. Oui.

— Non. Je pensais, si vous le voulez bien sûr, que nous pourrions...

Il s'interrompit pour vérifier que personne ne les écoutait, puis d'un geste maladroit passa sa main sur sa barbe naissante en faisant mine d'avoir perdu le fil. Gehring restait sans voix. Un jour à inscrire dans les annales.

— Aller parier à Hoppegarten ? demanda-t-elle.

Il opina.

— Je pensais que vous ne misiez jamais sur les outsiders ?

Il but une gorgée de café en évitant son regard.

— Cette affaire, vous en parlerez encore quand vous serez formatrice à l'école de police, vous savez ?

Elle était trop épuisée pour sourire. Un ambulancier arriva et souleva la civière pour la glisser dans le véhicule.

— Sur ce, dit-il.

— Sur ce, chuchota-t-elle. Et n'oubliez pas. Les outsiders...

— J'ai compris, lui cria-t-il.

Mais la portière s'était déjà refermée.

Merci !

Un livre est achevé. Commencé dans l'hiver berlinois, il a été terminé dans la chaleur estivale du sud de la France. Longtemps il m'a accompagné. Mais les innombrables nuits pendant lesquelles Sanela et Gehring, ou encore Jeremy et Cara ont hanté mon esprit, les jours, les semaines et les mois où j'ai suivi leurs aventures, sont désormais derrière moi. Gabriel Brock, Jason Saaler, Gerlinde Schwab, sans oublier Esther et Walburga Wahl – combien j'aimerais me retrouver avec vous autour d'une longue table sous les pommiers ! Mais je dois à présent vous quitter, votre histoire a été racontée. J'ai passé du bon temps avec vous ! Et je ne vous aurais jamais si bien connus si certaines personnes de la vie réelle n'avaient été là pour m'aider à mieux vous cerner.

Qu'en premier lieu soit remercié Norbert Nedopil, professeur de psychiatrie forensique à l'université de Munich et l'un des plus éminents experts dans son domaine, un monstre sacré et un homme très occupé, qui pourtant, avec un goût non dissimulé pour la fiction policière, s'est laissé embarquer dans cette histoire. Il m'a beaucoup appris sur la manière dont les psychologues abordaient les criminels et établissaient leurs expertises. Il se pourrait bien que certains des traits de caractère de Gabriel Brock soient inspirés de ce modèle… de façon inconsciente, bien sûr. J'implore à l'avance votre pardon. Pour toutes les erreurs que j'ai pu commettre et qui provoqueraient sans doute un hochement de tête navré de la part des spécialistes : qu'on me pardonne aussi ! Les moyens d'un écrivain sont limités, et il est ignorant et sans morale quand il se met à butiner le savoir des autres pour l'utiliser à sa guise.

Le professeur Michael Tsokos est médecin légiste à Berlin et l'un des spécialistes les plus reconnus dans sa discipline. Par ailleurs, il est l'auteur de nombreux livres à succès. Ses essais *Dem Tod auf der Spur* (« Sur les traces de la mort ») et *Der Totenleser* (« L'interprète des morts ») ont caracolé en tête des ventes en Allemagne. Avec Sebastian Fitzek, il est coauteur du polar *Abgeschnitten* (« Coupé du monde »). Pour *Tant que hurlent les chiens*, il a disséqué dans le moindre détail les passages du manuscrit ayant trait à la médecine légale pour y déceler d'éventuelles incohérences et invraisemblances. Son rapport fut sans pitié et tranchant comme un scalpel. Les conversations que nous avons eues concernant la comparaison de l'appareil digestif humain et celui des cochons ont été un plaisir tout particulier. Merci pour toute la peine que vous vous êtes donnée ! Merci pour votre intérêt et votre aide !

Angela Rieck est responsable de l'élevage des animaux alimentaires du parc animalier de Berlin. Une personne extraordinaire qui fait son métier avec amour et dévouement. Ma rencontre avec elle fut très enrichissante. Le respect qu'elle témoigne aux animaux – justement aux moins « nobles » d'entre eux, ceux élevés dans le seul but de servir de nourriture aux autres – est impressionnant. Oui, Angela Rieck est Charlie. Pas celle qui a grandi à Wendisch Bruch, évidemment, mais celle que nous rencontrons au début du livre. Elle m'a consacré beaucoup de son temps. Nous avons souvent traversé le parc animalier de nuit en devisant de la vie et de la mort, et elle m'a offert un tableau. Car oui, elle est aussi peintre. Elle peint des animaux. Des tableaux magnifiques. L'un d'eux est désormais accroché dans mon bureau, un beau souvenir de la genèse de ce roman et des personnes qui l'ont accompagné.

Mes remerciements vont également à Bernhard Blaszkiewitz, le directeur du parc animalier de Friedrichsfelde (ainsi que du zoo à Berlin-Charlottenburg). L'élevage des animaux alimentaires n'est pas ouvert au public et je lui suis reconnaissante de m'avoir permis d'y accéder pour y effectuer mes nombreuses – et parfois fastidieuses – recherches.

Stephanie Wossilus est une policière munichoise qui a suivi les diverses étapes de mon manuscrit. La voir mener de front mille choses à la fois, sa vie de famille, un mari (l'incomparable Gregor Wossilus !), un fils de deux ans, Jacob-Paul, un job et la poursuite de ses études me rend son travail et son investissement d'autant plus précieux. Merci pour les nombreux conseils, les corrections, les remarques et les trésors de patience ! Surtout pour la patience ! Et aussi pour les heures agréables passées en votre compagnie, la chambre d'ami toujours prête, et votre générosité, vous qui nous avez toujours accueillis à bras ouverts, moi et mon histoire.

Anne Chaplet, auteur de formidables romans policiers, m'a reçue pour la troisième fois dans sa maison du sud de la France, m'offrant une fois de plus un été pendant lequel j'ai pu travailler (et paresser) dans la plus parfaite concentration.

Anke Veil a relu le manuscrit avec la dose d'éloges et de critiques qu'il méritait, pointant les erreurs et les divagations qui m'avaient échappé en écrivant. On a toujours besoin de vraies amies qui vous donnent un avis sincère. D'amies qui sont là quand on bloque – et qui vous préparent un bon dîner, tandis que vous êtes en train de suer sang et eau sur votre clavier en voyant se rapprocher dangereusement la date de remise du manuscrit. D'amies comme Jaqueline Roussetty, la lionne, qui ferme l'ordinateur d'autorité quand on n'arrive plus à en décrocher. D'amies comme Renate Balke qui durant cette année si difficile pour elle a toujours été présente auprès de moi.

Et surtout comme ma fille Shirin, qui est habituée maintenant à m'entendre au dîner discuter dans les moindres détails des différentes manières d'éliminer quelqu'un. Couic !

Un grand merci à tous ceux qui m'ont donné tous les soutiens possibles. Surtout à Katy et Thomas Hirsch. Grâce à eux j'ai découvert Dessau et Wörlitz et passé une soirée inoubliable au « Ratskeller » !

Merci à Sanela Halilovic pour ce prénom magnifique ! Et aussi à Georg Reuchlein, mon éditeur, et à Claudia Negele, ma correctrice, de l'avoir accepté, tout comme ce livre.

Mais le plus grand de mes remerciements s'adresse à vous, cher lecteur. Je n'ai pas de page Web, mais vous pouvez me joindre *via* Facebook pour me dire si ce livre vous a plu… ou pas. Dans ce dernier cas, n'oubliez pas ceci : les auteurs de polar ne mettent pas de gants pour tuer dans leurs romans, mais dans la vraie vie ce sont des êtres sensibles…

Bien à vous,
Elisabeth Herrmann

Achevé d'imprimer par GGP Media GmbH, Pößneck
en mars 2016
pour le compte de France Loisirs,
Paris

Composition :
Soft Office – 5, rue Irène Joliot-Curie – 38320 Eybens

N° d'éditeur : 84243
Dépôt légal : décembre 2015

Imprimé en Allemagne